# 독공

홀로 닦아 궁극에 이르다

# 독공(獨功)

지은이   배일동
펴낸이   최승구
펴낸곳   세종서적(주)

편집인   박숙정
편집장   강훈
기획     윤혜자
책임편집  정은미
편집     이진아
디자인   조정윤
마케팅   김용환 김형진 황선영
경영지원  홍성우

출판등록  1992년 3월 4일 제4-172호
주소     서울시 광진구 천호대로 132길 15 3층
전화     영업 (02)778-4179, 편집 (02)775-7011
팩스     (02)776-4013
홈페이지   www.sejongbooks.co.kr
블로그    sejongbook.blog.me
페이스북   www.facebook.com/sejongbooks

초판 1쇄 인쇄 2016년 5월 20일
     1쇄 발행 2016년 5월 26일

ISBN 978-89-8407-561-0 03800

이 도서의 국립중앙도서관 출판시도서목록(CIP)은 서지정보유통지원시스템
홈페이지(http://seoji.nl.go.kr)와 국가자료공동목록시스템(http://www.nl.go.kr/kolisnet)에서
이용하실 수 있습니다.(CIP제어번호: CIP2016011977)

• 잘못 만들어진 책은 바꾸어드립니다.
• 값은 뒤표지에 있습니다.

# 독공

## 홀로 닦아 궁극에 이르다

배일동 지음

세종서적

# 숭고한 예술혼의 뿌리를 밝히다

소리를 해온 지 올해로 26년이 되었다. 어린 시절 내 고향에서는 판소리와 육자배기 같은 소리가락이 늘 들려왔다. 할머니와 어머니들이 일을 하시면서 항상 흥얼거리셨던 것이다. 어린 맘에도 나는 그 소리가락들이 마음에 들었다. 가난한 살림에 힘겹게 살아가는 시골 정서를 대변하듯 애틋하게 흐르는 그 소리가락들은 지금까지 내 가슴에 아련하게 남아 있다. 그렇게 철모르던 시절부터 따라 부르던 것이 평생의 업이 되었다.

나는 청소년 시절부터 대학 다닐 때까지 마음에 끌리는 것들을 찾아다니며 혼자 공부했다. 그리고 스물여섯의 늦깎이로 소리 세계에 입문했다. 입문은 비록 늦었지만 중학교 때 잠깐 판소리를 배운 적이 있었고, 어린 시절부터 워낙 많이 듣고 흥얼거렸기 때문에 소리 성음(聲音)이 낯설지 않았다. 그렇게 나는 스승 밑에서 여러 해를 성실히 배워나갔다.

그러다 30대 초반의 어느 날, 1900년대 초에 활동했던 이동백 명창의 소리를 듣고 망치로 세게 맞은 듯한 충격을 받았다. 이제껏 들은 소리와는 확연히 달랐다. 게다가 명창께서 살아생전 신문사와 했던 대담 내용도 수준이 달랐다. 음양오행과 소리에 관계된 것도 아주 구체적으로 설명하고 있었다.

이동백 명창의 예술 철학과 소리를 접한 다음부터는 도저히 세상에 머물러 있을 수가 없었다. 결국 나는 그의 소리와 예술 철학을 화두 삼아 독공(獨功)을 결심하고 산으로 들어가 폭포 아래에서 7년 세월을 혹독하게 보냈다. 폭포 옆 바위에 의석대(倚石臺)라는 이름을 붙여놓고, 소리하다 의심나는 것이 있으면 바위에 기대어 묻고 또 물었다. 의심을 품으면 그것이 해결될 때까지 물고 늘어졌다. 그렇게 수년간 공부한 끝에 우리 선조들이 엄청난 우주적인 질서를 율려(律呂)에 담아놓았다는 것을 깨달았다. 장단도 호흡도 발성도 모두 우주의 질서에 따라 율려를 배정한 것이었다.

나는 이렇게 공부한 것들을 예술 실천을 통해서 정교하게 다듬어가는 한편, 주위 전공자들과의 대화를 통해 의심스러운 점을 터놓고 함께 공유하면서 좀 더 정밀하게 연구해왔다. 그래서 그 이치들을 분명히 글로 남겨 더 큰 공동의 장에서 조탁받고자 이 책을 쓰게 되었다. 한 걸음 더 나아가 선조들께서 정혼(精魂)으로 빚어놓은 귀중한 예술 철학들을 되살리고자 하는 마음도 있었다.

판소리는 불과 300년 정도의 역사를 가지고 있지만, 그 속에는 수천 년을 이어온 우리 고유의 민족성신과 정서가 담겨 있다. 그러나 근대사의 굴곡진 세월 속에 우리의 예술 문화는 많이 왜곡되었고 이후에는 서구 물질문명이 들어와 서서히 잊히게 되었다. 그러므로 전통문화 예술에 종사하는 사람들이라도 정신을 차리고 그 옛날 영화롭던 본래의 예술 정신을 회복해야 한다.

그리고 현존하는 전통문화 예술을 정밀하고 심도 있게 연구하여 서양식 관점이 아닌 우리의 관점에서 우리의 개념으로 이론화하는 작업들을 해야 한다. 이론가들이 아닌 실기자들의 예술 경험을 토대로 한 이론들이 쏟아져 나와야 한다. 그래야만 뿌리 깊고 샘이 깊은 우리 문화를 계승할 수 있다.

무엇보다 반드시 글을 써야겠다고 마음먹게 된 이유는 외국 공연을 자주 다니면서 만나는 외국 음악가나 예술 석학들로부터 영어로 번역된 판소리 관련 이론서가 없다는 말을 하도 많이 들어서였다. 그리고 나의 예술 도반인 원광디지털대학교 김동원 선생의 권려(勸勵)에 힘입어 용기를 내게 되었다. 그러나 막상 글을 쓰려고 하니 컴퓨터를 사용할 줄 몰라 엄두도 못 내고 차일피일하던 중에 휴대전화에 메모 애플리케이션이 있는 것을 발견하고 글을 써보았는데 순조롭게 잘 쓰였다. 바로 그날부터 잠자는 것도 잊고 앉으나 서나 걷고 밥 먹는 중에도 오로지 글 쓰는 일에만 몰입해서, 불과 80여 일 만에 기적같이 원고 1000매 정도를 써서 초안을 마련했다. 글을 다 쓰고 나서는 허리 통증으로 한참 고생했다. 그렇게 쓴 초안을 토대로 수정 작업을 2년 동안 열 번에 걸쳐서 했다. 스마트폰이 아니었으면 엄두도 못 냈을 일이다. 휴대도 편하고 글쓰기도 용이해서 글 쓰는 작업이 수월했다. 문명의 혜택에 새삼 고마움을 느꼈다.

『문심조룡(文心雕龍)』의 저자 유협(劉勰)은 세상의 심오한 비밀을 철저히 탐색하고, 생각을 깊고 멀리해서 풍부한 이론을 갖추어야 비로소 귀신조차 빠져나가지 못하는 논문이 된다고 했다. 나의 좁은 예술관이 감히 귀신조차 옴짝달싹 못하게 하겠는가마는, 귀신도 못 빠져나가게 하는 그물의 대강을 만들어보려는 심정으로 그물코 하나를 엮어놓는 글을 썼다. 부디 겨드랑이 밑 한 오라기의 털에 불과한 나의 어쭙잖은 예술 이론이 후학들에게 널리 확장되길 바란다.

내가 말한 내용 중에는 오류나 허술한 내용도 많으리라 생각한다. 세상을 살아가는 방법과 개성과 철학은 사람마다 모두 다를 것이다. 이 책은 나의 예술 철학을 서술한 것에 불과하니, 독자 여러분이 넓은 혜량으로 이해해주기를 바랄 뿐이다.

끝으로 이 책이 나오기까지 도와주신 모든 분들께 진심으로 감사드린다. 특히 세종서적 편집부에 진심으로 고마움을 표하고 싶다. 아울러 간곡한 정혼을 불사르며 평생을 애틋하게 소리만 하다 살다 가신 여러 선배 명창님들과 광대 제현들에게 이 글을 올린다.

배일동

차례

책을 내며 숭고한 예술혼의 뿌리를 밝히다  **4**


제1부 **스스로 음을 찾다** 독공(獨功)

1. 벼랑 끝에 자신을 세우다  **14**

2. 마침내 빛나는 성음을 얻기 위해  **18**

3. 지극한 예술은 모두가 피눈물로 이루어진 것이다  **21**

4. 득음의 경지에 오르기 위해 소리를 갈고닦다  **27**

5. 끼니도 잊고 소리에 몰두하다  **31**

6. 소리의 힘과 뜻이 균형을 이루다  **36**

7. 스승과 이별하고 스스로 깨치다  **41**

8. 소리가 바위를 뚫다  **45**

9. 수련 끝에 목이 활짝 트이다  **50**

10. 홀로 닦고 더불어 세우다  **54**

11. 끊임없이 묻고 물어 소리의 이치를 깨닫다  **58**

제2부 **판소리의 빼어남을 논하다** 백미(白眉)

1. 더 이상 보탤 것이 없다 **64**

2. 문학과 음악의 절묘한 만남에서 태어나다 **67**

3. 민초들의 애환을 통성으로 토해내다 **69**

4. 감정을 드러내되, 지나치지 아니하다 **78**

5. 인간 세상의 오만 정(情)이 서려 있다 **85**

6. 한글의 글맛과 말맛으로 빚었다 **97**


제3부 **재주를 가졌으되 오만하지 말라** 재덕겸비(才德兼備)

1. 수십 년의 공을 들여야 제맛이 난다 **102**

2. 재주보다 중요한 것은 오직 정성스러운 공부다 **107**

3. 곧은 나무가 먼저 도끼에 찍히고, 물맛 좋은 우물이 먼저 마른다 **113**

4. 미치지 않으면 미치지 못한다 **121**

5. 수신이 잘 되어야 비로소 광대 행세를 할 수 있다 **137**


제4부 **귀명창이 좋은 소리꾼을 낳는다** 담수지교(淡水之交)

1. 소리꾼의 악정과 악상을 훤히 꿰뚫어 화답하다 **146**

2. 널리 보고 익혀 예술을 깨치다 **150**

3. 이심전심으로 동병상련의 애틋함을 느끼다 **156**

4. 예악은 훌륭한 사람을 만날 때만 제대로 행하여질 수 있다 **160**

5. 두루 통하여 걸림이 없어야 옳은 평을 할 수 있다 **165**

6. 총명한 관객이 있어야 소리꾼이 기운이 생동한다 **173**

제5부 스승과 제자가 한마음으로 배우다
사제동행(師弟同行)

1. 예술에 입문할 때 가장 중요한 것은 스승을 구하는 일이다 180
2. 제자가 안에서 쪼고, 스승은 밖에서 쪼아 알을 깨다 185
3. 사제지간의 기운이 잘 어우러져야 신명이 난다 190
4. 결국은 스승을 떠나 자기의 길을 가야 한다 195
5. 스승에게 배우되 그 단점은 버려라 201
6. 경쟁 속에서 피어나는 예술은 향기가 없다 206
7. 자연 만물의 온갖 조화를 스승으로 삼다 210

제6부 고수가 먼저이고 소리는 나중이다
일고수 이명창(一鼓手 二名唱)

1. 고수(鼓手)가 고수(高手)여야 한다 222
2. 소리판은 고수에게 달렸다 233
3. 소리는 뱃길, 북은 물길 237
4. 서로 찰떡궁합이 되어야 조화를 부릴 수 있다 243
5. 생사맥(生死脈)을 짚을 줄 알아야 명고다 247
6. 무형의 소릿결에 얼개를 짜다 251

제7부 전통의 법제 속에서 새로운 보옥을 캐다
법고창신(法古創新)

1. 예술은 전통과 창작의 대립 속에서 성숙한다 256
2. 선조들의 예술 정신을 따르되 시대의 풍조와 어울리게 하라 260

3. 어설픈 세계화보다는 국악의 품격을 알리는 데 힘쓰라  265

4. 범인문학적 교육이 이루어져야 창작이 빛난다  270

5. 샘이 깊고 뿌리가 깊은 한류를 만들어라  277

6. 우리 산하를 적시고 흐른 물이 태평양에 이른다  282

7. 확실한 내 것이 있어야 남의 것에 섞여도 빛이 난다  292

8. 전통에서 답을 물어 새로운 길을 찾아내다  305


제8부  곤궁함을 스승으로 삼아 예술을 완성하다
곤궁이통(困窮而通)

1. 궁해야 성음이 애틋하다  310

2. 한을 소리에 버무려 한바탕 울어볼 뿐이다  318

3. 바람 부는 대로 흘러다니며 예술적 영감을 기르다  321

4. 기예로써 도를 밝히다  326

5. 빛나되 요란하지 않다  334


제9부  마침내 소리꾼의 최고 경지에 오르다
득음(得音)

1. 득음은 득도요, 해탈이요, 정각의 경지이다  342

2. 쉼 없이 정진해야 큰 뜻을 이룰 수 있다  346

3. 기술로써 도에 들어간다  352

4. 예술의 궁극은 사람 됨됨이다  361

제1부

스스로 음을 찾다
독공(獨功)

# 1. 벼랑 끝에 자신을 세우다

독공(獨功)이란 소리꾼이 선생으로부터 배운 소리를 더욱 정밀하고 자세하게 닦고, 더 나아가 자기만의 독특한 덧음*을 만들기 위해 깊은 산속에서 홀로 공부하는 것을 말한다. 예전 명창들에게 독공은 반드시 거쳐야 할 소리 공부의 기본 과정이었다. 선생도 제자를 굳이 자기 문하에 오래 잡아두지 않았고, 기본만 갖추면 바로 내보내 독공을 통해 본인의 소리를 찾기를 바랐다. 요즘도 독공을 아주 안 하는 건 아니다. 대개 못해도 석 달 열흘은 기본으로 독공에 들어간다. 내가 아는 소리꾼들도 독공을 많이 했다. 요즘도 짧게는 1년, 길게는 3년에서 5년씩 하는 사람들이 더러 있다. 그것은 진정 소리를 좋아하고 성음을 얻고자 하는 간절한 염원이 있어야 할 수 있는 일이다. 독공은 소리꾼이 겪어야 할 필수 과정이라 해서 그냥 가는 것이 아니다. 진정으로 뭔가를 얻어내고 캐내기 위해서 발심을 내어 적적한 무인처에

---

* 소리꾼이 기존에 전승되어온 사설과 음악 등에 새롭게 짜 넣은 판소리 대목을 말한다. 특정 소리꾼이 다른 소리꾼보다 월등히 잘 부르는 대목을 지칭하기도 한다. 더늠이라고도 부른다.

초막을 짓고 부지런히 정진하는 것이다.

소리는 먼저 자신이 감동하는 성음이 나와야 듣는 사람도 만족한다. 그 소리를 얻기 위해 궁벽진 산속에 칩거하며 인고의 세월을 보낸다. 예술은 남에게 보여주기 위한 위인지학(爲人之學)이 아니라 자신을 위한 위기지학(爲己之學)이다. 즉 남에게 보이기 전에 내 가슴에 먼저 선을 보이고, 스스로의 영감으로부터 인정받아 그것이 밖으로 드러나야 널리 이롭게 된다. 나 자신의 지성과 인격을 위해 학문을 하듯이, 예술도 그 재주를 세상에 내놓기 위해서는 오랜 수련의 시간이 필요하다. 이를 독선기신(獨善其身)이라고 했다. 홀로 수신(修身)하면서 잘 닦는다는 말이다. 그래서 독공은 독선(獨善)이다.

섣부른 어릿광대는 서너 푼의 재주로 시도 때도 없이 여기저기 설쳐대지만, 먼 앞날을 생각하며 소리를 공부하는 악공은 함부로 나대지 않고 자신의 예술을 더욱 세련되게 연마하기 위해 피나는 노력을 한다. 그래서 소리꾼들은 산 공부를 즐긴다. 어쩌다 방학 때 선생을 따라 잠깐 산에 다녀온 것은 유람이고 피서이지 진정한 공부가 아니다. 진정한 공부는 백척간두에 서서 절절하게 홀로 공부하는 것을 말한다. 누구에게 의지하거나 기대지 않고 스스로 묻고 찾아서 간절한 마음으로 절차탁마하는 게 진정한 공부라는 말이다. 그러기 위해서 소리꾼들은 홀로 궁벽진 산속을 찾아 들어간다. 나는 독공을 조계산과 지리산에서 7여 년간 했다. 처음에는 3년을 작정했는데 막상 하고 보니 그 세월로는 턱도 없었다.

그래서였던가, 공자의 애제자인 안회 같은 선지자도 공부의 끝없음에 이렇게 한탄했다.

우러러볼수록 더욱 높아지고, 뚫으려 할수록 더욱 단단해지누나, 앞에 있는 줄 알았는데, 문득 보니 뒤에 있구나.

—『논어』

참으로 멀고도 먼 기약 없는 길이다. 재주 없는 필부에게 3년 기한의 산 공부는 새 발의 피였다. 목을 틔우기는커녕 목 푸는 것도 3년으로는 가당치 않았다. 뭔가를 얻는다는 게 쉬운 일이 아니었다. 공부는 묻고 또 캐물으며 조금씩 확연해지는 법이다. 스승이신 성우향* 명창은 말했다. 소리 공부는 마치 옥수수 껍질 벗기듯, 여러 해에 걸쳐 수없이 다듬어내야 비로소 정련(精鍊)된 자신의 소리가 나온다고 말이다. 그러기 위해선 스승의 가르침도 중요하지만 각자의 피나는 노력이 수반되어야 가능한 일이다. 처음의 엉성하고 조잡한 재주는 익혀가면서 더욱 세련되어지게 마련이다. 그것은 그저 세월 따라 저절로 이루어지는 게 아니다. 뼈를 깎는 단련의 결과이다. 단(鍛)은 쇠를 담금질할 때 쇠를 천 번 두들기는 것이고, 연(鍊)은 만 번을 두들기는 것

---

* 성우향(成又香, 1935~2014): 전남 화순에서 태어난 판소리 여성 명창이다. 걸쭉하고 구성진 소리가 특징이고, 고제(古制)를 완벽하게 재현하는 것으로 유명하다. 2002년 중요 무형문화재 판소리 「춘향가」 보유자로 인정받았다.

이라고 했다. 졸렬한 기교와 예술 정서는 수없이 깎고 문지르는 가운데 점점 단단해지고 세련되어진다. 기교란 것은 뭘 모르는 애송이 때는 매우 멋져 보여서, 쓸데없는 것도 보태어가며 화려하게 꾸미려 한다. 그런 번잡하고 번화한 기교는 수양과 성숙을 거치면서 자연스럽게 담박해지고 간소해진다. 그래서 성숙한 예술을 하기 위해서는 재주와 정신 수양이 병행되어야 한다. 재주만 성하고 덕이 초라해져서도 안 되고, 덕은 빛나지만 재주가 변변찮고 세련되지 못하면 그 또한 완전무결한 아름다움이라 할 수 없다. 재덕(才德)이 함께 빛나야 비로소 충실미(充實美)가 넘쳐난다. 그래서 옛사람들은 기예의 실천과 체험을 매우 중시하여 "기예에 능하지 않으면 정통 학문도 즐길 수 없다(不興其藝 不能樂學)"라고 말한 것이다. 기예를 한낱 즐기는 놀이로 여기는 사람들도 있지만, 통철(通徹)한 위인들은 기예를 익힘으로써 학문도 더욱 정교하고 아름다워진다는 것을 알고 있다. 이렇듯 독공은 바로 재덕을 두껍게 쌓아가는 과정이다.

# 2. 마침내 빛나는 성음을 얻기 위해

예술에서의 깨달음은 심수(心手)가 상응(相應)한 것이다. 몇 겹으로 포개진 옥수수 껍질을 하나하나 벗겨내어야 찰진 씨알들을 만나듯이, 절차탁마의 노고를 거쳐야 마침내 빛나는 성음을 얻을 수 있다. 노화순청(爐火純靑)은 옛날 도사들이 단약(丹藥)을 만들 때, 화로 안의 불꽃이 순청색으로 나올 때까지 연단하는 것을 말한다. 오늘날에는 학문이나 예술 등이 완숙한 경지에 이른 것을 비유할 때 쓴다. 연단(煉丹)하는 화로의 불꽃은 온도에 따라 색깔이 다르다고 한다. 500도 이하일 때는 암흑색을 띠고, 700도가 넘으면 자주색, 800~900도가 되면 붉은색에서 노란색으로 바뀐다고 한다. 1200도가 되면 불꽃이 하얀색으로 변하고 3000도를 넘어서면 마침내 파란색을 띠는데, 노화순청은 이를 두고 하는 말이다. 또 낮은 온도에서는 온도 상승이 빠르지만 고온으로 갈수록 더디다고 한다. 소리 공부도 마찬가지이다. 처음엔 하루하루 달라지는 것을 느끼지만 익숙해진 어느 순간부터는 진척이 더디면서 한계에 다다른다. 진짜 공부는 바로 그 지점에서 이루어진다. 고도로 집약시키는 열정과 지혜가 필요할 때이다. 그때를 잘 넘기면 노화순청의 진정한 소리가 터져 나온다. 바로 그 소리를 찾아내기 위해 소리꾼들은 거침없는 폭포 밑에서 안간힘을 다하는 것이다.

사실 소리꾼이 세속을 등지고 여러 해 동안 산속에 묻혀 유방지외자(游方之外者)로 산다는 건 결코 쉬운 일이 아니다. 유방지외자는 아웃사이더이다. 아웃사이더는 흔히 세상 사람이 말하는 세속적인 출세보다는 예술의 본질과 궁극을 찾아 기약 없이 떠도는 구도자이다. 그래서 예나 지금이나 아웃사이더들을 보면 하나같이 개성이 뚜렷하고 활기 넘치는 자기만의 예술을 지니고 있다. 소리꾼들은 대개 소리로 밥을 먹고 살아가야 하는데 때를 놓치면 직장도 들어가기가 쉽지 않으니, 일찍이 인사이더인 유방지내자(游方之內者)의 삶을 도모해야 한다. 그러나 노화순청의 성음을 얻기 위해선 고독한 유방지외자의 삶을 택하지 않을 수 없는 것이 예술의 길이다. 물론 예술가가 평탄한 길을 택하면 안정된 직장에 들어가서 무난한 예술 활동을 하면서 그런대로 풍족하게 살 수 있다. 하지만 그러한 삶으로는 결코 순청의 신묘한 경지를 맛볼 수 없다.

장자는 '양생주(養生主)' 편에서 이렇게 말했다.

연못가의 꿩은 열 걸음을 걸어서 모이를 한 번 쪼아 먹고 백 걸음을 걷고서 물을 한 번 마시더라도 차라리 천성에 맞게 노요하며 자유롭게 서닐지언정 새장 속에 갇혀 자라는 것을 바라지 않는다.

이 말은 소리꾼 입장에서 볼 때, 몸을 얽매는 온갖 세상사로부터 초연해야 자기만의 성음을 가질 수 있다는 말과 같다. 이는 누구도 부인할 수 없는 자연적인 이치이다. 뛰어난 예술을 얻기 위해서는 한때의 편함에 안주하지 않고 아무도 걷지 않는 험준한 모험의 길을 걸어야만 아무도 가보지 못한 예술의 경지에 이를 수 있다. 소리꾼은 철저한 유방지외자의 고독을 겪어야 활연한 소요(逍遙)의 멋을 누릴 수 있다. 그런 경지에 이르고자 한다면 당장 눈앞에 놓인 세상 근심일랑 과감히 접어두고, 자기 소리의 영혼을 찾으려는 독공을 해야 한다. 득음의 길은 바로 거기에 도사리고 있으니, 궁벽진 곳으로 가서 소리와 힘껏 싸워 진정한 자신의 소리를 얻어내야 한다.

# 3. 지극한 예술은 모두가 피눈물로 이루어진 것이다

나는 서른두 살 때 독공에 들어갔다. 두 분 스승에게 「춘향가」, 「심청가」, 「흥부가」, 「수궁가」를 배우고 다듬은 뒤였다. 독공을 결심한 이유는 여러 가지였으나, 그중 가장 큰 것은 우연히 옛 명창들의 성음을 들었던 것이다. 그다음부터는 잠시도 세상에 머물러 있을 수가 없었다. 송만갑*, 이동백†, 정정렬‡ 같은 명창들의 소리에 푹 빠져 더 큰 공부를 위해 과감하게 보따리를 쌌던 것이다. 독공을 들어가기 전에 선후배들에게 독공 방법이나 장소, 공부 요령 등에 대해 물었지만, 돌아

---

* 송만갑(宋萬甲, 1865~1939): 전남 구례에서 태어나 조선 고종 때부터 일제 때까지 활약한 판소리 명창이다. 근대 오명창 중 한 사람이다. 동편제(東便制) 소리를 가장 잘 표현하는 것으로 평가되며 고종의 총애를 받아 어전에서 판소리를 부르기도 했다.
† 이동백(李東伯, 1866~1949): 충남 서천에서 태어나 19세기 후반에서 20세기 전반까지 활동한 판소리 명창으로, 근대 오명창에 속한다. 독창성과 즉흥성이 뛰어났다. 소리판 상황에 따라 사설과 곡조를 걸맞게 짜서 불렀고, 같은 대목도 부를 때마다 달리 불렀다.
‡ 정정렬(丁貞烈, 1876~1938): 전북 익산에서 태어나 19세기 후반에서 20세기 전반까지 활동한 판소리 명창으로, 근대 오명창에 속한다. 중하성이 넉넉하고 수리성을 지녀 소리의 질감 면에서 훌륭한 명창이었다.

온 답은 하나같이 우려 섞인 목소리뿐이었다. "잘못 들어가면 오히려 목을 버린다", "독선생을 모시고 가야지 혼자서는 위험하다", "여기서도 충분히 할 수 있는데 뭐하러 거기까지 가느냐" 등의 충고들이 쏟아졌다. 그러나 정작 그들은 대부분 독공다운 독공을 경험하지 못한 사람들이었으니, 거기다 대고 괜한 질문을 던졌던 것이다.

　나는 우려와 설렘을 안고 독공을 결심했다. 그 후 장소를 물색하면서 하나하나 준비를 해나갔다. 그전에 스승 강도근* 명창으로부터 조계산 선암사에서 공부를 했는데 산기운이 괜찮다고 들은 바 있어 주저 없이 선암사로 공부 장소를 정했다. 조계산은 고향 부근이라 맘이 편했다. 장소를 정한 후에 답사를 갔다. 조계산은 조계종 본산인 송광사와 태고종 본산인 선암사가 딱 버티고 있는 명산이다. 나는 송광사 쪽보다는 선암사 쪽을 택했다. 무작정 느낌이 좋았고, 또 산세가 송광사 쪽보다 포근했으며, 운치도 더 소박하고 편했다. 선암사에 들러 지낼 만한 곳을 찾다 보니 장소는 많아도 갈 곳을 정하기가 마땅치 않았다. 수양 도량이어서 아무 데서나 소리 지를 수 없기 때문이었다. 북암(北奄) 쪽 계곡은 등산객이 많아 서암(西奄) 쪽으로 갔다. 서암인 운수암(雲水奄)에 들렀더니 스님은 상주하지 않고, 일흔 살 정도 되신 노보살 자매가 계셨다. 자초지종을 말하자 머물러도 좋다 해서 일단 공

---

\* 강도근(姜道根, 1918~1996): 전북 남원에서 태어나 20세기에 활동한 판소리 명창이다. 상청을 잘 구사했으며, 통성으로 질러내는 고음이 일품이었다. 동편 소리의 법통을 올곧게 계승했고, 남원 일대 판소리 분야의 후진 양성에 큰 공을 세웠다.

부 장소가 될 만한 곳을 찾아보기로 하고 계속 산을 타고 올라갔다. 20여 분 정도 갔더니 개울이 있었다. 비록 크지는 않았지만 물이 제법 콸콸거렸고, 폭포 대신 작은 여울목이 있었다. 개울 옆쪽으로 조그마한 공터가 있어 움막을 짓기에 적당해 보였다. 주위는 노각나무, 때죽나무, 함박꽃나무, 후박나무, 산벚나무, 단풍나무, 산사나무, 고로쇠나무, 도토리나무 등 주로 참나무들이 우거졌고, 나무 아래는 산죽들이 빽빽이 들어차서 첫 느낌이 매우 포근하고 편했다. 소리를 해보니 울림 또한 좋아서 망설임 없이 공부 장소를 그 자리로 정했다. 다시 운수암으로 내려와 암자에 머물겠노라 하고는 서울로 갔다. 서울에서 이삿짐을 쌌는데 물건은 별로 없고 책만 1톤 트럭에 가득했다.

운수암에 당도하여 지게로 책을 일일이 져 날라 정리한 후, 다음 날부터 공부 장소에 터를 다지고 움막 치는 일을 했다. 움막에 칠 포장은 시장 천막사에 미리 부탁해놓았다. 길이가 가로세로 3미터씩 되게끔 맞춰놓아서 움막 만드는 게 수월했다. 개울가 옆 공터에 흙을 두둑이 쌓아서 단단히 밟고, 그 위에 비닐을 깔고 다시 갈대로 포갠 다음 그 위에 또 한 번 비닐을 두껍게 깔았다. 올라오는 습기를 막기 위해서였다. 그러고 나선 돌로 가장자리를 둘러쌓은 뒤 비닐 위에 두꺼운 압축 스티로폼 두 장을 깔았다. 이 스티로폼 때문에 겨울에도 따뜻해서 잠을 잘 수 있었다. 다음엔 쭉쭉 뻗은 단단한 노각나무를 몇 그루 베어다가 기둥과 보로 얼개를 만들어 천막을 씌우니 제법 근사한 초막이 만들어졌다. 천막이 바람에 날릴까 염려되어 끈으로 이리저리 단단히 동여매고 초막 공사를 마쳤다. 늦가을 스산한 비가 보슬보슬 내리는 가운데, 초막을 지었으니 산신께 공부가 잘되게 도와주십사 초를 켜고 향을 사른 뒤 막걸리 서너 잔을 올리고 절을 했다. 산신께 고하고 나자 왠지 마음이 든든하고 홀가분했다. 가지고 온 막걸리를 마시고 가을비를 맞으며 암자로 돌아오는데, 늦가을 낙엽 냄새가 정말 좋았다.

그날 밤을 잘 자고 다음 날 새벽 4시에 일어나 캄캄한 길을 더듬어 초막으로 올라갔다. 쌀쌀한 기운에 숲 속은 칠흑 같고 풀벌레 소리만 온 산을 울리는데 덜컥 겁이 났다. 몇 년을 머물러야 할 곳인데 벌써부터 겁을 먹으면 어쩌나 생각하면서 얼떨결에 당도하고 보니 초막이 오히려 더 편안했다. 천지 사방을 향해 두 손 합장 배례하고 드디어 첫소리를 내지르니 적막한 새벽 산자락이 쩌렁쩌렁 울렸다. 그길로 운수암에서 2년을 공부했다.

독공하면서 정말 무서운 것은 게으름이고, 시도 때도 없이 떠오르는 헛된 망상이다. 이동백 명창은 소리하는 틈틈이 독서를 즐겼다고 한다. 그냥 심심파적으로 하지는 않았을 것이다. 그가 여러 매체들과 나눈 인터뷰에서도 누누이 말한 바 있다. 소리란 것이 그냥 이루어진 게 아니라 음양오행의 질서로 행해지는 것이라고 말이다. 아마도 그러한 학문에 관계된 책을 읽었지 않나 싶다. 옛 명창들의 얼마 되지 않는 인터뷰 중에 소리 공부를 하면서 독서했다는 말은 내가 알기로는 이동백 명창이 처음인 것 같다. 그때 나이가 고작 열아홉 살이거나 스무 살쯤이라고 하니, 지금 소리꾼들의 공부 환경과 정신적 환경과 비교해봤을 때 하늘과 땅 차이였음을 알 수 있다. 그런 노력 덕분에 이동백 명창은 전무후무한 성음을 남겨놓은 것이다.

명창은 또 말하기를, 목에서 피가 많이 나오고 몸이 부어도, 간간이 좋은 소리를 발견하는 재미로 공부했다고 한다. 나는 목이 붓고 잔뜩 쉬기는 했어도 피가 나온 일은 경험해본 적이 없다. 예전 분들은 먹는 것이 부실하고 연습량이 많아 간혹 피가 날 정도로 공부했을 것이라고 생각은 되지만, 피가 쏟아졌다거나 피를 토했다고 한 말들은 왠지 믿음이 안 간다. 나는 하루에 단 두 시간만 자고 온종일 소리만 엄청나게 질러댔어도 그런 적이 전혀 없었으니 말이다. 옛말에 고금지예개혈루소성(古今至藝皆血淚所成)이란 말이 있다. "예나 지금이나 지극한 예술은 모두가 피눈물로 이루어진 것이다"라는 뜻이다. 목에서 피가 났다는 말은, 피가 나올 정도로 열심히 했음을 강조한 것이라고 생각하면 좋을 듯싶다. 침이나 가래에 약간의 혈흔이 보였다면 혹시 모를까, 피를 토할 정도라면 그것은 폐병이나 무슨 심각한 속병이지 소리 연습 때문에 생긴 것은 아닐 것이다.

똥물도 마찬가지라는 생각이 든다. 예전에야 민간 치료가 대부분이어서 몸이 붓거나 아리면 약간의 똥물을 먹었겠지만, 수시로 먹었다는 말은 왠지 수긍이 안 간다. 나도 염금향* 스승 문하에 있을 때 박

---

* 염금향(1932~2010): 전남 광양에서 태어나 20세기에 활동한 판소리 명창이다. 대전, 남원 등에서 활동을 했고, 1970년 후반 순천에 정착하여 보성 소리를 체계적으로 학습했다. 당시 침

영수 소리꾼과 박성호 춤꾼과 함께 재래식 방법으로 깨끗이 거른 똥물을 마신 적이 있는데 곧바로 토해버렸다. 똥물은 아무리 대통으로 잘 걸러낸다 해도 독이 강해 많이 먹을 수가 없다. 이러한 얘기들은 모두 소리꾼이 목을 틔우기가 매우 어렵다는 것을 들려주기 위해서 나온 게 아닌가 싶다. 하지만 그 말들은 과장된 말일지언정 그래도 아름답게 들린다. 모두 혹독한 예술 수련 과정 중에 나온 말들이기 때문이다.

---

체된 지역의 판소리 문화를 부흥시켰으며 젊은 소리꾼을 많이 발굴했다.

# 4. 득음의 경지에 오르기 위해 소리를 갈고닦다


이동백 명창의 공부담에서 본 것처럼, 예전 명창들은 매우 이른 나이에 독공했음을 알 수 있다. 이는 눈여겨봐야 할 대목이다. 지금 나이 열아홉, 스무 살이면 고3이나 대학 초년생쯤 된다. 그 나이에 요즘 소리꾼들은 고등학교나 대학으로 소리 공부를 가지만, 예전 명창들은 이동백 명창처럼 폭포나 산중으로 소리 공부를 갔다. 이러한 점만 봐도 예술의 공력이나 철학이 얼마나 차이 나는지 짐작할 수 있다. 도를 깨치는 일은 직지인심(直指人心)이요, 불립문자(不立文字)요, 견성성불(見性成佛)이라 하지 않던가. 훌륭한 예술은 다변(多辯)이 필요 없다. 막자치기* 공부로 견성성음(見聲成音)해야 하는 것이다. 대학과 대학원을 졸업하고 사회에 나오면 이미 서른이 된다. 그때는 독공이 굉장히 어려운 여건이 된다. 직장도 얻어야 하고, 결혼도 해야 되고, 이런저런 세상일로 독공은 꿈도 꾸기조차 어렵다. 하지만 득음은 머리나

---

* 창법에서 특별한 기교를 부리지 않고 목으로 우기는 소리를 말한다.

학벌에서 오지 않고 절차탁마의 갖은 노력에서 온다.

고통을 처절히 겪어야만 득음의 경지에 이를 수 있다. 요즘 소리꾼들은 이 점을 깊이 고심해야 한다. 이러한 여건을 감안하여 대학에서도 교육의 핵심을 분명히 할 필요가 있다. 예술가의 인생에서 가장 중요한 시기를 허망하게 허비할 수도 있기 때문이다. 대학 교육은 예술 철학과 정신을 가다듬게 하고 쓸모 있는 학문을 하게 만들어 예술적 안목을 고양시키는 데 집중해야 한다. 학생들이 졸업한 후에라도 스스로 공부하여 일가를 이루는 데 정신적 발판이 되는 실제적 교육이 되어야 한다. 대학에서 단순히 소리 몇 대목 배워 나오고, 쓸데없는 공부에 매달려서 허송세월을 보내면 평생을 후회하게 될지도 모른다.

예전 선비들의 대학지도(大學之道)를 보자! 재명명덕(在明明德)하고 재친민(在親民)하여 재지어지선(在止於至善)이라 하잖던가. 밝은 덕을 더 밝게 닦고, 그 밝은 덕으로 사람들과 친하게 지내어 덕을 더욱 빛나게 하고, 마침내 지극한 선에 머무르고자 하는 뜻에서 큰 학문을 한다고 했다. 그런 큰 뜻까지야 못 미칠지언정 자신이 하는 예술의 정신이라도 깨치게 하는 대학 교육이 되어야 하지 않겠는가. 지금의 대학 교육은 대학(大學)이 아닌 소학(小學) 교육이 아닌가 싶다. 소학은 먹고 살기 위해 할 수 없이 하는 탁상공론의 학문이다. 대학이란 바로 위에서 말한 대로 대학지도이다. 사람이 되고 사람을 위하고 그리하여 진정한 진리적 가치를 추구하는 학문이 바로 대학이다. 특히 예술은 인간의 정서를 대변하고 위로하는 것이므로, 진정한 쓰임이 있는 큰 학문을 해야 마땅하다. 예술이란 실기와 이론을 모두 갖춰야만 궁극의 경지에 이를 수 있다. 그러므로 대학 교육은 반드시 필요하다. 다만 학생들은 학교에서 현명하고도 예지(叡智) 넘치는 예술적 영감과 철학을 배워서 나와야 한다.

사실 학교처럼 다양한 학문을 배울 수 있는 곳은 드물다. 훌륭한 선생들이 많아서 학생들은 그들의 예술적 경험과 예술 철학을 충분히 배울 수 있다. 하지만 오늘날의 학교 교육을 보면 매우 효과적이지 못한 것 같다. 그래서 나는 대학에 진학한 제자들에게 별도의 공부를 제시하며, 또 그에 관한 독서와 과외를 권하고 있다. 예술가의 길을 택한 사람이 별 쓸모 없는 탁상공론에 미련스럽게 매달릴 필요는 없다. 소리에만 불철주야 매달려도 깨칠까 말까 하는 판에, 쓸데없이 시간을 허비해서는 안 되기 때문이다. 차라리 그 시간에 자신에게 진정 필요한 공부를 해서 실속을 차려야 마땅하다고 생각한다. 학교는 졸업 후의 일까지는 책임 지지 않는다. 생각 없이 학교의 프로그램대로 따라 했다가는 졸업 후 사회에 진출해서 갈피를 못 잡고 헤매기 쉽다.

요즘 국악 대학을 졸업한 예술 학도들의 처지를 한번 보라. 취직할 예술 단체는 턱없이 부족하고 활동 무대도 빈약하다. 전공은 했는데 무엇을 해야 할지 몰라 졸업생들끼리 삼삼오오 짝을 지어 음악 활동을 하다가 시원치 않으면 그마저도 때려치우는 형편이다. 정말 할 일 없이 방황하는 이들이 즐비하다. 예술가에게는 경제적으로 안정된 단체에 취직하는 일도 중요하지만, 무엇보다 중요한 것은 예술에 대한 끊임없는 구도열이다. 사회가 나를 필요치 않아도, 취직이 안 되어도 예술 하나만 의지하고 재미나게 살아갈 수 있도록, 대학 4년 동안 학교에서 학생들의 정신력을 키워줘야 한다. 한창 판소리 공부에 빠져 있어야 할 중요한 시기에 실속 없는 교육 프로그램에 이끌려 허망한 세월을 보내고 있지나 않는지 엄정히 되돌아보아야 한다.

## 5. 끼니도 잊고 소리에 몰두하다

나는 처음부터 산 공부 장소를 폭포로 택하지 않았다. 선암사 운수암으로 가기 전에 시험 삼아 지리산 고기리에 있는 폭포에서 한 달 정도 공부했는데 공력이 약해 기가 센 폭포에서 오래 머무르며 공부하는 것은 무리라고 생각했다. 그런 이유로 운수암에서는 일부러 기세가 평범한 개울로 정했다. 선암사에서는 그야말로 끼니도 잊고 소리에 몰두했다. 잠자는 시간 네 시간 빼고는 온종일 소리만 했고, 잠들기 전 두 시간은 독서를 했다. 모두 판소리의 이치를 깨치는 데 도움이 될 만한 것들이었다. 소리를 하다 모르는 이치나 원리가 나오면 반드시 책을 뒤져 확인했다. 입산할 때 11월 초였으니 날씨가 조석으로 꽤나 쌀쌀했다. 잠과 식사는 암자에서 해결하고 공부는 초막에서 했다. 소리가 잘될 때에는 초막에서 밤을 새는 날도 있었다. 그렇게 날이 갈수록 초막에서 자는 날이 많아졌다.

드디어 산에서 맞이하는 첫 겨울이 왔다. 겨울 공부가 매우 힘든 줄 알고 잔뜩 긴장했지만, 의외로 집중이 잘되어 공부가 수월했다. 특히 눈이 자주 내렸는데 바위나 나무, 산죽 위에 살포시 내려앉은 눈이 산속 풍경을 더욱 운치 있게 해주었다. 내 경험으로는 산 공부 하기에 가장 좋은 때가 바로 겨울이었다. 적막강산에 인적은 드물고 낙엽은 다 떨어져 온 산이 텅 비어서, 눈을 들어 사방을 둘러보면 먼 곳까지 훤히 내다보였다. 날씨는 쌀쌀하지만 정신은 오히려 또렷하고, 만물이 고요해 화두를 잡고 집중하기에 가장 좋았다. 여름엔 그야말로 온 힘을 다해 토해내야 할 때이지만, 한편으로 보면 기력이 바닥나기 쉬운 계절인 만큼 공부량을 잘 조절해야 한다. 여름 산중은 비도 자주 오고 늘 축축하여 건강을 신경 써야 한다. 그러나 사계절 모두 나름의 풍경 속에 운치가 있어 그때그때 떠오르는 영감이 모두 새롭고 새로웠다.

처음엔 소리를 하다 보니 금세 배가 고파져서 궁리 끝에 들깨를 구해다 새참으로 한 움큼씩 날것으로 씹어 먹었다. 여름과 가을엔 산더덕과 도라지, 머루, 다래, 오미자, 쥐밤, 산마 등 간식이 될 만한 것은 모두 캐고 따서 먹었다. 봄과 겨울엔 산중에 채취할 게 없어 순천 사는 친구 취산 조영수 화가에게 참마를 구해달라 해서 꾸준히 챙겨 먹었다. 그 친구 신세를 참 많이 졌었다. 산 공부에 들어가는 경비는 인근 고등학교에서 영어 선생을 하는 분에게 소리를 가르쳐주고 받은 학채로 충당했다. 용돈은 쓸 데가 특별히 없었지만 산중 노동으로 충당했다. 산중 노동이란 고로쇠 물 채취, 봄나물 채취, 잣 따기, 수목림 풀베기 등 산중의 허드렛일을 말한다. 이런 생활은 지리산 공부까지도 쭉 이어졌다. 이 모든 것이 소리 공부의 일환이었다.

6개월 정도 공부를 하니 목에 작은 변화가 나타났다. 날이면 날마다 질러대는 바람에 늘 잠겨서 쉰 목이었으나, 6개월 정도 지나자 쉰 목에서 실 같은 소리가 간신히 비집고 나왔다. 새벽 4시부터 두 시간쯤 목 풀고, 아침을 먹은 뒤 8시에 다시 초막으로 가서 공부하고, 12시쯤 점심을 먹고 30분 정도 낮잠을 잤다. 그리고 오후 1시부터 다시 연습에 들어갔다. 점심 후에는 공부하기가 매우 힘들고 노곤했다. 잠긴 목을 간신히 달래어 풀고 4시쯤 되면 점점 강도를 높여 두 시간 동안 사력을 다해 소리를 내질렀다. 그리고 저녁 먹은 후에 7시쯤 시작해서 밤 10시까지 목이 터져라 내지르며 공부했다. 그리고 내려와서 책 좀 보다 잠을 잤다. 운수암 시절에는 주로 음양오행이나 사서삼경, 동양의학, 철학, 종교 서적 등을 읽었다. 이러한 독서는 모두 소리의 발성이나 호흡과 예술 정신을 바로잡는 데 소중한 공부가 되었다.

그렇게 공부하다 보니 몸이 천근만근이라 새벽에 일어나는 것이 아주 고역스러웠다. 몸도 몸이지만 꼭 이렇게 소리를 해야만 되는가 하는 생각이 들곤 했다. 붓고 아린 몸을 간신히 일으켜 초막으로 가는 길은 마치 도살장으로 끌려가는 소 같았다. 그러나 소리를 하다 보면 또 심신이 새로워져 금세 괜찮아졌다. 참 몸서리나게 공부했다. 그나마 다행인 점은 하도 힘들게 하다 보니 아플 새가 없었다는 점이었다. 이 공부는 특별한 날 빼곤 거의 꾸준히 이어졌다. 명절두 없었다. 오히려 명절날은 공부하고픈 의욕이 일어 소리를 더 많이 하게 되었다.

하지만 공부하기 싫은 날은 등산을 하거나 초막에서 잠을 잤다.

그리고 산중에는 도 닦는 이들이 있어 심심하지 않았다. 구도의 열정이 같은 터라 심심할 겨를이 없었다. 운수암 건너편에 북암이 있었는데, 그 암자에는 전통 무예인 기천무를 수련하는 도인이 기거해 서로 왕래하며 공부하는 것들에 대한 이야기들을 주고받았다. 호흡이 무엇인지, 기의 소통과 행공(行功) 등이 무엇인지 서로 묻고 알아가면서 많은 이야기를 나누었다. 지금 생각하면 여러모로 공부가 설익은 상태여서 자칫하면 샛길로 빠질 뻔한 위험하고 그릇된 식견들이 꽤 많았다. 그나마 다행인 것은 망상에 사로잡힐 틈도 없이 소리만 죽여라 열심히 해서 그러한 것들이 그냥 묻혀갔다는 점이다.

도심을 잡고 공부하는 이들은 공부하는 중에 호흡법이라든가 기의 운용 등에서 많은 시행착오를 겪기 마련이다. 그럴 때 잘못된 습(習)이 몸에 배면 큰일이므로 매우 신중해야 한다. 실제로 산중에는 평범치 않은 사람들이 기거한다. 무슨 도인지는 몰라도 도를 닦으러 오는 사람, 무술을 연마하러 오는 사람, 약초꾼, 무속인, 요양하러 오는 사람, 세상을 피해서 오는 사람 등 평범치 않은 이들이 주로 온다. 웃긴 이야기 같지만 그런 사람들 틈에서 명철하게 공부한다는 것도 쉬운 일은 아니다. 자칫 잘못하면 유혹에 말려들 소지가 많기 때문이다. 그래서 자신의 굳은 심지를 따르고 선현들의 가르침을 열심히 연구하고 배우는 것이다. 어쨌거나 산중에서 나 홀로 공부하면 적적할 텐데, 길은 달라도 도를 찾는 공부를 하는 사람들이 있어 각자의 수련을 통해 깨쳐가는 경험을 할 수 있어서 공부에 많은 도움이 되었다.

그렇게 운수암에서 2년 넘도록 공부하다가 성우향 명창에게 한 달 정도 소리를 다듬을 요량으로 잠시 산을 내려왔다. 스승을 뵙고 지도 받는데, 소리에 힘만 잔뜩 들어가 있다면서 힘을 다 풀라고 하셨다. 사실 그때는 강도근 명창의 억센 동편 발성이 몸에 배어 있었다. 스승은 그 발성이 부드럽지 못하니 힘을 빼고 수수하게 소리를 쭉쭉 밀어가라고 일러주셨다. 하지만 이미 몸에 밴 습관은 쉽게 바꿀 수가 없었다. 그렇게 한 보름 정도 있으면서 공부하는데 불현듯 '내가 기운을 완전히 얻지도 못한 상태에서 섣불리 다듬다가는 죽도 밥도 안 되겠다, 우선 속이 꽉 찬 아름드리 통나무를 만든 후에 치목을 해서 써야지 아직은 턱도 없다'는 생각이 들었다. 그래서 다음 날 스승께 말씀드리고 다시 산으로 들어가겠노라 했다. 스승께선 소리를 더 다듬고 가라 했지만 난 그길로 곧장 운수암으로 돌아가 여느 때처럼 열심히 정진했다.

그때 정말 좋은 경험을 했다. 스승의 지도는 분명 옳았으나, 그러한 것도 다 때가 되면 저절로 이루어지는 것이니 스스로 더욱더 절차탁마해야 한다는 것을 알았다.

# 6. 소리의 힘과 뜻이 균형을 이루다

운수암에서 6개월 정도 더 공부하다가, 폭포로 가서 공부하고 싶은 마음에 가까이 있는 지리산을 둘러보기로 했다. 일주일 동안 알아본 바로는 뱀사골 쪽 달궁이 여러모로 지내기 합당하여, 그길로 짐을 싸서 달궁으로 처소를 옮겼다. 조계산이 수려하고 아기자기한 처녀 같은 산이라면, 지리산은 웅장한 기세가 마치 튼튼한 청년의 기골 같아서 보자마자 가슴이 벅차올랐다.

짐을 옮겨온 그날 밤, 이곳에서 꼭 목을 얻어가겠노라 다짐하고 또 다짐했다. 다음 날 아침 일찍 일어나 공부할 만한 장소를 알아보기 위해 이 골 저 골 찾아다녔다. 그리고 인적이 전혀 없는 골짝을 타고 올라가다가 일생일대 가장 운명적인 폭포와 경이로운 대면을 했다. 폭포는 높이 5미터 정도이고 움푹 들어간 둘레는 돌벽으로 둘러쳐 있어 기세가 쨍쨍했다. 동네 사람들에게 폭포 이름을 물었으나 알고 있는 사람이 없어서, 그냥 내 이름을 따서 일동폭포라고 지어 불렀다. 다른 곳을 둘러볼 것도 없이 공부 장소를 그곳으로 정하고, 폭포 주위의 나무를 구해다 널따란 평상을 짜서 본영(本營)을 마련했다. 평상을 다 짜고 나서 자리에 누웠더니 청설모 한 마리가 환영이라도 하는 듯 부산스럽게 오르락내리락했다. 시작이 반이다! 첫 마음이 중요하니 발심을 새롭게 세우고자 경건한 마음으로 간단히 제를 올렸다. "먼 데를 가려면 가까운 데서부터 시작하지 않을 수 없고, 높은 곳을 오르려 해도 반드시 낮은 곳에서 시작해야 한다"라는 말이 있듯이, 자신의 처지를 한없이 낮게 다시 설정하고 정성껏 재계했다.

운수암의 체험 덕분에 이젠 산중이 낯설지 않고 내 집 같았다. 공부 방법은 운수암 시절과 같았으나 숙식은 한결 좋았다. 소리를 하려면 먹는 것도 중요하다. 채식만 하면 몸이 부실해져서 강도 높은 수련에는 아무래도 어려움이 있다. 달궁에서는 묵었던 집 주인 이순봉 씨 부부의 인심 덕택으로 간간이 기름진 음식도 포식했다. 산사에서는 모든 게 단출했지만, 달궁은 세속이라 사람 사는 일도 겪으면서 나도 조금씩 동네 사람이 되어갔다.

또 달궁에선 체력 안배에 신경 써가며 소리를 했다. 특별한 일이 없으면 매주 토요일은 하루 코스로 등산을 하며 체력 관리를 했다. 그때는 하루 종일 일어나 북채로 바위를 치고 소리를 내지르며 연습했다. 그러다 보니 자연히 하체 훈련이 필요해서 가끔씩 산을 올랐는데, 등산은 여러모로 유익했다. 바위에 대고 소리 지르는 것은 순전히 스승 강도근 명창이 가르침이었다. 언젠가 스승께서 독공에 관한 이야기를 해주셨는데, 바위에 대고 소리를 하면 돌의 단단한 성질을 닮아가서,

지리산 달궁에서 독공할 때 모습이다. ⓒEmma Franz

자신도 모르는 사이에 소리가 철성(鐵聲)이 끼고 딴딴해지면서 탱글탱글해진다는 것이었다. 나는 스승의 가르침대로 했고, 스승의 방법은 역시 옳았다. 우선 소리를 허공에 대고 지르면 기운이 퍼져 감당하기 어렵고 연습을 오래 할 수 없었다. 그러나 바위에 대고 연습하면 기가 흐트러지지 않고 집중력이 좋아져서 잡념도 안 생기고 하루 종일 소리를 해도 무리가 없었다.

게다가 서서 소리를 하면 상하 단전의 기 흐름이 원만하게 이루어지고, 몸의 구심점이 상단전과 하단전에 확실히 잡혀 힘을 균형 있게 쓰기 때문에 여러모로 소리가 나아졌다. 머리끝과 발끝까지 몸의 모든 기력을 상하 단전으로 끌어당겨 모으니, 앉아서 하는 공부보다 몇 배의 효과가 있었다. 그렇게 꼿꼿이 서서 하루에 여덟 시간씩 5년만 수련하면 상하 단전의 기가 모이는 것을 느낄 수 있게 된다. 특히 하단전에 힘이 모이는 느낌이 있는데, 초심자는 아직 기력이 약해서 온몸의 기를 하단전에 모은다는 생각만 할 뿐이지, 실제 단전에 모이는 기는 매우 약하다. 기는 공력이 붙을수록 기운이 긴밀해지고 마치 쟁반만 한 크기에서 콩알만 하게 똘똘 뭉쳐지는 것을 느낄 수 있다. 이러한 느낌은 체험으로 얻는 것이어서, 말과 글로 표현하기가 어렵다.

고도로 응축된 기는 엄청난 힘을 발휘한다. 그 기를 단전에 모아 응축시키기 위해서 공력을 들이는 것이다. 우리가 사는 세상은 커다란 기의 덩어리이다. 그 기의 덩어리 속에 온갖 만물이 존재하며 나름대로 사기의 기를 구축하면서 살아간다. 예술은 기의 용량에 따라 밖으로 펼쳐지는 예술의 형태미나 정감이 달라진다. 예술은 단순히 힘으로만 운용되는 것이 아니지만, 힘과 뜻이 균형을 이루면 소리의 시김새나 감정의 흐름이 여유로워져 마음먹은 대로 표현하고도 남음이 있다.

도랑물로는 천만(千萬)의 인구(人口)를 감당키 어려운 법이다. 큰 댐을 이루어야 쓰고도 남음이 있게 된다. 기가 원만해야 예술 기교도 윤기가 흐르니 기운을 모으기 위해서는 모름지기 갈고닦아야 한다. 소리꾼은 그 힘을 얻기 위해 천지를 오르락내리락하며 행운유수(行雲流水)처럼 떠돈다.

# 7. 스승과 이별하고 스스로 깨치다

독공은 스승 밑에서 모방만 하느라 정신없이 놓쳐버린 것들을 세세히 점검하고, 배운 소리를 더욱더 익혀서 능통하게 하는 데 있다. 그러나 더 중요한 것은 배운 소리에서 한 걸음 더 나아가 자기만의 성음을 찾아서 덧음을 만들어가는 데 있다.

달궁으로 옮긴 지 1년쯤 지난 어느 날 소리 한 대목을 부르는데, 느닷없이 선생에게 배운 대로만 따라 부르는 나 자신이 한없이 초라하고 어리석게 느껴졌다. 이제는 스승의 그림자에서 벗어나 내 마음, 내 감정, 내 영혼의 소리를 해야 하는데 그 순간까지도 나라는 존재 없이 오로지 스승의 감정과 마음을 빌려 소리하고 있다는 생각이 들면서, 스스로가 한없이 부끄럽고 어리석게 느껴졌다. 그 즉시 배운 대로 하지 않고 내 방식으로 곡을 해석하고 감정을 실어 표현해보았다. 기분이 묘해지면서 진솔한 감정이 소리에 묻어 나왔다. 순간 나도 모르게 "바로 이것이다!"라고 탄성을 질렀다. 이것은 진주에 강도근 명창에게 지도받은 바인데, 여태 까마득히 잊고 멍청하게 공부했던 것이다.

그날은 기분이 너무 좋아 끼니도 거르며 늦은 밤까지 소리를 엄청 질러댔다.

그날 이후 소리하는 재미가 생겨 더욱 신나게 소리를 했다. 어느덧 소리도 진척을 보이기 시작했다. 공부란 그런 재미가 있어야 한다. 백아의 거문고 이야기가 생각난다. 백아는 스승 성련(成連)에게서 거문고를 배웠다. 3년 동안 스승 밑에서 연주의 기본을 터득했지만, 정신을 텅 비게 하고 감정을 한 곳에 모으는 경지까지는 오르지 못했다. 제자의 그런 모습을 본 성련은 백아를 남겨두고 너의 스승을 모셔오겠다며 어딘가로 떠났다. 하지만 다시 돌아오지 않았다. 그것은 마지막 깨달음은 말로 가르쳐줄 수 없었기 때문이었다. 성련은 마지막 단계에서 백아가 자연의 소리에 귀 기울이게 함으로써 마음을 전일하게 하는 최후의 기술을 전해주었던 것이다.

외사조화(外師造化)이다. 진짜 스승은 자연에 있다는 말이다. 스승은 그저 자신의 예술을 보여줄 뿐이지 그 이상을 줄 수는 없다. 만약 더 주려 한다면 그건 예술이 아니다. 맹자도 이르길, "소목장이나 대목수, 수레바퀴공, 수레 거푸집 장인과 같은 명장들도 후학들에게 곡척의 원칙을 가르쳐줄 수는 있으나, 명장의 솜씨를 만들어줄 수는 없다. 그것은 오로지 자득하는 것이다"라고 말했다. 스승에게 걸음마를 배운 다음에는 자기 보폭으로 자신의 길을 가야 옳다. 그러나 요즘 예술 세태를 보면 딴판이다. 끝까지 스승에게 의지하며 함께하려 하고, 스승도 제자를 끝까지 간섭하려는 풍토가 만연하다. 그러니 어느 세월에 자신의 덧음을 만들겠는가. 독공은 바로 스승으로부터 독립하는 출발점이다. 스승의 그림자를 과감히 벗겨내고 제 모습을 드러내야 한다. 그 작업이 바로 독공이다. 백아의 거문고 학습처럼 스승에게 최소의 걸음마를 익혀서 어느 정도 숙련되게 한 후에는, 정신을 텅 비게 하고 감정을 한곳에 모으는 공부로 나아가야 한다. 이러한 경지로 나아가기 위해서는 성련처럼 스승의 배려가 있어야 한다. 사실 스승으로부터 기예를 배우는 것은 재주의 있고 없음을 떠나 3년이면 충분하다. 되도록이면 짧은 기간 내에 스승으로부터 예술의 기본 법도와 대체(大體)를 배우고 나머지는 스스로 익혀가야 한다. 특히 음악은 만물의 정감을 성음으로 만들어내기 때문에 예술적 영감을 자연으로 확장하는 작업을 스스로 터득해야 한다. 예술적 영감은 배워서 되는 게 아니라, 예기치 않은 무위지위(無爲之爲)의 깨달음에서 오기 때문이다.

스승인 강도근 명창께서는 어떤 대목에서는 똑같은 소리라도 세 번을 다른 시김새로 가르쳐주셨는데 이렇게 다양한 변화를 꾀하다 보면, 결국 자신에게 맞는 성음이 묻어 나오기 때문이라고 하셨다. 그리고 그런 경지는 독공으로 완성될 수 있는 것이니, 반드시 독공 과정을 가져야만 된다고 일러주셨다. 예술의 최고 경지는 한 걸음도 물러설 수 없는 백척간두에 홀로 서 있는 듯 간절한 공부에 임했을 때 불현듯 오는 것이다. 그 느낌을 어찌 말과 글로 표현하겠는가! 불립문자이다. 그러한 경지에 이르면 마냥 스승의 찌꺼기를 붙들고 씨름할 새가 없다. 목을 빼어 사방을 둘러보지만 파도 소리만 들려올 뿐 숲은 어두웠고 새소리는 구슬펐다는 백아의 그 심경까지 가야만 느낄 수 있는 것이다. 이것이 사람의 마음이다. 깊은 공부는 주위를 의지하고 돌아볼 겨를이 없다. 바로 대상의 즉물로 곧장 들어가야 득음에 이르는 것이다. 그래서 무소의 뿔처럼 홀로 가라 하고, 스승의 그림자를 밟지 말라 하고, 조사를 죽이라고 하는 것이다. 요즘처럼 죽자 사자 스승을 닮으려 하고 의지해서는 평생 스승의 그림자를 벗어나지 못하고, 그 찌꺼기만 뒤적거리다가 말 뿐이다. 스승도 제자를 진리의 길로 일찍이 인도해주어야 한다. 스승이 자식 기르듯 제자를 자상하게 보살피는 일은 3년이면 충분하다. 성련이나 강도근 명창처럼 제자들이 더 큰 경계를 모범 삼아 공부할 수 있도록 허심탄회하게 보내줘야 한다. 그곳에 진짜 스승이 있으니 말이다. 당나라 때 시인 가도(賈島)가 지은 「심은자불우(尋隱者不遇)」라는 시가 떠오른다.

소나무 아래서 동자에게 물으니
선생님은 약초 캐러 가셨다 하네.
지금 이 산속에 계시기는 하지만
구름이 깊어 어딘지는 모른다네.

# 8. 소리가 바위를 뚫다

이렇게 지리산 달궁에서 공부하며 세월을 보냈다. 3년쯤 지나면서 산
도 친숙해졌고 모든 것이 순탄하게 흘러갔다. 그러나 어느 순간부터
소리가 더 나아지질 않고 오히려 더 나빠진 듯했다. 그때는 아주 심한
슬럼프로 술도 많이 마시고 바깥출입도 잦았다. 내가 지리산으로 독
공을 들어가 3년쯤 되던 날의 소회를 적은 글이 있는데, 방황하던 그
즈음에 적은 듯싶다.

요 며칠 새부터 웬일인지 건넛산에서 소쩍새가 밤만 이슥해지면 밤새
도록 목 놓아 울어댄다. 저놈의 목구녁*은 쉬지도 않고 목구성조차 구성져
서 온 산이 쩌렁쩌렁 울리도록 울어대는구나. 저 목구녁을 나한테 주면 참
말로 좋을 텐디. 아서라 부질없재 뭐. 실컷 울어라. 오죽허면 니도 그리 울
겄냐. 그나저나 대체 저놈은 팔뚝만 한 놈이 왜 저렇게 목청이 좋을까? 물

---

* 목구녕의 방언이나. 이 책에서는 저자의 표현을 그대로 살려 목구녁으로 통일하여 부르기로
한다.

어볼 수도 없고 그것 참 묘하네. 오늘이 선암사에서 지리산으로 공부 장소를 옮겨온 지 3년째 되는 날인디, 이놈의 내 목구녁은 오히려 막혀 풀릴 기미는 없고 정녕 이러다 말 것인가? 남들은 석 달 열흘만 해도 아랫배가 든든하네 어쩌고저쩌고허던디. 나는 요것이 무슨 일일까. 재주가 없는 게 분명하다. 그렇지 않고서야 이렇게 갑갑할까.

요즘 산에는 산색이 참 시원하고 청량하다. 여린 잎새 사이로 살포시 핀 수줍은 꽃들은 흐드러지게 핀 봄꽃보다 더욱 좋고, 산새들도 무진장 바쁘게 돌아다녀 산중이 활기 있어 좋다. 그런디 어쩌자고 요놈의 목청은 기별이 없단 말인가. 겨우내 얼었던 땅도 다 풀려 시절이 좋은디, 내 목구녁은 어쩌자고 아직도 삼동(三冬)이란 말인가. 어제는 공부도 안 되고 마음이 하도 싱숭생숭해서 막걸리 닷 되를 받아 가지고 노각나무 아래 산죽 늘어진 너럭바위에 앉아 고추와 된장을 안주 삼고 바람을 벗 삼아 한 잔 들이키면서 진종일 자빠져 놀았다. 이 산중에 들어온 지가 3년인디 걱정도 되고 근심이 한 덩어리라 심정이 막막했다. 속도 모른 다람쥐들은 떼거리로 이리저리 오르락내리락하면서 오두방정을 떨어쌓고, 꼴 보기 싫은 청설모조차 별나게 분주했다. 그냥 바람만 실없이 선선하게 살랑거리재, 이놈의 목구녁은 왜 기별이 없는지 누구한테 물어볼 수도 없고 답답한 심정으로 하루를 보냈다.

그러다 늦은 저녁쯤 되어 폭포로 가서 한바탕 소리를 불러제끼고 물 한모금 마시려고 돌아서니, 날이면 날마다 어김없이 들락거리는 조그마한 새 한 마리가 포르르 날아와 늘 하던 대로 무엇을 잡아먹는지 물속으로 들어갔다 나왔다 그렇게 한참을 오르락내리락하더니, 물이 떨어지는 폭포 사이로 삐져나온 바위 틈새에 날아가 앉아서 가만히 날 쳐다보며 얼굴을 뙤작뙤작거리는 게 아닌가. 마치 '너는 뭘 그리 근심허냐, 있는 대로 하면 되지!' 하고 말이나 하는 듯이, 한참을 앉아서 그러더니 어디론가 다시 포르르르 날아가버렸다. 나는 그 순간 왠지 눈물이 수르르르 나왔다. 그렇다. 남의 눈이 무슨 대수냐. 여기 와서 얼마나 애가 터지게 소리했던가. 여기서 나의 소리를 날이면 날마다 흐르는 저 물과 저놈의 새, 돌과 바위들, 예쁜 다람쥐 가족들, 먼 산에 멧돼지들도 들었을 것이고, 떡갈나무, 고로쇠나무, 진달래, 철쭉, 노각나무, 때죽나무, 산죽, 으름덩굴, 오미자, 못난저 청설모까지 이 산중에 있는 요것들이 모두 다 내 소리의 청중이 되어 허구한 날 들었을 텐디, 쟈들이 내 속을 다 알아주겄재 하고 생각이 드니, 왠지 모를 눈물이 수르르 흘러내렸다. 옛날 대가들도 이랬을까. 공부란 것이 산 넘어 산이라더니 정말 갈수록 태산이다. 한 10년은 이 산에 썩어부러야 뭔 소식이 있을란가. 인제는 소리가 몸서리난다. 옛사람 시에 이르길, "문인이 재능을 다하지 않을까 하늘이 근심하여 항상 영락케 하여 덤불 속에 있게 했네"라고 쓰였던디, 그럭저럭 세월 따라 지내다 보면 도심이 붙어 소리가 잘되려나? 아니면 겉살이 다 문드러지도록까지 영영 깨치지 못하고 덤불 속에 갇혀 있으려나? 오리무중의 캄캄한 앞길을 도무지 알 길이 없다. 이럴 때라도 이런 고심을 적어놓은 선배들의 글 한 줄이라도 보면 좋을 텐디, 선배 명창들이 남겨놓은 소리 공부에 대한 안내서도 마땅히 없고, 다만 하다 보면 깨친다는 말만 들리니 도대체 얼마나 공부를 하란 말인가. 이놈의 답답한 부지하세월(不知何歲月)을 어쩔꼬. 에라이 모르겠다! 그저 동풍이 불면 언젠가는 내게도 봄이 오겠지. 그냥 생긴 대로 맡겨두고 하는 데까지 그냥 해보자! 저놈의 소쩍새는 내가 이리 속 타는 줄도 모르고 그래도 소쩍소쩍 울어대네잉. 그래 실컷 울어라 울어! 밤새도록 피가 나도록 울어라! 그것이라도 니 맘대로 해야제 어쩔 것이냐. 아먼 그라제.

그 당시의 애타는 심정이 그대로 엿보이는 글이다. 파란만장 없는 세상사가 어디 있겠는가. 부침 많은 세상일이 그렇듯, 소리 길도 평탄하지만은 않다. 모르는 사람들은 소리만 열심히 하면 되지 걱정할 게 뭐 있냐고 하겠지만, 소리는 감정을 다루는 일이다. 그 소리가 진척이 없고 좀처럼 풀리지 않을 때는 자신의 예술적 한계가 여기까지인가 싶어 실의에 빠지게 된다. 그때는 만사가 귀찮아지고 사는 게 그저 막막해진다. 공부란 원래 처음 단계에선 발전하는 모습이 눈에 보일 정도로 속도가 빠르지만, 숙련되어갈수록 그 변화의 속도가 더디고 소리도 늘지 않는다. 찬지미견(鑽之彌堅)이다. 아니, 뚫을수록 더 단단한 게 나오니 갈수록 태산이다. 그럴 때일수록 마음을 느긋하게 먹고 여유롭게 즐겨야 고비를 넘겨 시원한 너른 풍경을 볼 수 있는데, 막상 그 상황에 이르면 마음을 여유롭게 가진다는 게 쉬운 일은 아니다.

그래서 잠시 머리도 식힐 겸 지난가을에 잣 따서 벌어놓은 돈으로 여행을 가기로 했다. 기왕이면 다른 공부 장소도 알아볼 생각으로 겸사겸사해서 길을 나섰다. 그렇게 해서 보름이 넘도록 가야산, 포항 내연산, 울진 불영계곡, 설악산 도둑소, 수덕사, 부안 내소사까지 둘러보며 지치고 번잡한 정신을 위로했다. 여행 후엔 마음이 한결 나아져 다시 수련에 몰입할 수 있었지만, 그래도 예전만큼 공부가 신나지 않았다. 나에게 공부 장소는 역시 지리산이 으뜸이었다. 지리산은 우선 품이 넓고 커서 지루하지 않고, 기세도 남다르고 물맛이 좋아 공부 장소로는 가장 좋았다.

어찌어찌 고비를 무사히 넘기고 한참 세월이 지난 뒤, 여느 날과 마찬가지로 바위를 치며 소리를 하는 중에, 가로세로 60~70센티 정도 크기의 바위가 뽕나무 북채로 딱 치는 순간 그냥 아래로 툭 떨어졌다. 다행히 발은 다치지 않았지만 얼마나 놀랐는지 모른다. 처마 밑의 낙숫물이 댓돌을 뚫는다더니, 소리가 바위를 뚫어버린 것이다. 아마도 이미 금이 난 바위틈에 오랜 세월 빗물이 스며든 데다, 내가 매일같이 두드려서 떨어졌을 것이다. 사실 바위를 치며 소리를 하면 자신도 모르게 엄청난 힘이 들어간다. 가만가만 치다가도 소리에 한번 감정이 오르면 자신도 모르게 북채에 힘을 모아 온몸으로 세게 친다. 그래서 어깨에 무리가 많이 간다. 그 바람에 나는 산 공부를 다 마치고도 10년이 넘도록 어깨 통증 때문에 고생을 많이 했다. 골병이 사라지는 세월도 10년이 걸린 것이다. 세상일에는 뭐 하나 쉬운 일이 없다. 그러나 바위가 떨어져나간 다음부터 왜지 마음이 새로워졌다.

# 9. 수련 끝에 목이 활짝 트이다

바위가 떨어져 나가는 일이 있고 얼마 되지 않아, 내 목이 트이면서
열리는 경험을 하게 되었다. 어쩌면 바위가 떨어진 게 조짐이었는지
도 모른다. 눈이 포근하게 내리던 어느 겨울날 오후에 점심을 먹은 뒤
천천히 목을 풀고 기운을 써가며 소리를 해나가는데, 갑자기 뻑뻑한
목청이 툭 트이면서 마치 폭포수가 쏟아지듯 거침없는 소리가 통성으
로 쏟아져 나왔다. 그런 경험은 처음이어서 긴가민가하며 어리둥절했
으나, 몇 번이고 소리를 질러봐도 여태까지의 느낌과는 분명히 달랐
다. 마치 아랫배 단전은 단단한데 머리는 있는 듯 없는 듯 거침이 없
어 소리를 지르는 대로 시원스레 허공으로 뻗어나갔다. 상중하 단전
이 서로 소통하여 기맥이 하나로 연결된 것이었다. 돈오(頓悟)라고 하
더니 정성스러운 점수(漸修)로 인하여 목이 단박에 터져버린 것이다.
오랜 적공 끝에 간신히 오르고 또 올라, 그즈음이 산 정상을 바로 눈
앞에 둔 지점이었던가 마지막 안간힘으로 정상을 디딘 순간 천지 사
방이 툭 틔어 걸릴 게 없는 통쾌한 대자유의 경계를 본 것이다. 대기

50

만성이라더니, 이 순간을 맛보려고 얼마나 모질게 공부했던가. 이제는 거칠 게 없다는 자신감이 솟구쳤다. 너무 기쁜 나머지 소리를 멈추고 그 자리에 털썩 주저앉아 한참을 울다가, 천지 사방의 제신(諸神)들을 향해 수없이 감사의 경배를 올렸다. 물론 목을 얻었다고 해서 소리의 재능까지 얻은 것은 아니다. 목은 틔었어도 음악적 재능은 한참 모자라니 득음의 경지는 아니었다. 그러나 지척도 분간하기 어려운 갑갑한 오리무중의 시기에 하늘에서 사다리를 내려준 것이나 마찬가지니, 이젠 그 사다리만 잡고 착실히 오르면 되었다. 이제부터는 실천이다! 깨달은 바를 잡고 더욱 정밀하게 닦아 완전의 세계로 착실히 나아가기만 하면 되는 것이었다. 해도 해도 좀처럼 풀리지 않아 갑갑하고 전후 분별을 못 하던 때와는 경우가 판연히 다르다는 것을 수시로 확인할 수 있었다. 목이 트인 경험을 한 뒤에는 공부가 재미있고 신났다. 온종일 내질러도 피곤한 줄 모르고 상하청을 내는 데 걸림이 없으니 마음이 편했다. 그야말로 온 세상을 얻은 것 같았다.

공부란 참 알다가도 모를 일이다. 방금 전까지만 해도 그토록 갑갑하던 경계가 갑자기 화통하게 트이니 말이다. 이러한 경험은 겪어보지 않고서는 도저히 느낄 수 없는 것들이다. 십수 년을 적공한 끝에 한순간 툭 터져버린 깨달음의 경지였다. 이런 활연한 깨달음이 없는 예술의 경지는 그냥 평범하다. 깨달음은 평범과 비범의 경계에서 생겨난다. 단박에 트임은 그저 우연히 오는 행운이 아니라 수많은 노력이 맺은 결실이다. 조선 후기 문인이었던 김택영은 「수윤당기(漱潤

堂記)」에서 문장이라는 것은 부지런함으로 말미암아 정밀해지고, 깨달음으로 말미암아 이루어진다고 했다.

그렇다, 예술이나 학문은 모두 부지런히 정진해야 깨달음의 경지가 도래하지, 아무런 공도 들이지 않았는데 그냥 다가오는 법이 없다. 깨달음이란 재능을 타고난 것하고는 별개이다. 재주의 유무를 떠나 오로지 쉼 없는 정진 속에서 이루어지는 인간의 영광된 일이다. 바로 전까지도 깜깜했던 이치가 금세 훤해지니 그야말로 귀신이 곡할 노릇이다. 하나를 보면 열을 알기는커녕 그 하나도 주체할 수 없던 것이, 툭 깨달음이 터진 이후로는 어찌 된 일인지 낱개로 흩어졌던 구슬들이 하나로 꿰어지듯 단박에 정리되어 분별과 경계가 다 부질없는 일이 된다. 엄격했던 예술 법도도 소용이 없다. 소리를 내놓는 것 자체가 신이 나서 성음이 되어버리니 말이다. 이러한 깨달음의 느낌은 나만 알 뿐, 말이나 글로 보여줄 수 없는 경지이다. 이러한 깨달음은 체험으로 얻는 직관적인 영각(靈覺)이다. 이처럼 영묘한 영각도 모두 사람의 부지런함으로 이루어진다고 하니, 깨달음으로 가고자 한다면 정진의 공(功)을 다해야 한다. 나의 스승이신 성우향 명창도 보성의 정응민* 선생 문하에서 소리 공부할 때는 밤을 새운 적이 수도 없다 하셨다. 그렇게 미치도록 소리에 푹 빠져 살아야 심금을 울리는 통성이

---

* 정응민(鄭應珉, 1896~1963): 전남 보성에서 태어나 20세기에 활동한 판소리 명창이다. 보성 지역을 근거지로 많은 제자를 길러내어, 현재 가장 왕성하게 전승되고 있는 판소리 유파인 보성 소리를 확립시켰다.

쏟아져 나온다. 얄팍한 재주만 믿고 요령를 부리고 나태하게 소리를 하면 스스로도 부끄럽고 부족한 소리만 나온다. 한 방울의 빗물이 모여 큰물을 이루고, 마침내 천길만길 시원스럽게 쏟아져 내리는 폭포수처럼 되려면 그 한 방울의 공도 허투루 해서는 안 되는 것이 깨달음의 이치이다. 치곡(致曲)과 불식(不息)의 공이 득음의 명약이다.

# 10. 홀로 닦고 더불어 세우다

지리산 달궁에서도 소리 공부를 하는 틈틈이 많은 책을 읽었다. 예술의 품격을 높이는 데에는 독서만 한 게 없다. 운수암에서 종교와 철학책을 주로 읽었다면, 달궁에서는 문학론과 예술 미학 그리고 화론이나 서론 등에 대한 책을 읽으며 판소리의 예술 표현과 안목을 높이려고 애썼다. 소리 깨침에 큰 도움이 되었음은 물론이다. 그 덕분에 어지럽고 산만한 예술 세계가 조금씩 정리되어갔다. 그렇게 산중 생활이 재미가 나던 중에 남원 국립민속국악원에 다니던 조영제 명창이 그 좋은 직장을 그만두고 달궁으로 독공을 들어와 1년 정도 함께 지냈다. 나는 천군만마를 얻은 듯 새로운 힘이 생겨 생동감 넘치는 산공부를 할 수 있었다. 무엇보다 혼자하는 것보다 둘이 하는 공부가 훨씬 재미있고 유익했다. 공부하다 쉴 틈이 생기면 개울가에 앉아 소리에 대한 이야기들을 주고받으며 예술 철학과 소리를 키워갔다. 조영제 명창은 나보다 네 살 위로 성우향 명창 문하에서 함께 공부한 사형(師兄)이었다. 성품이 고매하고 재주가 많은 사람이다. 특히 장단에 뛰어나고 소리 법제도 전아하고 담박하여 동편 소리에 정통하다. 소리 입문 경력도 나보다 월등해서 여러모로 큰 힘이 되었고 기댈 수 있어서 좋았다. 조영제 명창은 그때 막 예쁜 딸아이가 태어나 독공할 형편이 안 되었지만, 이때가 아니면 독공할 기회가 영영 없을 것 같아 어려운 발심을 냈다고 했다. 조영제 명창은 내가 산을 떠나온 뒤에도 그 자리를 혼자 지키며 열심히 공부했다. 그 뒤로도 여기저기 찾아다니며 여러 해 독공해서 결국 목을 얻었다. 오랜 적공으로 목이 튼실하고 고제(古制)의 성음이 배어 있다. 성품도 조용해서 무슨 일에 나서는 법도 없이, 그저 인연에 맡겨두고 세상사 흘러가는 대로 자연스럽게 사는 평범한 자유인이다. 이런 뛰어난 도반을 만난 덕분에 내 소리도 더 좋아졌다. 한평생을 살아가면서, 그것도 산중에서 그런 인연을 갖는다는 것은 더없는 복이다. 우리는 공부를 정말 맛있게 했다.

우여곡절 끝에 산 공부를 마치고 산문을 나섰는데, 공부는 정작 세상 밖으로 나온 그때부터 시작되었다. 맹자가 "곤궁해지면 홀로 자신의 몸을 선하게 하고, 잘되면 세상과 겸하여 천하를 선하게 하였다"라고 말한 것처럼, 재주와 공력이 부족할 때는 여러 해를 홀로 열심히 닦아 소리를 원만하게 했다면, 이제는 세상에 소리를 내놓고 청중과 귀명창 선후배 스승들로부터 많은 가르침을 받으며 닦아야 할 차례가 된 것이다. 나는 재주 있는 소리가 되지 못해 산에서 내려온 뒤에도 여러 동료, 선배들로부터 많은 지도를 받았다. 모두 소리를 윤택하게 하는 데 큰 도움이 되었다. 소리는 내 것이지만 세인의 도움을 받아야 더욱 세련되어진다. 제아무리 재능이 뛰어나도 반드시 세인들의 객관적인 빗질을 거쳐야만 예술이 더욱 세련되고 성숙해지는 법이다. 그것은 세상과의 타협이 아니라, 사회적 경험과 예술 체험으로 소리꾼의 예술 안목이 확장되고, 예술 철학과 예술 정신 등의 신장(伸張)으로 인한 바람직한 변화라고 할 수 있다.

내 경험으로는 독공을 마치고 나서도 10년 정도는 험난한 세파에 부딪친 뒤에야 비로소 예술이 세련될 수 있었으니, 그야말로 공부란 끊임없이 이어지는 게 아닌가 싶다. 강도근 명창은 생전에 이런 말씀을 자주 하셨다. "이제 소리가 훤히 보이는디 갈 날이 얼마 안 남았네 잉 허허"라고 말이다. 노가객의 그 한마디는 얼마 남지 않은 생을 애석해하는 한탄이 아니라, 소리에 대한 끊임없는 구도 정신의 일환으로 터뜨린 탄식이었다. 마지막까지 공부하는 모습을 보여준 소리꾼의 숭고한 예술 정신이었다.

어쨌거나 공부는 하산 후부터가 더 힘들었다. 어느 책에선가 보았던 글이 생각난다. 옛날에 두 도인이 있었는데, 속세를 등지고 출가하여 도를 닦은 스님과 세상 속에서 도를 닦으며 사는 거사였다고 한다. 하루는 두 도인이 속세에서 만나 서로의 도력을 시험하고자 가부좌를 틀고 앉았는데, 얼마 안 있어 산속으로 출가한 도인이 입정(入定) 도중에 "주위가 이렇게 시끄러워서 도대체 선정에 들 수가 없겠네" 하며 자리에서 털고 일어나자, 속가의 거사가 하는 말이 "주위가 어떠하든 뜻을 한곳에 몰입하여 바로 선정에 들 수 있어야 진정한 도인이네"라고 했다는 내용이다. 그렇다! 진정한 도인은 시끄럽고 번잡한 세상의 평상(平常)에서도 흔들림이 없어야 제대로 깨친 거라고 할 수 있다.

혼자서 하는 공부는 수신의 덕을 쌓는 독선기신이고, 그렇게 수양한 다음 세상 사람들 속에서 잘 수신하는 것이 겸선기신(兼善其身)이다. 독선과 겸선이 조화롭게 이루어져야 비로소 진정한 예술이 태어난다. 주관적인 자신의 예술 속에 세상의 온갖 정상(情狀)들을 담아, 서로 원만하게 융합되어야 예술의 경지에 이를 수 있다. 소리 성음은 자신에게서 만들어지지만 그 성음은 세상사의 모든 정경(情景)에서 비롯된 것이니, 눈을 들어 멀리 내다보는 겸선을 겸허히 수행해야 한다. 나도 그렇거니와 대부분의 소리꾼들은 남의 소리에 대해서 진정이 아닌 각박한 평을 서슴없이 쏟아낸다. 사실 그러한 태도는 올바른 공부 자세라고 할 수 없다. 예술이란 서로의 예술을 절장보단(絕長補短)하면서 성장하는 것이다. 겸선하려면 모든 것을 겸허하게 받아들여 타산지석으로 삼아야 한다. 옛날 명창들은 다른 이의 좋은 소리를 도둑질하기 위해 사방으로 이목을 집중했다고 한다. 지금의 우리는 과연 어쩌고 있는지 되돌아봐야 할 듯싶다. 겸선기신의 공부는 나와 다른 것에 대해 널리 받아들이고 조화를 이루어 함께하는 공부이다. 독선으로 잘 수양된 내공을 세상만사와 더불어 겸선하여 성음을 아름답게 만드는 게 소리꾼이 지향하는 최고의 이상이다. 그래야 여민락(與民樂)의 기쁨을 누릴 수 있다.

# 11. 끊임없이 묻고 물어 소리의 이치를 깨닫다

독공은 여러 법제의 소리를 성실하게 익힌 뒤, 깊은 산중이나 혼자만의 한적한 공부 장소를 찾아 배운 소리를 더 자세히 다듬는 일이다. 더 나아가 자신만의 고유한 생각과 정감이나 뜻을 발견하고, 그러한 것을 소리에 덧붙여 자기만의 덧음을 내기 위해서 열심히 공부하는 것이다. 독공은 성실함만으로는 성공할 수 없다. 격물치지(格物致知)하는 치열함이 있어야 한다. 소리만 쳐다보고 공부하면 우물 안 개구리의 어리석음을 벗어나지 못한다. 산속에 있으면 정작 그 산을 못 본다고 하지 않던가. 산을 제대로 보려면 저 멀리 너른 들녘에서 보아야 하듯이, 소리 공부는 소리가 품고 있으며 소리가 전달하고자 하는 것을, 세상사의 인문(人文)으로 보아야 한다. 성음이 뭔가? 성음은 세상 만물의 온갖 사정을 낱낱이 표현하는 것이다. 따라서 좋은 성음을 얻으려면 인문의 표정과 정신을 읽어야 한다.

독공은 격물치지이다. 격물이란 자신이 모르는 것을 끊임없이 묻고 탐구하여 깨쳐나가는 공부 과정을 말한다. 그것은 머리로만 궁리

해서 될 일이 아니다. 우리가 대하는 모든 것이 격물의 대상이다. 이러한 즉물(卽物)들을 직접 마주하고 체험하면서 연구하고 궁리하는 과정이 격물이다. 치지란 그렇게 얻은 이치들을 자기 내면의 깊은 성찰로 더욱 정밀하게 하는 것을 말한다. 소리로 말하자면, 발성의 원리가 어떻게 이루어졌을까 하는 명제에 대해 의심을 품을 때, 그 발성이 격물의 대상이 된다. 발성은 어떠한 원리로 이루어질까? 발성과 호흡은 어떤 관계일까? 그리고 호흡은 어떻게 흐를까? 이러한 의심의 과정중에, 그 즉물들을 붙들고 철저히 분석하고 캐물어가는 것이 격물이다. 치지란 격물을 하면서 얻은 체험과 이치를 내면적으로 더욱 정밀하게 추론하여 확고부동한 앎에 이르는 것이다. 말하자면 판소리 발성은 다양하지만, 통성 발성을 위주로 하며, 어단성장(語短聲長)과 억양반복(抑揚反覆)의 기법을 통해 선율과 장단을 확정하고, 상하원근과 장단대소를 통해 성음을 묘사한다. 즉 구체적인 발성은 우리의 말법에 기인한다는 이치를 다각적으로 격물하여 이치의 합당함을 소리로 밝혀내어 확연한 앎에 이르는 것이다. 바로 이러한 격물치지로써 소리를 새롭게 짜나가야만 공부에 진척이 있고 확실히 체득하는 기쁨이 생긴다. 격물치지가 안 되면 예술의 격조는 결코 우아하고 기품 있게 나올 수 없다. 결국 격물치지란 실기와 이론의 겸비를 말한다. 그러므로 격물치지란 만물의 이치를 통해 내재적 의식의 상태를 완전하게 하는 것이다. 호흡이 숨을 내쉬고 들이마시는 과정이라는 것은 누구나 아는 바지만, 어떤 이들은 그것이 구체적으로 어떻게 흘러서 소리가 이루어지는지는 생각하지 않고 그냥 소리를 한다. 하지만 그러한 원리와 이치를 고민하고 연구해야만 비로소 안과 밖이 함께 빛나는 소리를 할 수 있다.

그저 밥 먹고 잠자는 시간 빼고 소리만 열심히 한다고 해서 독공을 잘한다고 할 수는 없다. 자기가 가는 소리 길이 어딘지, 또 어떻게 가고 있는지를 분명히 인식하면서 가야 한다. 그걸 모르면 명상과 독서를 통해 얻은 바를 자기가 실천하고 있는 소리에 접목하여 대조해보면서 스스로 깨쳐야 한다. 천부적으로 타고난 소리꾼도 예외는 아니다. 타고난 사람은 예술적 감각과 표현이 조금 앞선다는 것뿐이지, 내면적 성숙까지 완전한 것은 절대 아니다. 재주의 우열이란 깨달음의 경지에서 보면 오십보백보이다. 돈오점수(頓悟漸修)라 하지 않던가. 깨달은 뒤에도 꾸준히 닦아야 하는 게 도의 세계이다. 그래서 자강불식(自强不息)이라 하는 것이다. 물은 너른 바다에 이르러도 끊임없이 움직이며 자신의 소명을 다해 출렁거린다. 이것이 대자연이고 우주 만물의 섭리이다. 오히려 재주를 타고난 사람은 격물치지에 매우 인색하다. 특별히 고심하지 않고 묻지 않아도, 애써 연습하지 않아도 단박에 잘해내니 격물치지할 필요성을 느끼지 못해서 그런지 몰라도 간절함이 부족하다. 그런 점에서 보면 소리를 타고났다는 게 꼭 좋은 것만은 아니다. 둔재일지라도 쉼 없이 갈고닦아 그 이치를 철저히 알아가면, 알게 모르게 알이 차고 여물어 언젠가는 활통한 경계에 이를 수 있다. 독공은 누구나 할 수 있지만, 또 아무나 할 수 있는 것도 아니

60

다. 궁극의 깨침을 위해 진정한 자기 영혼의 소리를 찾고자 하는 간절함을 품은 자만이 할 수 있는 소리꾼의 처절한 수행이다. 물루(物累)와 정루(情累)의 하찮은 세욕들을 과감히 제쳐두고 무소의 뿔처럼 홀로 가는 자만이 득음의 경계를 맛볼 수 있다. 소리가 바위를 뚫으니, 이게 모두 정성(精誠)의 덕이로구나!

# 제2부

# 판소리의 빼어남을 논하다
## 백미(白眉)

# 1. 더 이상 보탤 것이 없다

판소리는 우리에게 어떤 것이길래 이토록 오랜 세월 불려왔을까. 도대체 어떤 매력이 있어 수많은 소리꾼들을 애타게 했단 말인가? 수도승들은 면벽십년(面壁十年)을 이야기하는데, 소리꾼들은 관정평생(觀情平生)이다. 소리꾼은 풍진세상의 만상(萬象)과 만정(萬情)을 소리로 풀어내려고 평생을 성음 속에서 헤맨다. 음색은 결코 우아하지 않고 그저 소박하고 걸걸할 뿐이고, 음조도 딱히 세련되어 보이지 않는데, 과연 우리에게 무슨 유익함이 있길래 기나긴 역사 속에 그리도 큰 물길로 굽이쳐 출렁거린단 말인가.

판소리 가사는 구비 문학으로 소설이고 서사시이다. 지금 불리고 있는 5바탕의 「춘향가」, 「심청가」, 「흥부가」, 「수궁가」, 「적벽가」를 보면 서사시의 장대한 흐름 속에 인간의 고락이 모두 서려 있고, 오묘한 예술적 정서가 강하게 흐르고 있다. 조선 후기에는 원래 12바탕의 판소리가 있었지만 가사의 문학성이나 도덕적 관점에 의해 사라지고, 지금은 5바탕만 전해진다고 한다. 사라진 소리들은 기존의 5바탕 소리보다 재담적인 성격과 퇴폐적인 내용이 강해 도태되었다는 견해가 일반적이다. 보성 소리에서는 「흥부가」도 재담 소리라 하여 아예 부르지를 않는다. 모든 예술이 그렇듯, 처음 생길 때에는 유행 따라 우후 죽순으로 번창하다가도, 시간이 지나면서 작품들의 옥석(玉石)이 가려지고 진퇴를 거치는 게 당연한 세상 이치이다. 판소리도 그런 흐름에 따라 변천하여 내려온 것이다.

판소리의 매력은 과연 무엇일까? 그 매력은 무엇보다 잘 정련된 사설과 아름다운 음악적 형식미에 있다고 생각한다. 가사에는 소리의 뜻과 이면이 서려 있어 의경미(意境美)가 돋보이고, 소리 성음에는 가사의 이면에 있는 뜻과 감정이 드러나는 형상미(形象美)가 있다. 훌륭한 예술은 내면의 뜻인 의경미와 외면으로 감정이 드러난 형상미가 조화를 이룬 것을 말한다. 판소리는 감동적인 뜻이 담긴 서사적 줄거리에 자연스러운 장단이나 붙임새, 선율, 음조, 시김새, 너름새, 성음 등의 조화로운 음악적 형식미 때문에 그토록 많은 사랑을 받았을 것이다. 사설은 어떤 작가가 쓴 것인지는 몰라도 인정의 고락과 사랑, 이별 등 인생의 생로병사 속에 일어나는 모든 일을 총체적으로 서술해놓았으니, 판소리의 첫 번째 공은 바로 노랫말인 사설이 아닌가 싶다. 사설이 기가 막히니 영화나 연극, 오페라 등에서도 여전히 인기를 누리고 있는 것이다. 가객들은 이처럼 훌륭한 사설을 가지고 수백 년에 걸쳐 부단한 노력으로 저마다의 성음으로 조리하여 소리판에 흥김을 돋우었으니, 소리꾼의 알뜰한 공력이 오늘의 판소리를 낳게 한 두 번째 공이 아닐까 싶다. 맹자는 "빈틈없이 가득 찬 것(充實之謂美)"을 아름다움이라고 했다. 판소리는 인간의 생로병사와 백년고락의 무상함을 엄정하게 서사한 사설의 충실미가 뛰어나다. 또한 소리꾼들이 평생 수련하며 쌓고 또 쌓아 이미 수백 년 동안 음악적인 예술미를 정성스럽게 쌓아왔으니, 더 이상 무슨 말이 필요할 것인가. 무이상지(無以尙之)! 더 이상 보탤 것 없이 아름답고 아름답다!

# 2. 문학과 음악의 절묘한 만남에서 태어나다

판소리는 왕가나 양반, 서민 할 것 없이 모든 계층에서 사랑받은 유일한 성악곡이었다. 이처럼 다양한 계층으로부터 각광받을 수 있었던 것은 사설의 문학적 우수성과 아름다운 음악적 형식미 때문일 것이다.

판소리는 왕가나 사대부들의 품위에 걸맞은 사설의 탁월함과 기품 있는 예술적 운치 때문에 상층 계급도 좋아했을 것이다. 또한 사설 속에 풍자된 사회적 부조리와 권선징악의 통쾌함과 음악적인 구성미가 매우 통속적이고 사실적이어서 민초들도 좋아했을 것이다. 우리나라가 낳은 세계적인 작곡가 윤이상 선생의 부인 이수자 여사는 남도소리에 큰 감동을 받았다고 했다. 그녀는 1990년 10월에 있었던 남북통일음악제에서 남도창을 육성으로 듣고 눈물을 주체할 수 없을 정도로 감격했다. 이렇듯 사람의 가슴에 깊은 감동을 줄 만큼 남도 소리의 성음 속에는 깊은 고뇌와 비애와 우수 같은 것들이 배어 있다.

내가 외국 공연에서 만난 청중들도 판소리를 듣고 느낀 소감에 대해 하나같이 말하길, "무슨 뜻인지는 모르겠으나 판소리 음악에는 인생의 희로애락과 깊은 고뇌와 우수의 정서가 담겨 있는 것 같다"라고 평한다. 언어와 음악 양식은 서로 달라도 살아가면서 느끼는 인간의 감정은 이렇듯 비슷하다.

판소리는 여느 성악곡들과 달리 가사의 정경(情景)을 그리는 데 있어 추상적이고 관념적인 발성을 하는 게 아니라, 사실적이고 자연적인 발성을 위주로 하기 때문에 판소리의 숭고미를 느낄 수 있다. 판소리는 음악이기 전에 소리이다. 일상의 주고받는 말, 즉 사연이 있는 사실적 말소리에 간단한 음악적 장단과 성음을 넣어 감정을 실감 나게 표현한다. 그래서 '판노래'가 아닌 '판소리'라고 하는 것이다. 음악적 기교미와 형식미가 다분한 것이 노래라면, 소리는 자연적인 말소리의 감성과 실감을 최대한 살리면서 음악적 흐름에 따르는 것이 아닐까 싶다. 그래서 그 음색은 솔직하고 현실감 있는 것을 지향하고, 장단의 운용도 상황에 맞게 빠르고 느림을 조절한다.

사랑하는 아내 곽씨 부인을 잃고 서럽게 통곡하는 심 봉사의 애절한 성음을 가슴으로 한번 들어보라. 그처럼 진솔하고 사실적으로 실감 나게 표현하는 소리가 세상 어느 천지에 있던가. 그것이야말로 판소리의 위대함이다.

# 3. 민초들의 애환을 통성으로 토해내다

판소리의 탄생은 절대 우연이 아니라 우리 겨레의 독특한 문화 예술의 필연적인 결과물이다. 배달민족은 기상이 웅건하고, 온화하며, 정이 많고, 의리를 숭상하고, 겸손하며, 예의염치가 있다. 그러한 기질에 우리의 말법과 한글의 우수함이 결합하여 판소리라는 독특한 성악곡이 나왔던 것이다. 게다가 시대적 상황이 우수한 예술 작품을 낳게 한다는 말도 있듯이, 판소리가 번창한 18세기는 동서양 할 것 없이 사회적으로 큰 변혁을 맞던 시기였다. 자아의식에 눈뜬 민중은 인간의 자유와 평등을 주장하기 시작했다. 인간의 자유를 억압하는 부조리한 사회 구조에 대한 강한 분노가 예술가들에게서 신랄하게 표출되던 역동의 시기였다. 판소리가 생성되던 즈음에 조선의 진보적인 학자나 예술가들은 실사구시(實事求是)를 외치며 모든 분야에서 봉건적인 구습을 타파하고 조선풍(朝鮮風)을 만들어내자고 목소리를 높였다. 시인들은 '조선의 시'를 쓰자고 일제히 외쳐댔다. 다산 정약용은 "나는 조선 사람이니 즐겨 조선의 시를 짓겠다"라고 했다. 우리 것이 아무리

보잘것없다 해도 허구한 날 남의 것만 기웃거리다가는 제 목소리를 잃어버릴 터이니, 비록 비루하고 하찮은 것이라도 이제부터는 진솔하게 있는 그대로 우리의 삶과 산천초목을 글로 쓰고 노래하자고 했다. 문학과 그림과 글씨와 노래 등 어떤 예술이든 하나같이 눈앞에 펼쳐지는 사회적 진실에 대해서 묵과하지 않고 부조리한 실정을 그대로 고발하며, 권선징악의 기치를 높이 휘둘렀다. 판소리는 우리의 목소리로 우리의 색감과 정감을 쏟아냈고, 화단 역시 무분별한 중국 화풍의 답습에서 벗어나 우리의 산하와 풍물에 눈을 돌려 현실의 진실된 모습을 그려냈다. 겸재 정선은 우리 산천의 진경산수화를 내놓으며 우리 입맛에 맞는 미감을 찾아 그림 속에 독특한 우리의 정신과 화의(畫意)를 담아냈다. 단원 김홍도는 그림으로 당시의 불합리한 사회 풍토를 조롱하기도 했다. 김홍도의 「타작도」를 한번 보자. 정말 재미난 광경이 숨어 있다.

단원은 「타작도」를 두 점 그렸는데, 한 점은 『단원풍속첩(檀園風俗帖)』에 있는 그림으로 종이에 수묵담채한 것이고(그림 1), 다른 하나는 『행려풍속도(行旅風俗圖)』와 같이 비단에 수묵담채한 것(그림 2)이다. 먼저 그림 1을 찬찬히 뜯어보면 재미난 광경이 펼쳐진다. 일 시키는 마름은 술 한잔 거나하게 들어간 듯 볼은 불그스레하고, 긴 담뱃대를 꼬나물고 논두렁에 비스듬히 누워 있는 모습이 한없이 사람 좋아 보인다. 일하는 이들도 신이 나서 일하는 광경을 사실적으로 묘사했다. 그러나 그림 2에 등장한 마름은 무척 권위적이면서 빈틈없는 표정이

그림 1 「타작도」, 「단원풍속첩」

매우 고약해 보인다. 일하는 사람들도 불만스러운 듯 얼굴을 잔뜩 찌
뿌리고 붉으락푸르락하며 애꿎은 보릿단만 세게 내리치고 있다. 단원
은 똑같은 소재의 그림을 왜 두 장이나 그렸을까? 여러분도 대강은
짐작했을 것이다. 화가가 무슨 계급 의식을 조장하기 위해서 그린 것
은 아니었을 것이다. 당시의 부패한 사회 모습을 적나라하게 표현하
기 위해서 그린 것이 틀림없다. 단원의 예리함과 세심함이 돋보이는
작품이다. 붓으로 불공평한 사회를 통렬하게 질타한 것이다. 이렇듯
조선 후기에는 모든 예술 분야에서 내 것을 가지고 내 모습을 진실되
게 담아내려는 풍조가 유행했다.

그림 2 「타작도」, 「행려풍속도」

단원의 그림이 그런 것처럼 판소리도 마찬가지였다. 「흥부가」는 형제간의 우애를 다뤘다고 하지만, 자세히 곱씹어보면 작가의 의도는 정작 딴 데 있다. 놀부와 흥부를 내세워 조선 후기의 대지주와 소작인의 부조리한 단면을 고발한 작품이다. 당시 일반 백성 중에는 농지를 가진 자가 없었고, 농지를 가진 자는 모두 부유한 상인과 양반들이었다고 한다. 그들은 백성들에게 소작을 주어 부를 축적했는데, 그 과정에서 온갖 부정을 저지르며 가난한 민초들만 괴롭혔다. 못된 지주 세력은 바로 놀부요, 가난한 흥부는 민초로 대역한 것이다. 민초들은 지주들의 핍박을 못 이겨 이리저리 쫓겨 다니다가 깊은 산속으로 들어가 화전을 일구고 살았다. 그마저도 힘들 때는 흥부처럼 매품을 팔았다고 한다. 판소리는 민초들의 이런 질곡된 삶과 설움을 소리꾼의 통성을 통해 피가 터지도록 천하에 내질렀다. 당시 처참한 민초들의 삶을 그린 다산의 시 「암행어사가 되어 적성촌을 돌아보고」를 읽어보자. 지금 보아도 통분할 내용이다.

시냇가에 뚝배기처럼 찌그러진 집이 있어
북풍에 이엉 걷히고 서까래만 앙상해라.
묵은 재 위에 눈까지 덮여 부엌은 싸늘하고
체 눈처럼 뚫린 벽으론 별빛마저 스며드네.
집 안에 있는 거라야 너무나 썰렁해서
모조리 판대도 일여덟 푼 안 되겠네.
삽살개 꼬리 같은 조 이삭 세 줄기에다
닭 염통 같은 고추 한 꿰미,
깨진 항아리 새는 곳은 헝겊으로 때운 데다
내려앉은 시렁일랑 새끼줄로 얽었어라.
구리 수저 오래전에 이장에게 빼앗겼는데,
이번엔 옆집 부자가 무쇠솥을 빼앗아갔네.
닳아빠진 무명 이불 겨우 한 채뿐이라서
부부유별 따지는 것도 이 집엔 안 어울려라.
어린놈 해진 옷은 어깨 팔뚝 다 나왔고
날 때부터 바지 버선은 걸쳐보지도 못했다네.
큰놈은 다섯 살 때부터 기병으로 온랐고
세 살 난 작은놈도 군적(軍籍)에 들어 있어,

두 아들 군포(軍布)로 오백 푼을 물고 나니

빨리 죽기나 바랄 뿐이지 옷을 따져 무엇하랴.

　　　　　　　— 허경진 엮음, 『다산 정약용 시선』, 평민사, 50~53쪽


　영락없이 흥부를 그려놓은 듯 처참한 당시 민초들의 모습을 다산은 시에 그대로 담아냈다. 그 유명한 황구첨정(黃口簽丁)과 백골징포(白骨徵布)의 잔악무도한 위정자들의 횡포를 시로써 신랄하게 비판한 것이다. 백골징포란 말은 관료들이 사복(私腹)을 채우기 위해 이미 죽은 사람을 살아 있는 것처럼 조작해서 군적(軍籍)과 세부(稅簿)에 올리고 세금을 뜯어가던 일을 말한다. 황구첨정이란 당시 국법에 14세 이하의 소년은 군적에 등록하지 못하도록 되어 있었는데, 이를 무시하고 태어난 지 얼마 안 된 갓난아기까지 군적에 등록시켜 강제로 세미(稅米)를 뜯어간 것을 말한다.

　지금 사람들은 어찌 그럴 수 있느냐고 얼토당토않다고 여길지 모르지만, 다산의 시에서도 보았듯이 실제로 생생하게 벌어졌던 일들이다. 흥부가 놀부에게 쫓겨나는 것도 당시 폭정을 피해 깊은 산속으로 도망가 화전을 일구고 살았던 민초들의 실제 모습이다. 그런 상황도 다산은 시에서 읊기를, "꼭대기를 올려다보니 밭 태우는 불길들 호적에 들지 않은 백성이 바로 이들이어라" 하며 통탄했다. 쫓겨난 흥부는 오갈 데가 없어 화전을 일구고 사는 것도 모자라 매품팔이까지 나서지만 그것마저도 남한테 빼앗긴다. 환자쌀도 구하기 힘들어 놀부에게

가서 돈이나 쌀, 보리나 싸라기든 무엇이든 주면 좋겠다고 간청하지만, 오히려 실컷 두들겨 맞고 돌아온다. 그런 흥부의 서러운 맘을 위로하기 위해 작가는 흥부에게 박통 속의 금은보화로 보상해주고, 놀부는 박통 속의 온갖 몹쓸 것으로 패가망신케 한다. 하지만 흥부는 그렇게 설움을 당하고 살았어도, 망한 놀부를 모른 체하지 않고 자기 재산을 나누어 살자고 한다. 이는 부정부패를 일삼는 지주층과 관료들의 실상을 낱낱이 파헤쳐 그들의 잔악한 처세를 세상에 알려 부정함을 호되게 질타하고, 더 나아가 다 함께 잘 사는 이상 세계를 만들자고 흥부의 입을 빌려 외친 것이다.

판소리를 노래라 하지 않고 소리라고 한 것도 이 때문이다. 원통하고 분한 사정을 털어놓는 데 한가한 음률로써는 감당이 안 되니 판소리로 멍울진 마음을 달래고 어르고 삭여냈던 것이다. 흥부가 형수한테 뺨을 맞았는데 어찌 한가하게 노래가 나오겠는가? 분하고 원통한 마음을 하늘에 계신 조물주가 제발 들어주십사 통곡으로 소리를 질렀던 것이다. 판소리에 꼭 그런 설움과 통한의 정서만 있느냐고 할지 모르겠지만, 작가의 의도는 흥부와 놀부 두 형제 사이에 우애라는 그물을 쳐놓고, 그 너머에 있는 민초들의 설움을 고발하는 것이었다. 소리꾼은 이 숨어 있는 깊은 뜻을 읽어내야 성음을 제대로 낼 수 있다. 그 숨은 뜻을 드러내기 위해서 긴 사설 여기저기에 해학이나 골계와 비유나 풍자 같은 그물들을 촘촘하게 쳐놓은 것이다. 판소리의 성음들을 한번 곰곰이 들어보라. 왜 판소리는 그렇게 걸걸한 쉰 목으로 토해내듯 쏟아내는 발성을 해야 하는지를 말이다.

홍부처럼 억울하고 불합리한 일들은 21세기인 지금도 여전히 일어나고 있다. 아니, 어쩌면 옛날보다 더 파렴치한 형태로 부정을 저지르고 있을지 모른다. 왜냐하면 지금이 조선 사회보다 훨씬 더 선진 사회임에도 불구하고, 간혹 일어나는 대형 참사나 국가적인 일 처리 등을 볼 때 무늬만 경제 대국이고 선진 국가이지 실상은 그렇지 않다는 것을 느끼게 되지 않는가.

요즘의 정치가라든가 사회 지도층에는 훌륭한 사람들도 많지만, 정작 국가의 지도리를 잡고 움직이는 인물들은 대부분 개인적이고 당파적인 안위에만 머무르고, 대의를 위해 살신성인할 만한 덕성을 갖추고 있지 못한 것 같다. 국가의 흥망을 쥐고 사회의 요직을 꿰차고 있는 이들은 자신이 차지하고 있는 자리의 무게를 엄중하게 생각해보아야 하지 않을까 싶다. 그 자리에 걸맞은 능력과 덕성을 지니지 못한 자들이 중추적인 지도리를 잡고 있어 국가의 기강이 부지불식간에 썩어가고 있지나 않는지 자성해야 한다. 국가를 위해서 중추적인 역할을 하는 인물은 무엇보다도 몸과 마음을 닦은 인물이어야 한다. 수신은『대학(大學)』에서 말한 대로, 격물치지하고 정심성의(正心誠意)한 덕성을 갖추어야만 비로소 수신이 되어 제가(齊家)하고 치국평천하(治國平天下)할 수 있다.

공무(公務)는 단순한 봉공의 정신만 가지고서는 안 된다. 그전에 수신과 수양(修養)의 덕성을 품고 있어야 한다. 그래야 전체가 평화롭고 안정된 틀 속에서 건강한 사회가 자리를 잡는다. 관(官)은 백성의 부모라고 옛사람들은 말했다. 벼슬한 사람들은 자식 돌보는 부모의 심정으로 국민을 대해야 한다는 말이다. 요즘 정치하는 사람들은 그런 가상한 뜻은 고사하고, 오히려 자식의 것을 빼앗으며 살고 있지나 않는지 찬찬히 생각해볼 일이다. 하여튼 다산의 시에서 보았듯이 차마 눈 뜨고는 볼 수 없는 참혹한 실정을, 판소리는 이몽룡의 '어사출두(御史出頭)'에 뜻을 붙여서 통성으로 토해냈다. 이것이 판소리의 진정한 가치이다.

## 4. 감정을 드러내되, 지나치지 아니하다

세상천지 노래 중에 이렇듯 힘들게 발성하는 노래가 또 어디 있을까? 내 경험으로는 판소리보다 더 간절하게 통으로 우겨서 내지르는 소리를 지금까지 들어본 적이 없다. 물론 세상천지의 노래는 모두 아름답고 훌륭하다. 다만 판소리는 여느 성악곡과 달리 가사의 뜻에 따라서 사실적인 성음으로 실감 나는 음형을 만들어낸다는 점이 특별하다. 지지기지(志之氣之), 뜻이 가면 뜻에 따라 기도 흐른다. 판소리가 그렇다. 양반들이 즐겨 부르던 노래를 들어보라. 선비들이 즐겨 부른 가곡이나 시조는 대개 자연과 인생의 무상함을 담은 내용들이 많다.

동창(東窓)이 밝았느냐 노고지리 우지진다
소 치는 아이는 상기 아니 일었느냐
재 너머 사래 긴 밭(長田)은 언제 갈려 하느냐

갓 쓰고 도포 걸친 점잖은 양반이 이러한 내용의 시조를 슬픈 계면조로 얼굴 찡그려가며 잔뜩 움츠린 거친 음성으로 질러낸다고 생각해 보라. 만약 그렇게 한다면 스파게티에 고추장 치는 격이 될 것이다. 가사가 한가하면 발성도 한가하고 우아하기 마련이다. 판소리도 간혹 우아하고 세련된 성음을 많이 쓰지만, 「흥부가」의 '가난 타령'처럼 애처로운 가사에는 오장에 사무친 가난의 성음이 묻어나야 제격이다. 사람들이 판소리를 들을 때 거친 쉰 목으로 내지르는 소리를 좋아하는 것도 이 때문이다. 물론 맑은 소리를 좋아하는 사람도 많지만, 그들도 흥부처럼 인생의 서러운 고초를 한 번 겪고 나면 음악적 심미관이 크게 달라질 것이다. 소리꾼은 몰아 상태에서 소리를 해야 제 음을 낼 수 있다. '쑥대머리'를 부르면 바로 춘향의 심정이 되고, '가난 타령'을 부르면 바로 흥부의 처가 되어야 가난한 성음이 나온다. 이것이 지지기지이다. 어떤 이들은 춘향과 흥부 처의 절박한 심정을 한 차원 승화시켜 담담하게 표현해야 진정한 예술이라고 말하지만 그건 사이비이다. 그럴싸한 말처럼 들리지만 전혀 이치에 맞지 않는다. '사무치게 보고 싶고', '서럽도록 배고픈데' 자연스레 일어나는 감정을 접어둔 채, 그 반대의 무심하고 담담한 정감을 유지하라니, 그건 잘못되어도 한참 잘못된 것이다. 춘향과 흥부 처는 그저 평범하게 살아가는 세상의 흔한 아낙들이지 생사를 초월한 장자(莊子)가 아니다.

어떤 이들은 민속악이 감정을 지나치게 드러낸다면서, 예술이 다소 속되게 흐른다고 평하기도 한다. 그러한 평을 즐기는 이들은 『논어』 '팔일(八佾)' 편에 실린 "낙이불음 애이불상(樂而不淫 哀而不傷)"을 곧잘 비유한다. 그것은 공자가 『시경』의 관저(關雎)를 듣고 나서 논평한 것으로, "관저의 시는 즐거우면서도 음란하지 않고, 슬프면서도 마음을 상하지는 않는다"라고 한 말이다. 이것은 역대로 동아시아에서는 문학이나 그림과 음악 등 모든 예술 분야에서 중화(中和)의 미(美)를 지향하는 뜻에서 즐겨 써온 말이다. 그러나 우리는 간혹 이 말의 뜻을 곡해하는 경우가 있다. 공자가 말한 본래 뜻은 아예 처음부터 즐거워하거나 슬퍼하지 말라는 것이 아니다. '즐거워하되' 음란에 이르지 말고, '슬퍼하되' 비탄에 빠지지 말라는 뜻으로 한 말이다. 춘향이 도련님을 보고 싶어 하며 애타게 그리워하는 심정을 서글프게 표현하되, 비탄에 빠지지 않고 만날 날을 기다리는 소리가 애이불비(哀而不悲)한 성음이다. 공자가 말한 뜻은 어떤 감정이 드러났을 때 거기에서 넘치지 않는 절제미를 말함이지, 슬픈 감정까지 아예 표현하지 않는 절제미를 말한 것이 아니다. 이렇게 뻔한 이치를 알면서도 사람들은 간혹 억지 논리에 빠져든다. 굳이 공자의 말이 아니어도 그런 것은 당연한 이치임에도 불구하고 억지를 부리는 경우가 더러 있다. 공자가 읽고 말했던 『시경』의 관저 시는 요즘 말로 연애시이다. 착하고 아름다운 아가씨를 그리워하며 잠을 이루지 못하는 총각의 심정을 묘사한 것이다. 시에서는 자나 깨나 요조숙녀를 그리워하고 있다. 오매불망 생각하면서 밤새 잠 못 이루고 엎치락뒤치락하는 모습을 그리고 있다. 그 유명한 '쑥대머리'에 나오는 '금슬우지', '전전반측'의 출처가 바로 이 대목이다. 공자는 세간의 흔하디흔한 연애 노래에서 중화의 아름다움을 본 것이다. 공자가 만약 '쑥대머리'를 들었다면 무릎을 탁 치며 대번에 진선진미(盡善盡美)라고 찬탄했을 것이다.

이렇듯 '낙이불음'과 '애이불상'은 양반들이 이상적으로 생각한 음악인 아악(雅樂)에서 비롯된 말이 아니라, 민간에 흔하디흔하게 유행했던 국풍(國風)에서 말미암은 말이다. 학문이나 예술은 반드시 지고하고 이상적인 무언가를 더듬어야 뛰어난 게 아니다. 도(道)는 "평상심이다"라고 말한 불가의 말처럼, 평범한 일상의 모습 속에 있다. 속악과 정악의 경계는 공(公)과 사(私)에 있다고 생각한다. 공적인 음악은 아악이니 한쪽으로 치우치지 않는 정대(正大)한 뜻을 지녀야 한다. 그래서 아악을 들으면 공평무사하고 정대한 기운이 감돈다. 아악은 참으로 뛰어난 음악이다. 그에 비하면 속악은 사사로운 인생의 희로애락을 노래로 펴는 것이어서 경계가 매우 자유롭다. 그런 까닭에 낙이불음과 애이불비는 사사로이 부르는 노래라도 감정을 주체하지 못하고 지나치게 경계를 넘어서면 안 된다는 뜻으로 한 것이지, 아악과 속악의 우열을 논하기 위해 한 말이 아니다. 오히려 인류의 성현들은 한없이 낮은 곳에 임하려 했고, 귀천과 우열 따위를 가리지 않았다.

사람들의 취미는 다양하다. 어떤 사람은 아악을 들어야 감동을 느끼고, 또 아악을 들으면 지루해하는 사람도 있다. 그렇다고 해서 아악을 즐겨 듣는 사람은 훌륭하고 아악을 싫어하는 사람은 천박하다고 할 수는 없지 않은가. 나는 속악인 판소리를 하지만 때론 가곡이니 시조에서 좋은 영감을 얻고, 대중가요에서도 많은 감동을 받고 배운다.

사람마다 느끼는 감정이 다를 뿐이지 가치의 우열을 따지는 것은 매우 잘못된 일이다. 석가모니는 "일체중생이 모두 부처가 될 수 있는 불성이 있다"라고 말했다. 이 세상에 살아 있는 것은 모두 존엄하고 신성하다. 내 방식만이 최고라는 생각은 매우 위험하다. 양반이 학문을 열심히 하여 지선(止善)에 이르는 것은 훌륭한 일이지만, 먹고사는 곡식은 어디서 나온단 말인가? 세상은 함께 살아가는 곳이다. 선비의 최고 가치는 여민동락(與民同樂)이다. 그 자리가 바로 지선의 경지이다.

18세기 실학자들은 양반들의 이런 잘못된 처세와 사변적 논리를 과감하게 질타했다. 선비들이 지향하는 큰 학문의 도는 지극한 선에 머무르는 것이다. 이를 위해 가장 중요한 것이 밝은 덕을 더 밝게 닦아서 가난하고 못 깨치고 어리석은 자들과 함께 나누며, 나보다 못한 위치의 불우한 사람들과 함께하려는 친민(親民)에 있다. 한마디로 친민이 안 되면 지선도 말짱 헛구호에 불과하다. 친민해야 지선의 경지에 이른다는 말이다.

그래서 18세기의 실학자나 예술가들은 이상적인 도에 얽매여 헛물만 켜지 말고, 바로 눈앞에 일어나는 진실에서 지극한 선을 구하자며 애타게 소리쳤던 것이다. 비단 선비들뿐이겠는가. 오매불망 반야(般若)의 경지를 꿈꾸는 도승(道僧)들도 정각(正覺)의 지혜를 얻기 위해선 중생의 아픔을 함께하는 보리심(菩提心)과 이타행(利他行)이 먼저 있어야 가능하다. 그것이 바로 상구보리 하화중생(上求菩提 下化衆生)이다.

이 말은 누구나 보살 수행을 하여 깨달음을 얻으면 부처가 될 수 있고, 이러한 보살 수행의 핵심은 바로 이타행으로 중생의 고통을 함께 해야 한다는 점이다. 불법으로 사람을 가르쳐 착한 마음을 갖게 하려고 위에서 밑으로 가르치는 교화가 아니라, 대자대비의 헌신을 말한 것이다. 재친민(在親民)이란 선비들의 알량한 지식으로 남을 가르치려 드는 신민(新民)이 아니라, 멸사봉공의 인애(仁愛)한 헌신을 말한 것이다. 종교와 학문과 예술이 추구하는 궁극이 바로 이것이 아닐까 싶다.

판소리는 바로 친민과 하화(下化)의 소임을 다하는 예술이다. 그래서 변강쇠 타령처럼 내용이 충실치 못하고 문학적 품격이 낮은 사설의 바탕 소리는 자연스럽게 도태되었고, 지금의 5바탕 소리만 전승된 것이다. 판소리 발성 중에 꾀목이나 노랑목, 어정소리, 발발성, 군목, 거만하게 내는 기교목 등은 소리꾼들이 가장 기피하는 목소리들이다. 그것은 방정맞고 가벼우며 삿되기 때문에 금기시하고 부끄럽게 생각했다. 물론 판소리 발성에서는 그러한 목소리도 당연히 쓰이지만, 곡조 전반에 주되게 쓰지는 않고 어쩌다 양념으로 맛깔스럽게 사용된다.

작품 속에 교태와 속기가 뼈에 사무쳤다는 뜻을 가진 미속입골(媚俗入骨)이란 말이 있다. 옛사람들은 예술적 재능은 다소 부족해도 넘어가지만 '속된 것'은 예술에서 가장 큰 병으로 알았다. 판소리 빌싱은 희로애락의 감정에 따라 소리를 억양반복함으로써 때론 속되다고 하는 노랑목과 어정소리도 곁들이지만, 반드시 통성을 주도적으로 운용한다. 이것이 바로 즐거우면서도 음란하지 않고, 슬프면서도 마음을 상하지는 않는다는 뜻이다.

# 5. 인간 세상의 오만 정(情)이 서려 있다

판소리는 조선 사회의 부조리하고 부패한 사회 현실을 반영하며 혜성처럼 나타난 우리나라의 보물이자 인류의 탁월한 예술 유산이다. 내 생각에는 예나 지금이나 세상의 불공평함은 별 차이가 없다고 본다. 50년을 이 땅에 기대어 살아온 바로는 적어도 그렇다고 생각한다. 나는 가끔 '내가 판소리에 미쳐 살아온 이유가 무엇일까' 하고 의문을 품을 때가 있다. 예술가들에게는 저마다 예술에 임하게 된 동기나 예지(藝旨) 같은 것이 있다. 나 역시 당연히 판소리를 하게 된 예술적 배경이 있었다. 이러한 배경은 예술적 취지나 심미에 큰 영향을 끼친다. 특히 어린 시절의 환경은 더욱더 그렇다. 그래서 내 어릴 적 환경의 기억을 더듬어 자세히 그려보고자 한다. 왜냐하면 그것이 소리 세계의 큰 자양분이 되었기 때문이다. 나는 어려서부터 판소리나 육자배기 가락에 익숙했다. 살아가는 일상의 모든 일이 소리였고 가락이었다. 그렇게 나는 일상의 주고받는 말 속에도 감칠맛 나는 표현에 정감이 흠뻑 들어 있어 음악적 율동과 예술적 운치가 풍부한 고장에서 자랐다. 나의 판소리 예술 정신과 음악적 미감은 모두 그런 유년 시절의 삶 속에서 배어난 것들이다.

나는 1965년에 전남 순천 서면 판교라는 가난한 산골 마을에서 태어나 새마을운동이 한창이던 분위기 속에 자랐다. 들판이 놀이터였고 삼밭이나 목화밭에서도 시간을 보냈다. 학교에 가지 않는 날은 부모님 따라 들이나 산에서 보내며 허드레 농사일을 도왔다. 집에서 기르는 가축들을 먹일 꼴을 베러 논두렁이나 산언저리 구석구석 안 다닌 곳이 없었다. 겨울이면 땔감을 하느라 앞산 뒷산에 올라 고자배기(나무를 자르고 난 밑둥치)나 솔잎 긁어모으기에 바빴다. 어쩌다 시간 나면 어린이 만화 잡지 『소년동아』를 종이가 닳도록 온 동네 아이들이 돌려가며 보았다. 『도깨비감투』, 『주먹대장』 등의 만화를 본 뒤에는 어린 맘에 의협심을 발휘하며 우쭐해했고, 『엄마 찾아 삼만 리』를 읽고서는 짠한 마음에 남몰래 몇 날 며칠을 한없이 울기도 했다.

설 쇠고 정월 보름날에는 악귀 쫓는다며 빨간 팥을 넣고 찰밥을 지어 여러 날을 장독 위에 얹어놓고 틈날 때마다 먹었다. 하루 종일 동네에서 귀신 쫓는다고 풍물 칠 때 어른들 놀음에 아이들도 좋아라 어른들 춤추는 것 따라 어울리지도 않는 보릿대춤을 신나게 추었다.

어찌어찌 날이 가서 강남 갔던 제비 돌아와 처마 밑에 집 지을 적에는 우리도 마냥 좋아라 마루 끝에 걸터앉아 제비더러 신기하게 집도 잘 짓는다고 추임새를 했다. 보리가 익을 즈음이면 코끝이 온통 보리 냄새로 배었고, 울퉁불퉁한 논두렁길로 다닐 때는 곱게 잘 익은 고소

한 밀을 한 움큼 따서 손바닥으로 깔깔하게 비벼 껍질은 후후 불어내고 토실토실한 알맹이를 입에 털어 넣고 껌처럼 오래도록 씹었다. 논마다 자운영이 흐드러지게 피어 꽃 그림자 드리우고, 산에는 소쩍새가 솥 적다고 '소쩍소쩍' 밤새 울었다. 보리가 다 익어 타작할 때는 들에 있는 보리 짚단을 일일이 지게로 져 날라 자그마한 집 뜰에서 콧구멍이 까매지도록 타작했고, 아이들은 타작이 끝난 까실까실한 보릿대를 두엄자리에 옮겨놓고, 그 속을 들락거리며 오두방정을 떨고 놀았다.

저 건너 산비탈 밭에 심은 하지 감자를 캘 때는 흙 속에서 기어 나온 땅강아지를 잡아 검정 고무신에 담아 장난도 쳤다. 모를 심을 때는 온 동네 아주머니들이 모여 울력으로 모를 심었고, 이 집 저 집 아이들도 엄마를 따라가 논두렁에서 놀다 새참 오면 숟가락 들고 함께 거들었다. 논 가장자리에 빨갛게 익은 산딸기를 따서 고무신에 가지런히 담아 가지고 행여 누가 뺏어 먹을까 아껴가며 야금야금 먹기도 했다. 그렇게 하루 일을 마치면 어둑어둑한 뻐꾸기 우는 산길을 따라 소나무 껍질같이 오돌토돌한 엄마 손을 잡고 보채는 걸음으로 돌아왔다.

농번기 때는 초등학교도 일주일씩 방학을 하는데 무상으로 받던 빵도 일주일 분량을 한꺼번에 받아 배가 터지도록 먹었다. 농번기가 지나고 일손이 한가해지면 외지에서 들어온 하루짜리 천막 영화관의 인기가 대단했다. 어린아이들도 관람료 25원씩 내고 들어가 멍석 깔아놓은 바닥에 옹기종기 둘러앉아 〈엄마 없는 하늘 아래〉, 〈미워두 다시 한 번〉 등을 보면서 눈물 콧물 범벅이 되도록 울었다. 팔월 백중이면 온 골짝 마을 대항 체육 대회가 열려 그날만큼은 온 마을 사람들이 학교 운동장에 모여 잔치를 벌였다. 어른들은 아침 일찍 쇠꼴 한 짐씩 베어놓고 하나둘 짝을 지어 학교로 모였다. 스피커에선 판소리나 육자배기 가락과 〈동백 아가씨〉, 〈사랑은 눈물의 씨앗〉, 〈님과 함께〉 같은 노래들이 온종일 구성지게 울렸고, 동네 아이들도 이리저리 뛰어다니며 호들갑을 떨었다. 마을마다 아낙네들은 맛난 음식들 준비하여 바람이 선선하고 그늘진 아름드리 나무 아래 옹기종기 모여 앉아 자기 마을 이겨라 신나게 응원을 했다. 체육 대회가 끝난 해거름 녘에는 서투른 논두렁 장구재비가 장구를 어깨에 들쳐 메고 폼 나게 치는 가락에 맞춰 다 함께 "노세 노세 젊어서 놀아 늙어지면 못 노나니 화무는 십일홍이요 달도 차면 기우나니라 얼씨구절씨구 차차차" 하면서, 손가락 안주에 막걸리를 마셔가며 밤이 깊어가는 줄 모르고 재미나게 놀았다. 어둑어둑할 무렵 집으로 돌아와 마당 한 켠에 모깃불을 피워놓고 평상에 누워 있노라면 하늘엔 수많은 은하수가 쏟아질 듯 반짝거렸고, 간간이 떨어지는 별똥을 보며 어른들은 "아이고, 누가 또 저승으로 갈랑 갑네" 하면서 근심스럽게 말하다 잠이 들곤 했다.

철 이른 가을벌레들은 두엄자리나 담장 사이에서 밤새 울어댔고, 소막의 황소는 큰 눈을 살포시 감고 목에 두른 워낭을 간간이 흔들어대며 저녁나절에 먹은 풀을 연신 되새김질했다. 나락이 익어갈 때는 산이나 들판에 먹을거리가 지천에 널려 있어 늘 입이 바빴다. 그러는 사이 강변 목화밭 무명 타래는 탱탱한 볼을 터뜨리고 새하얀 목화솜

88

을 눈이 시리도록 파아란 가을 하늘에 선보였다. 그 위로 고추잠자리들은 오르락내리락하며 춤을 추었고, 동무들은 내려앉은 잠자리를 잡으려고 까치발로 살금살금 기어가며 잔뜩 공을 들였다. 그러나 잠자리는 그만 눈치채고 공중으로 날아가버리니 멋쩍은 동무가 괜히 피식 웃던 그 모습이 눈에 선하다.

추석이 다가오면 햅쌀로 차례상 올린다고 집집마다 올벼 쪄놓을 때 아이들은 저마다 한 움큼씩 입에 넣고 잘근잘근 씹어 먹었다. 추석 선물로 사다 준 새 신발을 장롱에 숨겨놓고 먼지도 앉지 않은 새 신발을 옷소매로 연신 문지르던 일이 새록새록하다. 고대하던 추석이 돌아오면 객지 나갔던 형들과 누나들이 한 손에는 정종 들고 또 한 손엔 사과 꾸러미 들고 "엄마 아부지" 부르면서 집 마당으로 들어서니, 엄마는 절구통에 떡 찧던 손을 놓고 "아이고, 어서 오너라, 내 새끼야! 객지에서 얼마나 고상이 많냐. 오느라 욕봤다" 하시며 오랜만에 만나 얼싸안고 날 새는 줄 모르고 좋아했다. 추석날 아침 차례 모시고 대나무 소쿠리에 밤, 대추, 꼬막, 조기, 사과, 배, 떡, 막걸리를 담아 보자기에 곱게 싸들고 돗자리도 알뜰히 챙겨 아버지, 삼촌, 당숙, 사촌 형들과 함께 나란히 논두렁길을 따라 산소로 가는 길은 한없이 설레기만 했다. 추석 쇠고 사람들은 또다시 객지로 떠나고 누런 들녘에는 허수아비만 쓸쓸히 가을바람에 한들거리며 부지런히 오가는 참새들과 우두커니 고향 들녘을 지키고 서 있었다.

추수 끝난 들녘엔 서리 내려앉아 쓸쓸하고 스산한데 먼 길 떠나는 기러기가 파아란 서쪽 하늘로 아스라이 날아가는 것을 보고 "달 밝은 가을밤에 기러기들은……"으로 시작하는 동요를 논두렁 가에서 동무들과 한껏 불러젖혔다. 서리 맞은 감잎은 빠알갛게 물들어 떨어지고 앙상한 가지마다 빠알간 홍시들은 주렁주렁 걸려 속없는 까치들만 설레게 했다. 멍석에 널어놓은 나락은 가을 햇살에 그새 잘도 여물어갔다. 또 어쩌다 세상을 하직한 사람 있으면 온 동네 사람들이 내 일처럼 슬퍼하며 십시일반으로 곡식을 추렴하여 정성스레 예의를 갖추었고, 예쁘게 꾸민 꽃상여에 망자를 실어 태우고 동네를 떠날 적엔 온 산골을 울리는 상엿소리가 마치 가는 이를 그리워하듯 한없이 서글펐다. 동네 이웃 할머니들은 짝을 지어 돌담에 기대어 "아이고, 저 양반 좋게 살았는디 쌔가 빠지게 고상만 허다 가네. 쯧쯧쯧" 하고 혀를 차시며 치맛자락을 끌어다가 짠하게 울었다. 망자도 가기 서러웠던가 꽃상여에 주렁주렁한 종이꽃을 감나무 끄트머리에 떨궈놓고, "인제 가면 언제 올거나" 하며 선소리꾼 땡그랑땡그랑하는 요령 소리 따라 저승길로 가버렸다. 그런 일을 치르고 나면 동네가 한참이나 쓸쓸했다.

음력 시월이 돌아오면 유자는 잘 익어 향기롭고, 장독가 담장에 기대선 치자나무 열매도 노랗게 물들어 빛이 참 고왔다. 치자 열매 따다가 삼베 물을 들일 때는 동네 아낙네들 마당에 모여 능숙한 솜씨로 삼베길쌈하는 모습이 아름답고 정겨웠다. 남자 어른들은 짚으로 새끼를 꼬며 초가지붕에 얹을 날개를 새로 짜느라 분주했고, 초가집 지붕을 새로 이는 날엔 장정들이 다 모여 온 집안에 막걸리 냄새가 진동했다. 초가삼간 새 옷으로 단장을 하고 시원치 않던 구들도 고쳐놓고 아궁이에 불을 지피면 뒤꼍 굴뚝에선 탐스러운 연기가 포송포송 힘차게 피어올랐다. 해 질 녘엔 온 동네가 연기로 자욱하고, 소막의 누렁소도 밥 달라며 음매음매 울고, 닭들도 먹이 찾느라 마당가 땅만 연신 파헤치면서 못생긴 대가리를 좌우로 연신 되작거렸다.

첫눈이 내리면 아이들이 제일 먼저 뛰어나와 동무들과 함께 펄쩍펄쩍 뛰면서 하얀 눈을 손으로 잡으려 했고, 따라 나온 바둑이도 신이 나서 천방지축 뛰놀았다. 펄펄 내리는 눈을 밟고 노느라 해 저무는 줄도 모르고 정신없이 놀다가도 "밥 먹어라" 하고 엄마가 부르는 소리에 뿔뿔이 흩어졌다. 그러고는 바깥에서 노느라 찬 바람에 부르튼 빠알간 볼을 문지르며 따뜻한 아랫목에 몸을 데웠다. 아버지가 끓이는 쇠죽 냄새 온 집안에 가득하고, 엄마의 밥 짓는 냄새는 어린 맘을 재촉하여 밥상도 차리기 전에 숟가락 들고 정잿간 문턱에 걸터앉게 했다. 방에는 술 익어가는 냄새와 황토벽 흙냄새가 좋았고, 콩시루엔 물소리가 끊임없이 뚝뚝뚝거렸다. 윗목 시렁에 매달아놓은 메주는 주렁주렁 파아란 곰팡이 꽃을 피우며 예쁘게 삭아갔다. 마당 한 켠에서 아버지가 장작 패는 소리, 할머니와 어머니의 물레 돌리는 소리, 할아버지의 새끼 꼬는 소리, 아이들이 도롱태 굴리고, 전쟁놀이하고, 자치기, 오징어놀이, 팔방놀이, 딱지치기, 연날리기, 말좆박기, 물총쏘기, 기마전, 구슬치기, 줄넘기, 숨바꼭질 등을 하며 시끄럽게 떠드는 소리에 뉘엿뉘엿 한 해가 저물어갔다.

어린 시절 내가 살던 고향 모습이었다. 그야말로 살아가는 삶 자체가 소리가락이었다. 농촌의 한 해 정서는 너 나 할 것 없이 그렇게들 살면서 보낸 세월이었다. 부모들은 허리 한 번 제대로 펼 틈 없이 밤낮으로 일만 하느라 손은 소나무 껍질처럼 오돌토돌해졌고, 얼굴도 구릿빛이 되었다. 일상의 오가는 말도 순박하고 간단했다. '아재, 당숙, 고숙, 이숙, 품앗이, 놉, 울력, 이녁저녁, 갱변(냇가), 까끔(산), 논, 밭, 삽, 곡괭이, 괭이, 구와, 삼태기, 거름, 소막, 호미, 쟁기, 지게, 바작, 씻나락, 짚, 매상, 가마니, 바가지, 갈퀴, 장작, 군불, 거시기' 등 순박한 말들을 주고받으며 서러운 인생들이 흘러갔다. 사대육신 성한 곳 하나 없어도 자식 먹이려고 허리가 휘도록 일만 하다가 병들고 늙어 죽으면 그 서러운 땅에 소리 없이 묻혔다. 고춧값, 배춧값 똥금 되는 날엔 한숨으로 땅이 꺼질 듯했고, 큰자식 대학 등록금 만들려고 송아지 때부터 어미 소 되도록 하루도 쉴 틈 없이 쇠꼴 베어다 금쪽같이 공들여 키웠더니, 소값이 똥금 되던 날 아버지들은 쓰디쓴 막걸리만 벌컥벌컥 마셔대며 "어쩌고 살거나 어쩌고 살거나" 하시면서, 앞산 부엉이 따라 밤새도록 우셨다. 이렇듯 고달프게 하루하루 살아가는 농촌 일들이 소리가락 아닌 게 없었다. 서러운 맘 하소연할 데 없고 맺힌 한 풀 데 없어 육자배기를 안주 삼아 막걸리를 벌컥벌컥 마셨다. 밭뙈기 하나라도 장만하려고 손바닥이 쩍쩍 갈라지도록 어찌어찌 버티며 살아가던 우리 어머니, 아버지의 한숨들이 소리가락으로 찌들어울려 나왔다. 못 배우고 가난해도 마음에 응어리진 한을 구성진 소리 가락에 얹어 기막히게 풀어냈다.

나는 그런 환경에서 자랐기 때문에 예술 정서가 여지없이 이와 같다. 판소리를 하기로 작정했던 알뜰한 뜻도 그런 환경에서 비롯되었다. 중학교 2학년 때의 기억이다. 그날은 장날이어서 방과 후 어머니와 함께 집에 가려고 시장으로 갔다. 어머니가 동네 분들과 함께 시장 길바닥에 나란히 앉아서 배추 파는 모습을 보고 어린 내 맘은 왠지 한없이 서러웠다. 어머니뿐만 아니라 함께 나온 동네 아주머니들이 모두 짠해 보여 왠지 모를 설움에 가슴이 아렸다.

그런 일이 있고 얼마 되지 않아 길을 가다가 우연히 국악원에서 흘러나온 판소리를 들었는데, 그것이 지금까지의 인연이 된 것이다. 판소리를 처음 접한 순간, 애수 어린 음색과 성음이 여지없는 시골의 아픔과 한처럼 들려왔다. 물론 판소리는 초등학교 때부터 학교 방송에서 익혀 들었지만, 실제로 명창이 부르는 판소리는 처음이었다. 내가 살았던 시골 동네나 초등학교에서는 특별한 날이 되면 늘 판소리나 육자배기 등을 방송으로 들려주었다. 나는 그 소리가 좋아 흘러나올 때마다 귀에 담아두었다가 간혹 그 선율을 따라 되지도 않는 소리를 흥얼거리곤 했다. 또 초등학교 2학년 가을 소풍 땐가 예쁜 여선생님이 장기 자랑 시간에 「새타령」을 부르셨다. 나는 그 소리가 너무 좋아 한동안 그 음을 흥얼거린 적도 있었다. 가야금 소리를 흉내 내다고 가느나란 노란 고무줄을 가지고 놀기도 했다. 줄 한쪽은 입에 물고 또 한쪽은 손으로 잡아 늘이고, 또 다른 손으로 고무줄을 통기면 '둥기덩' 하는 가야금 소리가 났다. 그 소리에 재미를 붙여 수업 시간에 한참 동안 노닥거리며 놀았던 기억이 지금도 생생하다. 그런 일들이 내가 살아가는 환경에서 자연스럽게 이루어졌다.

시골 사람들은 일상생활에 육자배기 가락이 몸에 배어 있어 특별히 노는 날이 아니어도 늘 소리를 흥얼거렸다. 길쌈할 때는 물론이고 물레 돌릴 때, 밭일할 때, 모낼 때, 나무할 때, 누에고치 키울 때, 부엌에서 밥 지을 때, 도랑에 모여 빨래할 때, 뽕잎 딸 때, 마실 가서 도란도란 말하는 것들이 늘 소리하는 것처럼 가락이 되었다.

그 시대의 어머니들은 허구한 날 발에 못이 박이도록 들로 산으로 다니며 호미 자루를 놓지 않으셨다. 밭으로 다닐 때는 한시도 빈 몸으로 오지 않으셨다. 밭에 거름 져다 부리고 올 때는 편한 걸음으로 와도 될 텐데, 기어이 호박 한 덩이라도 머리에 이고 오니 그 곱던 발이 온전했겠는가. 이런 어머니들의 맺힌 한을 피 토하는 심정으로 읊은 것이 판소리이다. 판소리는 이렇듯 가슴에 터질 듯한 멍울이 있어야 소리가 오지게 나온다. 고된 농사일을 견디려면 먹는 밥이라도 걸고 기름져야 하는데, 먹는 것이라고는 고작해야 된장에 풋고추가 전부였다. 지친 몸에 밥맛 없다고 찬물에다 밥만 대충 말아 김치에 허기진 배를 채우고 잠깐 쉴 틈도 없이 다시 들로 쫓아가던 우리 어머니들의 한이 소리가 되어 나온 게 판소리 정서이다. 이 세상 어느 물로도 끄지 못할 한을 우리 어머니들은 소리가락에 풀어 헤쳐놓았다.

볍씨를 손에 쥔 어머니의 손이다. ⓒ전라도닷컴

　판소리는 긴 가사에 음조를 붙여 소리를 만들어내는 것이므로 그
속엔 다양한 감정들이 있다. 기쁘고, 즐겁고, 화나고, 우울하고, 사랑
스럽고, 웅장하고, 슬프고, 서럽고, 담담하고, 분노하는 이런 다양한
감정들이 한데 버무려져서 성음을 이룬다. 그중에서도 당연히 계면조
의 비애미가 판소리의 백미이다. 담담하고 우아하면서 웅장한 우조
(羽調)도 좋지만, 굴곡지고 서럽고 애잔한 계면(界面)이 빠져버리면 판

소리의 본맛이 떨어진다. 「춘향가」에 이별가와 상사곡이 없고, 「심청가」에서 곽씨 부인의 사별과 심청과 생별하는 설움이 없다면 얼마나 맹탕이겠는가. 판소리는 인생의 생로병사를 노래한 것이다. 그런 까닭에 나는 궁벽한 산골에서 자라 어린 시절부터 자연스럽게 인세(人世)의 고락(苦樂)을 겪은 것을 감사히 생각한다. 우리 어머니와 아버지들의 굴곡진 삶의 고락을 못 보고 자랐다면 소리하는 내 뜻과 감정은 사뭇 메말랐을 것이다.

성외유정(聲外有情)이다. 소리에는 인간 세상의 오만 정이 서려 있다. 그것이 어떤 소리이고, 무슨 사연이 있는 소리인지, 바로 그러한 소리의 내력을 읽어내야 성음이 옳게 나온다. 장자는 취만부동(吹萬不同)이라 했다. 천지에 바람이 불면 온갖 것들이 여기에 부딪혀 제각각의 소리를 낸다고 했다. 바람을 맞아서 내는 소리는 만물이 저마다 다르다. 소리꾼은 그 오만 가지의 다른 소리들을 알뜰히 알아내야 성음을 구성지게 표현할 수 있다. 인생의 고락을 모른 채 소리를 한다면 그것은 앵무새의 지저귐에 불과하다. 석가모니는 인생이 고해(苦海)라고 했다. 제아무리 해탈하여 걸림 없는 경지에 이르렀다 해도 육신의 생로병사 자체는 이 풍진(風塵) 고해에 의탁하여 출렁거리니, 어느 누구라서 이 조물주가 쳐놓은 생로병사와 희로애락의 그물을 벗어나 자유롭게 살 수 있겠는가. 판소리는 바로 이러한 인생 경계 속의 불평(不平)과 천고의 설움을 성음에 실어 살(煞)을 푸는 노래이다.

# 6. 한글의 글맛과 말맛으로 빚었다

명고 김명환*은 판소리의 탁월함을 "가사와 성음의 조화"와 "한 사람이 다양한 성음을 구사한다"는 데 있다고 했다. 판소리는 판소리만의 아름다움이 있고 오페라 역시 그 나름의 아름다움이 있으니, 판소리와 오페라의 우열을 따지는 일은 부질없다. 모두 인류가 낳은 최고의 예술품들이다. 다만 판소리의 노래와 가사의 어울림이 사실적이고 자연적이라는 것을 명고는 자신 있게 말한 것이다. 정인지는 『훈민정음 해례본』 '서문'에서 말하기를, "한글은 소리의 원리를 바탕으로 하였으므로 음은 음악의 칠조(七調)에 맞고, 삼재의 뜻과 음양의 묘가 다 포함되지 않은 것이 없다"라고 말했다. 우리글은 글 자체가 말이고, 말은 곧 궁상각치우와 반상·반치의 칠음과 같아 음악이나 다름없다는 뜻이다. 그리고 천지인의 삼재 속에 음양의 처세에 맞게 걸림

---

* 김명환(金命煥, 1913~1989): 전남 곡성에서 태어나 20세기에 활동한 명고이다. 북을 칠 때 커다란 손바닥에서 울리는 소리가 매우 웅장했다고 한다. 또 특유의 변주법으로 유명했는데, 소란스럽지 않게 적시적소에 넣는 간결하고 위엄 있는 추임새를 가지고 있었다.

없이 활통하게 발음되고 표기되는 것이 우리의 말과 글이라고 한 것이다. 판소리가 뛰어날 수밖에 없는 것은 바로 우리의 말법에서 비롯된다. 우리나라 사람들이 소리를 잘하는 것도 바로 이 말법 때문이라고 생각한다. 우리는 단순히 말만 하는 게 아니라, 판소리의 발성 기법인 억양반복이나 어단성장을 적절히 사용할 줄 안다. 또 감정과 음률까지 곁들여 실감 나게 말을 하고, 어감이 분명하고 말의 조리가 뚜렷하여 예술적 감각이 뛰어나다. 예를 들어 "저기 좀 보소"라는 표현을 할 때 보면, 말의 청탁(淸濁)을 빌려 '저기', '쩌기', '쩌어기', '쩌~~~기'라고 말하면서 원근장단과 상하고저를 사실에 가깝게 표현한다. 한마디로 말을 입체적으로 표현할 줄 안다.

판소리는 가사에 내재된 다양한 성음을 한 사람의 소리로만 다 그려낸다. 이는 판소리의 가장 아름다우면서도 힘든 일이다. 다양한 성음을 낸다는 것은 그만큼 많은 노력과 시간을 요한다. 또 그 소리에 담긴 뜻을 다 알아야 완전한 모사가 가능하기 때문에 굉장히 어렵다. 우리말이 아무리 뛰어나다 해도 말의 운을 온전히 드러낸다는 것은 쉬운 일이 아니다. 단순한 성대모사로는 기운생동한 정서를 그려낼 수 없다. 가사 속의 생취생의(生趣生意)를 훤히 들여다볼 줄 알아야 성음이 생생하게 그려진다. 판소리의 탁월함은 좋은 사설과 소리꾼의 풍부한 성음이 조화롭게 이루어질 때 돋보인다. 판소리는 제아무리 뛰어난 기교와 재능을 뽐내도 성음이 실질에 맞지 않으면 사이비요 단순한 성대모사에 불과하다. 노래와 가사가 한 맛이 되어 조화를 이룰 때, 비로소 '얼씨구나', '기여', '좋다'라는 추임새가 저절로 나온다.

조선의 르네상스였던 18세기는 우리 민족의 문화적 기상을 회복하는 시기로서 본래의 우리 모습으로 돌아가자고 뼈저리게 각성하던 시기였다. 우리 산천의 풍물은 물론이고 우리의 생각과 뜻을 우리의 음색으로 내자고 한결같이 부르짖던 문예 부흥기였다. 억압당하고 소외받았던 민초들은 불평등한 세상의 부조리를 더 이상 가슴에 담아두지 않고 글로, 시로, 그림으로, 소리로 봇물 터지듯 쏟아냈다. 표현 방법은 서로 달라도 예술 속에 내재된 뜻은 한결같아 변혁의 대세에 힘차게 합류했다. 판소리는 그 선봉에서 민초들의 고락을 위로했다. 소리꾼은 판소리 속의 재담이나 골계, 해학, 비애, 설움, 한탄 등으로 당시의 썩은 세상 풍조를 풍자하며 권선징악의 교훈을 새기게 했다. 흥부의 서러운 사정을 애끓는 통목으로 후려쳐서 만천하에 내질렀다. 관자(管子)는 분노를 누그러뜨리는 데는 음악보다 나은 것이 없다고 했다. 연암 박지원도 가슴속의 답답한 것을 풀어버리는 데는 소리보다 더 빠른 것이 없다고 했다. 우리 어머니들의 애타는 맘과 불타는 발을 이 세상 어느 물로 식히겠는가. 태곳적의 백두산 천지 화산이 폭발하듯, 가슴을 활짝 열고 큰 숨 한 번 들이쉰 뒤에 통성으로 크게 내지르면 그만이다. 얼씨구!

# 제3부

# 재주를 가졌으되 오만하지 말라
## 재덕겸비(才德兼備)

# 1. 수십 년의 공을 들여야 제맛이 난다

재주란 무엇을 잘할 수 있는 타고난 소질을 말한다. 『설문해자(說文解字)』에서 재(才)자는 초목이 처음 생겨난 것을 뜻한다고 했다. '곤(丨)'이 위로 '일(一)'을 뚫고 가지와 잎이 생겨나려는 모양으로 구성되었으며, 줄기가 땅으로 나온 모습만 있고 가지나 잎은 아직 나오지 않아 '장차[將]'라는 뜻도 있다고 한다. '재(才)'는 초목의 시초지만 가지와 잎이 그곳에 내재해 있으며, 사람도 마찬가지로 태어날 때부터 온갖 선(善)함이 갖추어져 있다고 한다. 한마디로 사람에게 저장되어 있는 재주를 '재(才)'라고 한단다. 그래서 '재(才)'는 초목이 처음 나와서 가지와 잎이 아직 보이지 않는 것을 말하고, '철(屮)'은 가지에서 줄기가 뻗어 나가는 것이고, '지(之)'는 줄기와 가지가 더욱 성장한 것을 나타내고, '출(屮)'은 완전히 뻗으며 자라는 것을 뜻한다고 한다. 그러고 보면 재주란 잠재된 타고난 능력이고 숨은 힘 같은 것이 아닌가 싶다. 『설문해자』의 글로 비춰보면 아무리 좋은 재주도 철(屮), 지(之), 출(屮)의 성장 과정을 거쳐야 결실을 볼 수 있는 것이다. 이렇게 보면 출(屮)이란 타고난 재주를 열심히 갈고닦아 거의 완성 단계에 이른 것이라 할 수 있다. 그래서 사회적으로 높은 지위에 오르거나 유명해진 것을 출세라고 한다. 출세는 그만큼 온갖 노력을 기울여야 하는 것이다. 불가에서는 불보살이 중생을 제도하기 위해 중생의 세계에 나타나는 것을 출세라고 한다. 출가한 수도승이 이루 말할 수 없는 수행과 고행을 거쳐 한 소식 얻어서 나오는 것이 출세이다. 그냥 산문 밖을 나온다 해서 출세가 아니다. 이렇듯 우리가 어떤 것을 배우고 익혀서 완성시키는 것은 재(才), 철(屮), 지(之), 출(出)의 과정을 거치는 나무의 성장과 같은 것이라 할 수 있다. 따라서 재주는 철(屮), 지(之), 출(出)의 성장 과정을 함축하고 있는 DNA 같은 것이다.

재주란 준수하게 타고났어도 어떻게 가꾸느냐에 따라 능력 발휘의 유무가 결정되므로, 끊임없이 가꾸고 돌봐야 된다. 흔히 "재주 믿다가 큰코다친다"라는 속담처럼, 재주를 잘못 놀려서 망하는 경우도 가끔은 있지 않던가. 또 "굼벵이도 구르는 재주가 있다"라는 속담도 있듯이, 움직임이 전혀 없어 보이는 굼벵이도 때론 구르는 재주를 부려 주위를 놀라게 한다. 그것은 아무리 재주가 둔한 사람도 한 가지 재주는 있다는 얘기이다. 그렇게 보면 사람들의 재주라는 것이 오십보백보임을 알 수 있다. 재주가 조금 있다고 해도 결국에는 백지 한 장 차이일 뿐이다. 문제는 얼마나 더 빨리 능수능란하게 해내느냐의 차이이지, 천재든 둔재든 공력을 들여 깨달음에 이를 때에는 결국 같은 선상에 나란히 서게 되는 것이 세상 이치이다.

판소리는 세월이 쌓일수록 진한 맛이 우러나온다. 소리꾼들은 너나 할 것 없이 이렇게 말한다. "소리는 어쩌네 저쩌네 해도 연조(年條)가 있어야 된다"고 말이다. 그 말은 아무리 뛰어난 재주를 타고나 소리를 잘한다 하더라도 세월이 제대로 묵어야 소리가 듣기 좋다는 뜻이다. 그도 그럴 것이 어린 소년이 인생의 깊은 근심을 알 리 만무하잖은가. 판소리는 인생의 희로애락을 노래하는 것이다. 소년은 온갖 재주를 부려도 인생의 오랜 삶 속에서 우러난 고락의 소리를 흉내 낼 수 없다. 선율이야 흉내 내서 똑같이 낸다고는 해도, 세월 속에 부대끼며 삭인 그늘진 성음을 무슨 수로 그려내겠는가. 설혹 소년(小年)이 대년(大年)의 깊은 맛을 흉내 낸다 해도 그 역시 꼴불견이지 마냥 기뻐할 일만은 아닌 듯싶다. 무슨 일이든 차근차근 제 나이에 맞게 성장해야 보기에도 좋고 내실 있게 단단해진다. 봄이 오려면 아직 멀었는데, 그새를 못 참아 겨울옷을 벗고 얇은 봄옷을 걸치는 것은, 겉으로는 세련되고 멋있어 보일지 몰라도 속사정을 아는 사람의 눈에는 왠지 추워 보이고 실없어 보이는 법이다. 일찍 핀 꽃은 반드시 일찍 지게 되어 있다. 그것은 모두 때를 제대로 맞추지 못한 결과이다. 과유불급이라 하지 않았던가. 갑갑하고 세련되지 못하더라도 무슨 일이든 때에 맞게 하는 것이 가장 아름다운 법이다.

떡갈나무 잎새만 한 날개를 가진 뱁새는 그 조그만 날개를 연신 퍼드덕거리며 시도 때도 없이 천방지축 날기를 힘쓰지만, 구만리장천의 비상을 꿈꾸는 붕새는 큰바람이 불기만을 기다렸다가, 남풍이 불어오면 퍼드덕거리는 날갯짓 한 번에 구만리장천을 날아간다 하지 않던가. 연조가 좀 더 깊어질 때까지 찬찬히 기다리지 못하고 마음이 조급해서 소리를 자랑 삼을 요량으로 시도 때도 없이 함부로 세상에 내놓는 것은, 제아무리 뛰어난 재주를 지닌 천재라 해도 뱁새의 날갯짓과 같아, 세상의 모진 풍파에 오래 견디지 못하게 되어 있다. "용맹스러운 새는 먹이를 잡으려 할 때 말고는 머리를 숙이고 있다"라는 옛말이 있다. 유능한 사람은 함부로 재능을 남용하지 않음을 말한 것이다.

판소리는 수십 년의 공을 들여야 제맛이 난다. 타고난 재주를 조금 뽐내는 게 무슨 허물이 있을까마는 천 리를 달려야 할 명마가 10리도 못 가서 발병 날까 염려되어 하는 소리이다. 옛 어른들은 주마가편(走馬加鞭)이라 했다. 달리는 말에 채찍질한다는 뜻으로, 잘하는 사람을 한층 더 분발케 하려고 이르는 말이다. 잘 달리는 말은 굳이 채찍을 들 필요가 없을 법한데 채찍을 들어 더욱 분발케 한다는 것이다. 이는 스스로 잘 달린다고 시건방을 떨까 싶어 미리 염려되어 그러는 걸까? 아니면 천 리를 가려면 아직 멀었으니 어서 가자고 독려하는 채찍일까? 아마도 이 두 가지 뜻이 모두 담겨 있으리라 생각한다. 제아무리 천리만리를 달릴 수 있는 준마라도 그 힘을 알려면 천리만리를 다 가봐야 알 수 있다. 가기도 전에 으스대는 것은 오히려 독이 되니 채찍이 필요한 것이다. 준마든 둔마든 간에 문제는 끝까지 달리는 것이지 그 속도는 별로 문제 될 게 없다. 판소리는 평생 공부이다. 해가 묵을수록 더 빛나는 게 소리 성음이다. 단단하고 야무진 소리를 얻으려면 모름지기 재주를 아끼고 소중하게 키워서 과실이 탐스럽게 열릴 때까지 기다릴 줄도 알아야 한다. 그래야 향기롭고 맛있는 과일을 먹게 된다.

## 2. 재주보다 중요한 것은 오직 정성스러운 공부다

사람은 누구나 감성과 이성이 있다. 그러한 감성과 이성이 천차만별이어서 개성이란 말이 나온 것이다. 예술가들의 개성은 자신의 정신에 내재된 감성과 이성이 예술로 표현되어 그대로 드러난다. 그래서 사람들은 저마다의 개성과 남다른 풍격(風格)을 지니고 있다. 그것들은 타고나기도 하고, 후천적 요인으로 잘되고 못되고가 형성되기도 한다.

예술은 재능, 기질, 학습, 습관 등이 모두 적절히 이루어져야 아름다워질 수 있다. 재능 하나만 가지고는 안 되고, 기질 또한 강유(剛柔)가 안배되어야 하고, 학습도 깊어야 하며, 습관도 옳게 들어야 예술이 풍요로워진다. 유협은 이러한 재기학습(才氣學習)은 모두 타고난 성정과, 자신이 속해 있는 환경의 관습과 풍습에 따라 도야된다고 말한다. 한마디로 재기는 성정에 따라 발현되고, 학습은 자신이 처한 환경에 따라 깊고 얕고 맑고 속된 물들임이 있게 된다고 한 것이다.

재능과 기질은 선천적으로 타고나는 것들이고, 학습은 후천적으로 할 수 있는 일이다. 선천적으로 재기가 뛰어나지 못하면 후천적으로 깊은 학습과 옳은 습관을 기름으로써 타고나지 못한 재능과 기질을 좀 더 채울 수 있다. 반대로 재능과 기질을 훌륭하게 타고났더라도, 학습에 게으르고 좋지 못한 습관을 들이면 아무짝에 쓸모없게 된다.

따라서 우리는 자신의 재능과 기질에 맞게 성실하게 학습하고 좋은 습관을 들여야 한다. 세상 사람들의 재능과 기질은 정말 다양해서 그 수를 헤아릴 수 없다. 또 재기의 다양성만큼이나 예술의 풍격도 천차만별이다. 그 다름이 개성이다. 개성 있는 예술을 뽐내려면 자신만의 재기를 더욱 세련되게 가꾸고 학습해야 한다. 재주와 기질은 널리 익힌 학문과 맑은 정신으로 더욱 아름답게 빛나는 것이니, 언제나 학습에 힘써야 한다. 예술가의 덕은 배움에서 비롯된다. 예술과 학문을 깊고 넓게 배워 절차탁마하고, 고상하고 청아한 습성을 기를 때 그 덕성이 생겨난다. 소리꾼은 재능과 덕성이 함께 어우러져야 훌륭한 예술을 이룰 수 있다.

판소리를 잘하려면 무엇보다도 선천적으로 탁월한 재주를 타고난 것이 좋다. 재주를 타고나지 않으면 보통 학습으로는 소리를 원숙하게 만들기가 쉽지 않기 때문이다. 그런데 이 재주란 게 감별하기 쉬울 것 같지만 재주의 유무를 단박에 알아채는 것은 쉬운 일이 아니다. 사람들은 소리를 금세 잘 따라 하고 표현이 능숙하면 그것을 타고난 것으로 착각한다. 물론 당연히 타고난 바이지만, 영리한 기교 하나만 가지고 재주를 논해서는 안 된다. 재주를 감별하는 기준은 기교는 물론이거니와, 당장에는 나타나지 않았지만 장차 큰 힘을 발휘할 저력에 있다. 그 저력이란 영민함, 인내력, 이해력, 학습력 등이 함축된 DNA 같은 것이다.

이렇게 예측할 수 없는 미래의 성장까지 객관적인 입장에서 엄격하게 평가할 줄 알아야만 진정으로 재주의 유무를 감별할 수 있다. 스승의 소리를 대번에 따라 할 줄 안다고 해서 재주가 있다고 보면 안 된다는 얘기이다. 재주는 잠재되어 있는 힘이다. 그것이 온전히 드러나기 전까지는 아무도 알 수 없다. 다만 "될 성부른 놈은 떡잎부터 알아본다"는 말처럼 조짐을 보고 미리 짐작할 뿐이다.

재(才)란 갓 나온 싹이라고 했다. 그 싹이 장차 자라서 천년목이 될지 십년목이 될지 일년목이 될지는 아무도 모른다. 다만 그 나무 씨가 어떠한 터에 자리를 잡고 온갖 풍상에도 굳건히 견뎌내며 잘 자라느냐에 따라 나무의 품질과 수령이 결정된다. 이와 같이 선천적인 재기란 나무의 씨가 본래 품고 있는 힘이고, 씨가 뿌리를 내린 터에서 온갖 풍상을 겪어내며 잘 자라는 것은, 바로 후천적인 학습에 비유할 수 있다.

큰 아름드리 나무가 생기려면 종자도 우수해야 할 뿐만 아니라, 종자가 잘 뿌리 내려서 굳건하게 자랄 수 있는 터자리가 있어야 하고, 스스로 자양분을 섭취하여 기운차게 버티며 살아가는 자생력이 있어야 하듯이, 소리꾼의 공부 과정도 이와 같다고 할 수 있다. 그래서 재주란 의미는 깊고도 깊은 뜻이 있는 것이다.

판소리 명창들은 대개 소리를 처음 배우러 오는 이에게 소리 몇 소절 가르쳐보고 재주의 유무를 가늠한다. 소리하는 사람들이 재주가 있다고 판단하는 기준은 여러 가지이겠지만, 대개 성량이나 음색과 음감이나 박자 감각과 기교의 수월함 등을 보고 재주를 감별한다. 그런데 요즘은 다른 것은 몰라도 기교만 좋으면 대번에 재주가 있다고 평가하는 추세이다. 왜냐하면 소리의 기교가 매우 복잡해지고 다채롭게 변했으므로 현란한 기교를 능수능란하게 처리할 줄 알아야 하기 때문이다. 하지만 나는 요즘 소리에서 현란하게 구사하는 기교에 대해 많은 의심을 갖고 있다. 소리는 가사가 지니고 있는 의미에 따라 성음과 감정을 그려내야 옳은데, 요즘은 가사의 의미보다 장단의 리듬에 따라 달라지는 기교가 돋보이는 시김새만을 추구한다. 소리꾼이 가사의 의미를 어찌 생각지 않고 소리를 할까마는, 가사의 의미와는 별개로 기교를 위한 기교가 전반에 흐르고 있다는 말이다. 그러다보니 가사에 담긴 인정물태(人情物態)의 이면을 진실되게 표현하지 못하고 선율에 따라 표면만 흉내 내기 바쁘다. 그래서 소리의 골력(骨力)은 점차 약해지고 표면이 곱고 다채롭게 꾸며낸 부드러운 소리가 대접받는 형국이 되어버렸다. 강하고 힘 있는 소리가 우세하고, 부드럽고 약한 소리가 열등하다는 뜻으로 하는 말이 아니다. 당연히 강약(强弱)과 강유(剛柔)가 잘 어울려 조화를 이루는 게 예술의 궁극이다. 또 저마다 좋아하는 바가 있고, 이는 사람마다 갖고 있는 특유한 개성이므로 가타부타하는 것은 옳지 않다고 생각하지만, 내가 우려하는 바는 풍골의 기세가 강한 사람마저 유미(柔美)한 세태에 따라가면서 예술의 강건미가 사라지고 있는 요즘의 추세이다. 어쨌거나 재주의 유무 판단을 섣불리 해서는 안 된다. 재능에 따라 배움의 습득에 빠르고 느림의 차이는 있을지 몰라도, 얼마만큼 깊이 있게 배우느냐도 매우 중요하다.

　학습에 힘써 완성품을 이뤘을 때 보아야만 비로소 재주의 능함과 서투름을 제대로 논할 수 있다. 대개 습득이 빠른 사람은 재기는 출중하나 정성이 부족하기 마련이다. 무슨 일이든 큰 공을 안 들여도 잘해내니 애써 수고를 들이지 않게 된다. 또 재능이 탁월한 소리꾼들은 대체로 기세가 약하다. 뛰어난 재능에 기운까지 타고난 소리꾼은 백에 하나 정도이다. 재기를 함께 타고난 것은 그야말로 굉장한 행운이다. 그래서 재능은 타고났어도 기운이 약한 사람은 학습으로써 부족한 기운을 보강해야 한다. 만약 재능 있는 사람이 기운이 부족한데도 학습으로 적공하지 않으면, 오로지 타고난 요령으로만 예술을 운용하려 하는 것이니, 당연히 예술의 품격이 얄팍해질 수밖에 없다. 이해와 모방이 빠르다는 것은 요령을 빨리 알아챈다는 뜻과 같다. 요령을 잡은 사람은 애써 공을 들이려 하지 않는다. 하지만 요령 없는 사람은 재주가 부족하다 보니 애를 쓰고 공을 들이려 한다. 어떤 분야에서든 간에 깨달은 사람들을 보면, 요령이 없는 사람들이다. 이들은 애를 쓰고 공을 들이다가 우연히 요령을 터득하여 깨달아간다. 요령의 유무를 떠나 중요한 것은 오직 정성스러운 공부이다. 훌륭한 예술은 공부에 들이는 공력에 따라 재주가 완연하게 드러나기 때문이다. 그러므로 예술이란 타고난 재주와 기질에 따라서 예술의 품격이 판가름 나는 게 아니라, 학습의 정도에 따라 달라지기 때문에 우리는 좀 더 느긋한 자세로 재기의 역량을 살펴보아야 한다. 물론 한눈에 보아서 아닌 것은 분명 아니지만, 아주 천재적인 사람이 아니고선 대개 평범한 사람들의 재주란 것이 오십보백보이다.

## 3. 곧은 나무가 먼저 도끼에 찍히고, 물맛 좋은 우물이 먼저 마른다

가람 이병기<sup>*</sup>는 사람의 틀은 인공으로 만들어지는 것이 아니라, 본시 타고나야 하는 것이라고 말했다. 그러므로 자신의 근량에 맞는 소리를 하는 것이 중요하다. 천만 근량을 타고났더라도 십 근어치 소리밖에 못한다면 그는 진정한 예술가가 될 수 없다.

이 근량이란 것은 체급에 따른 근량으로 비유하면 될 듯싶다. 즉 권투에서 헤비급 선수와 라이트급 선수의 근량이 다르듯 말이다. 라이트급 선수는 라이트급에서 최고의 근량을 자랑할 뿐이지, 헤비급하고는 애당초 비교할 수 없다. 내가 부득불 이런 말을 하는 것은, 요즘 판소리계는 재주가 좀 뛰어나면 급수와 관계없이 동일 근량으로 취급하여 평가하는 경향이 있기 때문이다. 예도(藝道)를 지향하는 예술 세계에서 그러한 분별이 무슨 소용이냐 할지 모르겠지만, 범인들의 경계

---

* 이병기(李秉岐, 1891~1968): 시조 시인·국문학자. 호는 가람(嘉藍). 시조 부흥 운동에 앞장서 시조를 이론적으로 체계화하는 데 노력했으며, 시조의 현대화에 기여했다. 저서로는 『가람 시조집』, 『국문학 개론』 등이 있다.

에서는 소용(小用)과 대용(大用)의 분별을 분명히 그어야 학습에 혼동이 없고 예술 체제도 균형이 잡힌다고 생각한다. 물론 깨달음의 경지에 들어선 비범한 철인들에게는 이러한 대소경중의 분별이 모두 부질없지만 말이다. 작은 월계(越鷄)는 백조의 큰 알을 품을 수 없다는 말이 있다. 사람의 재주에는 대소의 차이가 있다는 말이다. 애당초 체급이 작은 새와 큰 새는 비교가 안 된다. 서양 성악가들이 굳이 성량과 음역을 따져 성부를 가르는 것도 이 때문이다. 그러나 문제는 그 대소가 아니다. 자기가 타고난 근량에 맞는 소리를 하면 그게 아름다운 것이다.

타고난 재주란 이렇듯 역량에 따라 한 근부터 천만 근까지 모두 제각각이다. 근량이 크든 작든 간에 자기 몫을 다하면 그것이 아름답다고 한다. 임방울* 명창은 타고난 체질의 역량은 백 근이었어도, 재능과 학습이 만 근이었으니 천하 명창으로 거듭난 것이다. 백 근의 왜소한 체격에 만 근의 소리를 내려면 각고의 노력 없이는 불가한 것이다. 우리는 이런 예를 흔히 볼 수 있다. 안숙선† 명창도 이러한 경우라고

* 임방울(林芳蔚, 1904~1961): 전남 광산에서 태어나 20세기에 활동한 판소리 명창이다. 고음과 저음을 자유롭게 넘나들면서도 힘 있고 풍부한 천구성에 구수하게 곰삭은 수리성을 갖춘 목을 지녔다. 계면조를 지나치게 많이 사용했다는 지적도 있으나, 암울한 시대를 살아가야 했던 서민들의 슬픈 정서를 대변했다.

† 안숙선(安淑善, 1949~ ): 전북 남원에서 태어난 판소리 여성 명창이다. 청아한 성음에 애원성이 깃든 목을 타고났으며, 힘 있고 맑은 고음이 특기이다. 여러 스승의 바디를 고루 익혀 시김새가 뛰어나고 발음이 명료하다.

생각한다. 몇 해 전에 안숙선 명창과 함께 오스트레일리아 시드니 공연을 한 적이 있었다. 그때 안숙선 명창이 움직이는 동선마다 한시도 쉬지 않고 흥얼거리며 연습하는 것을 보고 깨달은 바가 적지 않았다. 대가임에도 불구하고 한시도 쉼 없이 연습을 하니 소리가 더욱 빛나는 것이다. 달인의 전심전력하는 모습을 코앞에서 보고 나니 정신이 번쩍 들었다. 이처럼 뛰어난 사람들은 타고난 재능에 안주하지 않고 자신의 부족한 부분을 보충하며 득음을 향해 끊임없이 온 힘을 기울인다. 노화순청의 빛깔을 얻으려면 계속해서 자신을 불태워야 한다. 우리는 그런 경지를 보면서 아름답다고 말한다. 반면에 천만 근의 재기를 가지고도 백 근어치만도 못 하는 소리꾼이 많다. 그 소리를 가만히 들어보면 재주만 믿어 정성을 들이지 않고 요령만 피우게 되니, 소리가 가볍고 얇아서 들을 게 별로 없다.

요즘 판소리 세태의 흐름은 좀 얄팍하게 흐르고 있다. 예술이란 것이 세태의 풍조를 따르기 마련이지만, 수백 년의 숭고한 법도를 이어가는 소리꾼들은 그 예술 경영이 수백 년의 전통을 감당할 수 있어야 한다. 한마디로 전통 예술은 그에 걸맞은 품격을 세상 사람들에게 보여줘야지, 고상한 격조는 추구하지 않고 얄팍한 세태의 흐름에 무작정 동승하려고만 하니, 수백 년을 공들여온 예술 법도와 격조가 품위를 잃었다는 말이다. 물론 품위 있게 살아가는 소리꾼들이 훨씬 더 많을 것이다. 하지만 "미꾸라지 한 마리가 도랑물을 흐리게 한다"는 말처럼 몇몇 소리꾼들이 기고만장하여 품위 없게 판치고 돌아가는 볼썽사나운 모습을 보여주기에 하는 말이다. 예술은 단순한 기교의 뛰어남만으로는 비범의 경계에 들어설 수 없다. 범속한 재주의 능숙함을 넘어 탈속한 고졸미가 비쳐야 비로소 그 예술이 비범해진다.

나는 요즘 아이들이 판소리를 배우러 오면 가르치기가 겁이 난다. 부모들의 극성이 이만저만이 아니기 때문이다. 예술의 길은 멀기만 한데 예동(藝童)들이 시작부터 진절머리를 낼 정도로 아이들을 학대하다시피 하는 수준이다. 어렸을 때 일찍이 큰 성과를 봐야 하는 것이 예술인 줄 착각하는 듯하다. 학교 입시 때문에 부모도 어쩔 수가 없긴 하나 본데, 예술의 길은 꼭 좋은 학교를 가야만 좋은 예술을 낳는다는 보장이 없다. 학교는 아이의 성적에 맞게 들어가면 되는 것이고, 대학에 들어가서 어떤 공부를 하느냐에 따라 예술의 성과가 달라진다.

한데 대학에서 가르치는 내용이나 교수진의 예술 철학과 예술 성향에 대해서는 염두에 두지도 않고, 오로지 이름 있는 학교에만 입학시키려고 혈안이 되어 올바른 교육이 이루어지지 않고 있는 실정이다. 부모들의 지나친 관심과 배려가 오히려 독이 되고 있다. 그런 환경에서는 제대로 된 배움이 이루어지기 어렵다. 재주가 아무리 뛰어나다 해도 학습이 비뚤어지고 잘못되면 큰 재목으로 성장하기 어렵다. 내 아이가 천재이기를 바라고 어려서부터 스타이기를 바라기 때문에 가르치는 선생조차 선생 노릇 하기 힘든 시대가 되었다.

어디 그뿐인가. 아이들이 예비 예술가로서 한창 아름다운 예술 정서와 감성을 쌓아가야 할 때에 재주 좀 있다고 대회니 뭐니 해서 온

116

천지를 쓸고 다니느라, 정서는 영악해지고 어린 나이에 얄팍한 요령만 늘어가고 있다. 아이들을 참된 광대의 길로 인도하는 게 아니라, 어릿광대의 길로만 가라고 보채는 줄도 모르고, 또 그래야만 산다고 악착같이 가는 모습들이 정말 안타깝고 애석하다. 내가 이처럼 애타게 말하는 까닭은 대학을 졸업하고 사회에 진출해도 소리로 벌어먹고 행세하기가 갑갑할뿐더러, 다가올 긴 예술 인생의 쓸쓸함을 생각해서이다. 이제는 제대로 눈을 뜰 때가 되었다. 그렇게 죽자 사자 명문대 들어가봐야 얼마나 넘치는 예술의 영화(榮華)가 기다리고 있던가. 또 그 영화가 예술가에게 과연 얼마나 큰 이로움을 줄 수 있단 말인가.

소리꾼의 최고 영화는 좋은 소리를 얻는 것이다. 어쩌면 명문대로 갈수록 소리와 멀어지는 것인지도 모를 일이다. 옛 명창들은 그 나이 때에 학교보다는 오히려 독공을 함으로써 소리를 알차게 만들어나갔다. 소리는 더 많이 깊게 공부한 자가 더 좋은 소리를 하는 것이지, 명문대가 좋은 소리를 만들어주는 게 아니다. 이 말은 학교 공부가 중요하지 않다는 게 아니라, 자신의 역량에 맞게 소리를 열심히 할 수 있는 여건을 스스로 조성해나가야 한다는 뜻에서 하는 말이다. 그래서 우리가 꼭 염두에 둘 것은 대학을 선택하더라도 "어떤 학교에 어떠한 교수가 어떠한 예술을 어떻게 가르친다더라" 하는 데 중점을 두고 학교를 선택해야 한다.

천지자연의 비기(秘氣)를 다루는 예술가가 한낱 대학의 우열을 따지는 것은 지극히 어리석은 일이다. 예술 세계는 학벌이 대단한 것이 될 수 없고, 또 그렇게 되어서도 안 된다. 한창 예술 세계에 빠져들어 자연과 철학을 배우고 익혀야 할 나이에 세상의 헛된 제도나 명예의 허상에 갇혀 허송세월하는 것은 어리석은 일이다. 제대로 된 공부를 해야 한다. 나는 세계 여러 나라를 다니면서 수많은 관중 앞에서 소리를 해보았지만, 어떤 학교를 나왔냐고 질문해오는 이를 아직까지 한 사람도 못 보았다. 그들이 궁금한 것은 오로지 어떻게 예술을 공부했으며, 무슨 생각으로 예술에 임하는지와 예술 미학에 관한 것이 전부였다. 실질을 숭상하며 진실을 좇아야 제대로 된 예술을 음미할 수 있지, 쓸데없는 세속의 허상을 좇다가는 평생을 하품(下品) 속에서 도토리 키재기나 하다가 아까운 인생을 끝내고 말 것이다.

예술 인생에서는 대학 시절이 가장 중요한 시기이다. 일류 대학이면 어떻고, 삼류 대학이면 또 어떤가? 중요한 것은 자신의 역량에 맞는 예술 학습 환경이 충실하게 이어질 수 있는 교육 시스템이다. 더 나아가 소리 세계의 재능과 이론적인 미학과 철학 등을 키워줄 수 있는 학교를 선택하는 게 중요하다. 하지만 지금은 그러한 지성적인 변별보다는, 무조건 세태가 차등지어놓은 학교에 가기 위해 허둥지둥하는 모습이다. 부모와 선생들이 보다 솔직하고 냉철해야 우리의 예술 학동들이 제대로 된 예술의 길을 걸어갈 수 있다.

재능이 빨리 무르익는 것도 분명 어딘가에 허점이 있다. 근간이 튼실한 나무라도 열매가 부실해질까 염려해서 쓸데없는 지엽들은 과감히 자르고 솎아내어 진액의 허비를 미리 막아주는 게 농사짓는 사람의 상식이다. 이렇듯 잘 자라고 있는 나무도 곁가지를 잘라내듯이, 재주가 출중한 예동들도 큰 쓰임을 위해서는 오히려 그 재주의 빛남을 눌러줄 필요가 있다. 우리는 재주가 뛰어난 아이일수록 더디 가야 좋은 재목으로 성장한다는 것을 알아야 한다.

옛말에 곧은 나무가 먼저 도끼에 찍히고, 물맛 좋은 우물이 먼저 마른다는 말이다. 재능 있는 자는 사람들의 관심과 호감으로 진력이 나서 그 예술이 일찍 지게 된다는 뜻이다. 나무가 잘나고 곧아서 쓰임이 좋다고 마냥 좋아할 일만은 아니라는 이야기이다. 물맛 좋은 우물은 사람의 손때를 많이 타서 금세 흙탕물이 되고 또 일찍 마른다. 따라서 귀중한 보옥일수록 깊이 간직하여 진정한 쓰임을 기다려야 한다. 그래야 크게 쓰이고 널리 이롭다. 정작 힘써야 할 때 맥을 못 추는 경우가 허다하지 않던가? 왜 그럴까? 답은 간단하다. 너무 서둘러 많이 써서 그런 거다. 너무 일찍부터 기를 풀어버리는 바람에 정기(精氣)와 신기(神氣)가 흩어진 것이다. 그 결과, 정작 소리의 맛을 알고 힘을 써야 할 때는 마음만 앞서고 몸이 따라주질 않는다.

훌륭한 예술가는 예술 목표를 한낱 재주의 뽐냄에 두지 않고 인생의 진정한 진리 추구에 가치를 둔다. 그래서 서두르지 않고 오로지 예술에 심취하고 성명(性命)을 보양(補養)하여 자기가 속해서 살아가는 사회의 순화(純化)에 기여할 것을 도모하며 살아간다. 예술가는 자기가 살아가는 시대의 문화적 선도의 책임이 있다. 자신의 타고난 재주에 아름다운 정감과 심미를 담아 예술로써 발양케 하여, 시대의 풍조를 순화하는 데 참여해야 진정한 광대의 삶을 사는 것이다. 예술이 꼭 뛰어나지 않아도 걱정할 것이 없다. 다만 자기의 근량에 맞게 임하여 자기가 가는 길에 정성을 다하고 충실하면 그 자체가 아름다운 것이다. 그래서 아이들 교육은 매우 중요하다. 특히 판소리처럼 수준 높은 예술을 경영하는 소리꾼은 어릴 적부터 예술 정신에 고운 물이 배도록 교육에 각별한 신경을 써야 된다. 삼베에 물이 들면 탈색이 가능하지만 사람의 정서에 한번 물든 것은 옮기기가 쉽지 않으니, 처음부터 훌륭한 감성과 예술 심미가 배양되도록 우리는 항상 살펴야 한다.

# 4. 미치지 않으면 미치지 못한다

어떤 사람은 태어나면서부터 알고, 어떤 사람은 열심히 배워서 알고, 어떤 사람은 곤혹스럽게 고생을 함으로써 알지마는, 결국 앎에 도달한다는 측면에서는 셋이 다 같은 것이다.

—『중용』제20장

타고난 천재와 배워서 얻어가는 수재와 타고나지도 못하고 배워도 깨침이 더뎌서 고생 끝에 간신히 깨달아가는 둔재를 이야기한 것이다. 그런데 여기서 중요한 것은 시작할 때는 오십보백보의 우열이 있겠지만, 앎에 도달한 것은 셋이 다 같다는 점이다.

나는 소리하면서 이른바 타고났다는 사람들을 숱하게 보았다. 하지만 타고난 사람들 대개가 애써 공부하는 경우가 많지 않았다. 물론 타고나서도 열심히 하는 사람도 많을 것이다. 또 어떤 사람은 자신이 공부를 더 이상 안 해도 되는 경우라서 공부를 게을리하는 게 아니라, 너무 목을 혹사시키면 능숙한 기교를 쉽게 부리지 못하기 때문에 연습을 하지 않는다는 이도 보았다.

그런데 요즘은 이렇게 음악적인 기교에만 능수능란한 사람을 두고 타고났다는 말을 곧잘 한다. 재주를 타고난 사람은 소리의 장단과 음감이나 리듬 등에 대한 감각이 남들보다 조금 뛰어나다는 것이지, 공력까지 타고난 것은 절대 아니다. 그 때문에 요즘의 타고난 천재들은 판소리가 재주 너머의 공력을 듣는다는 점을 잊고 있는 것 같다.

가까운 선배 명창들을 보면, 그들은 예술성을 훌륭하게 타고났어도 대개가 엄청난 공력을 들여 그토록 좋은 소리를 얻어냈다. 지금의 젊은 소리꾼들을 보면 소리는 열심히 하고 있지만, 옛사람들만큼 절실한 학습이 이루어지지 않고, 또 소리에 대한 간절함이 부족해선지 옛 명창들의 공력에는 훨씬 못 미친다. 그 차이는 분명하다. 세월이 오래된 명창들은 자신들이 겪은 고달픈 인생의 고락을 담아 부르기 때문에 소리가 진실되고 내공이 깊지만, 어린 세대의 소리는 안락하고 질편한 세태의 흐름에 따라, 그 예술 심미도 유약하고 얄팍해져서 화려한 기교만 숭상한다. 이러한 현상은 비단 판소리뿐만 아니라 다른 예술 세계에서도 마찬가지일 거라 생각한다. 소리에 공력을 들이는 일도 이처럼 어떠한 환경과 마음가짐인가에 따라 판이하게 달라진다.

사실 예술 기교란 매우 중요한 것이다. 그러나 기교를 구사하는 데 있어 심사숙고해야 할 것이 있다. 이는 기교에도 무게가 있고 근수가 있다는 말이다. 가느다란 실이나 철사와 두껍고 무거운 철골의 근량은 서로 다르다. 부드러운 실이나 철사는 힘들이지 않고도 자유자재로 휘기 때문에 원하는 모형을 쉽게 만들 수 있지만, 두꺼운 철은 수천만 번의 단조를 필요로 한다.

어쩌면 천재는 실과 같아 큰 수고를 들이지 않고도 모형을 능란하게 본뜰 수 있는 것과 같고, 또 배워서 아는 수재는 실만큼 자재(自在)하지는 않지만 공력을 들이면 견고하고 훌륭한 모형을 뜰 수 있는 철사와 같을 것이다. 둔재는 무겁고 두꺼운 철골과 같아 수만 번을 두들겨야 자신이 원하는 모형을 만들 수 있게 된 것과 같다는 비유를 들고 싶다. 그러므로 둔재는 천재의 천공(天工)을 알기 위해서 온갖 인공(人工)의 수고를 다하여 천재의 자재한 재능을 가지려고 노력해야 하고, 천재는 둔재의 미련스러울 만치 성실한 근면성을 배워서 완연한 천공의 미(美)를 갖추어야 한다.

그런 이유로 훌륭한 예술이나 학문은 모름지기 절차탁마의 공(功)이 가장 숭고하다. 득음의 경지에 갔다는 명창들을 한번 보라. 송만갑, 이동백, 정정렬, 임방울 같은 명창들은 타고난 재주에 만족하지 않고 틈만 나면 독공을 했고, 오십이 다 되어서야 성가를 이룬 위인들이다. 그들은 타고났어도(生知), 힘써 배우고 익혔으며(學知), 가도 가도 알 듯 말 듯한 깊고 깊은 성음을 헤아리기 위해 평생을 노심초사(困知)했다. 그래서 나는 생지(生知)는 학지(學知)만 못하고, 학지는 곤지(困知)만 못하다고 생각한다. 인간은 자기의 피나는 노력으로 뭔가를 얻을 때만 진정 아름다워 보이기 때문이다. 서성 왕희지는 이렇게 말했다.

나의 글씨를 종요(鍾繇)와 장지(張芝)에 비한다면, 종요와는 어깨를 견줄 만하거나 혹은 어떤 이의 말처럼 내가 그를 넘어섰다 하겠고, 장지와 비교한다면 그래도 그의 초서가 아무래도 앞서 있다 할 것이다. 그런데 장지가 서예에 대해 정진하기를 연못가에서 연습을 하였기에 그 못의 물이 먹에 의해 온통 새까맣게 될 정도로 이르렀다 하는데, 내가 만약 그 정도로 전심전력한다면 또한 그에 미치지 못할 바는 아닐 것이다.

명필에게 재주란 것이 전부가 아님을 왕희지는 피나는 학습으로 보여준 것이다. 만고에 서법의 기틀이 된 '서성(書聖)'은 그냥 이루어진 게 아니다. 연못에 가득 찬 물이 검어져서 묵지(墨池)가 되도록 글을 쓴 결과로 신서(神書)로 숭앙받은 것이다. 추사(秋史) 김정희도 칠십 평생에 벼루 열 개를 바닥내고 붓 천 자루를 몽당붓으로 만들었다 하고, 회소*도 더는 쓸 수 없을 정도로 닳은 붓들이 쌓여 붓 무덤(筆塚)을 이루었다고 한다. 명창 방만춘†은 10년 독공 끝에 피를 토해서 목을 얻었고, 가왕 송흥록‡도 한 대목 부를 때마다 폭포수에 던진 콩이 몇 말

---

* 회소(懷素, 725~785): 중국 당나라의 승려. 자는 장진(藏眞). 현장의 제자로, 연면체의 초서에 뛰어났다. 저서로는 『초서천자문(草書千字文)』, 『자서첩(自敍帖)』 등이 있다.
† 방만춘(方萬春, 1825~?): 충남 서산에서 태어나 19세기에 활동한 판소리 명창이다. 목청을 잦혀가면서 힘차게 내는 아귀성, 아주 가늘게 그리고 미약하고도 분명히 내는 살세성을 잘 표현했다.
‡ 송흥록(宋興祿, 미상): 19세기 전반에 활동한 판소리 명창으로, 전기 팔명창에 속하는 인물이다. 귀곡성을 잘 구사했다.

이나 되는지 몰랐다고 하니, 모두 재주를 타고났어도 배움의 공을 다하는 정성으로 만고에 빛날 신품들을 남겨놓은 것이다. 공자도 스스로 '생이지지(生而知之)'가 아닌 '학이지지(學而知之)'로 겸사(謙辭)했고, 대학자인 퇴계(退溪)나 율곡(栗谷)도 자신은 '곤이지지(困而知之)'했다고 말했다. 하물며 범부들이 생지(生知)를 논해서야 될 법인가. 모든 철인과 성현들이 천재와 둔재를 오십보백보로 두면서 노력의 공에 따라 그 경계가 분명해진다고 했다. 그러므로 어린아이가 재주 좀 있다 하여 타고난 신동이라고 떠벌리는 것은 매우 어리석은 일이다.

어렸을 때 영리하다고 커서도 반드시 뛰어나다고 할 수는 없다. 요즘 타고났다는 소리꾼들을 보면 대개가 고등학교 때의 수준이 30대에 이르러도 별반 차이가 없다. 세월이 가도 공력은 없고 요령과 재주만 보일 뿐이니 그처럼 볼썽사나운 게 없다. 노력을 왜 하지 않겠는가마는 고도로 집중하는 공부로 도약하지 못하기 때문이다. 소리를 잘한다는 얄팍한 세평(世評)에 귀가 팔려 우쭐거리면 안 된다. 왕희지 같은 서성도 만내선(晚乃善)이라고 했다. 나이 들어 만년에 비로소 독자적인 경지를 이루었다는 말이다. 노력의 공을 다하지 않는 천부적인 재능은 오히려 독이 된다. 땅에서 이제 막 고개를 내밀고 나온 어린싹을 보고 천재이니 신동이니 하는 것은 어리석은 짓이다. 어린싹이 세상 풍상(風霜)을 잘 이기고 힘차게 뻗어 근간이 튼튼하게 설 수 있도록 하며, 강건한 근간의 힘으로 지엽이 더욱 무성하여 천지를 향해 줄기차게 뻗쳐, 마침내 꽃을 피우고 알알이 여문 열매들이 가지마다 주렁주령 열려 빛이 나도록 가꾸어야 한다.

어린싹이 잘 자라서 결실까지 가야 출세하는 것이지, 갓 나온 싹을 보고 천재이니 신동이니 떠들면서 억지로 출세시키는 것은 속된 말로 싸가지가 없게 만드는 것이다. 우리는 근본 없는 사람을 보고 싸가지가 없다고 말한다. 싸가지는 싹과 아지(兒枝)를 말한다. 싹은 씨에서 나온 움이고 눈이다. 아지는 어린 가지를 말한다. 즉 싸가지 없다는 것은 싹과 어린 가지가 없다는 말이 되니, 그것은 바로 씨가 없고 뿌리가 없는 근본 없는 놈이란 말과 같다.

이는 모두 부모와 선생들의 잘못된 교육 때문에 벌어진 일이다. 앞에서도 누누이 언급했지만 요즘 부모들의 교육 방법은 보통 심각한 게 아니다. 아이 교육은 마치 좋은 꽃나무를 기르는 것과 같다. 아무리 좋은 꽃나무일지라도 물과 밑거름을 너무 많이 주면 오히려 묘목에 벌레가 득실거려 머지않아 곯아버린다. 부모가 교육의 의미를 분명히 알아서 느긋한 마음으로 후원해야 아이가 옳게 성장할 수 있다. 괜히 대학 입시를 핑계 삼아 아이의 평생 예술을 그르쳐서는 안 된다. 명문 대학이라도 정통한 소리 길이 아니면 거부해야 천하 명창이 나온다. 오로지 소리를 열심히 갈고닦으면서 실력을 향상시키고, 거기서 공부를 더 확장시켜 도(道)의 세계로 진일보하여, 더욱 정미하고 심오한 예술의 경지에 이를 수 있는 여건이 되도록 선도해주는 것이 부모나 선생이 해야 할 일이다.

예술이란 평생을 끊임없이 가꾸면서 새로운 영감을 도출해가는 지난한 작업이다. 재주를 타고났더라도 그것은 대수로울 것이 못 된다. 재주의 우열이란 백지 한 장 차이에 불과하기 때문이다. 중요한 것은 내가 지금 얼마만큼 예술에 대한 열정이 있고 실천하고 있느냐이다. 그런 열정을 가지고 끊임없이 묻고 토해내야 진정한 예술가의 삶을 사는 것이다. 모차르트 같은 천재 음악가도 우리와 별반 차이 없는 기반을 공유했지만, 열심히 노력하고 재능을 발전시킨 예술가였다. 천재도 인공의 수고를 아낌없이 다하여 마침내 천공의 신묘한 경지에 이르는 것이다.

요즘에도 간혹 대중매체에서 국악 신동이 나타났다고 소란을 부리는 경우가 있는데, 그들이 커서 훌륭한 음악가가 된다는 보장은 없다. 재능을 타고난 사람들에겐 오히려 그 재능이 독이 되는 경우가 많다. 타고난 재능으로 음악적 기교를 좀 더 빠르게 깨칠 수는 있지만 성실하게 노력하며 부단히 정진하는 지혜는 가지지 못할 수도 있다. 그래서 대개 재능을 더욱 훌륭하게 발전시키는 자는 보기가 드물다. 그들에게 재능은 유혹하는 덫이 되는 경우가 많다.

나는 스승을 제대로 만난 것이 20대 후반이었으므로 소리를 매우 늦게 시작한 편이다. 지금 생각하면 어떻게 그런 무모한 모험을 걸었는지 지금도 의아하다. 그땐 오직 소리밖에 없었고 소리만 하며 살고 싶었다. 비록 늦게 시작했어도 어려서부터 노래 부르기를 좋아했기 때문에 오직 좋아한다는 그 신념만으로 겁 없이 달려들었다. 주위에서는 모두 늦었다고 하면서 언제 소리를 다 익히냐고 걱정했지만, 그런 우려의 조언도 이미 소리에 미친 놈에겐 귓전에 들어올 리 만무했다. 득음 같은 것은 언감생심 바라지도 않았다. 더디게 성음을 알아간다 해도 전혀 두려울 것이 없었고, 오직 소리만 할 수 있다면 복이라고 생각했다. 부족한 것은 밤을 새워서라도 기어이 알아갔다. 명창들이나 소리에 일찍 입문한 선배들의 멋진 소리들이 한없이 부러웠지만, 그것은 단지 부족한 내 소리 공부의 참조에 불과했다. 언젠가는 진정한 내 소리가 봇물 터지듯 쏟아져 나올 거라는 신념으로 오로지 소리만 해댔다.

하지만 소리만 죽어라 열심히 한다고 해서 될 일이 아니라는 것을 연조가 늘어날수록 실감했다. 해도 해도 늘지 않으니 재주가 없어서 이럴까 하고 수없이 낙심하면서도 위안을 삼았던 것은, 소리를 하면 그냥 좋았기 때문이었다. 하지만 나는 소리를 수행(修行)의 도(道)로 삼았기에 흔들림 없이 정진할 수 있었다. 소리를 공부하면서 기필코 우주의 이치를 깨닫고야 말겠다는 뜻이 깊었기 때문에, 음악적으로 부족한 것은 결코 어려운 고비가 될 수 없었다. 소리를 잘하는 사람들은 한 번만 들어도 능수능란하게 따라 했지만, 나는 수십 번을 들어도 깜깜했다. 그럴수록 더 담담하게 소리에 정진했다.

오직 할 수 있는 거라고는 소리에 미치는 일이었다. 한창 공부할 때 부리는 여유와 한가함은 큰 독(毒)이요 마(魔)이다. 독한 공부는 미쳐야 하고 미칠 수밖에 없다. 그런 고비를 넘어서야 공부가 순탄해진다. 기필코 좋은 소리를 얻어내고야 말겠다는 간절한 발심을 하게 되면,

여태껏 평범하던 일상들은 헝클어지고 마치 넋 나간 미치광이처럼 살게 된다. 자나 깨나 오로지 소리뿐이다.

선암사 운수암에서 공부할 때였다. 밤에 자면서 꿈속에서도 소리를 했는지 아침에 일어났더니 공양주 보살이 대뜸, "아, 처사는 뭔 소리를 꿈에서도 허는 개비여, 자다가 노래를 부르고 야단이드마잉" 하는 게 아닌가. 그렇다, 그런 경험은 소리꾼에겐 흔한 일이다. 공부할 때는 꿈길도 제정신이 아니다. 꿈속에서는 신선 세계를 오가기도 하고, 옛날 돌아가신 명창들을 배견하여 한 수 배워서 나오기도 한다. 언젠가는 이런 일도 있었다. 내가 꿈속에서 「심청가」의 '상여 타령'을 불렀던가 마침 악기하는 후배와 함께 잤는데, 그 친구가 잠결에 울면서 노래하는 나를 깨우지 않고 소리에 맞춰 악기를 켠 일도 있었다. 난데없는 악기 소리에 잠을 깬 내가 영문도 모른 채 왜 자지도 않고 밤중에 악기를 켜느냐고 했더니, 사정을 털어놓는 것이었다. 소리 공부는 정말 끝이 없다. 아무리 열심히 공부해도 어찌 된 판인지 허구한 날 제자리걸음이다. 그러다 몇 년 지나고 보면 아무리 해도 늘지 않던 소리에서 조금은 들어줄 만한 성음이 간간이 들리니, 그 힘으로 또 소리를 질러댄다. 참 지독한 공부이다. 소리로 위안을 받기도 하고, 소리가 근심이 되기도 한다. 그놈의 매력이 무엇인지 정말 때려치우려 해도 도저히 그만둘 수 없는 게 이놈의 소리가 아닌가 싶다.

판소리 공부는 평생 공부이다. 10년 공부로는 턱도 없다. 10년은 그저 목 푸는 단계에 불과하고 걸음마일 뿐이다. 평생 농사라 생각하

2007년 강원도 강릉시 옥계면에서 소리를 공부하는 모습이다. ⓒ유성문

고 그 속에 묻혀 끊임없이 고민하고 미쳐야 비로소 뭔가 보인다. 미치지 않으면 미치지 못한다. 정말 혼이 나가도록 미쳐야 된다. 그렇게 미쳐서 잠도 밥도 거르며 오로지 소리 속을 헤매야만 간신히 소리 길이 얼핏 비칠 뿐이다.

산속 계곡에 초막을 짓고 공부할 때였다. 인적 없는 깊은 계곡이라 대낮인데도 어지간한 담력으로는 겁이 덜컥 날 판인데, 캄캄한 밤에는 오죽했겠는가. 그러나 오직 소리 생각에 넋이 나가니 그런 무서움도 대수가 아니었다. 그렇게 공부하던 어느 날, 아래 절 큰스님이 학승들과 함께 내가 기거하는 초막에 들렀다. 스님들이 궁색한 초막 주위를 둘러보시는데 학승 하나가 불쑥 "처사 거 '쑥대머리' 한번 들려주슈"라고 하니, 큰스님이 대뜸 하는 말씀이, "예끼, 이놈아, 니 공부나 챙기지 처사한테 뭘 내놓으라고 해!" 하시며 죽장으로 젊은 학승을 툭 쳤다. 아마도 궁벽한 산속에 먹는 것도 거칠고 불편하게 정진하고 있는 공부인에게 그게 무슨 말버릇이냐고 꾸지람한 듯했다. 스님들께 참 고마웠다. 날마다 산중에서 소리가 메아리치니 궁금해서 한번 다니러 온 것이었다.

나는 비록 소리로 도를 닦지만 일체중생 모두 부처가 될 수 있는 불성이 있다 했으니, 공부하는 바가 다를 뿐이지 도를 닦아서 깨달아가는 것은 마찬가지라고 늘 생각했다. 그래서 춥고 굶주려야 도심이 생긴다는 뜻을 담은 '기한발도심(飢寒發道心)'이라는 글귀를 초막에 써놓고 소리로써 혹독하게 용맹 정진했다. 정말 그랬다. 춥디추운 날에도 바위에 의지해서 어김없이 일과를 수행했다. 혹독한 수련으로 북채를 잡은 손이 터져 피가 흘러도 여전히 북채를 잡고 목이 터져라 바위를 치면서 소리를 해댔다. 그놈의 바위에 부러지고 쪼개진 북채가 몇 개나 되었는지도 모른다.

선암사 시절에는 이런 일도 있었다. 야트막하게 흐르는 개울 옆에 초막을 짓고 밤낮없이 소리에 정진하면서, 심신을 단련하기 위해 볕이 따뜻한 정오에는 매일 냉수욕을 했다. 그날도 정월이라 무척 추웠다. 한낮에 여느 날과 다름없이 옷을 벗고 차가운 물속에 들어갔다. 그런데 방금까지도 인기척이 없었는데 물속에 들어가자마자 두런두런거리는 말소리가 들려왔다. 옷을 전부 다 벗었으니 바로 나올 수도 없고 가만히 앉아 있는데, 50미터 앞 산모퉁이 길로 대학 산악회라는 깃발을 앞세우고 20명 남짓한 남녀 학생들이 들이닥치는 게 아닌가. 학생들은 멀찌감치서 뜻밖의 묘한 광경에, 한참을 구경하면서 천천히 걸어갔다. 물속에 들어앉은 나는 차가운 물에 몸이 꽁꽁 얼어붙어 살이 아려왔다. 평소 1분이면 족할 냉수욕을 10분 넘도록 물속에 있었으니 어찌 되었겠는가? 지금 생각해도 온몸이 오싹거리는 경험이었다.

또 지리산에서 공부할 때 어느 날엔가는 눈이 펑펑 오는데 내려오는 길에 바위에서 미끄러지며 떨어져 엉덩방아를 크게 찧었다. 어찌나 아프던지 그 자리에 주저앉아 한참을 펑펑 운 적도 있었다. 속 모르는 이들이 보았다면 영락없이 미친놈으로 보였을 것이다. 그날 이후 보름 동안 자리에 누워 있었다. 엉덩이가 탈이 크게 난 것이다.

공부할 때 가장 큰 장애물은 이성이다. 초심자들이 공부에 전념해야 할 때 이성에게 정신을 빼앗길 것을 염려해서 스승들과 선배들은 한사코 여자를 멀리하라고 했다. 심지어 여자를 알면 공부는 끝난 것이라고까지 표현했다. 산으로 독공을 들어갈 때는 한창 여자를 그리워할 나이였으니, 가장 큰 장애물이 바로 이성 문제였다. 한창때라 여자 생각은 수시로 났지만, 소리 공부를 두고 사랑 놀음을 한다는 것은 도저히 있을 수가 없었다. 심지어 자위행위도 1년 넘게 안 한 적이 있다. 성욕을 억제하다 보니 나중에는 띄엄띄엄 몽정을 했다. 그래서 몽정도 어떻게 막아볼까 싶어 산중에서 무예하는 사람에게 물었더니, 잠잘 때 곡굉이침지(曲肱而枕之) 자세로 자라고 했다. 팔베개를 하고 양다리를 포개어 구부려서 남자의 음경 부분을 압착시키며 자야 한다고 일러준 것이다. 하지만 그렇게 해도 몽정을 했다. 물론 전보다는 훨씬 덜하긴 했지만 말이다.

그렇게 성욕을 억제하다가 결국 탈이 나고 말았다. 어느 날 갑자기 잘 나오던 목소리가 중상청에서부터 아예 소리를 낼 수가 없었다. 하루가 가고 이틀이 지나도 목소리가 나올 기미를 보이지 않아 겁이 덜컥 났다. 목을 무리하게 써서 주저앉은 것일까. 도대체 멀쩡한 목구녕이 왜 이러는가 싶어 잔뜩 겁을 먹고 궁리했다. 그리고 혹시 성욕 억제와 관계있을까 싶어 그동안 참았던 것을 싹 비워냈다. 몇 번이고 연달아 비우고 나니 온몸에서 땀이 주르르 나면서 몸이 조금씩 가뿐해졌다. 마치 무거운 짐을 벗어 던진 듯했다. 온몸의 모공이 활짝 열린 것 같았다. 그러고 나서 소리를 내질렀더니, 아하! 도대체 이것이 무슨 귀신의 조화인지, 시원스럽게 목소리가 터져 나왔다. 그때 그 순간의 심정을 어찌 말로 표현할 수 있겠는가. 오로지 소리 하나에 목을 걸고 모질게 살았는데, 돌연히 당한 뜻밖의 현상에 망연자실하다가 엉뚱한 일로 해결을 봤으니, 그야말로 하늘을 날아갈 듯했다. 정말 귀한 경험을 한 것이다. 어떠한 것도 자연의 생리를 거스르면 부작용이 따른다는 것을 혹독하게 체험했다. 소리에 제대로 미쳐서 공부할 때는 이 정도가 된다.

서울 신림동 성우향 명창 문하에서 공부할 때는 하루에 두세 시간만 자면서 소리를 해댔다. 잠도 소파에서 새우잠을 자며, 밤 12시까지 소리하다가 잠깐 눈 붙이고 2시쯤 일어나 또 소리를 했다. 오죽했으면 아래층 미장원 노처녀가 제발 잠 좀 자자고 스승께 항의까지 했을까. 그 당시의 나는 오로지 소리에 미쳐서 앞뒤 분간을 모를 때였으니, 그런 항의도 아랑곳 않고 소리만 줄기차게 해댔다. 지금 생각하면 그분께 정말 미안하고 죄송한 일이지만, 당시는 그만큼 공부가 간절했다. 그 후 나는 그 노처녀에게 지인을 소개하고 천생연분을 맺어주어 미안함을 갚았다. 하여간 두 시간만 자고 일어나야겠다 마음먹고 자면 어김없이 약속한 시간에 일어났다. 일어나서는 또 지체 없이 소리를 해댔다. 무시선 무처선(無時禪 無處禪)이라 했던가. 꿈속에서도 내내 소리하다 깰 정도로 자나 깨나 소리에 파묻혀 살았다. 어쩌다 하루를 쉬면 하루가 백일 같았다.

소리꾼에게 10년 공부는 잠깐의 세월이다. 무서운 말 같지만 평생을 미치지 않고서는 목구녁이 열리지 않는다. 1936년 『중앙』 4월호에 실린 이동백 명창의 인터뷰 내용을 살펴보면, 재주 있는 사람이라도 20년은 적공을 해야 한다고 말했다. 만고의 절창은 재주 따라 그냥 되는 게 아니라, 자신의 정혼(精魂)으로 빚어낸 것이라고 말한 것이다. 나 역시 판소리를 26년 한결같이 죽어라 공부해서, 능숙하게는 안 되어도 소리가 어떻다는 것을 겨우 깨달아가고 있다. 참 힘들고 고단한 소리 길이지만 하루하루의 피나는 노력으로 맺은 것이 수십 년 후에야 예상치 못한 성음들로 불쑥불쑥 튀어나오니 그 맛 때문에 소리를 한다.

날이 가고 해가 갈수록 성음이 더욱 묘해지는 것을 보면 소리의 완연한 뜻을 깨친다는 것은 어쩌면 20년도 잠깐 세월이 아닌가 싶다. 오로지 생이 다할 때까지 정진해야 비로소 영각이 밝아진다. 공자는 어느 날 흐르는 물을 보고 "가는 것이 이와 같도다, 밤낮 쉼 없이 흐르구나(逝者如斯 不舍晝夜)!"라고 말했다. 이런 탄식은 학문의 변함없는 정진을 두고 한 말이다. 이 말을 두고 서진의 시인 장화*는 "냇가에서 가는 것을 탄식하는 이유는 바로 지금 닦음에 스스로 힘쓰는 것이다(川上之歎逝, 前修之自勖)"라고 했다. 그렇다! 흐르는 물은 썩지 않고, 움직이는 문의 지도리는 좀이 슬지 않는 법이다. 만약 공부가 잠시라도 나태하고 게을러지면 대번에 목구녁이 까칠해지고 단전에 힘이 풀어진

---

* 장화(張華, 232~300): 중국 서진(西晉)의 문학자·정치가. 자는 무선(茂先). 서진의 의례(儀禮), 헌장(憲章)의 대부분을 초(草)했다. 저서로는 『박물지』 10권이 있다.

다. 하루 이틀 쉬게 되면 그만큼 더 곱절로 공부해야 목이 제자리로 돌아온다. 그래서 공부는 쉼 없이 하는 게 으뜸이다. 깨닫고 나서도 공부는 멈추지 말아야 한다. 도랑물이 바다에 이르렀어도 끊임없이 출렁거리듯 말이다.

# 5. 수신이 잘 되어야 비로소 광대 행세를 할 수 있다

뛰어난 재주는 분명 좋은 것이지만 배움과 공력의 선덕(善德)을 쌓아야만 예술이 더욱 원만해지고 풍족해진다. 도올 김용옥 선생은 "예술을 모르는 자 철학을 할 수 없다. 예술은 종교의 상위 개념이다"라는 말까지 했다.

한낱 재주를 높이 사서 한 말은 아닐 것이다. 예술이란 천지의 화육(化育)을 돕는 인간의 위대한 소산물이기에 그렇게 말했을 것이다. 음악은 성(誠)의 지극함이요 감(感)의 심오함이기에 한 말일 것이다. 음악을 다루는 사람은 매우 예민하고 영특하며 순수한 사람들이다. 왜 그런고 하니 손에 잡히지도 않고 볼 수도 없는 심오한 감정을 다루어, 그 음들을 알뜰하게 내기 위해 갖은 정성을 쏟아부으니 하는 말이다. 예술은 단순한 오락물이 아니다. 평범한 대중에게는 그저 한때의 유흥거리로 보일지도 모르지만, 기예의 닦음 속에는 바로 인도(人道)의 궁극이 서려 있다. 그래서 옛 성현들은 "기예에 능하지 않으면 정통 학문도 즐길 수 없다"라고 말한 것이다. 현대인이 생각하는 음악의 가치와는 너무도 다르지 않은가. 판소리는 300여 년의 역사를 지닌 대단한 기운이 흐르는 예술이다. 이런 대기(大器)의 예술을 한낱 재주로만 운영하려 하면 큰 오산이다. 얼마나 기가 막힌 예술이면 여태껏 사람들로부터 많은 사랑을 받으며, 오랜 세월에 걸쳐 지금까지 이어져 내려왔겠는가. 판소리에 흐르는 성음 속엔 우리가 미처 깨닫지 못하는 아름다운 뜻이 반드시 숨어 있다. 우리는 그런 심오한 뜻을 알아내서 널리 보여줘야 하고 또 자랑할 필요가 있다. 명고 김명환은 5000년 우리 역사에서 내놓을 거라곤 판소리밖에 없다고 큰소리쳤다. 이제 우리 후손들은 판소리 속에 담겨 있는 심오한 예술 정신과 미학들을 이론적으로 갖추고, 사해 천지에 당당하게 자랑하여 인류의 예술 발전에 기여해야 한다.

우리 국악에는 굉장한 철학이 담겨 있음에도 불구하고 그 철학이 바로 이것이라고 내놓으며 설명할 만한 지식 체계는 아직도 매우 미약하다. 나는 이러한 지식 체계를 이루기 위해 그간 자신들의 음악 활동을 통해 얻은 미학들을 서로 캐묻고, 그러한 담론들을 체계적으로 정리하여 후학 교육에 보탬이 되도록 하자는 취지에서 만난 작은 모임의 일원이 되어 지금까지 계속 공부하고 있다. 서울예술대학교의 김영동 선생과 원광디지털대학교의 김동원 선생 그리고 나, 이렇게 세 사람이 틈날 때마다 만나서 많은 이야기들을 주고받으며 공부하고 있다.

모임의 좌장인 김영동 선생은 우리 국악계의 최고 지성이다. 매우 합리적이고 진취적인 예술 철학을 지니고 있다. 김영동 선생은 우리 국악의 원류를 저 멀리 단군 천하까지 거슬러 올라가 고대 선진 국가인 동이 민족의 사상과 음악 정신에 있다고 보고 그것을 연구해 우리 겨레의 악기(樂氣)를 되살려야 한다고 강조한다. 그러한 뜻은 매우 웅혼하고 기상이 넘치는 일이다.

우리는 김영동 선생의 취지에 따라 동이의 원류를 찾아 공부하면서 심오한 음악적 견해들을 발견하고 생생한 담론들을 쏟아냈다. 지금의 국악 형식이 가지고 있는 것들의 원형이 무엇인가를 캐물어갈 때는 매우 신비롭고 엄숙했다. 그 속에는 우리 민족의 오랜 숨결과 생활 정신이 내재해 있으며, 겨레의 온갖 역정들이 서려 있기에 매우 조심스럽고 경건한 마음으로 연구해야 했다. 우리 국악은 우리 민족만의 독특한 생활 방식과 정신 구조 속에서 생겨나 개성 있고 품위 있는 양식으로 발전해 내려온 것이다. 우리는 그렇게 해서 설정된 독특한 음악적 수리(數理)와 철학에 따라 수천 년을 한결같이 경영해왔는데, 아직도 우리는 그 철학적 이치를 모르고 급기야는 예술의 정체성마저 흔들리고 있다.

우리는 그러한 예술의 정체성을 회복하고 정통성을 확고히 세우기로 뜻을 다졌다. 문제는 교육이었다. 우선 교육의 방향에 문제가 있고, 또 통용하는 국악 개념들이 명확지 않아 교육에 애로가 많다는 데 통감했다. 우리가 현재 사용하고 있는 음악적 개념들은 수천 년의 내력을 통해 이루어진 것들이다. 그것을 풀려면 우리는 고전으로 갈 수

밖에 없음을 누차 확인했다. 우리의 언어가 음양오행론과 삼재론 같은 철학적 구조를 갖추고 있고, 국악도 당연히 그러한 철학적 체계를 따르고 있기 때문에 그 같은 철학적 사유를 더듬지 않으면 한 박자, 한 장단도 이해할 수 없게 되어 있다.

이러한 것들은 모두가 법고창신(法古創新)과 관계된 것들이다. 우리는 고전 교육을 하면서 지식을 배양하고 정신을 고양시켜 격조 있는 예술을 발양케 하는 창신한 교육이 필요하다는 것에 공감했다. 사실 그러한 교육은 우리의 수천 년 예술에 대한 기본적인 소양임에도 불구하고, 우리는 그 중요성에 대해 매우 소홀히 하고 있다. 말하자면 기초 공사를 무시하고 새 집만 지으려고 달려드는 격이라 할 수 있다. 천 년 묵은 목재를 확보한 목수는 천 년의 값을 내기 위해 나무를 켠다고 한다. 그것이 나무에 대한 최소한의 예의이기 때문이다. 우리 국악도 마찬가지다. 천 년 오동에 자신의 가락을 담으려면 가락의 깊이가 천 년의 율려 정신을 갖추어야 하는 것이 악공의 예의라 할 수 있다. 우리는 섣부른 재주로 천 년의 가락을 함부로 논단해서는 안 된다. 전통 예술은 항상 그 기본에 충실해야 한다.

그러므로 전통을 이어가는 우리 같은 악공들은 안팎으로 수양이 되는 학문을 해야 한다. 대중 앞에서 음악 활동을 하려면 먼저 예도(藝道)로 수신이 되어 있어야 광대 행세를 제대로 할 수 있다. 옛날 선비들은 독선기신의 수신이 되어야 제가하고 치국평천하한다고 했다. 우선 내 몸이 잘 닦여야 겸선천하(兼善天下)의 기회가 있다는 말이다. 이

2012년 지리산 육모정 계곡에서 소리하는 모습이다. © 악당이반

말은 『대학』 8조목에 나오는 말로서 격물(格物), 치지(致知), 성의(誠意), 정심(正心), 수신(修身), 제가(齊家), 치국(治國), 평천하(平天下)를 말한다. 이 8조목의 핵심은 수신으로서 정심, 성의, 치지, 격물하는 독선기신을 수행하여 덕을 쌓고, 제가, 치국평천하의 사회적 활동 속에서도 겸선기신하여 늘 수신해야 한다는 것이 『대학』의 큰 가르침이다. 그 몸을 닦고자 하는 사람은 먼저 마음을 바르게 하여야 하고, 그 마음을 바르게 하려면 뜻을 정성스럽게 해야 한다. 그 뜻이 또 정성스러워지려면 반드시 앎을 이루어야 하며, 또 그 앎을 이루려면 온갖 사물들을 바르게 인식해야 된다. 그리하여 격물치지가 옳게 되면 매사가 성의(誠意)로 정심(正心)하게 되니 비로소 수신이 된다. 그러고 나면 집안은 저절로 화목해지고 나라도 잘 다스려지고 천하가 평온해진다.

이런 모범적인 고전을 광대들의 교육 규범으로 삼아 예학도(藝學徒)들을 길러내야 한다. 소리꾼이 성음을 배우기 위해 격물하는 습성을 길러 성음을 하나씩 깨쳐가다 보면 마음에 얻는 바가 생기고, 또 뜻은 더욱 정성스러워지며 마음 또한 바르게 고양되어 광대한 덕을 갖추게 될 것이다. 그렇게 갖춰진 훌륭한 예술을 대중들은 감상함으로써 감관(感官)이 조화롭게 순화되고 즐거워져 삶의 질이 높아지는 것이다. 김영동 선생과 김동원 선생 그리고 나는 바로 이러한 학문적 토양을 만들어내는 것이 국악이 아름다워지는 길이라는 것에 깊이 공감했다. 문명이 아무리 발전하고 다양하게 펼쳐진다 해도 예술의 진리는 늘 한결같다.

전통 예술 정신은 마르지 않는 깊은 샘물과 같아, 앞으로 다가올 미래 예술 문명의 대지 위에 신선한 자양분이 되어, 그 정신이 도도하게 흐를 것이다. 미래의 자양분이 되는 근원의 물이 맑고 기운차야 새로운 예술이 생긴다. 국악의 역사는 단군의 역사이다. 국악인의 소명은 5000년의 성률(聲律)을 다스리는 데 있다. 동서고금으로 음악의 목적이 무엇이던가? 일종의 유희물이었던가? 아니다! 음악은 천지 만물의 불평등한 울음을 다스려 만사를 평온하게 조율하는 데 있다. 온갖 것들의 울음을 성률에 담아 평정을 찾도록 구가하는 것이 음악도의 본래 이상이다. 금쪽같은 각자의 재기를 아름답게 길러내어 불평등한 세상에 금빛 같은 선율을 수놓아야 한다. 광대의 알뜰한 재주가 좋을 씨고!

# 제4부

# 귀명창이 좋은 소리꾼을 낳는다
## 담수지교(淡水之交)

# 1. 소리꾼의 악정과 악상을 훤히 꿰뚫어 화답하다

귀명창이란 판소리에 대한 정확한 이해와 지식을 바탕으로 소리를 제대로 감상할 줄 아는 사람을 말한다. 예로부터 귀명창은 소리판에서 귀한 대접을 받았다. "귀명창이 소리꾼을 만든다"는 말이 있을 만큼 귀명창은 소리꾼에게 매우 두려운 존재인 동시에 흥미진진한 소리판에서 없어서는 안 될 중요한 역할을 한다. 소리꾼은 득음을 위해 갖은 노력을 다하고, 귀명창은 그 소리를 듣고 함께하면서 소리꾼의 벗이 되어주니 소리꾼의 지음(知音)인 셈이다. 예로부터 소리판엔 굉장한 감식안을 가진 귀명창들이 즐비했다. 귀명창이 많다는 것은 판소리가 그만큼 뛰어난 예술적 가치를 지니고 있음을 보여준다.

귀명창은 우선 귀가 밝아야 한다. 귀가 밝지 않으면 심오한 율동의 숲을 볼 수 없다. 부지불식간에 흘러나오는 무형의 가락 속에 알쏭달쏭한 무형의 오감들을 낚아챈다는 것은 보통 안목으로는 안 되는 일이다. 소리 속을 훤히 꿰뚫는 것은 물론이고 소리꾼의 심리까지도 읽어낼 줄 알아야 제대로 된 추임새가 나온다. 귀명창의 추임새는 그냥 내뱉는 허튼 말이 아니다. 소리꾼의 백 마디 성음 속에 함축된 정리(情理)를 한 마디의 탄성으로 화답하는 게 추임새이다. 그리고 추임새는 귀명창의 몫이다.

하지만 추임새도 쉬운 게 아니다. 소리꾼이 허공에 뿌려놓은 소리의 율동에는 원근, 대소, 장단, 상하, 요철의 성음이 생겨 소릿결에 다양한 변화가 일어나면서 수많은 정경 속에 만감이 펼쳐진다. 그 흐름 속에 추임새 자리가 있다. 그래서 추임새야말로 예기치 않은 예술이라 할 수 있다. 추임새는 소리꾼이 던져놓은 성음에서 찰나에 생겨나는 귀명창의 탄성이다. 소리꾼이 소리를 해나가는 도중 장단 사이에 말씨를 놓고 소리를 비워두는 자리가 바로 소리의 여백이다. 소리꾼의 소리가 순간 끊겨졌다 해도 뜻을 잔뜩 머금고 있기에, 그 여백에서 추임새가 응대하는 것이다. 무성(無聲)은 오히려 대음(大音)을 안고 있다. 허와 실이 상생(相生)하는 경지이다. 듣는 이는 소리꾼이 비워놓은 공간의 운을 읽고 추임새로 화답하여 신명이 그 기예 속에 함께한다.

이렇듯 예술의 오묘한 경계는 오히려 비워놓은 자리에 뜻이 서려 있고, 텅 빈 그 자리에서 수많은 운치가 일어난다. 노자는 말하길, 공(空)이란 크게 쓰임을 위한 비워둠이라 했다. 수레바퀴는 가운데가 비어 있어야 굴러가고, 그릇은 텅 비어야 무언가를 담을 수 있고, 방도 비워놓아야 쓰임이 널널하게 되는 법이다. 있는 것을 이로움으로 삼고 없는 것을 쓰임으로 삼는다고 했다. 허실과 유무는 바로 소리꾼과 고수와 청중이 상생으로 맞물려가는 자리이다. 소리꾼이 쳐놓은 공백에는 유정한 공백(有情之白)과 무정한 공백(無情之白)이 있다. 그 유정과 무정을 잘 헤아려 추임새를 넣어야 하니, 귀신같은 귀명창이 아니고서는 결코 쉬운 일이 아니다. 귀명창의 추임새 한마디에 소리꾼의 정감은 천지를 오르락내리락한다. 그러니 귀명창의 호응도에 따라 소리꾼은 절창과 엉망진창의 경계에 서게 된다.

　장자는 음악을 듣기 위해서는 아주 특별한 귀가 필요하다고 하면서 "소리는 한낱 귀로 듣지 말고 마음으로 들어야 한다"고 했다. 마음으로 듣는 것은 원초적인 자연의 기운을 감지한 것이다. 순수한 기운으로 듣는 것이 가장 잘 듣는 것이다. 그런데 순수한 기운이란 뭘까? 참 어렵고도 어렵다. 판소리는 표면과 이면을 한꺼번에 꿰뚫어 보는 통시적(洞視的) 안목이 있어야 성음이 제빛을 발휘한다. 『악기(樂記)』에서는 악정(樂情)에 대해 말하기를 "근본을 끝까지 캐고 변화를 알아내는 것이 악의 실정이다"라고 했다. 사람 살아가는 곳의 물정 속에 변화하는 세상 이치를 캐묻는 것이 음악의 정이라고 말한 것이다. 그 마음에 정이 움직여 노래로 읊으면서 악상이 그려진다고 했다. 이 악상에 대해서도 『악기』에서 말하기를 "악이란 마음의 움직임이고, 성(聲)이란 악의 상(象)이며, 문체와 절주는 성의 꾸밈이다"라고 했다. 우리가 노래를 부르는 것은 노래 속에 자신의 감정인 악정을 담아서 특유한 자신만의 음성으로 악상을 만들어 내놓는 일이다. 노래를 부르면 스트레스가 풀리는 것이 바로 가슴에 담긴 정회를 노래라는 악상을 그려서 토해내기 때문이다.

148

이른바 판소리에서 말하는 성음은 앞에서 말한 악의 형상을 말한다. 성음의 배열과 변화 그리고 절주(가락)는 성음의 장식이다. 그래서 그 성음의 악상 속에 악정이 담겨 있는 것이다. 소리꾼은 성음이란 악상으로 악정을 드러낸다. 귀명창은 소리꾼의 악상인 성음 속에 숨겨진 악정을 읽고 동감의 추임새로 화답하는 것이다. 그래서 귀명창은 소리꾼의 악정과 악상을 훤히 꿰뚫어야 된다. 또 그 악정과 악상은 천지 우주의 생동하는 변화요, 인정물태의 생생한 정경들이다. 그러므로 소리꾼이나 귀명창은 천지 우주의 무상한 변화와 인정물태의 정경들을 알뜰하게 살필 줄 알아야 된다. 이것이 순수한 기운으로 듣는 것이다.

# 2. 널리 보고 익혀 예술을 깨치다

예술적 안목은 그냥 저절로 생기는 게 아니다. 체험을 바탕으로 많은 지식과 지혜들이 버무려져서 순수한 정혼으로 결정(結晶)되는 게 예술가의 수준이요 안목이다. 예술을 즐기는 데 있어 객관적인 안목을 지닌다는 것은 결코 쉬운 일이 아니다.

　게다가 사람의 마음은 다양하여 좋아하는 것이 각자 다르다. 좋아하는 것까지 탓할 건 없지만, 문제는 얼마나 전체를 조화롭게 살피는가이다. 이 세상은 나 혼자 살아가는 게 아니라 모두가 함께 어울려 살아가기 때문에 조화로운 안목을 지녀야 한다. 특히 예술은 만인이 즐기는 것이므로 더욱 객관성 있는 미적 가치를 지녀야 한다. 그렇다면 어떻게 해야 객관적인 견해를 가질 수 있을까? 이에 대해 유협은 우선 많은 예술 체험과 널리 볼 것을 권장한다. 소리꾼도 좋은 성음을 얻기 위해서는 수만 번을 불러봐야 하고, 귀명창도 다양한 소리를 수없이 들어봐야 깊은 소리를 알아챌 수 있다. 소리꾼이 부르는 노래의 정감을 읽어낸다는 것은 굉장히 어려운 일이다. 음악에 귀가 밝은 사람을 두고 귀명창이라고는 하지만, 요즘 우리가 일컫는 귀명창은 매우 좁은 의미의 귀명창을 말하고 있다.

진정한 귀명창이란 들리는 소리보다 안 보이는 소리를 읽어내야 하기 때문이다. 말하자면 총명해야만 알 수 있다. 총명은 들리지 않고 보이지 않는 것을 보고 듣는 것을 말하지 않던가. 그래서 소리꾼은 자기의 소리 사정을 잘 알아채는 총명한 청중을 좋아하고 그들 때문에 소리할 맛도 생긴다. 소리에 대한 깊은 이해력을 갖춘 사람을 만난다는 것은 굉장히 소중한 일이다. 오죽했으면 주자는 "예악이란 훌륭한 사람을 만날 때만 제대로 행하여질 수 있는 것이다(待人而後行)"라고 말했을까. 여기서 훌륭함이란 단순히 자신의 소리 성음만을 좋아하는 편협한 예술 안목이 아니라, 세상천지의 변화 속에 일어나는 보편적인 악상과 악정을 총명하게 읽어낼 줄 아는 사람을 말한 것이다. 수많은 성악가들이 저마다의 풍부한 악정으로 악상을 그리며 소리를 내놓고, 그것은 매우 다양한 정감과 성음으로 저마다 개성 있는 소리들로 펼쳐진다. 이렇게 다양한 성음들은 듣는 이의 기호에 따라 다양한 감상평이 나온다.

소리 성음은 소리꾼의 심정대로 나오기 마련이다. 정 깊은 사람은 소리 성음이 진실되어 가사의 이면에 합당한 성음이 분명하게 나온다. 또 내공이 깊어 기가 충만한 사람은 호흡이 가지런하여 음악적 흐름이 자연스럽다. 그러한 사람은 성정이 화순하여 가사의 악상과 악정을 진실되게 그려내니 성음과 가락이 뛰어나다. 그러므로 진실한 음악이 펼쳐져서 한 톨의 거짓됨이 없다. 음악을 하는 이유는 세상의 근본을 캐묻는 것이라 했다. 그 근본은 반드시 어짊과 진리로 향한다. 그것이 소리하는 뜻이고 음악의 진정한 가치이다. 노래는 단순히 말초 신경의 흥감이나 일으키려고 부르는 것이 아니라 본래 그런 깊은 뜻이 있는 것이다. 그래서 공자도 "사람이 인(仁)하지 못하다면 예(禮)인들 무엇하며 악(樂)인들 무엇하랴"라고 말한 것이다.

이처럼 음악하는 뜻은 깊다. 소리판에서는 이러한 깊은 운치가 생동해야 살판이 된다. 진실한 운치가 생동하지 못하면, 그건 한낱 유흥으로 즐기는 난장판이나 다를 바 없다. 놀아도 허망하게 놀면 안 되고 할 일을 하면서 놀아야 좋다. 소리꾼의 할 일이란 허망하게 노는 흥청망청이 아니라, 바로 인정물태의 운치를 진실로 돌아나게 하는 일이다.

예술에 대한 뛰어난 식견과 안목을 지닌다는 것은 결코 쉬운 일이 아니다. 유협의 말마따나 객관적 안목을 지니기 위해서는 무엇보다도 주관적인 편견에서 벗어나는 학습을 많이 해야 된다. 주관적인 편견으로부터 벗어나려면 자신의 예술 학습을 철저히 해야 할 뿐만 아니라, 타인의 기예도 기꺼이 받아들일 줄 알고 더 나아가 천지자연의 세계로 배움을 확장해나가야 된다. 그런데 사람들은 묘한 편견이 있어 남의 소리를 듣는 데 매우 인색하다.

또 바로 앞에 있는 소리는 들으려 하지 않고 멀리 있는 소리를 동경한다. 옛말에 이르길 "어려운 것을 중히 여기고 쉬운 것을 소홀히 한다. 먼 것을 소중히 여기고 가까운 것을 소홀히 여긴다"라고 했듯이, 예나 지금이나 가까이에서 보물을 찾으려 하지 않고, 볼 수도 갈 수도 없는 먼 곳의 것들에 더 많은 관심을 갖는 게 인지상정이다. 나 역시 이러한 부분에 있어서는 솔직히 편향된 경향이 많다. 요즘 내 주위에 좋은 소리가 얼마든지 있음에도 불구하고, 굳이 옛 명창들 소리에만 집착하니 병이 아닐 수 없다. 눈을 씻고 보면 눈앞에 펼쳐지는 지금 명창들의 다양한 소리들이 다 들음 직하고 아름답고 훌륭한데, 왠지 모르게 자꾸만 예전 소리에 귀가 팔리는지 모르겠다. 왜 그럴까. 총명한 귀명창들을 보면 대부분 지금의 화려한 소리보다는 담박한 옛 소리를 더 선호한다. 이는 아마도 요즘 소리는 겉이 화려하고 소리 맛이 달짝지근해서 금세 싫증 나기 때문에 담담하고 소박한 옛 소리에 귀가 팔리는 것 같다.

이 시대를 살아가는 소리꾼은 당연히 지금 자신이 처한 시대의 풍조에 따라 소리를 해야겠지만, 앞선 소리 풍조와 다가올 소리 풍조까지 미리 예단하여 소리할 줄 아는 영리함도 있어야 하지 않나 싶다. 예술을 경영하는 자가 모름지기 안목이 넓어야 하는 것은 이 때문이다. 유협의 말마따나 사람들의 안목은 대개 매우 편향적이어서 자기가 좋아하는 스타일만 선호하기 마련이다. 하지만 수준 있는 소리를 구하려면 한쪽만 쳐다보아서는 안 된다. 보이지 않는 부분을 항상 캐묻고 헤집어서 자신의 소리가 편협한 데로 흐르지 않도록 예술적 심미안을 넓혀가는 작업을 게을리해서는 안 된다. 그래야 듣는 이들의 감식안도 확장된다.

어쨌거나 소리꾼 입장에서 자기 소리를 잘 들을 줄 아는 사람을 만난다는 것은 최고의 행운이다. 소리꾼은 마음에 서린 감정과 뜻을 진실되게 소리로 표현하고, 듣는 사람은 그 소리에서 소리꾼의 심정을 간절히 읽어내야 소리판의 생기가 팍팍 돈다. 소리꾼이 '쑥대머리'를 부를 때는 곧바로 옥중에 갇힌 춘향의 마음이 되어 임에 대한 그리움의 애틋한 정한을 드러내야 하고, 심청이 뱃사람들에게 공양미 300석에 인당수로 팔려가는 대목에선, 심청의 서럽고 절박한 심정을 솔직하게 그려내야 한다. 듣는 이는 소리꾼의 이러한 정감을 찰나에 잡아내어 추임새로 동감하는 것이다. 그래서 소리하는 이나 듣는 이 할 것 없이 사설의 생생한 정경 속으로 진실되게 빠져들어야 실감이 나서 살판 난다.

소리를 취미로 배웠든 혹은 전공으로 배웠든 간에, 소리를 많이 해보고 접해본 사람이 감식안도 뛰어나다. 유협도 "천 개의 악곡을 연주해본 다음에라야 비로소 음악을 이해할 수 있고, 천 개의 검을 관찰해본 다음에라야 비로소 보검을 식별할 수 있게 된다(操千曲而後曉聲, 觀千劍而後識器)"라고 말했다. "먹어본 놈이 맛을 안다"라는 세간의 말처럼, 실제로 많은 체험을 해야만 예술의 표현과 심미가 깊어질 수 있다. 그렇게 향상된 심미안으로 예술을 들여다보아야만 객관적인 감식안이 생긴다.

큰 산을 보고 나서야 비로소 언덕이 작음을 알게 되고, 걸림 없는 너른 바다를 보고 나서야 개천의 좁고 얕은 것을 깨닫는다고 했듯이, 널리 보고 익히는 박관(博觀)과 박학(博學)만이 정관(正觀)의 심안(心眼)을 얻는 길이다.

# 3. 이심전심으로 동병상련의 애틋함을 느끼다

아는 만큼 보인다는 말처럼 사람들이 지니고 있는 삶의 사연이나 감정, 환경, 기질, 정서 등에 의해 예술에 대한 감식관이나 기호가 크게 달라진다는 것을 나는 종종 공연을 하면서 느낀다. 세상일이 그런 것처럼, 아무 근심 걱정 없이 편하게 사는 사람과 가난이나 병고 등으로 파란만장한 삶을 살아가는 이들이 겪는 감정의 정서는 서로 다르다. 저마다 삶 속에서 느끼는 희로애락의 정서는 사람이 살아가는 모습 그대로 젖어들게 되어 있다. 그러한 정서는 예술 행위를 하거나 예술을 감상할 때 그 사람의 감식관이나 기호의 기준이 된다. 물론 성정이란 본래 선천적으로 타고난다고 하지만, 후천적인 경험과 습성도 예술 성향에 큰 영향을 준다.

오래전 남도 어느 섬의 보육원으로 봉사 활동을 간 적이 있다. 아직도 그날의 광경이 생생하다. 배를 타고 한 시간쯤 들어가자 아름다운 섬 전경이 한눈에 들어왔다. 보육원 아이들이 나루터로 마중 나와 있었다. 보육원은 야트막한 산비탈에 자리 잡고 있었는데 아이들이 꽤 많았다. 한쪽에선 고등학생쯤 되어 보이는 아이들이 모여서 경운기를 손질하고 있었고, 또 다른 쪽에선 어린아이들이 옹기종기 모여서 놀고 있었다. 보육원 원장이 말하길, 이곳은 다섯 살 어린아이부터 고3까지 부모 잃은 아이들이 함께 살고 있다고 했다. 그런데 사정이 여의치 않고, 또한 아이들의 자립심을 키우기 위해서 허드렛일을 아이들이 도맡아 한다고 했다. 제법 큰 아이들은 논밭일도 거들고, 경운기를 손 보기도 한다고 했다. 오후엔 이런저런 일들을 거들어주고 저녁엔 함께 온 동료들과 판소리 공연을 가졌다. 아이들과 둘러앉아 판소리에 대해 이런저런 이야기를 나눈 뒤에 나는 「심청가」 중에서 '심 봉사가 아이 달래는 대목'을 불렀다.

이리 주소 어디 보세 종종 와서 젖 좀 주소 귀덕이네는 건너가고 아이 안고 자탄헐 제 강보에 싸인 자식은 배가 고파 울음을 우니 심 봉사 기가 막혀 아이고 내 새끼야 너희 모친 먼 디 갔다 낙양동촌 이화정의 숙 낭자를 보러 갔다 죽상제루 오신 혼백 이비 보러 갔다 가는 날은 안다 마는 오마는 날은 모르겠다 우지 마라 우지 마라 너도 너희 모친 죽은 줄을 알고 우느냐 배가 고파 우느냐 강목수생이로구나.

하필이면 왜 이 대목을 가뜩이나 서러운 처지의 아이들 앞에서 불렀는지, 나도 노래 중간쯤에 목이 막혀 그만 울컥하고 말았다. 애써 울음을 안 보이려 해도 감은 눈에 눈물이 주르르 흘러내리고 말았다.

소리하는 도중에 보니 어떤 아이들은 벌써 눈가에 눈물이 고여 있었다. 가슴이 왈칵거려 도저히 소리를 부를 수 없었지만 애써 무시하고 간신히 소리를 마쳤다.

소리판이 끝나고 그 슬픈 감정을 안은 채 잠을 자고 아침 일찍 일어나 뜰 앞을 서성거리고 있는데 여덟 살쯤 되어 보이는 남자 녀석이 곁에 오더니, 며칠새 내린 비로 웅덩이에 고여 있던 황톳물을 나에게 물장구 치고 저만치 도망가는 게 아닌가. 그때는 내가 한복 생활을 하던 때라 그날도 무명으로 지은 새하얀 두루마기 바지 저고리를 입었는데, 흙탕물로 옷이 엉망이 되어버렸다. 그래놓고 도망치는 그 녀석을 곧장 따라가 잡았는데, 똘망똘망한 눈가에 눈물이 축축해 있었다. 그걸 보고 얼마나 가슴이 미어지던지 아무 말도 하지 못한 채 그냥 보듬고 말았다. 꼬마는 아무 말 없이 한참 있다가 그 자리를 떴다. 꼬마는 아무 말 하지 않았지만, '왜 그리 사람을 슬프게 울리냐'고 말한 듯한 느낌을 가슴으로 느낄 수 있었다.

떠나올 때 그 녀석을 찾아보니 마당에는 안 보이고 방에서 창문 너머로 우리를 환송하고 있었다. 그 아이는 비록 나이가 어렸어도 「심청가」 가사와 자기 처지가 비슷하여 울었을 것이다. "우지 마라 우지 마라 너도 너희 모친이 죽은 줄을 알고 우느냐" 하고 통곡하는 심 봉사의 애틋하고 서러운 정황이 그 아이에겐 가슴에 사무쳐왔을 것이다. 비단 그 아이뿐만 아니라 그날 그 판에 함께했던 사람들이 모두 그랬을 것이다. 소리 속의 이심전심으로 동병상련의 애틋함을 느꼈을 것이다. 판소리는 바로 이러한 감동이 있는 예술이다.

그래서 소리꾼은 자신의 인생도 중요하지만 판소리 가사 속에 등장하는 인물들의 다양한 삶의 정서를 제대로 알아야 한다. 그들의 정서를 충분히 이해하고 실감 나게 표현해야 한다. 그러한 희로애락의 실감들을 진솔하게 그려내면서 자신이 아닌 극 중 인물로 빠져드는 몰아지경(沒我之境)의 운치가 생생하게 율동해야 좋은 소리가 나온다. 몰아의 경지에서는 사이비가 판을 칠 겨를이 없다. 여지없이 극 중 인물에 동화되어 내가 심 봉사인지 심 봉사가 나인지 피아의 구별이 없는 것이 몰아지경의 소리이다. 그러한 경지는 절대 쉬운 경지가 아니다. 아무리 뛰어난 재주를 지녔다 해도 그러한 경지는 재주로 이룰 수 있는 경지가 아니다. 재량할 수 없는 자비심과 사랑과 어진 마음을 지닌 광대만이 할 수 있다. 그래서 소리 공부는 재주를 성실하게 익히면서도 세상의 진리를 탐구하며 어질고 자애로운 인자측은(仁慈惻隱)의 마음을 지니도록 노력해야 성음 속에 신운(神韻)이 생겨난다. 그러한 소리꾼의 신운을 이심전심으로 알아채어 염화미소(拈華微笑)로 답할 줄 아는 것이 바로 귀명창이다.

## 4. 예악은 훌륭한 사람을 만날 때만
## 제대로 행하여질 수 있다

판소리에서는 소리꾼의 예술적 재능이나 심리도 중요하지만, 듣는 청중의 태도와 심리도 매우 중요하다. 판소리는 소리꾼만 소리하는 게 아니라, 판에 동석한 모든 이가 함께하는 것이다. 모두의 기운이 하나 되어 함께 즐거워야 살판이 되지 소리꾼만 흥이 나서는 재미가 없다. 모두 가사에 빠져서 정경을 함께 그려가야 신명이 난다. 소리꾼의 소리와 고수의 북소리와 청중의 추임새가 한데 어우러져 나오는 것이 진정한 의미의 소리판이다. 그래서 '일청중 이고수 삼명창'이란 말도 생겼다. 이런 판에서 소리를 잘 들을 줄 아는 이를 귀명창이라고 한다. 귀명창도 품격이 있다. 판소리가 가지고 있는 기교나 성음을 기막히게 알아채는 귀명창도 있지만, 최고의 귀명창은 판소리의 예술적 기교뿐만 아니라 소리꾼의 의중과 취지를 파악하고, 더 나아가 소리로 다할 수 없는 곡진한 인정물태의 정취를 읽어낼 줄 아는 사람이 진정한 귀명창이라 할 수 있다.

『대학』에 이르길, "마음이 있지 않으면 보아도 보이지 않으며 들어도 들리지 않으며 먹어도 그 맛을 알지 못한다"라고 했다. 소리하는 이가 아무리 기막힌 소리를 내놓아도, 듣는 이가 깊이 있게 들여다보지 않고 대충 듣고 넘어가면 그 판은 바로 딴판이 된다. 들어도 제대로 들어야 소리를 제대로 음미할 수 있다.

공연하는 사람이나 듣는 청중은 모름지기 뜻이 간곡하게 펼쳐져야 판이 흥미진진해진다. 소리하는 이는 가사 이면의 뜻에 집중하고, 청중은 소리꾼의 성음에 집중해야 기운이 생동한 판이 된다. 일촉즉발의 긴장미가 팽팽하게 흘러야 성운(聲韻)이 펄펄 살아 생기가 돈다. 소리꾼도 소리를 건성으로 대충대충 하면 진실한 성음이 나오지 않는다. 스스로도 재미가 나질 않으면 예술적 영감이 사라져 소리가 산만해지기 마련이다. 듣는 사람도 소리의 표면에 들리는 기교만 듣고 흥감을 느낀다면 소리를 제대로 들었다고 할 수 없다. 이면의 실감까지 읽어내야 비로소 충분히 들었다 할 수 있다.

귀명창도 단계가 있다. 판소리가 가지고 있는 기교나 성음과 장단 등 기본 형식에 대해 훤하게 알고 있는 귀명창이 있는가 하면, 그러한 판소리의 형식미를 넘어 의경미까지 읽어내는 고단수의 귀명창도 있다. 그래서 소리는 소리를 들을 줄 아는 사람에게 들려줘야 제빛이 난다고 말한다. 강도근 명창께서 언젠가 이런 이야기를 전해주었다.

"소리판은 옛날이 걸판지고 소리헐 맛이 났었재. 명창들이 소리한다고 허면, 온 동네가 난리가 난다. 인자 대갓집에서 저녁에 판을 벌이면, 저 건넛마을에서도 사람들이 몰려들재. 옛날에는 사람의 귀천을 따질 땐께 아무나 대갓집 마당으로 함부로 못 들어온단 말이여. 안 마당으로 못 들어온 사람들은 담장 밖에서 얼굴만 삐쭉 내놓고 구경을 해. 명창이 소리를 허면 서민들은 글을 모릉께로 말허자면 가사를 이해하지 못해도 성음으로 듣고 다 알아들어묵어. 흥부 마누래가 가난 타령으로 우는 대목을 허면 저 담장 밖에 간신히 서서 구경하고 있는 청중들이 훌쩍훌쩍 울었다네. 그러면 소리꾼도 애가 타서 기가 맥힌 성음이 나오재. 그런 판에서 소리가 안 나오게 생겼는가. 소리는 그럴 때 소리헐 맛이 나고, 또 소리꾼이 되길 잘했다는 생각도 들재."

강도근 명창은 소리의 진정한 가치를 말한 것이다. 가사의 구체적인 뜻은 몰라도 짠한 성음만 듣고도 이면을 알아차리는 그런 청중들 앞에서 소리할 맛이 났다고 말한다. 참 애틋한 맘이다. 고품격의 예술 격조를 논하는 귀명창들보다, 알 듯 모를 듯하게 흘러나오는 서글픈 성음만 듣고도 서러워할 줄 아는 청중 앞에서 소리할 때, 소리꾼으로서 살아 있는 복을 느낀다고 말한 명창의 악정(樂情)이 참으로 아름답고 아름답다. 그렇다, 소리꾼이나 귀명창은 예술의 엄격한 형식미를 간파하는 것도 중요하지만, 무엇보다도 사람 사는 세상의 애틋한 정서를 읽어내는 것이 소중하다.

반대로 소리판이 굉장히 어색한 경우도 있다. 음악을 감상하려면 음악을 잘할 수 있도록 여건을 마련해서 감상하면 좋을 텐데, 간혹 보면 그렇지 못한 경우도 허다하다. 요즘 각종 행사에 초청받아 공연하다 보면 민망할 때가 많다. 대개 공연을 식사 때나 여흥으로 감상하는 경우가 많은데, 이는 격조와 품격을 전혀 고려치 않고 생각 없이 식순에 따라 진행하는 품위 없는 일이 되고 만다. 공연 감상은 기왕이면 본 행사에 배정하여 쾌적한 분위기에서 충분히 감상하고, 공연이 끝난 다음 공연자는 참석자들과 함께 담소하면서 공연에 대한 이야기와 소감을 나누는 그런 분위기가 형성되어야 훌륭한 파티가 될 것이다. 식사를 하면서 공연을 감상한다면 음식도 제대로 음미할 수 없을뿐더러 공연 감상도 제대로 이루어지지 않는다. 그러니 모든 게 건성건성 형식적으로 진행되어 모처럼 준비한 파티의 효과를 누리지 못하게 된다. 파티에 공연이 들어가는 것은 여러 가지 이유가 있겠지만, 공연 후 참석자들과 지적인 이야기들을 서로 주고받으면서 모임의 내용을 풍요롭게 하는 쪽으로 바꾸는 것이 바람직하다.

우리가 예술에서 얻고자 하는 게 단지 유흥 따위에 머무른다면 정말 한심한 노릇이다. 우리가 예술을 감상하고 예술 행위를 하는 것은 삶의 질을 높일 수 있는 지성미와 심리적 안정감을 추구하는 데 있다. 그러나 우리는 간혹 예술을 오락거리로 여기는 경우가 있다. 그러한 태도는 품격이 매우 낮은 것으로서 그들에게는 질적인 삶의 향상을 기대할 수 없다. 감상하는 데도 격조와 품격이 있는 것이다.

우리 선조들은 좋은 소리를 듣기 위해 지극정성으로 소리판을 열었다고 한다. 공연하기 몇 날 며칠 전부터 미리 소리꾼을 집에 모시고, 몸에 좋은 음식을 대접하여 심신을 충분히 쉬게 한 다음, 소리하기 좋은 날을 특별히 받아서 소리를 청해 들었다고 한다. 날짜를 택일한 뒤에도 소리꾼에게 공연 가부를 묻고, 비로소 소리꾼이 "오늘 좋겠습니다"라고 하면, 그제야 청중들을 모셔다 놓고 알맞은 시간에 공연을 시작했다고 하니, 그야말로 자상하고 품격 있는 공연 관람 자세였다고 본다. 물론 그렇지 않은 경우도 많았을 것이다. 하여간 소리하는 사람과 듣는 사람 간의 격조가 어울려야 살판이 나지, 경우 없이 판을 벌이면 그 판은 죽을 판이 되고 엉망진창이 된다.

# 5. 두루 통하여 걸림이 없어야
## 옳은 평을 할 수 있다

문제는 예술에 대한 사람들의 인식이다. 흔한 말로 '사는 게 다 예술
이지 예술이 별거 있겠냐' 하는 인식으로는 고품격의 예술을 감상할
수 없다. 어쩌면 사람들이 말하는 것처럼, 인생이 예술인 것은 틀림없
다. 하지만 우리 인생이 어디 그렇게 호락호락하던가? 살아갈수록 알
쏭달쏭한 게 우리 인생이다. 또 저마다 삶의 깊이와 무게도 다르다.
나는 인생에 대해서 잘은 모르지만 아마도 수많은 삶의 모습이 있을
것이다. 그 모습들은 모두 나름의 품격과 정서를 지니고 있다. 진정한
품격이란 학벌이나 부귀 같은 것들과는 관계가 없다. 진리를 대하는
생각이나 행동에 따라 품격이 달라진다고 본다. 그러므로 예술은 진
리를 마주한 듯 깊은 관심(觀心)으로 들여다봐야 한다. 그래야 깊고
높은 경지에 오른 예술가들의 영지(靈智)를 훔쳐볼 수 있다. 예술 감
상을 일상의 허드렛일로 알아 그저 스트레스나 풀고, 요즘 말로 문화
생활을 한다는 정도의 가벼운 생각으로는 제대로 된 재미를 맛볼 수
가 없다.

조선 후기의 유명한 악사 유우춘[*]이 세인들의 섭섭한 예술적 안목을 말하자 옆에서 지켜본 유득공[†] 선생은 그것을 글로 남겨놓았다. 어느 날 유득공이 해금을 잘 켜는 유우춘에게 묻기를, "나는 내 멋대로 벌레와 새가 우는 소리를 냈다가 남들로부터 '거렁뱅이 깽깽이'라는 비웃음만 샀다네. 너무 맘에 들지 않네. 어떻게 하면 거렁뱅이의 깽깽이가 아닌 다른 소리를 할 수 있겠나?" 하고 물었을 때 유우춘은 이렇게 대답했다. 모기가 앵앵 우는 소리나 장인이 뚝딱대는 소리나 선비가 글을 읽는 소리나 모두 다 먹을 것을 구하는 데 뜻을 두는 소리들이니 다를 바가 없다고 말이다. 또한 그는 자신의 기술이 높아갈수록 남들이 이해하지 못하는 경우가 많아졌다고 했다. 유우춘의 해금 소리라고 하면 온 나라 사람들이 알지만, 정작 자신의 연주를 듣고 이해하는 자는 많지 않다고 말이다.

산이 높을수록 인적이 드물고, 계곡이 깊을수록 사람의 발길이 뜸하기 마련이다. 문외한들과 최고의 경지를 함께한다는 것은 애당초 무리이다. 오죽했으면 유협이 "정통한 음악은 일반적인 대중의 취향과 상충되니, 그것을 유지한다는 것은 매우 어렵다"라고 했겠는가.

---

[*] 유우춘(柳遇春, 1776~1800): 정조 때의 해금 명수. 노비 신분이었으나 후에 속량되어 용호영(龍虎營)의 해금 악사가 되었다.

[†] 유득공(柳得恭, 1749~1807): 조선 정조 때의 실학자. 자는 혜풍(惠風)·혜보(惠甫). 호는 영재(泠齋)·영암(泠庵)·고운당(古芸堂). 사가(四家)의 한 사람으로, 벼슬은 규장각 검서·풍천 부사에 이르렀다. 박지원의 문하생으로 실사구시의 한 방법으로 산업 진흥을 주장했다. 저서로는 『영재시초(泠齋詩抄)』, 『발해고(渤海考)』 등이 있다.

이동백 명창도 본인이 최고의 소리라고 생각하는 대목을 자신 있게 내놓으면 청중의 반응이 신통치 않으니, 좋은 것을 내놓아도 좋은 줄 모른다고 푸념했다. 그렇다, 같은 길을 가는 소리꾼도 자기 소리밖에 모르는데, 하물며 청중이야 자신들의 얕은 오감이 작용하는 대로만 끌리지, 거기에 얼마나 깊은 예술적 심미안이 있겠는가.

이렇듯 대중의 기호는 원래 매우 주관적이고 편협하다. 그러한 대중적 기호에 따라 자신의 숭고한 예술이 좌지우지된다면, 더 이상의 깊은 예술을 이룰 수 없다. 최고의 경지를 향하여 가는 예술가는 정상으로 가는 길목에 이러고저러고 따지는 세인들의 말이나 편견에 귀 기울이지 않고, 그들의 취향과 기호를 참고만 할 뿐, 자신의 길을 꿋꿋이 간다. 유우춘의 말처럼 아무리 남이 자기 음악을 알아준다 해도 끝내는 자신만큼 자기 음악을 아는 사람이 없다. 그래서 참된 예술가는 자신이 품은 뜻을 좇아 즐길 뿐이지, 세인들의 안목과 기호에 속상해하지 않는다. 중요한 것은 자신의 공부에 객관성을 유지하는 것이다.

객관성을 유지한다는 것이 얼핏 쉬워 보여도 사실은 굉장히 어려운 일이다. 예술가들이 예술 행위를 할 때는 객관성을 찾는 공부가 중요하다. 무엇보다 자신에게 맞는 기교와 감성을 개발해야 하지만, 더 나아가 편협한 예술 견해를 살피기 위해 항상 자신의 예술을 멀리 놓고 바라볼 필요가 있다. 이러한 작업은 예술이 깊어갈수록 더욱 필요하다.

내가 소리를 하면서 느끼는 바는 실기자나 귀명창 할 것 없이 소리에 대하여 진정으로 올바른 평가를 할 줄 아는 사람이 드물다는 것이다. 그저 자기 기호에 맞지 않으면 과감히 평가절하한다. 그러한 태도는 점잖지 못한 일이다. 객관성이란 바로 자연의 섭리와 인정물태의 진실한 모습들을 말한다. 보편적 가치가 바로 거기서 나오기 때문이다.

평(評)이란 평자평리(評者平理), 즉 이치에 대해서 공평하게 논한 것을 평론이라 했다. 사실 평론가가 말을 고르게 한다는 것은 어려운 일이다. 사방팔방을 손아귀에 쥐고 좌우 형세에 따라 비책을 내놓는 뛰어난 풍수가처럼, 두루 통하여 걸림 없는 경지에 들어서야 옳은 평을 할 수 있기 때문이다. 치열한 예술 경험과 인문학적 지식과 예술 철학 등을 두루 갖추어 편견 없는 조화를 이룬 이만이 말을 고르게 할 수 있다. 예술가가 지니고 있는 예술의 장단을 파악하여 조심스럽게 부족한 것을 보충할 수 있도록 말해주는 게 제대로 된 평론인데, 깊은 안목이 배제된 단순한 자기의 기호나 감관에 빗대어 "그건 소리가 아니여" 해버리면 안 된다는 말이다. 옛 문인들은 "글 쓰는 사람은 남의 글을 서로 우습게 보는 경향이 있다"라는 말을 하면서, 무턱대고 남의 작품을 평하는 것을 크게 경계했다. 공변된 진리를 향한 평을 해야지 밑도 끝도 없이 비판만 하면 안 된다. 비판도 객관성을 유지해야 옳은데, 하물며 비평을 함에 있어 합리적인 논리가 배제된다면 그것은 결코 바람직한 것이 못 된다.

어디 그뿐인가. 사실 지금의 소리판은 예술 창작에 대한 시선이 매우 편협하다. 그것은 '덧음'을 전혀 인정하지 않고 있다는 말이다. 스승의 소리와 다소 틀리기라도 하면 스승의 법제에 어긋나므로 소리가 아니라고 사정없이 폄하해버린다. 보통 인간문화재 밑에서 전수한 제자들이 적게는 30명에서 많게는 40~50명 정도 된다. 그 많은 소리꾼들이 스승의 소리와 한 치의 오차도 없이 똑같이 소리한다고 생각해보라! 이게 무슨 예술이라 할 수 있겠는가. 앵무새와 다를 바 없다. 그런데 그 속에서도 간혹 자기 소리를 하고 싶어 덧음을 내놓으면, 덮어놓고 그건 소리가 아니라고 무참히 폄하해버린다. 이것이 과연 옳은 처사인지 생각해보면 정말 부끄러운 일이다. 그것도 대가들이 앞장서서 그렇게들 말하니 얼마나 서글픈 일인가. 이러한 일은 모두가 객관적인 공부를 통해 항상 진리를 추구하려는 예술관이 결여되었기 때문에 일어나는 일이다.

우리는 눈을 크게 떠야 한다. 어쩌면 우리는 이상한 시류의 풍조에 얽매여 눈뜬 봉사가 되어가고 있는지도 모른다. 불가에선 조사를 죽이라고 한다. 이 말은 스승을 넘어서야 한다는 말이다. 스승의 법제를 넘어 자신만의 덧음을 내어야 비로소 자기 목소리를 내놓는 것이다. 옛 명창들은 똑같은 대목이라도 소리를 할 때마다 다르게 불렀다고 한다. 또한 다른 사람의 좋은 소리를 몰래 따서 부른 일도 다반사였는데, 왜 한 스승의 소리만 가지고 천편일률적인 소리를 해야만 하는지 심각하게 생각해봐야 한다. 이러한 현상은 모두 선생의 잘못이다. 소리꾼의 심미관이 이러한데 귀명창의 귀가 온전할 리 있겠는가. 이 판은 귀머거리가 된 지 오래되었다. 명고 김명환은 생전에 "이제 소리는 다 죽었다"라고 했다. 소리꾼 스스로의 귀가 살아나야 소리가 살 수 있다. 옛날 우화를 한번 상기해보자. "원숭이 100마리가 사는 마을이 있었다. 그 마을 원숭이 중에서 99마리는 애꾸였고 한 마리만 두눈박이였다. 어느 날 누가 병신인지 마을 투표로 결판을 내게 되었다. 개표 결과는 99대 1로 두눈박이가 병신으로 판가름 났다."

지금의 소리판이 딱 이런 상황이라 해도 과언은 아닐 듯싶다. 제대로 가는 소리가 하품(下品)으로 취급되고, 반대로 하품이 상품(上品)으로 행세하는 경향이 있다. 그러나 제대로 된 예술을 지향하는 소리꾼에게 그것은 하등 관심거리가 못 된다. 어차피 생각하는 바와 가는 길이 다르기 때문이니 말이다. 세상 사람들은 자신의 눈높이에서 적당히 머무르며 위로해주는 예술가에게 더 눈을 돌리고 좋아한다. 그 수준을 넘어선 예술가는 외로운 길을 걸어갈 수밖에 없다. 어쩌면 그 적적하고 외로운 길을 오히려 즐기고 있는지도 모른다. 속된 말로 노는 물이 다르다. 그래서 요즘처럼 대중예술의 풍요 시대에는 진정한 예술가로 처세하기가 정말 힘들다고 말할 수 있다.

상수이말(相濡以沫)은 연못에 물이 말라 물고기들이 바닥에 나뒹굴자 서로 거품을 내어 적셔주면서 목숨을 연명한다는 뜻이다. 지금의 판소리가 대중으로부터 사랑받고 있다고는 하지만, 사실 소리꾼이 소리해서 밥술 뜨기도 힘든 세상이다. 소리꾼들이 이렇게 힘든 처지에 놓인 것이 딱 상수이말의 처지가 아닌가 싶다. 비록 가난하게 살아도 예술만큼은 수준이 높아야 예술가의 위엄이 생긴다. 평생을 알뜰하게 경영해온 소리 인생이 이상한 사회적 풍토와 기류 때문에 망가져서는 안 될 일이다. 소리꾼은 많이 배출되는데 수요 계층은 계속 줄어드니, 소리꾼들은 그야말로 상수이말의 처지에 놓여 있다. 말하자면 각박한 처지에 놓인 동료들끼리 서로 경쟁해야 한다. 또 세상은 소리가 가볍게 흥미 위주로 유통되기를 은근히 유도한다. 전통 예술의 품위가 말이 아니다. 소리꾼은 어차피 서로의 거품으로 살아가야 할 처지가 되었다. 하지만 이럴수록 소리꾼들은 수준 높은 판소리 예술을 유지하고 가꾸어가야 한다.

그러려면 소리판이 생생하게 살아야 되고 격조 있는 기예를 추구하면서, 보다 더 정명한 정통성을 확보해가는 작업들이 이루어져야 한다. 귀명창들도 지금보다는 귀가 더 밝아야 한다. 귀명창도 이치에 밝아야 옳은 평이 나온다. 이치에 밝으려면 예술 경험과 예술적 안목이 뛰어나야 한다. 주머니가 작으면 큰 것을 담을 수 없고, 두레박 줄이 짧으면 깊은 우물물을 퍼 올릴 수가 없다. 얕은 안목으로 귀명창이라는 호사스러운 말을 들어서는 안 된다. 99마리 원숭이의 잘못된 인식이 아닌, 외롭지만 단 1마리의 옳은 인식을 가려낼 줄 아는 안목을 가져야 한다. 그래야 소리판이 다시금 후끈하게 달아오를 것이다.

세상에 별 탈 없이 살려면 그냥 세상 흘러가는 대로 살면 편할 것이다. 공연히 흘러가는 물줄기에 말뚝을 박아놓고 저 혼자 거센 물살을 다 받을 필요가 있을까마는, 진리를 좇는 예술가는 시류에 동참은

해도 막무가내로 따르지만은 않는다. 시류가 변하면 자연스럽게 그에 순응할 뿐이지만, 진리를 대하는 마음까지 변해서는 안 된다. 그러한 마음 자세가 살아 있는 예술가의 마음이다.

# 6. 총명한 관객이 있어야 소리꾼의 기운이 생동한다

유우춘은 "기예가 높아갈수록 사람들이 알아주지 않는다"라고 하면
서 백아처럼 손에서 악기를 놓았다. 백아절현(伯牙絶絃)은 지음(知音)
으로 유명한 고사이다. 거문고의 달인이었던 백아에게는 자신의 음악
을 정확히 이해하는 친구 종자기(鍾子期)가 있었다. 그런 종자기가 병
으로 갑자기 세상을 등지자 너무 슬픈 나머지 그토록 애지중지하던
거문고 줄을 끊어버리고 죽을 때까지 거문고를 켜지 않았다고 한다.

들어주는 이가 없다고 절현까지 한 고사(高士)들의 깊은 경지까지
는 모르겠지만, 연주자는 자기 음악을 알아주는 지음이 있어야 한다.
외로운 예술의 길을 가면서 의기가 맞는 지음을 어찌 천금에 비교하
겠는가. 지음은 자신의 분신과도 같다. 선비는 자기를 알아주는 이를
위하여 목숨도 내놓는다고 했다. 예술가 역시 자신의 예지(藝旨)를 알
아주는 이를 위해 자신의 예술을 내놓는다. 종자기가 백아의 연주에
서 들었던 것은 선율 속에 내재된 백아의 예술적 영감과 취지였을 것
이다. 만약 한낱 이목의 흥감에만 열중했다면 백아는 종자기를 위해

서 한 가락도 타지 않았을 것이 뻔하다. 나도 소리판에서 소리를 하다 보면 간혹 듣는 이의 눈빛과 추임새 한 가락에서도 서로의 예술적 영감이 통하고 있음을 느낀다. 그럴 때는 소리가 더욱 집중되고 기가 생생하게 꿈틀거리면서 그야말로 소리할 맛이 난다. 하지만 좌중이 조용히 경청하고 있거나, 마지못해 듣고 있는 청중의 태도를 보게 되면 소리할 맛이 뚝 떨어져 예술적 영감마저 저하된다. 말하자면 소리를 듣는 이가 가사와 선율만 듣는 게 아니라, 소리꾼이 펼쳐놓은 가락 속에서 실감을 느낄 줄 알아야 소리꾼도 기운이 생동한다는 것이다. 그래서 지음이란 꼭 음악을 연주하지 않아도 무현금의 소리까지 들을 줄 알아야 진정한 지음이라 할 수 있다. 요즘은 이러한 예술적 경지를 함께 느끼는 지음은 고사하고, 연주를 감상하는 이들의 안목이 부실하여 연주자의 예술적 성의마저 부실해지는 꼴이다.

그리고 우리는 헛된 명성이나 허세를 좇지 말고 음악을 참으로 좋아하고 음악을 옳게 들을 수 있는 안목과 자세를 갖추어야 한다. 예술가들이 수십 년에 걸쳐 이룬 감성과 지성을 단시간 내에 성의 없이 파악하려는 것은 예술에 대한 예의도 아닐뿐더러, 그러한 자세로는 예술의 깊이를 충분히 음미할 수도 없다. 나도 그래서는 안 되겠지만 간혹 공연할 때 보면 청중의 경청 수준에 따라 공연에 쏟는 열성이 달라지는 것을 스스로 느낀다. 일부러 그러는 게 아니라 자연스레 그렇게 된다. 청중이 범 같은 기상이면 소리꾼도 범 같은 소리가 나오기 마련이다. 청중이 고양이 같은데 범 같은 소리가 나올 리 만무하다. 마찬

2007년 오스트레일리아 퀸즈랜드 음악축제에서 '다오름(Daorum)' 친구들과 함께 찍은 사진이다.
©Emma Franz

가지로 청중도 그럴 것이다. 소리꾼이 범 같아야 청중도 범을 마주 대하는 긴장감이 돌 것이다. 이렇듯 긴장과 서슬이 비치는 생동한 판을 만들어야 한다.

요즘 판소리 공연장의 관객들은 명창의 지인들이거나 가족, 제자, 동료들이 대부분인 경우가 많다. 그런 분위기는 솔직히 공연을 잘해 낼 수 있는 여건이 아니다. 우선 긴장도가 떨어지고 공연도 아무 의미가 없다. 어쩌다 한 번 그런다면 이해하지만 그것이 반복되면 정말 웃기는 공연이 되고 만다. 그런 공연 환경에서는 명창도 귀명창도 기대할 수 없다. 공연은 생생해야 한다. 모든 게 생생해야 소리도 즉흥적인 너름새가 보이고 추임새도 생동감이 넘친다. 뻔한 관객에 뻔한 분위기로는 기세가 약동치 못하고, 수동적인 분위기로 흐르기 쉽다.

또 우리가 공연을 볼 때는 꼭 유명인을 찾는데, 어찌 보면 유명한 명창에게서 좋은 소리를 듣는다는 건 쉬운 일이 아닐 수도 있다. 유명한 명창은 공연이 많아 공연 때마다 최선의 소리를 한다는 게 쉽지 않기 때문이다. 그렇게 되면 자연히 전심전력을 다하는 공연이 아니라 대충대충 하는 공연이 될 수밖에 없다. 잦은 공연이 소리의 질을 떨어뜨리는 것은 틀림없다.

공연은 감상하는 관객이나 소리하는 소리꾼이나 서로 생생한 현장성이 갖추어져야 불똥 튀는 판이 된다. 언제 어떤 소절에서 특유의 성음과 덧음이 나올까 하는 기대 심리가 있어야 재미가 난다. 뻔한 시김새와 성음으론 살아 있는 판을 만들 수 없다. 시장에서 수요자의 물건 고르는 안목이 까다로울 때 공급자가 물건의 질을 높일 수밖에 없듯이, 귀명창이 많아지면 소리꾼의 덧음은 생동하게 될 것이 틀림없다.

진정으로 내 소리를 알아주는 이가 이 세상에 얼마나 있을까? 나는 독공할 때 느낀 바 있다. 소리가 몸 밖으로 나가는 순간 그건 내 소리가 아니라 듣는 사람 몫이니, 소리가 성음으로 만들어져 나오기 전에 가슴에 품은 나의 악정(樂情)이 바로 내가 느끼는 진정한 나의 소리일 것이니, 누구보다 나 자신이 귀명창이 아닐까 하고 생각했다. 그건 내 소리에 내가 미쳐야 한다. 나는 이제 누가 내 소리에 대해 이러쿵저러쿵해도 무덤덤하다. 천차만별의 사람 인심에 굳이 애써 내 소리가 어떠냐고 물어볼 흥미도 없어졌다. 잘하고 못하고가 문제가 아니라, 이제는 소리를 바람결에 맡겨두고 다만 뜻을 즐길 뿐이다. 나같이 우줄한 소리꾼에겐 절현도 부질없다. 천지 만물이 내 소리의 성음이고 정감이고 선율이며 장단이고 또한 청중이니, 그저 되는대로 형편대로 소리할 뿐이다. 내 맘도 하루에 골백번 이랬다저랬다 하는데 밖에서 무엇을 바랄 것인가. 풍타죽 낭타죽(風打竹 浪打竹), 바람 부는 대로 물결 치는 대로 성음을 풀어놓으니 소리가 알아서 제 갈 길을 찾아간다. 본래 자리로.

# 제5부

# 스승과 제자가 한마음으로 배우다
## 사제동행(師弟同行)

# 1. 예술에 입문할 때 가장 중요한 것은 스승을 구하는 일이다

예술에 뜻을 두고 입문할 때 가장 중요한 것은 선생을 구하는 일이 아닐까 싶다. 선생이 소리 실력은 물론이거니와 박학다재(博學多才)하고 성품이 원만하여 의식이 열려 있으면 배우는 사람에겐 더없는 복이다. 제자와 늘 소통할 줄 알고 예술을 함께 탐구해나가며 그리하여 가르치고 배우면서 더 성장할 수 있는 선생을 얻는 것은 최고의 행운이다. 제자는 무의식적으로 선생의 예술적 재능뿐만 아니라 정신이나 철학 등 심지어 말투나 걸음새까지 닮기 마련이다. 안개 속을 거닐다 보면 자신도 모르게 옷이 젖는 법이다. 어려서 한번 몸에 밴 습성은 여간해서 고치기가 힘드니, 처음부터 좋은 습성을 위해서는 모름지기 스승을 잘 만나야 한다. 맹자는 이런 말을 했다. "사람이 거하는 환경과 지위가 기상을 바꾸고, 영양 상태에 따라 체형을 바꾼다."

맹자의 말처럼 자신이 처한 곳의 영향을 받아 기상과 체형이 달라지듯이, 배우는 이는 어떤 문하에 들어가느냐에 따라 예술 인생이 확달라진다. 선생이 권위만 세우고 무조건 따라 하라는 방식은 그것이 뛰어난 가르침일지라도, 좋은 가르침이라고 볼 수 없다. 스승의 안 좋은 것까지 배우기 때문이다. 선생은 자신이 익히고 체득한 바를 제자에게 실연으로 보여주고 법도를 자상하게 가르쳐 재덕을 성실히 따르게 하는 것이 좋다. 일방적으로 주고받는 도제식 학습이 아니라, 스승과 제자가 묻고 답하면서 함께 공부하는 모습이 되어야 예술이 풍요로워진다. 그런 자유스러운 스승과 제자의 분위기에서 진실한 예술이 배양된다.

배움은 끝이 없는 길이다. 선생이라고 해서 만사에 능통하고 완벽한 존재는 아니다. 제자는 스승의 법도에 따라 성실하게 배워나가지만, 선생도 진리를 좇아 끊임없이 배워나가야 한다. 옛 스승들은 효학반(斅學半)이란 말을 했다. 가르친다는 것은 그 반이 배우는 것이라는 뜻이다. 남을 가르치려면 먼저 선생이 연구하고 공부해야 하기 때문에 나온 말이다. 그렇게 되면 따로 가르칠 일이 없을지도 모른다. 선생의 공부하는 모습이 바로 가르침이니 말이다. 진정한 가르침은 스승이 제자에게 비록 한 자(字)도 전해주지 않았지만, 배우는 사람이 이를 알아차리는 것이 최고라 할 수 있다. 내가 스승 염금향* 명창 문하에 처음 입문했을 때, 소리방에 자주 드나들며 소리를 즐기던 노객한 분이 있었다. 그분이 공부는 스스로 잘 닦아야 한다는 의미에서 전

---

* 염금향(廉琴香, 1932~2010): 전남 광양에서 태어나 20세기에 활동한 판소리 명창이다. 대전, 남원 등에서 활동을 했고, 1970년 후반 순천에 정착하여 보성 소리를 체계적으로 학습했다. 당시 침체된 지역의 판소리 문화를 부흥시켰으며 젊은 소리꾼을 많이 발굴했다.

해 내려오는 이야기라며, 조선 시대 소리꾼 이야기를 들려주었다. 그 내용을 더듬어보면 대강 이렇다.

소리꾼이 되고자 하는 두 청년이 들어왔는데, 한 사람은 살림이 넉넉하여 몇 년 치 수업료를 당당하게 내고 입문했으나, 스승이 보았을 때 성품이나 재주가 그다지 품위를 갖추지 못해 보였다고 한다. 또 다른 청년은 재능도 있고 품성도 넉넉해 보여 속으로 흡족했으나, 집이 가난해서 수업료는 고사하고 밥을 빌어먹게 되었으니, 궁리 끝에 마당쇠로 입문을 시켰다고 한다.

스승은 마당쇠를 어떻게 가르쳐야 대성할까 고민했는데, 어찌 된 영문인지 소리는 학비를 낸 친구에게만 가르치고, 가난한 제자에게는 한 소절도 가르쳐주지 않고 그저 허드렛일만 시켰다고 한다. 다만 소리 수업을 할 때만큼은 절대 멀리 못 가게 하고 집 안에서 일하게 했는데, 훗날 보니 이것이 모두 스승의 깊은 배려요 복안이었다고 한다.

그런 줄도 모른 가난한 소리꾼은 날마다 스승을 원망했다고 한다. 그러던 어느 날 가난한 소리꾼은 이런 다짐을 했단다. '안 되겠다, 소리를 배우기는 해야겠는데 가르쳐주지를 않으니 소리 도둑질을 해야겠다' 하고. 그다음부터 소리 수업을 할 때마다 봉창에 귀를 대고 소리를 도둑질했다고 한다. 그렇게 해서 들은 소리를 가지고 산으로 나무하러 가서 하루 종일 연습을 했단다.

어찌어찌 세월이 흘러 도둑질로 배운 소리가 제법 무르익어가는 3년째 되던 어느 날, 스승에게 직접 배운 청년이 책거리하는 날이라 여러 사람 앞에서 소리를 선보이게 되었단다. 하지만 소리가 좀 덜 익었던가 좌중에서 가만히 듣고 있던 동네 사람 하나가 자리에서 벌떡 일어나 마당쇠를 가리키며, "저기 저 친구 한번 시켜보셔유, 소리가 찰지고 윤기가 차르르헙니다" 했지만, 스승은 들은 체 만 체하고 넘어가버렸단다.

저녁에 마당쇠를 따로 불러 "너 이놈 내가 너한테 소리를 가르친 바없는디, 니가 소리를 잘한다니 이게 무슨 영문이야! 내가 소리를 들어봐야겠으니 어서 내놓아보아라"라고 호통을 치자, 영문도 모른 마당쇠는 이제 죽을 줄로만 생각하고, 이렇게 쫓겨날 바에야 원 없이 소리나 한번 해보자 하고 있는 힘을 다해 평소에 도둑질한 소리를 원 없이 토해냈단다. 비장하고 한스러운 성음에 스승도 그만 감동했다고 한다. 스승은 소리를 다 들은 후에 눈가에 물기가 맺힌 채 하는 말이, "고생했다! 정말 수고했다. 이제부터는 나한테 배울 것 없고 산으로 들어가거라. 그곳에서 진정한 너의 소리를 찾아라"고 했다는, 호랑이 담배 피우던 시절의 시시콜콜한 이야기이다.

스승은 아마 이런 날이 오기를 마음속으로 애태우며 기다렸을 것이다. 제자의 여러 가지 여건을 한눈에 파악하고 오랜 세월을 기다린 묘책이었으리라. 직접 대면해서는 소리 한 소절 가르쳐주지 않았으나, 스승은 제자가 잘되기를 바라는 간절한 염원을 담아 가슴으로 소리를 전달했던 것이다.

이 이야기 역시 소리 공부를 열심히 하라는 뜻으로 누군가 지어냈으리라 짐작이 간다. 요즘 같은 세상에 이런 일은 일어나지도 않겠지만, 스승과 제자가 소리로써 창도(唱道)를 깨쳐가는 아름다운 사연인 것 같다. 사제 간의 인연은 아름다운 선연(善緣)이다. 스승 된 자는 제자보다 먼저 예술에 심취하여 수신했을 뿐이고, 제자는 스승이 이룬 예능과 예지를 갉아먹고 자신의 예술 세계를 확장해간다. 스승과 제자는 계(繼)와 승(承)의 주체로서 변화를 유도하며, 끊임없이 예도를 발전시켜가는 아름다운 관계이다.

# 2. 제자가 안에서 쪼고,
스승은 밖에서 쪼아 알을 깨다

선생은 장계(長計)의 수를 가져야 한다. 제자의 예술적 재능과 품성까지 계산해서 가르치는 덕성이 있어야 교학(敎學)이 상장(相長)한다. 이것이 선학자(先學者)의 사명이다. 소리 공부는 관념적인 생각만으로 이루어지는 게 아니다. 선생이 소리로써 재능을 보여주고, 소리로써 덕을 보여 가르치면 배우는 이는 저절로 따르기 마련이다. 애써 이래라저래라 할 필요가 없다. 선가(禪家)에서는 원앙새 수놓는 것은 남에게 보여줄 수 있어도, 바늘은 남에게 넘기지 말라고 했다. 제자에게 수놓는 것은 기꺼이 보여줄 수 있지만, 한 땀 한 땀의 비법을 제자 손을 직접 잡아가며 자세히 일러줘서는 안 된다는 말이다. 이것은 또한 공부란 스스로 깨쳐가야 한다는 뜻에서 하는 말이다. 선생이 바늘을 줘봐야 소용이 없다. 제자는 자기 바늘을 찾아 직접 꿰매야 자기의 수(繡)가 나오고 자기 옷을 만들 수 있다. 스승은 오직 기운을 넣어 자신의 예술을 오롯이 보여주면 그만이다. 제자는 스승이 가르쳐주는 일기일회(一機一會)의 찬스를 놓치지 않고 온 힘을 쏟아 기를 받아야 한다. 간혹 보면 제자를 너무 사랑한 나머지 그날 배운 것을 숙지하도록 계속 반복 학습을 시키는 엄격한 선생들이 있다. 이러한 교육은 얼핏 보면 좋은 것 같지만, 길게 보면 꼭 그렇지 않을 수도 있다. 왜냐하면 제자가 스승의 소리를 판박이로 닮게 되면 창의력이 떨어지기 때문이다. 훌륭한 예술은 스승의 예술을 모방하는 순간부터 이미 창작이 이루어진다. 그러므로 스승은 배우는 자의 창작 여지를 열어놓고 가르침을 조여가야 한다.

선생은 제자를 가르칠 때 배우는 사람의 재질에 따라 가르쳐야 한다. 재능을 잘 살펴가면서 다양한 성음과 기교를 적절히 제시해줘야 좋다. 무조건 자기 것을 본뜨게 하는 것만이 상책은 아니다. 옛 스승들이 똑같은 대목이라도 가르칠 때마다 다르게 했던 것은 이 때문이다. 공부는 자득해야 하므로 배우는 사람이 먼저 부지런을 떨어 악착같이 얻어내는 것이 으뜸이다.

줄탁동시(啐啄同時)란 말이 있다. 알 속의 병아리가 껍데기를 깨뜨리고 나오기 위해 껍질 안에서 쪼는 것을 줄(啐)이라 하고, 어미 닭이 밖에서 쪼아 깨뜨리는 것을 탁(啄)이라 한다. 밝고 너른 세상을 보려면 병아리 스스로 안에서 먼저 쪼아야 한다. 도를 깨치고자 하는 제자는 먼저 발심을 내어 도의 문을 두드려야 하고, 스승은 그 형세를 보아가며 재능에 따라 간혹 툭툭 건드려주면 그만이다. 동시(同時)에 쫀다고 했지만 동시도 음양의 순서가 있으니, 병아리가 먼저 부산을 떨어야 그 순간 어미 닭이 쪼아서 부화를 돕는다. 강도근 명창이 처음

김정문* 명창에게 소리를 배우러 갔는데, 첫 시간에 「방아 타령」을 들려줬다고 했다. 그런데 요즘처럼 한 소절씩 주고받고 따라 하는 식이 아니라, 선생이 그냥 공연하는 식으로 처음부터 끝까지 쭉 부르고는 수업을 마치더란다. 녹음기도 없던 시절이라 얼마나 기가 막히던지 앞이 그냥 캄캄했다고 한다. 그래서 다음부터는 한 소절도 안 놓치려고 정신을 바짝 차리고 집중했는데, 그러한 수업 방식이 처음에는 어색하고 어려웠지만 자주 하다 보니 익숙해졌다고 했다.

그러나 요즘 공부 방식으로는 도통할 여지가 없게 되어 있다. 공부는 순간에 정신을 바짝 차려 일기일회의 정신으로 익혀야 되는데, 녹음기에 의지하여 익히니 잘될 리 만무하다. 더디고 갑갑한 것 같아도 선생 입만 보고 찰나에 기를 받아 배워야 소리가 내 몸에서 생생하게 살아난다. 녹음기에 의지하면 기를 바짝 차려서 배워야 할 그 순간을 놓치니, 여러모로 품격이 떨어질 수밖에 없다. 공부는 일기일회, 단 한 번의 기회이다. 그런데 요즘 공부는 그놈의 녹음기 때문에 일기일회가 아닌 다기다회(多機多會)의 여건이 되어버렸다. 선생 앞에서 소리를 받을 땐 단 한 번의 기회라 생각하고 마치 소년이 나비를 잡으려는 순간처럼, 고도의 집중력과 관심으로 소리를 받아야 하는데, 그 순

---

* 김정문(金正文, 1887~1935): 전북 진안에서 태어나 20세기 전반에 활동한 판소리 명창이다. 목이 잘 쉬어 소리가 탁하고 상청이 나오지 않는 팔음목을 타고났으나, 적절한 장식음과 기교로 단점을 보완했다. 동편제 판소리를 바탕으로 서편제의 아기자기한 여성적 특성을 가미해 인기를 끌었다.

간에 스승의 소리를 놓치더라도 녹음기가 다 담아놓을 거라는 생각에 마음이 느슨해져 공부는 부지불식간에 오히려 손해를 보게 된다.

배운다는 것은 스승의 기운을 받는 것이다. 재주는 기가 왕성해지면 조금씩 저절로 생겨난다. 천년 세월의 풍우에도 아랑곳 않고 대차게 서 있는 아름드리 나무를 보라. 근간이 튼실하니 지엽과 열매가 저절로 무성치 않던가. 제자도 스승의 훌륭한 가문에 뿌리를 내려야, 스승의 빛나는 재덕을 온전히 받아 아름다운 성음을 이룰 수 있다. 나무가 스스로 땅에 뿌리를 내려 숱한 풍우에도 거뜬한 것은 스스로 뿌리를 깊게 하고 지엽을 두껍게 했기 때문이다.

이처럼 스승의 견고하고 아름다운 바디에 자신만의 개성 있는 베감을 얹어 세밀하고 튼튼하게 천을 짜는 작업을 수행해야 한다. 그런 다음 자신만의 바디를 만들어야 한다. 제자는 스승의 예술혼을 갉아먹고 새로운 덧음을 만든다. 한 나무에서 나온 씨앗들이 사방으로 퍼져 저마다의 자리에서 뿌리를 내려 싹을 틔우고 버티면서 자생하듯이, 스승도 그 소리의 기운을 제자들에게 던져서 운만 떼어줄 뿐이다. 그 기운을 받아 생동하게 맛을 들이는 것은 모두 스스로의 소관이다. 그래서 재주는 씨앗처럼 타고난 것이고, 타고난 그 재주에 스스로 온갖 노력을 다하여 공을 들이는 가운데 쌓여가는 것이 바로 덕(德)이다. 그러므로 재덕은 온전히 스스로 닦고 쌓아가는 것이지, 스승만을 의지하여 그대로 본뜨고 닮는다 해서 이루어지는 것이 아니다.

가르치고 배우는 데에도 선후본말이 있다. 스승은 제자의 수준에 맞게 요량을 내어 자신의 기예를 성심껏 내놓으면 그만이다. 제자는 스승의 기예를 먼저 충실히 본뜨고 나서, 자신만의 본을 만들기 위해 전인미답의 경지로 진입해야만 아름다운 덧음이 새롭게 빚어 나오게 된다. 배우는 자는 모든 것을 한꺼번에 다 익혀 주워 담을 수 없다. 집도 지을 때 기초를 먼저 잡은 뒤 기둥이나 대들보와 서까래, 창호 등을 세워 골격을 잡고, 도배나 장판, 그림, 글씨 등의 방치레로 마무리하듯이 배우는 데도 순서가 있다. 스승의 기예를 빨리 모방하여 세상에 내놓으려는 것은 바람직하지 않다. 스승도 제자를 곁에 끼고 세세히 가르쳐 자신의 기예를 똑같게 하여 세상에 선보이려고 해서는 안된다. 이는 맹자의 말대로 조장(助長)한 것이나 매한가지이다. 맹자는 조장을 도모하지 말라는 뜻에서, "흐르는 물은 웅덩이를 만나면 그 웅덩이를 다 채운 다음에야 앞으로 나아간다"라고 말했다.

천년목이 천년 세월을 버텨냈듯이, 더디지만 오래 묵은 소리에 신운(神韻)이 비치는 법이다. 빈 곳을 반드시 알심 있게 채우고 가야 충실해진다. 모로 가도 서울만 가면 된다는 식은 속된 사람들이나 하는 짓이지, 천지자연의 감정을 다루는 예인이 지녀야 할 덕목은 아니다.

# 3. 사제지간의 기운이 잘 어우러져야 신명이 난다

나도 제자를 받아들여 소리를 전해주고 있지만, 가르치는 일이 정말 고되다는 것을 느낀다. 수업하는 매 순간 온 힘을 쏟아부으니, 가르치고 나면 기력이 대번에 바닥난다. 어쩌면 공연하는 것보다 더 고된 일인지도 모르겠다. 나의 이러한 자세는 강도근 명창으로부터 받은 것이다. 스승께선 온 힘을 다해 한 소절 한 소절 가르쳐주셨다. 일흔이 훨씬 넘은 노구에도 불구하고 수업할 때만큼은 마치 검객이 일촉즉발의 순간을 마주 대한 듯한 기세로 가르쳐주셨다. 한번은 이런 일도 있었다. 매일같이 정성을 쏟아 가르치시더니, 기력이 떨어져 그만 병원에 눕게 되셨다. 병문안을 갔더니 일어나셔서 대뜸 이렇게 말씀하시는 것이었다. "아, 미안혀. 소리는 기냥 기운을 써서 갈켜야 쓴디, 요즘 어쩐지 기운을 통 못 넣어줬네. 지금 내 몸뚱이가 요 모양이니 어쩔 건가 이해하소잉." 순간 가슴이 그냥 울컥했다. 얼마나 고맙고 감사했던지 그 기억이 지금도 생생하다. 나는 그러한 기를 받으며 배웠다.

배우는 학생도 가지각색이다. 자기 능력은 생각 않고 많이만 배우려는 욕심쟁이 학생이 있는가 하면, 열심히 최선을 다하는데 능률이 오르지 않는 학생, 재주가 좋아 금방 익혀서 여유만만한 학생, 하기 싫어 죽겠는데 할 게 없어 어쩔 수 없이 하는 놈, 공부는 게을리하는 녀석이 세상에 풀어 먹기 바쁜 놈 등 참으로 가지가지이다. 이는 다 기질적인 차이로 인한 것이다. 선생은 이러한 제자들의 갖가지 유형에 따라 잘 살펴서 조화롭게 가르쳐야 한다. 스승은 그저 학생이 가야 할 길의 대강(大網)을 잡아주며, 학생들의 재주에 맞게 가르치고, 위엄은 지키되 억지로 끌어가지 말고, 배우는 자 스스로 깨달아가도록 지켜만 봐주면 될 것이다.

좋은 스승 찾기가 이래서 어렵다. 매스컴에서 유명해져 세상에 알려지고 출세한 사람들이 학생들을 꼭 잘 가르칠 거라는 법은 없다. 예술계는 여느 분야와 달리 뛰어난 고수들이 골골마다 숨어 있다. 어쩌면 요즘 같은 세상은 오히려 하수들이 판치고 주름잡는 세상인지도 모른다. 소문의 허상을 붙들고 유명인들만 찾아가서 백날 캐봐야, 자상하게 배우기는커녕 선생 뒤치다꺼리나 하느라 아까운 세월을 다 보낼 수도 있다. 공부는 한가한 선생을 찾아서 해야 한다. 제 몸도 못 챙길 정도로 바쁜 선생에게 죽자 사자 매달릴 필요가 없다. 만약 매우 바쁘고 유명한 선생을 찾아가면, 고도로 집중되고 핵심적인 것만 얼른 취하고 나와야 한다. 경치가 뛰어나고 번화한 곳에 오래 머무르면 맘이 괜히 허황되기 쉬운 법이다.

스승이신 염금향 명창께 들은 재미난 이야기가 있다. 가야금을 배우기 위해 좋은 스승을 찾아 나선 어느 악공의 공부담이다. 옛날 어떤 사람이 가야금을 잘 가르치는 스승을 찾아 여러 해 동안 수소문한 끝에 지리산 어느 골짝에 가면 그런 스승이 있다는 말을 듣고 부랴부랴 찾아갔다고 한다. 깊은 숲 속 오두막집에 주인은 온데간데없고, 똥개 한 마리가 객을 보고 짖더란다. 세속 개 같으면 '멍멍' 하면서 달려들 듯한 기세로 짖을 텐데, 어찌 된 판인지 이놈의 똥개는 자기의 본성(本聲)을 잊어버리고 가야금 성음을 넣어서 '앙으응 앙앙~앙앙앙 앙' 하고 짖더란다. 개가 영락없이 가야금을 타길래, '야! 저 개 성음이 저 지경인디 주인 성음은 오죽허겠냐' 하며, 보고 들을 것도 없이 바로 그 스승 밑에 들어가 오랜 세월 적공하여 득음했다는 이야기이다.

깊은 산속의 악공에게 찾아오는 사람이 얼마나 없었으면, 똥개가 자기 목소리를 잃어버렸을까. 또 얼마나 가야금 줄을 놓지 않고 열심히 연주했으면, 견공(犬公)까지 가야금 성음을 터득했을까! 이 이야기 역시 누가 지어냈을 법한데, 어찌 되었든 간에 재미난 이야기이다. 결국 배우는 자는 스승 된 자의 예술적 재능과 품격을 판단해서 찾아가야 좋은 예술을 배울 수 있게 된다는 이야기이다. 꼭 유명인의 문하에 들어가서 배운다고 최고의 예술을 터득하는 것은 아니다. 왜냐하면 유명인은 무엇보다도 일정이 바쁘고, 공연과 유명세에 기운을 다 쏟아내기 때문에 한가로운 정신과 시간적인 여유가 없다. 그리고 무엇보다 출세했기 때문에 대개 기고만장해서 아쉬울 게 없으므로, 재주

192

는 뛰어날지언정 예술적 심미나 정신이 무디어져 맑은 기운을 접하기가 쉽지 않다.

예로부터 제자를 훌륭하게 길러낸 사람은 모두 한결같이 실의를 당했다거나, 아니면 낙향하여 한적한 곳에 유거하면서 느긋하게 제자를 키워낸 예인들이었다. 송계(松溪) 정응민 선생도 보성 회천이라는 궁벽진 시골에서 저 유명한 정권진*, 조상현†, 성우향, 성창순‡ 같은 명창들을 배출해냈다. 강도근 명창도 일찍이 고향 남원에 정착하여 손수 농사짓고 생계를 유지하면서 동편 소리를 지켜내어 안숙선, 오갑순, 전인삼, 이난초, 김차경, 소숙자, 오지윤, 박성환, 이강직 같은 명창들을 길러냈다. 성우향 명창도 20~30대에는 목이 튼튼하여 전성기를 누렸지만, 40대에 들어서면서 목이 나오질 않아 일찍이 은거하여 제자 육성에 심혈을 기울였다. 그의 문하를 거쳐간 명창이 헤아릴 수 없을 정도이다. 은희진§, 김수연¶, 김영자**, 최영길, 강형주, 오비연,

---

\* 정권진(鄭權鎭, 1927~1986): 전남 보성에서 태어나 20세기에 활동한 판소리 명창이다. 본래 타고난 성음은 좋지 않았으나 창법상의 변화를 적절히 구사하는 방식으로 구성 있는 성음을 내어, 애절한 대목을 탁월하게 소화해냈다. 강산제 보성 소리의 정통 계승자로서, 보성 소리의 전승과 보급에 기여했다.

† 조상현(趙相賢, 1939~ ): 전남 보성에서 태어난 판소리 명창이다. 전통적인 동편제와 서편제 소리의 특징을 두루 갖추면서도, 독자적인 소리를 구사한다. 걸걸하면서도 우렁차고 거침없는 성음과 풍부한 성량, 넉살 좋은 재담과 뛰어난 연기력이 돋보인다.

‡ 성창순(成昌順, 1934~ ): 전남 광주에서 태어난 판소리 여성 명창이다. 기품 있고 우아한 성음을 가졌다.

§ 은희진(殷熙珍, 1947~2000): 전북 정읍에서 태어나 20세기에 활동한 판소리 명창이다. 19세에 충효민속예술단의 단원이 되어 공연 활동을 시작했으며 1996년 중요 무형문화재 판소리「춘

박양덕, 김경숙, 임향님, 유영애, 남해웅, 원미혜, 최진숙, 최용석, 오민아, 김경아, 고관우, 김명숙, 박애리, 조정희, 윤석기 등 기예가 출중한 명창들이 모두 선생의 문하에서 배출되었다.

이처럼 훌륭한 스승은 대개 시간에 걸림 없이 한적한 세월을 보내는 가운데, 교육을 원만하게 이끌어가는 사람이다. 출세하여 동서(東西)로 분주한 유명인은 겨를이 없어 제자에게 자세한 가르침을 알려주기는 고사하고 자신도 살피기 급급하다. 씨앗도 좋은 밭을 만나야 튼실하게 자랄 수 있다. 척박한 자갈땅에선 뿌리 내리기가 쉽지 않다. 설혹 간신히 뿌리를 내렸어도 비가 안 오면 금세 고사하기 쉽다. 사제의 인연은 그냥 오는 게 아니다. 스승도 계승을 위해 좋은 씨를 찾아야 하고, 제자도 지기(地氣)가 좋은 곳을 찾아가야 바르게 성장할 수 있다. 모름지기 사제지간의 기운이 잘 어우러져야 교학지간에 신명이 난다.

---

향가」 전수 교육 보조자로 인정되었다.

¶ 김수연(金秀姸, 1948~ ): 전북 군산에서 태어난 판소리 여성 명창이다. 38세부터 성우향으로부터 「심청가」 한 바탕과 「춘향가」 일부를 전수받았다. 2007년 중요 무형문화재 판소리 「춘향가」 전수 교육 조교로 인정되었다.

** 김영자(金榮子, 1951~ ): 대구에서 태어난 여성 명창이다. 판소리 명창 김일구(金一球, 1940~ )의 부인이다. 13~14세에 대구의 김준섭이 조직한 창극단에서 소리를 배웠다. 1991년 중요 무형문화재 판소리 「수궁가」 전수 교육 조교로 인정되었다.

# 4. 결국은 스승을 떠나 자기의 길을 가야 한다

가야금 명인 함동정월* 선생은 『물은 건너봐야 알고 사람은 겪어봐야 알거든』에서 자신의 공부담을 소개했다. 그는 누가 옆에 있거나 말거나 평상 위에서 가야금을 많이 탔다고 한다. 그리고 조금 더 잘해보려고 똥물도 마셔봤다고 한다. 그리고 당시엔 악보가 없어 선생님이 가르쳐주신 것을 잊어버렸을까 봐 머리에 김이 얼마나 많이 낫는지 모르겠다고 했다. 이러한 이야기를 듣다 보면 녹음기를 사용하는 요즘의 공부 방법과 많은 비교가 된다.

공부할 때 편리한 시스템은 오히려 독이 될 수 있다. 선생과 제자 사이에 녹음기나 여타 잡물의 개입은 언뜻 보면 큰 이로움을 줄 것 같아도 손해가 더 많다. 선생 앞에서 배우는 짧은 순간의 긴장된 기운이 예술의 생동함을 좌우한다. 함동정월 명인처럼 바짝 긴장하여 머리에

---

* 함동정월(咸洞庭月, 1905~1956): 전남 강진에서 태어나 20세기에 활동한 가야금 연주가이다. 아호는 소운(昭芸). 광주 권번(券番)에서 시조·가곡·가사·가야금을 배웠고, 최옥산(崔玉山)과 한성기(韓成基)에게 가야금 산조를 배워 가야금 산조로 명성을 떨쳤다.

김이 나도록 해야 학습이 제대로 이루어진다. 스승이 퉁기는 가락을 애써 놓치지 않고 온 신경으로 받아들이는 자세, 그 자체가 공부이고 도이다.

예술이 좋아 달려든 사람들은 대개 재주가 있기에 굉장한 열정을 갖고 시작하기 마련이다. 그러나 막상 접하고 보면 예술이 그리 만만치 않다는 것을 알고 피나는 공을 들이지 않을 수 없게 된다. 스승이 던져놓은 숙제를 가지고 이리저리 수만 번 굴려보고 연구하면서 가락을 찾아가는 것이 우리 선배 악공들의 공부 방법이었다. 성음이나 가락들이 딱히 정해지지도 않고 일정치 않은 가르침 속에서 청어람(靑於藍)의 가락들이 무수히 쏟아져 나왔다.

가르치는 스승도 배우는 제자도 예기치 않은 이런 무상한 가락들을 놓고 씨름하면서 자신만의 덧음을 만들어냈다. 무상한 세상 정경 속에 한없이 널브러진 만상과 만감의 가락들은 스승만의 가락이 아니다. 뒤따르는 제자들은 스승이 미처 보지 못한 가락을 찾기 위해서 스승보다 더 많은 공부를 해야 한다. 스승이 갔던 길이 아닌 전인미답의 길을 헤집고 찾느라 밥도 잠도 잊은 채 오로지 예술에 빠져들어야만 청어람의 경지에 오를 수 있다.

옛사람들은 사의불사적(師意不似跡)이라고 했다. 무엇을 배우고자 하면 스승의 뜻을 배워야지, 스승의 쓸데없는 자취를 밟지 말라는 뜻이다. 스승의 음악적 기교나 재능도 중요하지만, 무엇보다 스승의 뜻을 배우고 익혀야 한다는 말이다. 여기서 스승의 뜻이란 자연을 말하

196

기도 한다. 시시콜콜한 기교나 너름새까지 애써 닮으려 하면, 애당초 본인의 예술은 싹이 틀 새가 없다. 그래서 예전 선생들은 제자를 가르칠 때 큰 틀에서 크게 벗어나지 않으면 상관하지 않았으며, 오히려 독창성을 독려하여 제자의 예술적 개성과 재능이 십분 발휘되도록 배려했다. 얼마나 멋지고 환상적인가!

사제지간의 도는 이렇듯 서로를 존중하는 가운데 싹이 튼다. 누구 한 사람이 일방적으로 가르치고 받기만 해서는 훌륭한 예술이 생겨날 수 없다. 서로 쪼아가며 격려해야 좋은 작품이 나온다. 내가 강도근 명창 문하에 입문해서 소리를 배울 때의 일이다. 소리 받을 때 대개가 그렇듯 똑같은 대목을 세 번씩 주고받으면서 익히는데 어찌 된 일인지 스승이 세 번을 다 다른 소리 길로 일러주셨다. 내가 왜 매번 다르게 가르쳐주시냐고 조심스럽게 여쭈었더니 하시는 말씀이 기가 막혔다.

"아, 이런 멍청이가 없네잉. 그중에서 제일 좋은 놈으로 골라서 부르면 될 것 아니여! 그건 아무것도 아니여. 그렇게 배운 놈을 가지고 산으로 가서 수만 번 부르다 보면 거기서 또 좋은 놈이 볽가져 나온다 그 말이여. 그것이 진짜 자기 소리여. 말허자면 똑같은 대목을 가지고 중모리장단으로 해봤다가 진양조로도 해보고 자진모리로도 불러보고 하면서 연습을 해야 돼. 그렇게 여기서 어찌게 다 해볼라고 허지 말고 계속해서 자기 소리를 찾아가야 돼. 여그서는 골(骨)만 잡으면 돼!"

이보다 더 큰 가르침이 또 어디 있을까? 마치 선승의 선게(禪偈) 같

다. 요즘 선생들은 제자가 자신의 예술 닮기를 공장에서 수없이 찍어
내는 똑같은 그릇처럼 일호의 차이도 없이 한결같기를 원한다. 만약
경연 대회에서 스승의 소리와 다른 자신만의 개성 있는 소리를 내놓
게 되면, 그건 소리의 공졸을 떠나서 곧바로 낙방이다. 무조건 스승을
닮아야만 인정받는 세상이 되어버렸다. 강도근 명창의 세대에서는 한
사코 닮는 것을 꺼리고, 닮은 것을 오히려 부끄럽게 생각했는데, 어쩌
다 이렇게 예술의 품격이 저하된 것인지 알 수 없는 노릇이다.

내가 남원에서 강도근 명창 밑에서 공부할 때는 시내에서 10여 분
떨어진 용담 마을에 자취방을 얻어놓고, 용담사 뒷산에 올라가 솔숲
에서 새벽부터 온종일 공부를 했다. 어느 날은 스승께서 어찌 알고 그
곳으로 불쑥 찾아오셨다. 공부 장소가 맑고 좋다 하시면서 찬찬히 둘
러보시더니, "요때가 좋을 때니 죽어라고 꽤함(고함)을 질러라. 꽤함
지르다 보면 목구녁이 시나브로 열린께" 하시며, 비닐봉지 하나를 놓
고 산길을 따라 총총히 내려가셨다.

가신 후에 비닐봉지를 풀어보니, 반달빵 두 개와 딸기우유 하나가
들어 있었다. 나는 봉지를 들고 한동안 멍하니 스승이 내려가신 길 쪽
을 바라만 보았다. 스승의 따뜻한 그 마음을 한시도 잊어본 적이 없
다. 강도근 명창께선 마음이 참 따뜻하셨고 가르침도 간결하셨다. 공
부의 큰 줄기만 잡아주시고는 더 이상 이래라저래라 상관하지 않으셨
다. 공부는 자기 스스로 해서 알아내야 한다는 암묵리(暗默裡)의 가르
침이었다. 예술의 길은 행기지도(行己之道)이다. 결국엔 자신의 길을

걸어야 한다. 자신의 길을 가야 일가를 이룰 수 있다. 본뜨고 닮아야 할 것은 스승의 예술 정신이지, 한낱 기교나 재능이 아니다. 그래서 옛 스승들은 제자의 부족한 재능이나 기량에 대해 이러쿵저러쿵 잔소리를 안 했던 것이다. 그냥 제자의 예술 뜻이 고스란히 피어나도록 조용히 격려하고 기운을 북돋아주는 것으로 만족했다. 함동정월 선생이 말했듯이, "내가 혼자 뜨거운 김 나재 선생은 혼도 안 내"라는 공부 토양이 되어야 명인 같은 천년 가락이 나온다.

스승도 스스로 노력하고 분발하는 제자에게 애정이 더 가는 법이다. 그래서 공자도 분발치 않는 학생은 가르치지 않는다고 했던 것이다. 내가 성우향 명창 문하에 있을 때는 어떻게 사는지도 모르고 살 정도로 오로지 소리만 했다. 하루에 두세 시간만 자고 나머지 시간은 모조리 소리만 했다면 듣는 이들이 어찌 그럴 수 있냐고 할지 모르나, 그때 몇 년간은 정말 죽기 살기로 소리만 했다. 겨울엔 북채 잡는 손이 부르터 피가 질질 났어도 기어이 북채를 쥐고 북을 치며 소리를 질러댔다. 오죽했으면 스승께서 "살다 살다 저렇게 미련스럽게 공부하는 놈은 처음 본다, 쟈는 소리허다 죽을 놈이여"라고 말했을까. 그 당시 나는 재주는 별 볼일 없지, 소리도 늦게 시작했지, 오로지 할 수 있는 거라고는 소리에 미치는 수밖에 없다고 생각했다. 남이 한 번에 능하면 난 천만 번에 이루더라도 끝까지 가보겠다는 신념을 잠시도 놓지 않았다. 선생께서는 그런 제자를 가상히 여기시고 학비를 내줄 테니 학교 가서 공부를 더 하라고 여러 달에 걸쳐 권했지만, 나는 오로지 소리만 하겠노라 고집부리며 밤낮없이 소리만 해댔다. 그 모습이 안타까웠던지 스승께선 소리로써 애정을 베풀어주셨다. "너는 남자니까 깊은 성음을 구사할 줄 알아야 한다" 하시면서, 소리를 넓히고 좁히고 혹은 파고 던지고, 힘 있게 쓰는 목들을 가르쳐주셨다. 그때는 무슨 말인지 몰랐지만, 훗날 그러한 가르침을 확연히 깨달을 수 있었다. "선율로만 가면 소리가 아닝께 굵직허게 가면서도 힘을 놓지 말고, 그림 그리듯이 소리를 자연스럽게 그려라"고, 한사코 일러주신 그 화두를 10년 공력을 들인 후에야 알게 되었다.

그러다가 성우향 명창께 「춘향가」, 「심청가」를 다 배우고 용기를 내어 「흥부가」를 배우고 싶다고 말씀드렸다. "그럼 선생은 누구로 정했냐"고 하시길래, "남원의 강도근 명창께 가겠습니다" 했더니, 훌륭한 선택이라고 매우 기뻐하시며 흔쾌히 보내주셨다. 이 계통의 일반 사정으로 볼 때 제자가 다른 선생 문하로 옮긴다고 하면 별로 좋아하지 않는데, 성우향 명창은 오히려 "옛날 명창들은 이 집 저 집 다니며 좋은 소리를 배웠다" 하시곤 적지 않은 여비까지 챙겨주시며 보내주셨다. 스승 복을 타고나서 훌륭한 덕성을 받은 것과 좋은 법도를 무난히 익힌 것에 지금도 감사한 마음이다.

# 5. 스승에게 배우되 그 단점은 버려라

공부란 사제 간의 경계가 자유로워 홀가분해야 하는데 그게 쉽지 않다. 스승 밑에서 오랫동안 공부하다 보면 사제 간에 많은 정도 쌓이고, 예술 법도로 연분이 맺어지기 때문에 여러 선생을 택하면서 공부한다는 게 사실 쉽지 않다. 하지만 공부는 여러 법제의 다양한 체험과 실험 속에서 성숙해진다. 마치 벌이 백화(百花)를 탐방하여 좋은 꿀을 만들어내듯 말이다. 그런 다음에 반드시 거쳐야 할 것은 천지자연의 오묘한 이치를 알기 위해 배움의 경계를 확장해나가는 일이다. 그러려면 지금까지 익혔던 스승들의 여러 법도로부터 과감히 떨쳐 나와 철저하게 홀로 가는 법을 익혀야 한다. 그래야 진정한 예술 세계가 펼쳐진다.

사학사단(師學捨短)이라 했다. 스승의 장점은 취하고 단점은 버리라는 말이다. 야속한 말 같지만 과감하게 그러한 결단을 내릴 줄 알아야 된다. 그래야 자신의 길을 꿋꿋이 걸을 수 있다. 그리고 스승에게 배운 뒤에는 과감하게 버릴 줄도 알아야 진정한 내 살이 돋아난다. 예술은 자기만의 개성과 바디가 있어야 한다. 이미 세상에 빛을 본 스승의 묵은 법이 새로운 나에게는 걸맞지 않다. 새 술은 새 부대에 담아야 하듯이, 내 생각과 내 감성으로 생취생의(生趣生意)한 운치를 불러내야 한다. 석도*가 말한 것처럼 인간 세상의 돌아가는 모습이나, 산천의 모습과 기운의 정화로운 피어남과, 천지를 창생하는 기의 조화와, 천지간에 기운의 큰 흐름을 직시하고 간파하여, 천지자연과 내가 한 몸이 되어 나의 예술로 승화시켜야 한다. 제행무상(諸行無常)이라 했다. 천지 만물은 끊임없이 움직이면서 변하는데, 어찌 똑같은 소리를 하라고 한단 말인가. 그것은 세상 순리를 전혀 모르고 하는 억지일 뿐이다.

제아무리 대가의 현란하고 뛰어난 기예도 나에게는 한낱 찌꺼기에 불과하고 케케묵은 구식일 뿐이다. 새로운 예술 세계를 향해 분발심을 놓지 말고, 무상한 인간 세계와 천지 경계를 꼼꼼히 둘러보라고 석도는 힘주어 말했다. 요즘 세상을 살아가는 우리에게는 매우 유익한 충고이다. 왜냐하면 요즘은 예술이 스승의 뜻과 법도에 한 치라도 어긋나면 예술가 행세를 제대로 해먹기가 힘든 풍토이기에 충고가 더욱 빛나는 것이다. 요즘은 너 나 할 것 없이 독창성을 추구한다고 말하면서도 실제로 보면 유행을 따라 한결같이 닮아간다. 그래야 살 수 있기 때문이다. 예술에서 가장 보기 싫은 것은 닮는 것이다. 왜냐하면 사이

---

\* 석도(石濤, 1641~1720): 중국 청나라의 승려·화가. 법명은 도제(道濟). 호는 대척자(大滌子). 산수·화훼·난죽에 뛰어났으며, 작품으로는 「황산도권(黃山圖卷)」이 있다.

비이기 때문이다. 일호의 털끝만치라도 닮아야만 출세하는 세상이 되어버렸으니 부박한 예술 풍토가 속상할 뿐이다.

옛날 사람들이 만든 사발의 그림은 작가가 붓으로 직접 그때그때 상황에 따라 생생하게 그려내어 만들었다. 지금은 모두 기계화되어 그림들을 천편일률적으로 똑같이 찍어서 생산한다. 예술도 기계화되어 어떤 대가의 모델에 맞춰 판박이가 되어간다. 옛말에 "스승의 그림자도 밟지 말라"고 했다. 또 불가의 사미 십계법에 "마땅히 스승의 뒤를 따르되 발로써 스승의 그림자를 밟지 말라"는 경구도 있다. 이는 모두 스승의 존엄을 나타내는 말이기도 하지만, 그 말뜻을 자세히 들여다보면 의미하는 것이 따로 있다.

스승의 뒤를 따르되 그림자를 밟지 말라고 한 것은, 스승의 권위만을 위해서 하는 말이 아니라, 스승의 숭고한 뜻을 따르되 쓸데없이 그 자취를 쫓아가지 말라는 의미로 한 말이다. 청정한 불법을 따르며 깨달음으로 가는 뜻을 간절히 해야지, 쓸데없는 형식에 매여 본질을 흐리게 해서는 정각(正覺)에 이를 수 없다는 뜻이다. 큰 법과 도를 추구하는 구도자들이 유치하게 한낱 스승의 권위를 위해서 스승의 그림자도 밟지 말라고 했겠는가? 만약 그런 분위기에서 성장한다면 청출어람의 영광은 절대 없을 것이다. 이 말은 후세에 미욱하고 어리석은 자들이 괜히 자신들의 권위나 내세우려고 본래의 진의를 곡해하여 잘못 유전된 것이라고 생각된다. 그래서 스승의 그림자를 밟지 말라는 말은 법도는 물론이거니와 하찮은 기교조차도 닮지 말라는 뜻이다. 한

마디로 석도가 말한 것처럼 대가들이 먹고 난 찌꺼기들을 마시지 말라는 말이다. 그래야 깨달음의 경지에 이를 수 있다. 하지만 요즘은 그 찌꺼기를 잘 마셔야 살아남는 풍토가 되어버렸으니, 어쩌다 이 지경이 되었는지 참으로 모르겠다.

내가 한창 소리 공부를 할 때는 벌이 온갖 꽃을 찾아 꿀을 따듯이, 역대 명창들의 이 소리 저 소리를 수도 없이 들으며 좋은 성음을 취하려고 노력했다. 처음 입문할 때야 안목이 없으니 당연히 스승의 소리에 빠져 그 소리가 전부인 양 그 소리를 본뜨기에 여념이 없지만, 공부를 하다 보면 안목이 나날이 새로워지면서 모방의 범주가 확장된다. 이렇게 예술적 안목이 넓어진 바로 그 시기에 예술의 방향을 잘 설정해야 한다. 즉 벌이 한 꽃만 쫓아 꿀을 딸 것이냐, 수많은 꽃을 찾아 꿀을 채집할 것이냐 아니면 주인이 주는 설탕물만 의지할 것인가에 대해 고민해야 한다. 그런 기로에서는 대개 흔들리기 마련이다. 그냥 스승의 방법대로 계속 나아갈 것인지, 아니면 자신의 길을 개척해나갈 것인지를 분명히 선택해서 공부해야 하기 때문이다. 여기서 분명한 것은 자신의 길을 택해서 가는 자는 자기만의 성음과 덧음을 만들 수 있지만, 스승의 법도를 그대로 밟아서 가는 자는 자신의 예술 영혼이 희박해진다는 점이다. 스승을 착실하게 닮아본들 석도의 말처럼 대가들의 노예가 되어 평생 부림만 당하고 사는 꼴이 된다. 주인이 주는 설탕물을 의지하는 벌과 다를 바 없는 것이다. 그래서 스승의 그림자조차 밟지 말고 자신의 영혼을 담아 자신의 길을 밟

고 가라는 것이다. 그래야 천지 만물이 나라는 존재 속에서 생생하게
새로워진다.

# 6. 경쟁 속에서 피어나는 예술은 향기가 없다

판소리는 몇백 년의 장구한 세월을 이어온 품격 높은 성악 예술이다. 이런 예술은 고유한 민족 예술로서 매우 중요한 위치를 차지한다. 판소리를 배우고자 하는 사람들은 민족 예술의 진정한 음악적 가치와 의미를 깊이 새겨야 한다. 물론 판소리는 민족 예술이므로 누구나 즐기고 따라 부를 수 있는 모든 사람의 평범한 노래이다. 어떤 예술이 오랜 세월 동안 꾸준히 이어온 데는 거기에 당시의 민중과 가객들의 사랑과 정성과 노력이 고도로 결정된 예술 정신이 담겨 있기 때문이다. 그래서 가벼운 취미나 흥미 따위의 오락물로 여겨서는 안 된다. 요즘은 예술이 가지고 있는 고상한 뜻과 심신 수양이나 도덕적 인격 완성 등을 등한시하고 있는 것 같다.

이런 안일한 생각은 전통을 지켜온 옛사람들에 대한 예의가 아니다. 물론 그렇지 않은 사람이 더 많을 것이다. 목수는 300년 된 재목을 얻었을 때 300년을 이어갈 수 있는 작품을 구상한다고 한다. 그것은 좋은 재목을 마주한 장인의 기본 예의라 할 수 있다. 그 정도의 충실한 열성과 정신은 아니더라도, 장구한 역사와 전통 속에 빚어진 아름다운 예술을 대할 때는 좀 더 경건한 자세로 접해야 하지 않을까 싶다. 요즘 아이들이 판소리에 입문하는 걸 보면 아이 스스로 좋아서 하는 경우도 있지만 대개는 부모의 권유 때문이다. 입문 과정이 어떻든 간에 중요한 것은 판소리가 어떤 예술인가에 대해서 자세히 알아보고 취지를 야무지게 세운 후에 발을 들여놓아야 된다. '그냥 애가 좋아하니까', '공부에 관심이 없으니까 한번 시켜볼까', 아니면 '나는 좋아했지만 가정 형편 때문에 못했으니 우리 아이라도 한번 시켜볼까' 이런 계기로 접해서는 뛰어난 소리꾼으로 성장하기 힘들다. 예술의 길을 이처럼 허술하게 설정해서는 큰길로 나아갈 수가 없다. 인생을 그렇게 막연하고 안이하게 내던져서야 되겠는가. 예도의 취지가 낮고 평범하면 소리에 대한 자세도 허술해져서, 평생을 애가 타도록 경영해도 단순한 예능의 경지에만 머무르게 된다.

　판소리는 단시간에 이룰 수 없다. 평생을 기획하고 교육을 시켜야 한다. 그러나 지금의 예술 환경에선 선생이 제자에게 예술가로서 지녀야 할 예술 철학 같은 것에 가르칠 겨를이 없다. 예술 교육 시스템이 어찌 되었든 간에 부모들이 아이들을 예술가로 성장시키려고 마음먹었으면 교육도 남달라야 한다. 한마디로 쓰임이 있는 진정한 공부를 해야 하는데, 쓸데없는 곳에 온통 시간을 허비하고 있으니 아이들이 훌륭한 재목으로 성장하기가 쉽지 않다. 경연 대회란 것만 봐도 그렇다. 경연 대회는 아이들의 사기 진작과 예술 장려 차원에서 하는 것인데, 무턱대고 대회만 나가려 하니 그렇지 않아도 감수성이 예민한 시기에 좋지 않은 습성이 몸에 배기 쉽다. 예술은 보다 높고 먼 이상을 그리며 수승한 지성 세계를 향해 나가야 옳은데, 첫발부터 잘못된 사회적 제도에 얽매여 그 속에서 헤어나지 못하고 있는 실정이다.

예술은 애당초 경쟁이나 투쟁과는 거리가 멀다. 음악은 경쟁을 벌이며 우열을 분류하는 것이 아니라, 조화를 추구하는 것이고 정서를 함양하는 데 뜻이 있다. 경쟁 속에서 피어나는 예술은 향기가 없는 법이다. 긍이부쟁(矜而不爭)이라 했다. 학문이나 예술을 제대로 익히면 고상하고 당당한 뜻이 가슴속에 충만하여 스스로 탕탕한 기상이 넘쳐나므로, 재주를 가지고 밖으로 재거나 다투거나 경쟁하지 않는다는 말이다. 이것이 진정한 예술가적 삶이다. 시장의 물건이야 서로 흥정하여 값을 매겨 사고팔지만, 자기의 정혼으로 빚은 간절한 소리를 세간에 내놓고 값을 매겨 상품이니 하품이니 하는 것 자체가 예술적 입장에서 볼 때는 매우 우스운 일이다. 그나마 대회에 나간다고 하면 아이들이 열심히 공부한다고들 말하는데, 사실 그렇게 해서 하는 공부는 거짓 공부지 참 공부가 아니다. 거짓 공부와 참 공부의 결은 애당초 그 무늬가 다르다. 괜히 스스로 마음을 못 잡고 안절부절못하여 세상의 부조리한 제도의 칼날 위에 춤추고 있는 것이다. 현명한 사람이라면 세상 흐름이 그렇다고 무작정 따라가지는 않을 것이다. 경연 대회라는 것이 과연 어린아이의 예술 학습을 얼마나 진작하고 고무시키는 일인지, 또 그것이 과연 뜻대로 돌아가는지 찬찬히 들여다봐야 옳다. 예동들은 이러한 경연 대회에 집중하는 것보다는 자연 학습이나 독서 등을 통해 예술을 더욱 살찌울 수 있는 기초 학습에 전념토록 환경을 조성해주는 것이 훨씬 더 바람직하다. 이 말은 경연 대회를 부정하는 말이 아니라, 공부할 때 경연 대회나 대학 진학에만 목표를 두면 안 된다는 뜻이다.

기능만 익혀서는 뛰어난 예술 품격을 갖출 수가 없다. 소리 공부도 많은 세월을 필요로 하지만, 인문 학습 또한 많은 수고와 시간을 필요로 한다. 그러므로 어려서부터 이론과 실기를 겸해 공부해야만 예술 세계가 탄탄해진다. 우리가 흔히 말하는 대가는 재주만 뛰어나선 안 되고 재덕이 겸비되어야 비로소 대가라 칭할 수 있다. 우리 육신이야 백 년도 채 못 되어 한 줌 흙으로 돌아갈 것이 뻔하지만, 재덕은 천 년이 갈지 만 년이 갈지 아무도 모른다. 뛰어난 예술가는 천 년을 도모하지 바로 눈앞에 나타나는 일들에 얽매이지 않는다. 눈을 크게 뜨고 멀리 보면서 가는 자만이 살아 있는 예술을 경영하지 않을까 싶다.

# 7. 자연 만물의 온갖 조화를 스승으로 삼다

판소리는 수백 년의 전통이 빚어낸 우리의 유산이자 세계적 예술이다. 가객이라면 이러한 품격에 맞는 지성과 격조를 갖추는 것이 판소리에 대한 최소한의 예의요 도리라고 생각한다. 그러기 위해서는 어릴 때부터 예술 학습이 매우 중요하다. 『학기(學記)』에서는 대학 교육을 성공적으로 만드는 방법으로 예(豫), 시(時), 손(孫), 마(摩)라는 네 가지 방법을 제시했다.

예술에 처음 입문한 어린아이들의 사고나 행동은 천진무구해서 처음 대하는 것들에 대한 인식이 평생을 가게 된다. 그러므로 선생은 무엇보다 사사로운 정에 끌림 없이 엄격하면서도 자애롭게 가르쳐야 한다. 가장 기초적인 인성 교육과 예술에 대한 기본 법도를 서두르지 않고 꾸준히 지켜보면서 돌봐야 한다. 부모는 끝까지 스승을 신뢰하고, 스승의 교육 방법에 착실히 따라야 한다. 처음 입문한 시기는 나무로 비유하면 씨앗을 땅에 심는 시기라 뿌리가 잘 내리도록 조심스럽게 다독거리고 북돋아줘야 하는 게 부모나 스승이 해야 할 일이다. 스승이 성에 안 찬다고 아이를 데리고 이리저리 옮겨 다니는 것은 마치 뿌리를 내리기도 전에 묘종을 자꾸 옮겨 심는 것과 같다. 또한 이때는 무엇보다도 인성 교육이 중요하므로 일거수일투족을 주시하여 한사코 근간이 바르게 뻗도록 잡아줘야 된다. 이를 『학기』에서는 예(豫)라고 했다. 인성이 그릇되면 예술도 어긋나고 모든 게 쓸데없다. 무심히 떨어진 솔씨가 어디에 자리 잡느냐에 따라 천년송이 될지, 아니면 허다한 잡목이나 다를 바 없게 될지가 좌우된다. 스승은 바로 아이가 자랄 모종판이요 텃밭이니 처음 시작이 항상 엄중하고 신중해야 끝이 좋은 법이다. 그러므로 "어린 시절에 조여 금지시키는 것을 예(豫)"라고 한 것은, 어린아이를 어떤 틀에 맞춰 강권하여 가르친다기보다는 어른들이 스스로 모든 일에서 모범이 되어 철모르는 아이에게 올바른 것을 본뜨게 하여, 습(習)이 올바르게 들도록 유도해야 한다는 의미로 보는 것이 좋다. 예술은 억지로 조인다고 될 일이 아니다.

어린아이들이 오류를 범하는 것은 스스로의 성품이나 버릇 탓도 있지만, 대체적으로 어른들의 그릇된 사고방식이나 행동 때문인 경우가 허다하다. 예를 들어 요즘은 전국적으로 각종 경연 대회가 수도 없이 열리고 있다. 그리고 배운 지 얼마 되지 않았어도 경연 대회에 꼭 출전시키고 싶어 부모들이 안달이 나서 시도 때도 없이 선생들을 보채는 경우가 많다. 바로 어제 전주 대회에 출전했는데 며칠 후 남원 대회로 출전하고, 그다음 서울, 보성, 경주 등 온 지방을 순회하면서 아이들을 혹사시키는 일이 빈번하다. 그리고 경연 대회에서 자신들이 생각하는 대로 점수가 나오질 않으면 부모들은 "A가 일등감인데 B가 일등을 차지했다"면서, 험담에 가까운 말들을 아이들 앞에서 쏟아낸다. 어디 그뿐인가. 심지어 "선생이 힘이 없으니 힘 있는 선생들의 제자들이 대회를 석권한다"는 등 형편없는 말들을 거침없이 쏟아낸다. 아이들은 성장하기도 전에 이런 경험을 통해 부정스러운 생각들이 몸에 밴다. 또 경쟁하면서 성장하는 게 진정한 예술의 길이라고 생각하게 된다. 아이들은 어른들의 가르침대로 따라가기 마련이다. 어릴 때의 습(習)은 매우 중요하다. 습유아속(習有雅俗)이라 했다. 습의 아속에 따라 예술의 품격이 달라진다. 그래서 아이들이 좋은 습이 몸에 배도록 부모와 선생은 늘 아정(雅正)한 품위를 갖춰 아이로 하여금 그런 품위를 본뜨게 해야 한다. 어른들 입맛대로 아이를 금지시키고 조이기 전에 우리는 윗물이 맑아야 아랫물이 맑다는 속담을 새겨서, 진정한 예(豫)의 교육이 되도록 해야 된다.

다음은 시(時)를 말했다. 가르치고 배우는 데에는 시의가 적절해야 한다. 먼저 언제부터 가르쳐야 하는지도 고심해야 할 부분이지만, 만약 입문을 했다면 학습의 선후를 정해 때에 맞게 해야지, 공부 순서가 뒤바뀌면 학습에 조리가 없고 성과도 변변치 않게 된다. 무턱대고 소리부터 가르쳐서는 안 되고 소리를 하기 전에 숙지해야 할 기본자세와 마음가짐이나 목표 등을 물어 야무지게 인지시킨 다음, 예술 법도에 맞게 기본기부터 차근차근 가르쳐야 보기도 좋다. 아무리 어리다 해도 반드시 소리를 왜 하는지, 그리고 예술이 가야 할 궁극의 목표가 무엇인지를 객관성 있게 인지시켜 따르게 해야 한다. 급할 게 없다. 어차피 평생 가야 할 거라면 말이다. 아이들은 아직 희로애락의 감정을 모를 때이므로 감정이나 기교부터 가르치는 것은 효과적이지 못하다. 소리를 처음 가르칠 때에는 모름지기 발성의 기초를 쉬운 것부터 차근차근 익히게 해야 한다. 기교는 나무가 때맞춰 꽃을 피우고 열매를 맺듯이, 때가 되면 저절로 이루어지는 것들이므로 서투르다고 애태울 필요가 없다.

나는 처음 만나는 아이들에게 반드시 한자 공부를 시킨다. 판소리는 인문학적 소양이 없으면 가사의 뜻을 알 수 없을뿐더러, 보다 나은 예술적 영감을 불러일으킬 수 없기 때문이다. 한자 교육은 일반 한문학원에서 전문가에게 체계적으로 익히면 매우 좋을 것이다. 이 공부도 단시일 내에 이루어지지 않는다. 문리가 트이는 데도 내 경험으로는 수십 년이 소요된다. 또 독서를 즐기는 습관을 갖도록 하는 것도 중요하다. 음악은 율동의 미를 추구하는 예술이다. 음은 음률과 운율이 어울려 움직인다. 음률에는 이성과 지성과 뜻이 담겨 있고, 운율에는 감성과 감정이 내재해 있다. 율동 속에는 단순히 흥만 출렁거리는 게 아니라, 지성과 감성이 함께 흐르고 있다. 음악적 형식미나 기교미는 음악적 감성 속에서 자라 운율로 배어나고, 그러한 기교미 속에 내재한 지성미나 의경미는 음률을 타고 율동한다. 대개 끼 많은 재주꾼은 세련된 지성미가 부족하고, 지적인 사람은 끼가 부족하거나 너무 자제해서 감성미가 부족해진다. 그러나 진정 아름다운 소리는 지성과 감성이 조화를 이룰 때 비로소 율동한다. 그래서 지성과 감성을 풍부하게 하기 위해서 음악적인 기교를 훌륭하게 만드는 것도 필요하고, 지적 수준을 고양시키는 독서도 필요한 것이다. 이렇듯 이론적인 학습과 예술적 기능을 병행하면서 공부해야 훗날 윤택하고 고상한 성음이 나온다.

그다음은 배우는 자의 능력에 맞게 가르쳐야 되는데 『학기』에서는 손(孫)이라고 말한다. 이 또한 선생이 해야 할 중요한 일 중 하나이다. 잘하고 못하고, 또 먼저 가고 늦게 가고가 예술에서는 문제가 될 수 없다. 대기만성이다. 먼저 간 놈은 반드시 먼저 지기 마련이다. 비록 거기에도 그만한 뜻이 또 있으니, 그럴수록 더 느긋하게 신중히 밟아가면 된다.

빠른 게 좋은 듯하지만 빠르면 반드시 성긴 데가 있기 마련이다. 둔재에겐 과다한 숙제도 금물이다. 무슨 일이든 적당이란 게 있는 법이다. 많이 익히는 것보다 뜻을 명확히 알도록 하는 게 급선무이다. 나도 처음 배울 때는 재주가 너무 둔해서 더디 가는 것에 엄청 스트레스를 받았지만, 나중에 보니 더디게 가는 것에도 그만한 뜻이 있다는 것을 알았다. 판소리는 가사를 선율에 따라 물 흘러가듯이 술술 넘긴다고 다 된 것이 아니다. 판소리는 가사가 담고 있는 정경을 핍진하게 그려내어, 의경미와 형상미가 한 맛이 나게 해야 비로소 성음이 운치를 띠게 된다. 소리는 비록 적은 분량을 배우더라도 반드시 음미해서 뜻을 알고 성음을 구사해야 한다. 음식을 입에 넣고 대충 씹어 삼킨 사람은 음식의 깊은 맛을 모른다. 음식을 제대로 음미하려면 입안에서 오랫동안 잘게 씹으며 찬찬히 먹어야 하듯이, 소리도 선율만 따라 음만 화려하게 장식하면 가사에 담긴 깊은 맛을 놓친다. 이면의 정경을 살피고 또 살펴서 성음을 내야만 참된 가락이 빚어진다. 재주가 뛰어난 사람에게는 가사를 좀 더 깊게 이해시켜 재주를 더 돋보이게 해주고, 재주가 조금 부족한 사람에게는 많이 가르쳐도 별 효용이 없으므로, 하나를 분명하게 가르쳐 반복 학습을 하게 하는 것이 좋다. 공자는 인재시교(因材施敎)라 했다. 가르칠 때는 반드시 배우는 사람의 능력에 맞게 가르쳐야 한다. 각자의 재능에 따라 가르치되 장단점을 분명히 인식시키고, 부족한 부분은 스스로 채우게 하고, 잘하는 부분은 더욱 정밀하게 할 수 있도록 채찍을 드는 게 스승의 할 일이다. 배우는 자는 쉼 없는 정진으로 자신의 부족한 부분을 절차탁마해야 하고, 스승은 제자의 학습을 지켜보면서 기량의 진보에 따라 간혹 툭툭 건드려주어 옳은 길로 갈 수 있도록 인도하면 된다.

배우는 자는 끊임없는 의심을 붙들고 공부하면서 스승과 계속 묻고 답하고, 동료들 간에 늘 토론하는 습관을 지녀야 한다. 이를 마(摩)라고 했다. 마는 갈고닦아 세련되게 하는 것을 이른다. 소리를 스스로 갈고닦아 세련되게도 하지만, 마치 명사십리 모래가 만경창파에 씻기면서 닳고, 또 돌자갈들이 서로 부딪쳐서 가는 모래가 되듯이, 스승이나 동료들의 진심 어린 평가와 고언으로 자신의 예술을 더욱 세련되게 만들어야 한다. 다른 이에게 겸손히 묻고 배우는 습관은 깨침의 씨

내가 5년간 머무르며 공부한 달궁 폭포이다. ©광주 MBC

앗이니, 빛나고 아름다운 학문의 고민거리들을 주위 사람들과 늘 마찰시켜 자신의 예술을 절차탁마해야 한다. 이러한 공부가 기본적으로 되고 나서야 경연 대회에 출전하여 자기가 평소 배우고 익힌 바를 한 번쯤 폼도 내보고 하는 것이 보기에도 좋다. 그래야 자신의 예술 세계가 더욱 굳건하고 탄탄해질 것이다.

이렇듯 한 사람의 예술가가 태어나려면 사제지간에 온갖 정성과 노력이 뒤따라야 한다. 어느 한쪽의 노력만으로는 수승한 예술 경지를 이룰 수 없다. 예술의 길은 멀고도 멀다. 공부는 스승에게 배워서만 이룰 수 있는 게 아니다. 예술가에게 진정한 스승은 천지간에 끝없이 생동하는 천지자연의 조화이다. 우주가 쉼 없이 운행하듯, 지구의 자연이나 인간사의 물정도 끊임없이 변화하면서 움직이고 있다. 예술가는 그러한 우주적 율동을 낚아채어 자신의 예술에 대입할 줄 알아야 한다. 정신이 늘 소리 밖의 조화로운 자연으로 향해야만 예술적 영감이 새로워진다.

나 자신의 예술 성장에 다리를 놓아준 스승은 오직 강을 건너게 해주는 다리에 불과하고, 단지 예술의 길을 먼저 걸어가는 선배일 뿐이니, 더 큰 스승인 자연을 본받고자 오로지 자강불식하는 것이 최선이다. 옛 스승들은 고기를 얻었으면 통발을 잊으라는 득어망전(得魚忘筌)을 말했고, 뜻을 얻었으면 말을 잊으라는 득의망언(得意忘言)도 이야기했다. 또 사벌등안(捨筏登岸)의 법을 들어 언덕을 오르려면 뗏목을 버려야 한다고 이야기했다. 통발과 언어와 뗏목은 목적을 이루기 위한 수단일 뿐이다. 그러나 고기를 얻으려면 단단하고 튼튼한 통발을 만들어야 하고, 뜻을 펴기 위해선 진실한 언어를 빌려 써야 하며, 깊고 험한 강을 건너려면 안전한 뗏목을 타야 한다. 엉성한 통발로는 고기를 잡을 수 없고, 진실되고 세련되게 여과된 언어가 아니면 진정한 뜻을 펼 수 없으며, 뗏목이 부실하면 강을 건널 수 없을 것이다. 이와 마찬가지로 배우는 자는 반드시 진실되고 덕망 있는 스승의 법도를 빌려 타야 무사히 강을 건널 수 있다. 깊고 험한 물세를 가르고 가야 할 뗏목이 엉성하고 부실하다고 생각해보라. 생각만 해도 끔찍한 일이잖은가. 그래서 좋은 스승을 만나야 한다는 것이다. 그리고 강을 건넌 뒤에는 뗏목을 짊어지고 미련스럽게 언덕으로 올라갈 필요가 없다. 가다가 또다시 강을 만나면 다른 뗏목을 구해서 타고 건너면 된다. 예술의 길에는 수없이 많은 스승들이 웅크리고 앉아서 기다리고 있으니 그때마다 묻고 배워가면 된다. 우리가 만나는 스승이란 꼭 나를 가르치는 선생만 있는 게 아니다. 뗏목을 버리고 언덕을 오르듯이, 언덕에 올라 끝없이 펼쳐지는 미지의 신세계에 있는 모든 자연의 가르침이 진정한 스승이다. 유한한 스승의 법도에만 의지하지 말고 무한한 자연의 세계로 눈을 돌려야 한다.

언젠가 스승 강도근 명창을 모시고 순천 조계산의 선암사를 구경 갔다. 그런데 절 아래 마을에서 점심을 맛나게 드시고 가벼운 산책으로 절 뜰에 도착하여 이곳저곳 둘러보고 정잿간 쪽으로 가시더니, 행자승에게 대뜸 "여보, 스님! 밥 주요" 하시는 게 아닌가. 대답이 시원

218

치 않자, 재차 스님한테 밥 좀 줄 수 있냐고 물었다. 난처한 행자승 왈 "어르신, 죄송합니다. 공양 시간이 끝나서……" 하고 답하니, 선생이 또 말하길, "아이, 즈그는 시도 때도 없이 세속 사람더러 쌀 주라 돈 주라 허면서 중생이 와서 밥 쪼깨 달랑께 시간을 따지면서 그것도 안 주네잉. 그럼 놔둡뿌시요" 하시며 자리를 뜨시는 게 아닌가. 산문 밖을 나오면서 "선생님, 아까 왜 그러셨어요" 하고 여쭸더니, "생각해봐라, 내 말이 틀렸냐! 느그도 똑같은 거여. 소리꾼의 인생은 내 것이 아니여! 그렇게 맴을 먹어야 소리가 되는 것이여"라고 말씀하셨다. 듣고 나서 마음이 그냥 환해졌다. 아마도 당신 제자들이 들으라고 에둘러 행자승과 문답을 나누셨던 것 같다. 지금은 저세상에 가신 지 오래되었지만, 늘 곁에 계신 듯 모든 게 생생하고 그립다.

이렇듯 스승과 제자의 인연은 일상의 흔한 만남과는 다르다. 법도와 재주의 계승을 넘어 우주의 섭리와 철리를 깨치게 하는 법연(法緣)으로 만난 것이다. 그러한 선연으로 일구어지는 알알의 깨침들이 이 세상을 순연(純然)하게 하니 좋고 좋은 것이 예술이다.

# 제6부

# 고수가 먼저이고 소리는 나중이다

## 일고수 이명창(一鼓手 二名唱)

# 1. 고수(鼓手)가 고수(高手)여야 한다

우스갯소리로 고수(鼓手)를 고수(高手)라고 말한다. 그리고 고수를 소리판의 지휘자라고도 부른다. 고수는 그만큼 수를 많이 꿰차고 있어야 연주에 능통할 수 있다는 말이다. 소리꾼이 맘에 맞는 고수를 얻기란 명사십리 모래밭에서 좁쌀 한 알 찾기만큼 어렵고, 유비가 제갈량을 얻은 만큼의 행운이라 할 수 있다.

소리판에서 소리는 씨줄이고 북은 날줄이다. 고수는 북에다 날줄을 그어 곡조의 좌표를 설정하고 장단의 얼개를 짜서, 소리꾼이 내놓은 성음에 씨줄이 잘 율동하도록 장단을 내준다. 음양 논리로 말하자면 고수는 음(陰)이고 소리는 양(陽)이다. 그래서 북을 다루는 고수가 먼저이고, 소리가 북소리에 엇물려서 나온다. 일고수 이명창(一鼓手二名唱)이란 말은 이를 두고 하는 말이다. 고수가 먼저이고 소리는 뒤란 얘기이다. 소리하기 전에 북이 먼저 다스림을 한 뒤에 소리꾼이 소리를 하는 것도 이러한 연유에서이다. 소리꾼이나 고수 사이에는 박(拍)이라는 연결고리가 있어 박을 실제로 그어내는 고수가 호흡 장단을 쳐서 박을 내기 때문이다. 그런 까닭에 음양이라 하고 양음이라 하지 않는 것이다. 고수가 치는 장단(長短)에 맞물려 소리가 단장(短長)으로 뻗어 나온다. 소리꾼은 소리를 할 때 호흡을 길고 짧은 장단의 기세로 해야 소리가 짧고 길게 뻗어나가는 단장의 형세를 가진다. 그래서 고수는 북장단으로 장단을 치니 소리꾼의 호흡을 치는 격이다. 고수(鼓手)가 고수(高手)인 까닭이 바로 이 때문이다.

음양이 서로 맞물려 우주가 운동하듯, 소리판에서도 고수와 소리꾼의 음양이 맞물려 돌아간다. 이 말은 굉장히 중요한 의미를 띤다. 어찌 보면 엄청 어려운 말인 듯싶지만, 이치와 원리를 가만히 들여다보면 매우 쉽다. 우주가 음양 운동을 하고 있기 때문에 지구 상의 모든 만물 운동도 그 원리를 따르고 있다. 우리는 하다못해 두 발로 걷는 것도 음양으로 맞물려야 제대로 걸을 수 있게 되어 있다. 달릴 때 보면 양손과 양발이 음양 운동을 한다. 그래야만 정상적이고 효과적으로 걷고 달릴 수 있다. 만약 오른손이 먼저 저었다면 곧바로 왼손이 맞물려 뒤따라 저어야 옳다. 그렇지 않고 오른손과 왼손이 동시에 저어 간다면 그것은 사람이 저어 간다 할 수 없고, 강시(殭屍)가 저어 가는 꼴이다. 이것이 바로 노자(老子)의 "만물은 음을 등에 업고, 양을 가슴에 안았다(萬物負陰而抱陽)"라는 말이다. 양 손발이 음양 교차로 충기(沖氣)하면서 앞으로 저어 나가는 것이다(沖氣以爲和). 충기란 음양이 서로 승부하는 것을 말한다. 이렇게 오른 손발의 음(陰)이 왼 손발의 양(陽)을 품에 안고 도는 것이 우리의 걸음새에서도 나타난다. 이때

양 손바닥의 회전 방향을 자신의 위치에서 보면, 오른손은 시계 반대 방향으로 좌선(左旋)하고, 왼손은 시계 방향으로 우선(右旋)한다. 고수는 당겨 밀어 치면서 좌선하고, 소리는 밀고 당기면서 우선하며 펼쳐 나간다. 그래서 고수의 북소리가 소리꾼의 소리를 안고 도는 것이다. 이것이 소리판의 음양지도(陰陽之道)이다. 이렇게 해서 생긴 고수의 북소리와 소리꾼의 소리가 바로 소리판이고 판소리이다. 그래서 판소리는 소리꾼의 소리만 말하는 게 아니라, 고수의 북소리와 소리꾼의 소리가 음양으로 교접하여 나온 소리를 말한다. 이것이 바로 일고수 이명창의 유래이다. 옛사람들이 바로 이 음양 운동의 질서에 따라 일고수 이명창의 질서를 두게 된 것이다.

소리와 고수 관계에서 음양이 이렇듯이 소리꾼 자체에서도 호흡의 음양 운동으로 소리가 생겨난다. 즉 소리꾼이 내쉬는 숨인 호(呼)는 양(陽)이고, 들이쉬는 숨인 흡(吸)은 음(陰)이 된다. 그래서 소리꾼의 소리는 소리꾼이 소리하고자 하는 뜻의 신기(神氣)가 들이쉬는 숨을 따라 들어오고 내쉬는 숨결을 따라 마침내 소리가 생겨 신기가 밖으로 드러나면서 신명이 나게 된다. 이것이 호흡을 따라 생겨나는 소리의 음양 운동이다. 고수도 마찬가지로 호흡의 음양 운동에 의해서 북가락이 생겨난다. 소리꾼과 고수 관계에서도 음양 운동을 하고, 또 각각 스스로도 음양 운동을 한다는 말이다. 그래서『주역』에서도 "육효의 움직임은 삼극의 도다. 천에도 지에도 인에도 음양이 있다(六爻之動, 三極之道也)"라고 말한 것이다. 이러한 이치는 장단론에서 더 자세히 알아보기로 하고, 여기서는 음양 운동으로 소리판이 어떻게 이루어지고, 어떻게 일고수 이명창이 되는지 대강 짐작하는 수준에서 거론해 본다.

옛 선조들은 어떤 개념을 만들 때 막연하게 추상적인 언어를 사용해 만들지 않았을 것이다. 소리판에서 쓰이는 용어들을 보자. 시김새라는 말이나 장단, 성음, 바디, 붙임새, 잉애걸이, 완자걸이, 소삼대삼, 율려, 한배 등 우리가 쓰는 음악적 용어들은 대개가 일상생활의 허드레한 일에서 실제로 일어나는 모양새나 이치들을 본떠 만든 자연적인 용어들이다. 일고수 이명창도 이러한 뜻으로 생긴 용어가 틀림없을 것이다. 우리는 음양오행 사상을 매우 중시한 민족이다. 음양오행 사상이 어느 민족에서 기원했는지는 그리 중요하지 않다. 다만 지금 우리가 누리고 있는 문화 예술의 형태미 속에 그러한 사상들이 얼마나 제대로 적용되고 있는지가 중요하다. 무엇보다도 우리의 언어가 음양오행 사상에 따라 지어졌음은 『훈민정음 해례본』에서 분명히 말하고 있다. 소리북뿐만 아니라 우리의 모든 악기는 천원지방(天圓地方)의 음양 사상에 기인하여 만들었다고도 한다. 어디 그뿐이랴, 장단과 박도 1년 세시(歲時)의 흐름을 그대로 모방해서 운용한다. 이 세상 어느 나라에도 없는 장단 원리이다. 따라서 음양오행의 원리를 모르면 우리 문화의 원리나 이치를 도저히 이해할 수 없게 되어 있다. 일고수 이명창이란 말도 한마디로 말하면 음양 관계를 따져서 나온 말이다.

고수와 소리꾼 사이에서 만들어진 것이 바로 박(拍)이다. 그런데 이 박에도 음양이 있다. 홀수는 양률(陽律)이라 하고 짝수는 음려(陰呂)라 했다. 이것이 육률육려(六律六呂)가 되어 십이율려가 생긴 것이다. 그래서 중모리장단 12박은 율려가 서로 음양 교접하면서 율동하고 있는 것이다. 판소리 발성법에서 소리는 밀고 당기는 것이라고 말한다. 여기서 미는 음(音)은 육률(六律)로서 1·3·5·7·9·11박의 양수이고, 당기는 음은 육려(六呂)인 2·4·6·8·10·12박의 음수이다. 양수는 밀면서 퍼져가는 음이고 음수는 퍼져서 늘어난 음을 당겨서 거둬들이는 음이다. 바로 이 밀고 당기는 율려 운동으로 음악의 기세와 형세가 분명하게 이루어지고 있다. 그래서 소리꾼의 소리는 고수가 미리 당겨준 호흡에 맞물려 밀고 나간다. 한마디로 말해서 고수는 소리꾼의 호흡인 장단을 침으로써 서로 음양으로 교접하면서 박을 만들고 간다. 음악에서 박은 일정한 시간을 규정해놓은 수적 나열이다. 박을 알면 시간을 알 수 있다. 그래서 음악에서 박과 시(時)는 같은 뜻을 지니고 있다. 시에는 시분초(時分秒)의 빠르기가 있듯이, 박도 진양조, 중모리 장단, 자진모리장단 등의 빠르기가 있다. 시간의 시(時)자를 분석해보면 박과 장단과 일고수 이명창이란 말의 뜻이 확연해질 것이다.

'시'자는 하늘의 해〔日〕가 운행하다가 지구의 땅〔土〕을 만나 마디〔寸〕를 만들어서 시(時)가 되었다고 한다. 옛사람들은 이런 시와 시 사이를 시간이라고 불렀다. 여기서 우리는 해가 땅을 만났다는 것에 주시해야 한다. 이것을 이해하려면, 지구와 태양의 자전 운동을 알아야 한다. 즉 우주의 하늘판은 북극성을 기점으로 하루에 한 바퀴씩 시계 반대 방향으로 좌선을 한다. 지구도 태양도 좌선한다. 그런데 여기서 문제가 생겨난다. 지구가 태양보다 하루에 1도씩 더 돈다. 여기서 바로 호흡과 음양 장단의 법칙이 생겨난다. 태양이 지구보다 1도 뒤쳐져 돌기 때문에 지구에서 볼 때 태양은 시계 방향인 오른쪽으로 돌아가는 꼴이 된다. 그래서 지구는 길게 돌고, 태양은 짧게 돌고 있는 셈이다. 소리판에서는 이런 우주 운동을 반영해 일고수 이명창의 질서가 생겨났다. 고수는 지구의 운동이고 소리꾼은 태양의 운동이다. 태양이 지구라는 땅을 비추어 시간이 생기듯, 고수와 소리꾼이 음양으로 만나서 박이라는 시간을 만들어간다. 우리 음악은 이처럼 우주의 운행에 따라 자연스럽게 만들어졌다. 우리의 모든 문화 예술 원리는 바로 우주 운동과 일치한다. 음양오행 같은 철학도 중국 문화의 영향 같지만 그 원류를 따져보면 시원(始原)이 오히려 우리 문화에 더 밀접하고 그러한 철학적 원리를 생활문화 전반에 걸쳐 훨씬 더 유용하게 적용해왔다고 생각한다. 우리 음악의 장단이라든가 호흡 발성만 보아도 그렇다. 나는 사다리를 오르락내리락하면서 장단과 호흡과 발성의 대체를 깨달은 바 있다.

사다리는 좌우 양쪽으로 세워진 세로의 긴 지주 사이에 일정한 간격으로 짧은 가로목을 댄 것으로, 높은 곳에 오르내릴 때 쓰는 기구이다. 이 사다리의 운용 원리를 가만히 들여다보면 호흡과 발성과 장단의 원리를 훤히 꿰뚫을 수 있다. 사다리에서 가장 중요한 것은 세로목과 가로목의 힘 운동 방향이다. 힘을 주면서 오를 때 세로목은 하늘 쪽에서 땅 쪽으로 힘이 작용하고, 가로목은 땅에서 하늘 쪽으로 작용하는 디딤목이다. 여기서 가로목은 디딤목이란 것이 중요하다. 가로목도 아래로 잡아당기기 때문에 당연히 힘이 아래로 작용하는 것 같지만, 가로목은 세로목의 용(用)에 불과하다. 이 가로목을 잡아당기면 실제로는 양쪽 세로목이 힘을 받기 때문이다. 그래서 디딤목이다. 여기서 우리는 또다시 우주의 운동 법칙을 엿볼 수 있다. 하늘의 모든 별이 북극성을 중심으로 하루에 한 바퀴씩 좌선을 한다고 했다. 태양도 지구도 하루에 한 바퀴씩 자전을 하지만, 태양이 지구보다 하루에 1도씩 뒤처져 돈다고 한다. 실제로는 둘 다 좌선하지만 1도의 차이로 태양이 마치 우선하는 것처럼 보인다고 한다. 그래서 지구가 1도를 길게 돌아 장(長)이 되고 태양이 1도 짧게 돌아 단(短)이 되는 것이다. 호흡과 발성의 장단 원리가 바로 여기서 시작된다. 지구 상의 모든 만물이 멀고 먼 태양에서 지구로 오는 에너지는 길게 잡아당기지만 땅에서 다시 하늘로 뻗어나가는 것은 짧다. 그러므로 사다리의 긴 세로목은 체(體)이고 상하의 기둥목이며 음이며 경(經)이고 날이고 좌선하는 신기(神氣)를 주관한다. 짧은 가로목은 용(用)이고 좌우를 연결하는 교량목이며 양이며 위(緯)이고 씨이며 우선하는 형기(形氣)를 주관한다.

사람이 사다리를 오를 때를 생각해보자. 사다리를 타고 오르려면 먼저 위에 있는 가로목을 손으로 잡아당기고, 발은 아래 가로목을 딛고 밀어 차게 된다. 즉 손발이 당기고 미는 장단(長短)의 기세를 취한다. 손의 운동 방향은 하늘 쪽에서(멀고 길다, 長) 땅 쪽으로(가깝고 짧다, 短) 잡아서 당겨오는 장단 운동을 한다. 발의 운동 방향은 손의 운동 방향과 반대로 짧고 가까운 땅 쪽에서(短) 멀고 긴 하늘 쪽(長)으로 작용한다. 여기에 바로 장단과 호흡과 발성의 원리가 숨어 있다. 힘과 호흡은 손의 운동 방향이고, 사람과 소리의 운동 방향은 발의 운동 방향과 같다. 호흡은 먼 곳에 있는 하늘의 공기를 가까운 내 몸의 허파로 끌어당기는 장단 과정이고, 그 잡아당기는 호흡의 힘으로 사람이 사다리 위로 오르듯 소리가 장단의 호흡으로 가까운(短) 내 몸에서 먼(長) 허공으로 뻗어간다.

여기서 우리가 좀 더 살펴야 할 것은 손발의 음양 운동이 교호적으로 일어난다는 점이다. 즉 사다리를 오를 때 먼저 왼손이 위쪽 가로목을 잡아당기면 밑의 발은 반드시 오른발이 차고 나가며, 반대로 오른손이 잡아당기면 왼발이 차고 올라간다는 얘기이다. 뫼비우스 띠의 원리와 같다. 수축의 음과 팽창의 양이 동시에 맞물려 작동한다. 한쪽이 수축 시작점이면 반대쪽은 팽창 시작점이 된다. 또 수축 쪽이 최대점에 이르면 팽창도 극대점에 이른다. 수축하려는 호흡과 팽창하려는 소리의 운동 원리이다. 왼손이 당겨오면 오른발이 차면서 가고, 오른손이 당겨오면 왼발이 차고 올라간다. 또 왼손이 당겨 내려오면 오른손은 밀고 올라가고, 오른손이 당겨 내려오면 왼손이 밀고 올라간다. 오른발이 당겨 내려오면 왼발은 차고 올라가고, 왼발이 당겨 내려오면 오른발은 차고 올라간다. 가면 오고 오면 가는 무왕불복(無往不復)

의 이치이다. 노자는『도덕경』제2장에서 이렇게 말했다.

　　있고 없음이 서로 생겨나게 하고, 어려움과 쉬움이 서로 이루어내고,
길고 짧음이 서로 견주고, 높고 낮음이 서로 기울고, 음과 소리가 서로 화
합하고, 앞과 뒤가 서로 따른다.

우주 만물의 운동은 모두 서로 반대되는 것들이 대립하여 음양 승
부하는 대대 운동(對待運動) 때문에 일어난다고 노자는 말한다. 상하,
고저, 장단, 전후, 유무가 서로 대립되어 대대 운동을 하면서 생성 작
용을 하고 있다는 것이다. 사다리 역시 오르내리려면 수족이 상하, 고
저, 전후, 장단의 대대 운동을 해야 된다. 우리 몸에서 호흡을 당기고
미는 것도 바로 상하 단전의 대대 운동이다. 당겨올 때는 상단전 쪽에
서 하단전 쪽으로 작용하고, 밀고 갈 때는 하단전 쪽에서 상단전 쪽으
로 작용한다. 모든 식물도 마찬가지이다. 햇빛 에너지는 체관을 통해
서 뿌리 쪽으로 오고, 뿌리 쪽 땅의 에너지는 햇빛 에너지와 서로 통
일이 되어 물관을 통해 다시 하늘 쪽의 햇빛을 향해 뻗어간다. 내 몸
안의 정기로 들이쉬는 숨결을 따라 하늘의 햇빛 에너지인 양의 신기
가 내 몸에 들어와서 그 정신이 기합(氣合)되고 통일이 되어 나가는 숨
결을 따라 소리가 발성되어나가는 것이다.
　예로부터 한의학에서는 우리 몸도 머리와 몸통을 음양으로 나누어
서 보았다. 머리는 양으로서 신기를 주관하고, 몸은 음으로서 정기를

주관한다고 했다. 『훈민정음 해례본』에서는 우리말의 자음이 머리 부분인 입안에서 발성되어 뜻을 내고, 모음은 몸통 오장에서 움직여 감정이 발동한다고 했다. 그래서 자음은 양이고 하늘 소리이며, 모음은 음이고 땅의 소리인 것이다. 자음은 말의 날이고 경(經)이어서 짧게 발음되고 연구개에서 경구개로 장단 호흡으로 좌선하여 들어오면서 발성된다. 모음은 반대로 말의 씨이고 위(緯)이며 몸 안에서 밖으로 우선(右旋)하면서 단장(短長)으로 뻗어나가며, 딱딱한 경구개에서 부드러운 연구개로 확장되면서 발성된다.

이처럼 모든 만물은 작용과 반작용이 교호 운동을 하면서 음양 운동을 하고 있는 것이다. 봄은 가을과 맞물려 돌고 여름은 겨울과 맞물려 돈다. 지구의 북반구가 겨울로 가면 남반구는 여름으로 가는 것처럼 만물이 그렇게 맞물려서 음양 작용을 하고 있는 것이다. 이러한 운동이 우주의 만물 운동이다. 우주의 운동이 그러하니 지구의 만물 운동도 그렇게 작용하는 것이다. 그래서 옛 어른들은 신기와 정기를 말한 것이다. 신기와 정기는 정신이다. 이 두 기운이 만나는 것을 기합이라고 한다. 신기는 양으로서 하늘이 주관하고, 정기는 음으로서 땅이 주관한다. 이 두 기운이 지구라는 대지에서 서로 기합되어 만물이 생성 작용을 한다. 호흡도 장단도 발성도 모두 이러한 정신의 음양 승부 작용으로 일어난다. 이는 굉장히 중요한 이야기이다. 이것을 모르면 자연의 이치를 알 수 없기 때문이다. 신기는 하늘의 기운이니 바로 우주로부터 오는 모든 별빛과 햇빛의 신령한 기운이고, 정기는 땅에서 발현되는 정령한 온갖 기운이다. 하늘의 신령한 빛은 모든 만물을 비추지만 그 빛을 받는 것은 땅의 정령한 정기로 인한 것이다. 그래서 예로부터 사람은 정기를 타고난다고 말한 것이다. 사람이 어느 자리에서 태어나느냐에 따라 정신이 다르게 나타나는 것이다. 소리꾼들이 산 공부를 들어가는 것도 바로 물 좋고 공기 좋은 곳에서 정기를 기르고 신기를 북돋아 정신을 바로 세우기 위해서이다. 정기와 신기가 정령하고 신령해야 호흡이 원활하여 장단과 발성이 뛰어나게 되기 때문이다.

이를 밝히는 것이 도학(道學)이다. 도는 멀리 있는 것이 아니다. 바로 정과 신이 드나드는 한 호흡에 깃들어 있는 것이다. 일체 만물의 근원이 이러한 도이다. 그런 이유로 소리꾼의 소리에서도 도를 깨칠수 있다. 운동, 춤, 무술, 문학, 노동, 학문, 예술 등 우리가 행하는 일체의 모든 일에 도가 깃들어 있다. 그래서 평상심을 도라 했고 무시선무처선(無時禪 無處禪)이라고 한 것이다. 세상에는 도 아닌 것이 없으니 애써 몸 밖에서 도를 구하지 말고 나의 일과 나의 정신 속에서 찾으라고 한 것이다. 한낱 오르락내리락하는 사다리에도 천지 우주의 이치가 담겨 있다니 기가 막히지 않는가.

# 2. 소리판은 고수에게 달렸다

소리판은 고수의 장단이 선행하고 그에 맞물린 소리꾼의 소리가 단장으로 맞물려 나온다. 그래서 고수의 장단 기세가 약하면 소리는 그 즉시 허당이 되어버린다. 농사의 잘되고 못됨이 풍우의 오고 감 속에 있듯이, 소리 농사도 바로 고수의 북가락에 달려 있다. 이는 북 치는 사람을 높이려고 하는 말이 아니라, 공연하며 얻은 오랜 경험에서 나온 말이다. 북을 잘 친다는 것은 소리 속에도 훤하다는 말과 같다. 고수가 북을 잘 치려면 무엇보다도 북가락에 능통해야겠지만, 또한 소리 길을 잘 알지 못하면 북가락이 따로 놀게 된다. 즉 소리를 모르면 장단의 등배도 잡을 수 없고, 소리 속에서 북가락이 휘집고 다닐 수 없어 동문서답 같은 북가락만 늘어놓게 된다. 같은 소리꾼이라도 같은 바디가 아니면 북 잡기가 쉽지 않다. 북가락을 몰라서가 아니라, 소리의 음조와 성음 등의 가는 길이 익숙지 않아 자신 있게 북가락을 내놓지 못하기 때문이다. 하물며 소리를 배우지 않고 북을 친다는 것은 마치 처음 가는 산길을, 게다가 캄캄한 밤길을 더듬으며 가는 거나 다름

없다. 캄캄한 밤에 산을 오르려면 돌 하나, 풀 한 포기, 나무 한 그루 등 산세의 흐름까지 모두 머릿속에 환히 자리 잡혀 있어야 걸을 수 있다. 그렇게 해도 산행이 힘든데 자세한 형세나 사정을 모르고 갈 때는 지척 분간은 고사하고 걸음걸음마다 상처만 나기 마련이다.

고수는 소리꾼의 호흡과 감정을 읽고 미리 장단의 포치(布置)를 재단해서 리드해나가야 소리판에 생동감이 생긴다. 북이 소리를 따라가면 생동감이 떨어진다. 북이 소리를 먼저 조여줘야 소리가 그 힘으로 맞물려간다. 명고 김명환 선생은 수많은 스승들에게서 북을 배웠다고 한다. 안 친 북이 없고 안 친 소리가 없다고 한다. 그는 어떤 선생님이 유명하다고 하면 어디든 쫓아다녔다고도 한다. 북을 짊어지고 천지 사방을 오르락내리락하며 배웠다고 한다. 소리의 전체적인 맥락을 훤히 꿰어차고 북을 쳐야 장단을 쥐락펴락할 수 있기 때문이었다.

특히 그는 제자들 가르치는 것을 봐야 소리를 제대로 알 수 있다고 한다. 소리꾼들이 소리를 가르칠 때야말로 세세한 소리 짜임새와 덧음을 파악할 수 있는 좋은 기회이기 때문에 수업하는 것을 꼭 봐야 한다는 것이다. 한 음절, 한 소절, 한 가락의 숨결조차 놓치지 않고 간파하려는 애타는 공부의 열정이 대가의 경지를 이룬 것이다. 스승은 제자를 가르칠 때 시김새와 감정, 장단, 호흡 그리고 법도와 예술 정신 등을 상세히 이야기하기 마련이다. 고수는 이러한 사정을 낚아채어 그 즉시 장단의 맥을 잡아야 한다. 소리꾼이나 고수는 예로부터 속된 말로 오입질을 많이 해야 한다고 했다. 이 말은 다양한 선생의 법도를 배워야 한다는 뜻에서 한 말이다. 한 사람의 법도에만 정통해서는 폭넓은 예술 세계를 그려내기가 쉽지 않기 때문이다.

대가의 경지를 이루려면 한 방울의 빗방울이라도 기꺼이 받아들이고, 큰 그릇을 이루는 바다처럼 백가(百家)의 소리에 귀를 기울여 자신의 소리를 세련되게 조탁해나가야 한다. 지금의 우리는 오로지 한 스승의 법도에만 평생 꽉 묶여서 도대체가 변통의 재간을 부릴 줄 모른다. 변통에 무심하면 그건 죽은 예술이고 썩은 예술에 불과하다. 물이 고이면 썩는 것처럼 말이다. 도랑물이 바다의 경지에 이르기 위해서는 쉼 없이 새로운 곳을 향해 나아가야 한다. 도랑의 물은 내를 향해 질주해야 하고, 내에 이른 물이 흐르지 않고 고이면 그 물은 썩기 마련이다. 내에서도 백천(百川)의 물과 동류(同流)하여 장강의 대세에 합류해야 한다. 그래야 마침내 오대양의 대기(大器)에서 자유로이 출렁거릴 수 있게 된다. 물은 큰 그릇인 대양에 이르러도 쉼 없이 출렁거린다. 우주의 운동이 쉬지 않으니 끊임없이 자강불식하는 것이다. 그것이 충실한 아름다움이다. 소리꾼이나 고수가 한 스승으로 만족한다면 물이 고여 썩은 것이나 다름없다. 전통이란 계(繼)와 승(承)을 통해 변(變)하고 화(化)하여 발전해가는 것을 말한다. 진실로 나날이 새로워지려면 나날이 새롭게 해야 하고, 또 날로 새롭게 해야 하는 것이다. 이것이 구일신 일일신 우일신(苟日新 日日新 又日新)의 이치이다.

진실로 새로운 예술을 이루고자 한다면, 이미 새로워진 것을 바탕으로 나날이 새롭게 하고, 중단되는 일 없이 변화를 모색해야 한다.

그러나 지금 우리는 전통의 뜻을 제대로 인식하지 못한 채 오직 원형 보존만을 전통이라 우기는 바람에 예술이 발전하지 못하고 있다. 옛 사람들은 명고 김명환 선생처럼 한곳에 고여 있는 걸 싫어하여 이 집 저 집 기웃거리며 다양한 법도들을 받아들여 자신의 예술 세계를 확장해나갔다. 요즘 우리는 학습 여건이 옛날보다 훨씬 좋은 환경임에도 불구하고 변화에 인색하다. 그것은 바로 물이 고여 썩은 것처럼, 예술 정신이 고루하여 썩었기 때문이라고 말할 수밖에 없다. 북을 짊어지고 여러 명인들을 탐방하면서 애가 터지게 공부하던 옛 광대들의 가상한 행적들이 아름답다.

# 3. 소리는 뱃길, 북은 물길

이심전심의 묘경은 느닷없이 생기는 것이 아니다. 서로 함께 오래 지내면서 오만 정이 오가고 삶이 서로 부대끼는 가운데 이심전심의 한 톨 씨앗이 서려 있다가 심령이 서로 통하는 순간에 벼락 치듯이 나타나는 것이다. 소리꾼과 고수는 이심전심의 기운으로 버무려져야 가락이 춤을 추고 영묘해진다. 그렇게 하려면 서로가 오래 묵어서 서로의 숨결조차 닮아 있어야 가락이 순해지고 옹골져서 판이 걸판지게 된다.

　나는 고수와 소리꾼의 관계를 물과 배로 비유하고 싶다. 제아무리 배가 튼튼하고 크고 뛰어나도 물의 도움 없이는 한 치도 나아갈 수 없다. 뭐니 뭐니 해도 뱃길은 바로 물길에 달렸다. 배가 어느 길로 가든 물은 벙벙하게 맞이하고, 그러다가도 행여 물길을 거스르면 성내어 엎어버리기도 하니, 소리꾼은 모름지기 물길을 잘 살피며 가야 한다. 큰 배가 오면 큰물이 되어주고 작은 배가 오면 그 요량에 맞추고, 종이배가 오면 엎어질세라 물결을 조심스레 아슬아슬 잔잔히 일고 가야지 대하의 굽이치는 물결로 들이대면 그 판은 엎어지고 만다. 비빔밥

2009년 담양 소쇄원에서 조영제 고수와 함께한 모습이다. ⓒ악당이반

의 재료들이 잘 버무려져서 적당히 조화를 이루어야 제맛을 내듯이, 고수와 소리꾼은 서로 예술의 오묘한 이치를 꽉 끼고 통달해야 능숙한 조화의 경지에 노닐 수 있다.

고수는 소리꾼의 호흡결과 소릿결과 마음결을 읽어야 북가락이 제대로 춤을 춘다. 결을 모르고 가락만 늘어놓으면 비빔밥에 쓸데없이 갖가지 나물만 많이 넘쳐나 제맛을 내지 못하듯, 가락들이 조격에 맞지 않게 따로 논다. 그렇게 되면 소리꾼은 대번에 흥감이 사라져 신운이 깨지기 십상이다. 물결이 오르락내리락하며 처세에 맞게 출렁거리듯이, 소리와 북이 자연스럽게 한 몸처럼 일렁거려야 소리가 잡혀 나온다. 수세(水勢)에 따라 물결이 각각 다르듯, 고수의 가락 기세에 따라 소리꾼의 성세(聲勢)도 달라진다. 야트막한 개울의 출렁거림과 대하의 출렁임은 전혀 다르다. 기세에 따라 형세가 응하기 때문에, 가락 따라 생동하는 기세를 포착하는 것으로 북가락의 잘되고 못되고가 결정 난다. 그것이 바로 호흡이 당기고 미는 가운데 생겨나는 장단의 흐름새이다. 장단의 흐름에 맞게 동화되어 함께 일렁거리면 신고(神鼓)의 성음이 나온다.

세상일에는 뭐든 기세와 형세란 게 있다. 뱁새는 뱁새의 날갯짓이 있고, 황새는 그에 합당한 날갯짓이 있는 법이다. 새란 것이 본래 바람을 의지하여 날기 때문에 바람의 세를 잘 읽어야 원하는 대로 저어 갈 수 있다. 바람의 기세에 따라 날갯짓이 달라지는 법이다. 제아무리 큰 새도 큰바람이 일지 않으면 높이 날 수 없다. 또 선선하게 부는 바람이면 족할 뱁새에게 세찬 태풍이 몰아치면 앞으로 가지 못하는 법이다. 이 풍세가 바로 소리꾼과 고수 사이의 기세이다. 올챙이는 한 바가지 물에서도 유유하지만, 만경창파의 고래 입장에서는 한강 물도 한낱 한 바가지의 물이나 진배없다. 서로의 기세와 형세가 맞아야 살 수 있듯이 소리와 북도 그 기세가 어우러져야 곡조의 형세가 유창하게 율동한다.

내가 많은 사람들이 있는 곳에서 어떤 명창으로부터 직접 들은 이야기이다. 그 명창은 한때 일세를 진동케 한 명고수 김동준*, 김득수†, 김명환 이 삼인방을 거론하면서 각자의 장단점을 이야기했다. 김동준 고수는 가락이 분명하고 재기가 출중하나 신이 나면 혼자서 막 달려가버리고, 김득수 고수는 심성이 고와서 북가락도 아질자질하나 똑 부러짐이 없는 게 흠이라고 했다. 김명환 고수에게는 유독 평이 험했다. 김명환 고수는 북소리가 너무 커서 혼자 쳐야 할 북이라고 평했다. 내가 볼 때는 삼인방 모두 일장일단이 있지만 우리 판소리사에 영원히 빛나는 천하제일의 명고들이다. 그 명창은 자신의 소리 기세가

---

* 김동준(金東俊, 1928~1990): 전남 화순에서 태어나 20세기에 활동한 판소리 고수이다. 어린 시절 장판개(張判蓋)에게 소리를 배우면서 국악에 입문했다. 음악적 재질은 뛰어났지만 타고난 목이 좋지 않아 고수로 전업했다. 소리꾼 출신의 고수였던 만큼 소리의 내용을 잘 알았고, 빈틈없이 치밀한 고법을 구사했다. 여러 유파의 소리에 맞게 북을 치는 능력이 뛰어났다.
† 김득수(金得洙, 1917~1990): 전남 진도에서 태어나 20세기에 활동한 판소리 명고이다. 소리 속을 알고 장단을 짚어주는 고수로도 유명했다. 북가락에 흥이 자연스럽게 묻어난다는 평가를 받았다. 소리꾼들도 그의 북에 소리하는 것을 매우 편하게 여겼다.

약해서 김명환 명고의 북과 궁합이 안 맞아 평이 유독 박했을 것이라고 본다. 그렇다, 기세가 약한 사람은 큰 기세를 감당하지 못하고 기에 눌려 힘을 쓸 수가 없다. 매미가 비둘기 날개로는 날 수 없고, 까치가 하루살이 날개로 날 수 없듯이, 기세와 형세가 서로 어울려야 조화롭다. 소리의 짜임이 섬세하고 목소리도 곱고 가녀린데, 북소리가 장대하고 대범하면 어울릴 턱이 없지 않겠는가. 마찬가지로 불국사 종소리 같은 소리의 울림에, 나무젓가락으로 장단을 맞출 수 없는 것이다. 비유가 너무 황당하게 느껴질지 모르겠지만 틀림없이 그렇다. 소리꾼이 북과 기세가 안 맞고 어긋나면 힘이 다 빠지고 신명이 처져, 마치 소금에 절인 배추 잎처럼 기세가 축 처져서 신기가 흐트러진다. 가사에 몰입하여 무아지경에서 신운(神韻)을 내도 시원치 않을 판국에, 가락이 서로 어긋나면 그것만큼 찝찝하고 어정쩡한 기분이 없다. 노래란 가슴의 감성을 가락에 얹는 일이다. 그 감성이 정갈치 못해 소리를 망친다면 그보다 착잡한 일이 또 어디 있겠는가. 고수도 마찬가지이다. 아무리 장단을 잘 짚어 소리를 맞추려 해도 소릿결이 어긋나면 뻘쭘해지고 어색해지기 마련이다. 그래서 고수와 소리꾼은 잘하고 못하고를 떠나 서로의 기세가 맞아떨어져서 조화로워야 제격이다.

운종룡 풍종호(雲從龍 風從虎)이다. 용 가는 데 구름 가고 범 가는 데 바람 간다는 뜻이다. 기세와 품새가 맞아야 그에 따라 운치가 나고 조격이 서로 들어맞게 된다. 꽹과리채로는 징을 울리지 못하고, 징채로는 꽹과리를 울리지 못하는 법이다. 크고 작고, 잘나고 못나고를 떠나 내 발에 맞는 신발을 신어야 편하고 폼이 난다. 명고는 명창을 만나야 제빛을 발휘할 수 있다.

뛰어난 명장은 연장 탓을 하지 않는다는 말도 있지만, 기왕에 연장도 훌륭하게 갖춘다면 더욱 좋은 법이다. 훌륭한 말은 주인이 누구냐에 따라 쟁기질을 하며 평생을 밭에서 썩을지, 아니면 자신의 재능을 십분 발휘하여 바람을 가르는 천리마가 될지가 결정 난다. 소리꾼의 성음이 생생하게 생동하는 것도 바로 북가락에 달린 것이다. 명고 또한 제아무리 비상한 가락을 지녔다 해도 명창의 뛰어난 성음을 만나지 않고서는 북가락이 쓸모가 없다.

그런데 내 경험으로는 소리가 좀 부족해도 고수가 뛰어나면 좋을 것이나, 북이 모자라면 아무리 소리가 뛰어나다 해도 뭔가 좀 석연치 않게 되는 것 같다. 물이 많으면 큰 배든 작은 배든 모두 띄울 수 있지만, 작은 물에서는 애당초 큰 배를 감당할 수 없다. 그래서 소리는 고수의 재량에 따라 좌우된다.

# 4. 서로 찰떡궁합이 되어야 조화를 부릴 수 있다

나는 공연할 때 조영제, 김동원, 이명식 이 세 사람의 고수들과 주로 함께한다. 우리는 서로의 성품과 예능 법도, 취미까지 훤하게 알고 있으니 함께하면 일단 마음이 편하고 힘이 난다. 조영제 명창은 박봉술*, 성우향, 김일구† 같은 뛰어난 명창들에게 판소리 공부를 충실히 배운 소리꾼이다. 윤윤석‡ 선생에게 아쟁 산조도 배워 기예가 여러모로 출중한 가객이다. 더욱이 명고 김명환 선생에게 전수받아 그의 고법이 그대로 묻어나고, 북가락이 알차고 실하다. 특히 소리 속이 훤해 등배의 운용이 뛰어나고 가락이 조잡하지 않으며 소리와 딱 떨어진다. 나

---

* 박봉술(朴奉述, 1922~1989): 전남 구례에서 태어나 20세기에 활동한 판소리 명창이다. 전형적인 동편제 창법을 구사했으며 붙임새도 능숙하게 구사했다. 특히 자진모리로 몰아가는 대목이 뛰어났다.
† 김일구(金一球, 1940~2006): 전남 화순에서 태어난 판소리 명창이다. 남성 판소리 특유의 호방한 기개와 지극한 예술적 경지를 보여주면서도, 미려한 성음으로 판소리의 세세한 부분까지 묘미 있게 표현하였다.
‡ 윤윤석(尹允錫, 1939~2006): 전북 여산에서 태어나 20세기에 활동한 아쟁의 명인이다.

보다 네 살 위인 조영제 명창과의 인연은 매우 깊어 지리산에서 오랫동안 산 공부도 같이했다. 아마 서로의 숨구멍도 알 것이다. 북도 좋지만 요즘 듣기 귀한 소리를 가지고 있으며 음악성이 뛰어나다. 성품도 고매하고 세속 일엔 가타부타하는 일도 없고, 술과 가락을 벗 삼아 털털하면서도 여유롭게 사는 사람이다. 그러한 그의 성품을 닮아선지 북가락이 군더더기가 없다.

김동원 선생은 대학에서 학생을 가르치는데 사물놀이에 정통하고, 불세출의 명고 김명환 선생의 마지막 제자로 그의 의발을 전수받은 마지막 적통이다. 한국 전통 음악의 원리와 미학에 밝고, 실기도 출중하여 실기와 이론 모두 엄정하게 갖춘 예술가이다. 외국어에 능통하여 외국 음악가들로부터 실력을 인정받아 그들과 함께 연주하는 일로 세월을 보낸다. 아울러 세계 여러 나라의 다양한 채널을 통해 우리 음악이 가지고 있는 깊은 내용과 예술 정신이나 미학 등을 공연과 강의 방식으로 알리고 있다. 그의 북가락은 역시 김명환 명고의 법맥이 흘러 격조가 있고, 자상하고 섬세한 그의 성품을 닮아 가락이 아질자질하고 아담하다. 김동원 선생은 나와 함께 외국 공연을 자주 다니면서 서로의 예술 세계에 자양분이 되어주는 도반이자 동갑내기 벗이다. 우리나라 예술계의 큰 재목이라 생각한다. 좋은 벗이 있어 든든하고 즐겁고 기쁘다.

이명식 고수는 마음이 따뜻한 사람이다. 명고 김성권* 선생에게 오랫동안 고법을 전수받아 심성까지 스승을 닮았다고 말할 정도이다.

나와는 호형호제하고 지내며, 예술도 예술이려니와 인생의 참멋이 가
득한 사람이라 일상의 삶 자체가 예술이요 북가락이다. 성품이 꾸밈
없고 진솔하며 재담도 찰지다. 너그러운 그의 성정을 닮아서인가 북
가락은 아질자질하고 엄중하면서도 부드럽고 자연스럽기가 무변대
해의 물결 같다. 소리꾼의 호흡 사이를 생동하게 유동하면서 장단의
음절을 분명하게 배열하고 행간의 깊은 맛을 내기는, 마치 뛰어난 요
리사가 온갖 양념으로 맛깔나게 조리하듯 가락이 자유롭게 노닌다.
이명식 고수는 살면서 생각나는 몇 안 되는 귀한 인연이다. 아호도
'어짊을 품었다' 하여 함인(含仁)이라 했다니, 그의 인품을 보면 호가
참 제격이다. 팍팍한 세상에 멋진 사람과 함께해서 좋다. 나와는 교류
가 드물지만 요즘은 북을 잘 치는 명고들이 참으로 많다. 정철호, 김
청만†·정화영‡ 명고를 비롯하여 박근영§, 박시양¶, 조용환, 조용수, 조

---

* 김성권(金成權, 1929~2008): 전남 강진에서 태어나 20세기에 활동한 판소리 명고이다. 평탄한
  고법을 구사하여 소리꾼이 편안함을 느끼면서 자유롭게 소리할 수 있도록 배려해주는 고법을
  지녔다.
† 김청만(金淸滿, 1946~ ): 전남 목포 출신의 판소리 명고이다. 국립창극단에 재직 중이던 판소
  리 고법 보유자 김동준(金東俊, 1928~1990)으로부터 고법을 익혔다. 2013년 중요무형문화재
  판소리 고법 보유자로 인정되었다.
‡ 정화영(鄭和泳, 1943~ ): 경기도 화성 출신의 판소리 명고로, 본명은 정철수이다. 20대에 이군
  자여성국극단에 입단해, 대금 연주와 북 반주를 맡았다. 2001년 서울특별시 무형문화재 판소
  리 고법 보유자로 인정되었다.
§ 박근영(朴根永, 1959~ ): 전남 장흥 출신의 판소리 명고이다. 30세에 전북대 예술 대학 한국음
  악과에 입학해 소리북을 전공하면서, 아버지 박오용에게 판소리 고법을 본격적으로 익혔다.
  2008년 대전광역시 무형문화재 판소리 고법 보유자로 인정되었다.
¶ 박시양(朴詩陽, 1962~ ): 판소리 명고이다. 23세에 김동현 문하에서 고법을 배우기 시작했고

용복, 김영일, 윤호세, 조상민, 서은기 등이 바로 그들이다.

흔히 소리꾼들은 자신의 예술 철학과 기운, 기세, 운치, 생각 등이 잘 맞는 고수를 택한다. 부창부수란 말처럼 서로 찰떡궁합이 되어야 볼품 있게 조화를 부릴 수 있기 때문이다. 소리꾼이 그날의 컨디션에 따라 호흡이 들쭉날쭉해도, 고수가 소리의 한배를 꽉 틀어쥐고 소릿결에 따라 북가락을 적절히 배치해주면 소리꾼의 소리는 저절로 살아난다. 그런 점에서 소리꾼은 서방이고 고수는 각시라 할 수 있다. 서방의 바깥일이 잘되고 못되고는 각시의 살림 경영과 내조에 달렸다. 소리판도 그와 같아 소리꾼이 펼쳐놓은 무수한 성음을 북가락이 정연하게 장단의 조리(條理)를 짜서 맛깔스럽게 조리(調理)해주어야 소리판이 살판이 된다. 부부 사이를 보면 대체적으로 서방들은 각시들의 조언을 잘 안 듣고 자기 뜻대로 일을 추진하듯, 소리판 역시 소리꾼은 매우 가부장적이어서 자기 호흡대로만 소리를 가져가려 하고, 고수는 안주인처럼 그런 철없는 소리꾼들의 호흡결대로 밀고 당기며 북을 친다. 어찌 되었든 고수는 한배의 장단을 먼저 꽉 틀어잡고 소리꾼의 호흡과 소릿결에 맞게 장단의 조리를 알맞게 유도하면서 장단을 풀고 조여서 율동이 기운생동하게 해야 한다. 바로 고수(鼓手)가 고수(高手)여야 하는 까닭이다.

---

31세에 전남도립 남도국악단에 입단했다. 33세부터 청암김성권판소리고법전수소를 운영했으며, 2001년 중요 무형문화재 판소리 고법 전수 교육 조교로 인정되었다.

246

# 5. 생사맥(生死脈)을 짚을 줄 알아야 명고다

고수와 소리꾼 사이엔 장단 가락만 흐르는 게 아니다. 둘 사이에는 자질구레한 오만 정이 가락과 함께 실려서 흘러야만 생기가 넘친다. 보는 사람의 눈에는 그저 소리꾼과 고수의 어울림이 조화로워 보이겠지만, 사실 그 속으로 들어가면 둘 사이에는 일호의 양보도 없는 치열한 서슬이 오고 간다. 그 서슬을 읽어내는 자가 진짜 귀명창이다. 소리꾼이 흑이 되면 고수는 백이 되어 맞이하고, 또 고수가 흑수(黑數)를 던지면 소리꾼은 백수(白數)로 응대하고, 이렇게 흑백의 생동한 교접으로 소리판의 흥이 빚어 나온다. 이것이 바로 지백수흑(知白守黑)의 논리이다. 흰 종이의 여백을 계산하여 검은 먹을 운용한다는 서예 이론이다. 글씨는 종이의 흰 공간과 검은 획으로 이루어지는데, 이를 잘 나누어 계산해야 한다. 이를 분포(分布)라고 한다. 검은 먹의 양을 분(分)이라 하고 종이의 흰 여백을 포(布)라 하는데, 글을 쓸 때 분포의 균형과 대비에 따라 글씨의 형태미가 생긴다. 그리고 짐작농담(斟酌濃淡)으로 나아간다. 즉 짙거나 묽게 처리할 것을 미리 헤아려 글씨를 써나간다. 소리와 북도 똑같은 이치이다. 흑백이 상응하며 조화롭게 나가야 장단이 맞고 성음이 구별된다. 소리가 짙게 나오면 오히려 북가락은 비워두고 추임새로만 응대할 수 있고, 소리가 묽게 나오면 북가락을 굵게 넣어 강약의 균형을 잡는 게 궁합이 맞아떨어진다. 밭에서 자라는 곡식들은 고랑과 이랑의 곡선 속에서 싱싱하게 자란다. 고수와 소리꾼은 부부처럼 서로 연분이 있어야 하고 기운이 맞아야 한다. 음양 동정(動靜)의 교차가 자연스럽고 저절로 기운이 어우러져야 신명이 난다.

소리판에서는 박자와 가락에만 능숙하다 해서 명고라 부르지 않는다. 생사맥(生死脈)을 짚을 줄 알아야 명고라 부른다. 용호상박이란 말도 있듯이, 소리꾼과 고수 간에 불똥 튀는 긴장감이 감돌아야 한다. 소리판을 쥐락펴락하는 것은 바로 고수가 생사맥을 잘 짚어가는 데에 달렸다. 예술의 영감은 순식간에 나타났다가 사라진다. 그 순식간의 영감을 잡아내기 위해 고수는 땀이 나도록 북채를 꽉 쥐고 좌를 틀고 앉아 있는 것이다. 고수는 소리꾼이 던지는 성음의 여운에 북가락으로 응수함으로써 율려의 얼개를 짜나간다. 박과 박 사이에 기운이 생동하도록 가락의 완급과 강약, 소밀, 대소, 허실을 조화롭게 안배하여 선율과 운율이 생생히 돌아나게 해야 한다. 천지의 기운이 시시각각 생동하듯이, 소리판의 기세도 항상 다르므로 똑같은 소리가락이라고 미리 재단하면 살아 있는 가락이 나올 수 없다. 소리꾼의 기분에 따라 한 음절, 한 소절, 한 장단의 기세가 언제 어떻게 튀어나올지 모르니,

한 호흡의 순식(瞬息)이라도 긴장을 놓아서는 안 된다. 소리꾼은 소절 끝마침에 반드시 운을 담아 소리를 놓는데, 그 운에 따라 북가락은 응대하여 가락으로써 말을 해야 한다. 그 가락은 그냥 맛깔스럽게만 꾸미는 뜻 없는 가락이 아니라, 소리꾼이 던져놓은 가사의 여운에 대한 화답의 무게가 있는 가락이어야 한다. 그러한 화답의 무게가 바로 가락의 대소, 소밀, 완급, 강약, 농담, 허실로 나타난다. 이러한 수를 다 읽어낼 줄 알아야 생사맥을 장악한 명고라 할 수 있다.

요즘은 소리뿐만 아니라 북도 화려한 가락으로 멋만 부리려고 한다. 가락에 흐르는 예술적 영감이나 기운과 기세 등에 별 의미를 두지 않은 지가 오래되었다. 이러한 현상은 모두 성음 놀이의 운치가 사라지기 때문이라고 본다. 옛 명창들처럼 입체적인 효과를 노리는 성음 놀음을 해야 고수의 북도 다각적인 북가락이 나오는데, 오로지 소리 가락이 선율 놀음으로 일관되기 때문에 북가락도 자연히 그에 따르게 된 것이다. 그래서 요즘 소리판은 긴장미가 없어지고 축 늘어져 선율만 그려놓기 바쁘고 그저 행간의 치장만 돋보일 뿐이다. 말하자면 기교는 조금 서툴러도 살아 있는 소리를 해야 하는데, 소리나 북이 오로지 기교를 위한 예술이 되어가고 있다는 말이다.

물론 예술 기교의 형식미도 중요하다. 그러나 기교미도 결국엔 가사가 가지고 있는 뜻을 더 진솔하고 생생하게 그려내는 수단에 불과하다. 뜻을 드러내기 위해 사용한 예술 기교가 본디의 목적을 망각하고 기교를 위한 기교로 흐르면 아무리 현란하고 뛰어난 기교를 펼쳐놓더라도 그건 죽은 예술과 같다. 예술은 사이비가 되어서는 안 된다. 사이비 예술은 얼핏 보기에는 그럴싸하게 보여도 조금만 자세히 들여다보면 우습기 짝이 없는 엉터리임을 알 수 있다. 평생을 사이비 예술로 영위할 순 없잖은가.

예술은 그냥 열심히만 해댄다고 해서 뛰어나지지 않는다. 평범을 넘어 비범한 곳의 영감을 들춰내야 비로소 훌륭한 예술의 경지에 진입한다. 평범과 비범의 사이는 언뜻 쉬워 보여도 그 차이는 하늘과 땅 차이의 격이 있다. 바로 그 비범한 경지를 보기 위해 예술가는 평생을 미쳐서 헤맨다. 그 비범도 알고 보면 별수 없는 평범한 것인데 말이다.

# 6. 무형의 소릿결에 얼개를 짜다

고수는 수리(數理)에 밝아야 하고, 생각의 여지도 많아야 한다. 소리 전체의 얼개를 손아귀에 쥐고 박자 행간을 쥐락펴락할 줄 알아야 한다. 명고는 소리꾼이 소리를 내놓지 않아도 머릿속에 이미 가락이 굴러가며 짜여 있어야 한다. 바둑에선 고수(高手)의 경지를 1단부터 9단의 품계까지 둔다고 한다. 초단 수졸(守拙)부터 시작하여 약우(若愚), 투력(鬪力), 소교(小巧), 용지(勇智), 통유(通幽), 구체(具體), 좌조(座照), 입신(入神)의 9단까지 있다고 한다. 초단 수졸은 배우는 단계라 수가 빈약하지만 그래도 스스로 지킬 줄 알고, 2단 약우는 허술한 듯해도 나름대로 수를 움직일 줄 알고, 3단 투력은 제법 수가 생겨 겨루어 싸워볼 만하고, 4단 소교는 늘어난 수로 적지만 기교를 부릴 줄 알게 되고, 5단 용지는 수와 기교를 넘어 지혜가 생기고, 6단 통유는 비로소 깊은 곳까지 수를 읽어 도통의 초석을 놓고, 7단 구체는 두루 능통하여 요체를 터득한 경지이고, 8단 좌조는 앉아서 변화와 조짐의 수를 읽어내는 천안통의 단계이고, 마지막 9단 입신은 그야말로 초탈하여

여여자연(如如自然)한 경지를 말한다고 한다.

소리꾼이나 고수의 수련 단계도 이와 같을 것이다. 초학자는 하나를 들어 확연하게 보여줘도 그 하나조차 분별 못 하고 헤매지만, 차츰 공력이 깊어질수록 한 수를 던져 보여주면 그 곱수를 헤아릴 줄 알게 된다. 좀 더 나아가면 대교(大巧)를 얻어 재능이 두루 원만하여 걸림이 없어진다. 그러다 공력이 점점 깊어지면 도통하여 가락이나 성음이 천연해지며, 노래와 가사가 한 맛이 되어 그야말로 신운절창(神韻絶唱)의 경지에 이르게 된다. 명고나 명창은 그냥 이루어지는 게 아니다. 혼신을 다 쏟아내야 그제야 가락이 춤을 춘다.

일기일회(一機一會)이다. 고수는 적군을 바로 눈앞에 마주한 듯 일촉즉발의 기세로 소리꾼을 직시해야 소리꾼의 꼼수를 읽을 수 있다. '또드락' 한 가락이라도 쓸데없이 내놓아 허비하면 안 된다. 오금이 저리도록 틀고 앉아 소리꾼의 표정에서 한배를 읽어내어 머릿속에 북가락을 얹어놓아야 한다. 번뜩이는 칼날 틈바귀 속에서 언제 어디서 상대의 시퍼런 칼날이 날아올지 모르니, 온 신경을 곤두세우고 상하 팔방을 확보해야 당하지 않고 살 수 있다.

소리판은 전쟁터이다. 소리꾼의 성의 없음은 청중으로부터 바로 무관심의 화살로 날아오고, 고수의 헛틈새는 소리꾼이 가만두질 않고 바로 치고 들어온다. 그 틈에서는 봐주는 법이 없다. 한 번의 실기(失機)는 죽음이니 사즉생(死卽生)의 각오로 임해야 판이 산다. 고수가 한가하게 고개를 돌려 관중과 농지거리나 할 새가 없다. 고수는 소리꾼

보다 앞서서 박을 다그쳐야 하므로 잠시 허튼짓하다가는 긴장도가
풀려 대번에 장단이 흐트러진다. 그래서 눈을 소리꾼의 입으로부터
떼지 말고 서로 응시하듯 긴장하며 북을 쳐야 한다. 토끼가 튀자마자
쏜살같이 내려와 낚아채가는 매의 기세처럼, 소리꾼의 소리가 나오
자마자 북채 끄트머리로 가락을 낚아채야 한다. 멀고도 먼 길이다.
고수는 장단 너머의 흐름을 읽어내고 흩어지는 무형의 소릿결에 가
락을 얹어 대강(大綱)의 얼개를 짜야 한다. 명고 명창은 재주 너머의
영기(靈氣)를 마셔야 그 성음이 깊고 맑다. 명창 없는 명고 없고, 명고
없이는 명창이 안 나온다. 서로 떼려야 뗄 수 없는 연리지(連理枝) 같
은 두 인연이 빚어내는 날줄과 씨줄의 가락이 천지를 춤추게 하니 아
름답고 멋지다.

# 제7부

전통의 법제 속에서
새로운 보옥을 캐다

**법고창신(法古創新)**

# 1. 예술은 전통과 창작의 대립 속에서 성숙한다

예술의 체제(體制)는 시대에 따라 항상 유동적으로 변하여 새로운 규범과 양식을 낳으면서 번창한다. 궁하면 변화를 모색하고, 변하면 통하게 되며 통하게 되면 오래간다(窮則變 變則通 通則久)는 『주역』의 말처럼, 어떤 하나의 예술 형식이 오래되면 사람들은 그 형식에 염증을 느끼고 저절로 새로운 형식들을 찾기 마련이다. 사람 사는 세상에서 오래된(久) 형식은 반드시 궁(窮)하게 되어 있고, 그러한 궁함에서 벗어나려면 반드시 변화해야만 새로움으로 통(通)할 수 있다. 그래서 오래된 전통 예술의 경우를 보면, 본질은 크게 변하지 않았으나 형식은 시대에 따라 다양한 변화를 보이면서 발전해왔다.

역사적 생명을 가진 전통문화는 그 나라의 살아 숨 쉬는 수천 년의 정신문화적 가치를 지니고 있다. 그것은 일부러 만들어놓은 것이 아니라, 여러 세대를 겪으면서 일구어진 고유한 관습이고 규범이며 문화의 정신이다. 그래서 우리는 숭고한 전통의 소산인 문화 예술을 대할 때마다 경건한 마음이 절로 일어난다. 인류의 모든 예술은 전통과 창작이라는 대립 속에서 끊임없이 성숙해왔다. 전통을 혁신하고 새로운 예술을 만들려는 시도는 어느 시기에나 있었다. 또 그런 모색과 고민을 하면서 인류는 획기적이고 아름다운 예술을 만들어왔다. 창작이란 예술가가 체험을 통해 새로운 작품을 구상하고 생산하는 활동을 말하며, 전해오는 예술 법도를 익히면서 얻은 미적 체험과 직관으로 새로운 예술 양식을 만들어내는 작업을 말한다.

그렇다면 판소리에서 전통과 창작은 과연 어떤 것일까? 판소리의 역사를 대개 300년 정도로 보고 있다. 장구한 세월을 거치면서 판소리는 많은 발전과 변이를 해왔다. 아마 소리가 맨 처음 생겨났을 때는 매우 질박하고 간단한 소리였을 것이다. 후세로 올수록 음악적인 형식이 훨씬 더 세세해지고 세련미를 갖추면서 변해왔을 것이다. 인류의 모든 양식과 풍조는 그 시대의 풍속과 기호에 따라 바뀐다. 판소리 양식을 시대에 따라 살펴보면, 매우 다양한 바디를 형성하면서 엄격한 법도를 지닌 유파들이 많이 생겨났다. 판소리의 예술적 형식미는 대체로 무게 있고 담박한 기교에서 점차 가볍고 얕은 데로 흘러왔다고 볼 수 있다. 앞사람들의 기예를 전수받으면서 새로운 덧음을 개발하다 보니, 예술 기교가 자연스레 복잡해진 것이다. 이런 현상은 지극히 당연한 것이고, 인류의 발전 법칙이기도 하다.

그렇다면 판소리의 창작은 어떻게 해야 할까? 내가 보기엔 지금에 없는 장단을 새롭게 다시 만든다든가, 아니면 지금 시대에 맞는 새로운 사설을 만들어 부르는 게 창작의 수라 할 수 있다. 판소리에서 사설은 굉장히 중요하다. 지금 이 시대의 내용이 담긴 좋은 사설을 만들어 부르면 되는데, 소리꾼이 새로운 사설에 새로운 성음을 넣어서 짜는 데 과연 지금까지 사용된 적이 없는 성음이나 장단, 시김새 등 음악적인 형식을 과연 얼마나 새롭게 만들 수 있을까? 지금까지 창작된 판소리를 들어보면 대개 판소리 5바탕 소리의 성음이나 장단, 시김새, 조(調) 등 기존의 음악 형식을 그대로 옮겨서 작창(作唱)하여 불렀다.

또 창작 판소리를 만들어 다양하게 부르며 시도해왔으나, 대중의 반응은 오히려 기존 판소리에 비해 훨씬 떨어진다는 것도 확인되었다. 그 이유는 여러 가지가 있겠지만, 무엇보다 판소리의 미의식이 기존 소리와 같은 세련된 사설이나 성음과 시김새나 공력 등을 능가할 수 없었기 때문이다. 기존의 판소리는 수백 년의 세월에 걸쳐 수많은 명창들의 덧음으로 발전해온 것이니, 당연히 갓 나온 창작 소리에 비할 바 아니다.

나의 견해는 창작 판소리는 사설의 문학성과 시대성이 잘 조화되어야 한다고 본다. 작곡은 어느 한 사람의 능력으로는 치밀하고 아름답게 짜기가 쉽지 않으니, 다수의 인원을 구성하여 시간을 넉넉히 잡고 작업하면 좋은 작품이 나올 것이다. 그렇게 작업한 소리는 반드시 뛰어난 명창들이 부르게 해야 좋을 성싶다. 기존 판소리만 해도 소리꾼의 경력이 20~30년은 되어야 비로소 소리를 들음 직한데, 하물며 갓 나온 창작 소리를 경륜 낮은 소리꾼들이 감당한다는 것은 여러모로 가당치 않기 때문이다.

이러한 관점에서 비추어볼 때 지금 우리 국악계에는 굉장히 이상한 현상들이 일어나고 있다. 우선 기량이 원숙한 최고의 경지에서 저절로 이루어져야 할 창작 작업을, 성음이 무언지도 모르고 시김새가 뭔지도 잘 모르는 젊은이들이 하겠다며 나서고 있으니 말이다.

판소리 창작은 세밀한 계획을 세워서 문학적 가치가 높고 시대적 상황도 잘 그려놓은 사설을 만드는 게 급선무라고 본다. 주옥같은 사설을 만들면 명창들의 합동 작업으로 음악적 형식미를 잘 갖추어서, 솜씨 좋은 소리꾼에게 그 소리를 부르게 하여 대중들에게 다가가야 한다. 그리하여 그 작품이 기존 소리의 내력처럼, 적어도 300년 이상은 불리도록 치밀하게 짜내어야 한다. 그러한 바탕에 후배들은 아름다운 덧음을 개발하면서 계승 발전해나갈 것이다. 주지할 바는 창작이란 꼭 시대에 맞는 예술 작품으로 만들어야겠지만, 무엇보다도 시대를 선도하는 내용이어야 한다. 가볍고 들뜬 세상의 일면을 따라 생긴 유행을 따르는 예술품은 결코 뛰어난 작품으로 남을 수 없다. 시대의 세태 풍자도 좋지만 더 앞서야 할 것은 기나긴 역사 속에서도 살아 숨 쉬며 율동할 수 있는 보편타당한 내용을 담아야 한다. 잠깐 반짝했다가 사라지는 것은 소음이고 번잡한 유행물에 불과하다. 훌륭한 예술은 진실과 진리를 대변하지, 얄팍한 시대의 유행을 대변하지 않는다. 그래야 긴 역사의 흐름 속에 당당하게 통(通)하여 오래도록 생동한다.

# 2. 선조들의 예술 정신을 따르되
## 시대의 풍조와 어울리게 하라

창작을 하려면 매우 진취적이면서 뛰어난 재능과 지적 수준이 필요하다. 누구나 할 수 있는 작업 같지만 사실은 굉장히 어려운 작업이다. 예술적 감성과 지성이 오래 숙성되어 부지불식간에 나오는 것이 제대로 된 창작이다. 공자는 "나는 과거에 존재했던 위대한 유산을 기술한 것뿐이지 새로이 창작하지 않았다. 오직 과거의 찬란한 문명을 믿고 좋아할 뿐이다(述而不作 信而好古)"라고 말했다.

공자의 말을 미루어보면 술(述)은 예로부터 전해 내려오는 사상과 문화를 바탕으로 그것을 다시 정리하거나 서술하는 것을 뜻한다. 작(作)은 지금까지 없었던 새로운 사상과 학설을 처음으로 만들어내는 것을 말한다. 공자의 이 말은 겸손으로 한 것이 아니라 진실을 말한 것이다. 그만큼 창작은 어렵다. 사실 현대의 학문이나 과학과 예술을 엄밀히 따져보면, 모두 순수한 창작이라고 볼 수 없다. 모두가 앞 시대의 사상과 학설 등 어떤 전형(典型)에서 배태되어 나온 것들이기 때문이다. 그래서 학문도 저술이라는 뎟음이 있는 것이다. 2500년 전에

260

도 창작이 아니라 덧음으로 새로운 뜻을 붙였다고 공자는 말했다. 인류의 지성들은 이미 오래전부터 철학이나 학문이나 예술 등에서 기본 바탕의 골격을 만들어놓았다. 후손들은 그 골격에 살을 붙여왔을 뿐이다.

　내가 수행한 공부 방법이라든가 깨쳐가는 과정들은 책을 보고 따르는 것이 아니었다. 그런데 공부하면서 궁금해하고 의심을 품었던 것들이 하나씩 해결될 때마다, 선학들이 써놓은 책의 공부 방법이나 과정들과 어쩌면 그리 비슷한지 스스로도 매우 신기했다. 그럴 때는 마치 선학들에게 도력을 인가받는 느낌이 들었다. 인류 문명의 발전이 제아무리 끝없다 해도, 수많은 세월에 걸쳐 인간들의 노력으로 어지간한 것들은 다 분명하게 이루어놓았다. 그러므로 인류가 쌓아온 문화 예술이나 학문 등에는 반드시 경(經)과 위(緯)가 있어, '변해서는 안 될 것'과 '변하는 것'들이 있다. 그것은 바로 본질과 형식이다. 그것은 체(體)와 용(用)으로도 말할 수 있다. 본질은 체(體)요, 형식은 용(用)이다. 전통이란 체와 용이 서로 맞물려 함께 계승되지만, 체는 예술의 정신이고 예지(藝旨)이며, 예술 법도의 골기(骨氣)이다. 예술 형식은 때에 따라 다양하게 응용되고 변화하는 기교 양식이다. 체는 경(經)이고 날줄이며, 용은 위(緯)이고 씨줄이다. 우리가 사서삼경이나 불경, 성경이라고 말하듯이, 경(經)은 인류가 이룬 절대적 진리이다. 그 나머지 저술은 위서(緯書)라고 한다. 판소리 발성에서 체(體)는 발성 기법상 통성(通聲)이다. 통성은 중도(中道)요 중용(中庸)이며 시중(時中)과 같은 뜻으로, '변해서는 안 될 것'의 영원한 핵심적 가치이다. 용(用)은 기교나 기타의 형식미라 할 수 있는데, 기교나 여타의 예술 형식은 시대에 따라 마땅히 '변화될 것'들이다.

제행무상이라 세상에 변하지 않을 것들이 없겠지만, 오래된 것들은 인류가 장구한 세월에 걸쳐 만들어온 결과물들이다. 그것들은 시대에 따라 태(態)는 달리했을지 몰라도 근본 법도는 변하지 않았으며, 오히려 긍정적인 방향으로 발전한 것이 많았다. 서양 성악을 보자. 그들은 선조들로부터 계승된 것을 옳은 방향으로 더 심화시켜왔지, 오랜 전통의 품격을 손상할 만큼 전통 법도를 뒤흔들지는 않았다. 그들이 변화를 모색할 줄 몰라서가 아니다. 그러한 법도는 수백 년에 걸쳐 선배 예술가들이 실천함으로써 이미 옳은 가치를 발견했기 때문에, 그 길을 굳건히 믿고 충실하게 따르며 이행해왔던 것이다. 이것이 바로 공자가 말하는, 옛것이 좋아 믿고 따른다는 신이호고(信而好古)이다. 만약 성악 발성을 시대에 맞춰서 한다고 팝 싱어들의 발성과 흡사하게 해서 부른다고 상상해보라. 우습기 짝이 없지 않은가. 판소리를 대중화한답시고 날 선 통성 발성을 무시한 채 대중가수 발성처럼 소리한다고 생각해보자. 정말 웃기지 않겠는가?

발성 기법에도 품격이 있다. 경서(經書)가 인간들의 어두운 앞길을 옳게 인도하는 등댓불인 것처럼, 판소리에서 통성 발성은 성음을 다스리는 가장 중요한 핵심이다. 다행히 우리 판소리 가객들은 아직까지 옳은 발성법을 유지하고 있는 편이지만, 간혹 근간이 부실한 사이비 발성들이 횡행하고 있으니 경계해야 한다.

전통 예술의 가장 이상적인 계승 방법은 선배들의 뛰어난 예술 정신을 성실히 배우고 통찰하여, 시대의 풍조와도 잘 어울리게 하는 것이다. 그러나 요즘 우리 국악계는 이런 노력들이 깨지는 모양새이다. 언제부턴가 정작 중요한 내 것은 어설프게 익힌 상태에서 남의 것을 가져다가 억지 춘향 식으로 붙여 음악을 만들어가는 풍조가 유행하고 있기 때문이다. 국악의 대중화라는 뜻을 세우고 과감한 창작곡들을 선보였지만, 과연 대중들의 호응 속에 오래 남을 곡들이 얼마나 있을까? 잠시 국악 연주가들 사이에 연주되다가 알게 모르게 슬며시 사라져버린 곡들이 부지기수이다. 어설프게 흉내 내는 예술은 오래가지 못하는 법이다. 그래서 창작은 아무나 흉내 내서 이루어낼 수 있는 것이 아니다. 물론 명장들이 만든 훌륭한 창작곡들은 세상을 풍요롭게 해준다. 하지만 요즘은 너 나 할 것 없이 모두 창작의 대열에 끼어들어 깊이 없는 곡들이 난무하고 있다.

옛말에 "말의 힘을 알려면 길이 멀어야 알고, 사람 마음을 알려면 세월이 오래가봐야 안다"라고 했다. 요즘은 너 나 할 것 없이 창작이랍시고 수많은 곡을 내놓지만, 조금 지나면 없어지고 말 곡들이 태반이다. 시도와 모색은 훌륭하나 어떠한 이유였든 간에, 결국엔 살아남지 못하고 한철 매미처럼 신나게 떠들다가 온데간데없이 사라져버린다. 그것은 창작의 수작(秀作)이 아니라, 본의 아니게 대중을 헷갈리게 하는 일시적인 수작이 되어버리기 십상이다. 어찌 걸작만 나오겠는가만, 졸작이 난무하면 판의 격은 떨어지기 마련이다. 뛰어난 수작은 그 곡이 모태가 되어 또 다른 곡을 낳으면서 전통으로 유유히 흘러간다. 뛰어난 창작은 한때의 묘기로 수작을 부려 대중의 흥감을 농락하지 않으며, 인간의 깊은 회한을 웅숭깊게 그려내어, 요란하지 않으면서도 빛나는 예술을 천지간에 새겨놓는다. 설익은 소리꾼들은 끊임없이 소리의 세계로 몰입하여 오직 소리의 형해(形骸)를 분석하는 데 전력을 쏟아야 한다. 이것이 술이부작(述而不作)의 묘수(妙手)이다. 쓸데없이 여기저기 기웃거리다가는 강건한 자신의 골격만 시나브로 부실해진다.

# 3. 어설픈 세계화보다는 국악의 품격을 알리는 데 힘쓰라

국악 평론가 전지영은 요즘 우리 국악인들이 새겨들어야 할 좋은 말을 했다. 그는 우리나라 국악이 세계화를 하는 것이 아니라 세계화를 당하고 있는지도 모른다고 말한다. 국악을 어떻게든 서양의 시각과 입맛에 맞게 변화시키려 하고 있다는 말이다. 그들의 입맛에 맞추어 우리 자신을 '요리해드리고' 있는 상황이라는 것이다. 그것은 마치 김치를 세계화한다면서 배추에 스파게티 소스를 뿌리는 것과 같다고 말한다.

그는 분명하고 조리 있게 우리 국악의 현실을 지적했다. 그의 말대로 국악의 지금 현실은 이러지도 저러지도 못하는 상황이다. 요즘 들어 국악을 대중화한다는 말을 곧잘 한다. 국악이 대중화되면 매우 좋겠지만, 그 말은 어불성설이고 괜한 욕심에 불과하다. 진정한 대중 예술이란 그 시대의 주역들이 만들어낸 그 시대의 문화와 생각과 언어 의식 등의 변화에서 저절로 탄생하는 예술 풍조를 말한다. 한 번 지나가 스타일로 대중화하겠다고 애쓰는 것은 어불성설이다. 지금 시대에 대중 예술은 싸이 같은 대중 가수들에게 맡겨둘 일이지, 그 틈새를 비집고 들어가 국악을 억지로 대중화하겠다는 것은 굉장한 콤플렉스이다.

지금은 국악의 대중화보다는 국악의 품격을 알리는 데 주력해야 할 때라고 생각한다. 대중 예술과는 달리 전통 국악이 감당해야 할 예술 격조와 품격이 따로 있다. 그렇다고 오래된 전통 예술은 항상 옛 스타일만으로 버텨나가야 한다는 말이 아니다. 전통 예술이 지닌 고상하고 격조 있는 품격과 가치를 제대로 인식하여, 이제는 수준 있는 품격을 갖춘 예술로 대중들에게 다가갈 필요가 있다는 말이다. 그러한 바탕 위에 새로운 곡들이 심도 있게 펼쳐지면서, 요란스럽지 않고 품위 있는 예술로 다가가야 한다. 대중화란 내가 떠들고 다닌다 해서 될 일이 아니라, 대중이 저절로 좋아해야 한다. 요즘 대중문화의 흐름은 시시각각 변한다. 거기에 따라가려는 대중들조차 갈피를 못 잡고 정신없는 시대가 아닌가. 뭔가 대중 매체에 홀려서 끌려가는 느낌이 요즘 대중 예술의 흐름이다. 자고 나면 어제 각광받았던 것도 바로 퇴물이 되는 것이 요즘의 대중문화이다. 지금 우리에게 시급한 것은 세계화도 대중화도 아닌 온전한 자기화이다.

우리 국악은 이런 얄팍한 세태에 이리저리 끌려다니면서, 무작위로 만들어지고 불리는 얕은 예술이 아니다. 우리 국악이 진정 모색해야 할 것은 오래된 것에 대한 품격을 갖추는 일이다. 그것이 바로 세계화의 초석이다. 내면의 세계를 제대로 갖춘 내 것이, 더도 덜도 말고 있는 그대로의 아름다운 내 것이 세계 속에 당당히 서고 어우러져, 세계 여러 나라의 문화 예술과 함께 더불어 빛나는 것이 진정한 세계화이다. 어쩌면 세계화란 말 자체가 굉장히 웃긴 발상일 수도 있다. 왜냐하면 세계가 그렇게 허술하지 않기 때문이다.

세계의 모든 나라들은 저마다 고유한 양식의 전통 예술을 가지고 있다. 그러한 예술 양식은 인류의 고귀한 유산으로서 영구히 보존해야 할 가치를 지닌 것들이다. 그런데 그러한 전통 예술들이 엄연히 존재하고 있는 세계의 판에다, 우리 것으로 세계화를 한다는 말은 굉장히 무모하고 그릇된 발상이다. 화(化)란 말은 남의 것을 '내 것으로' 만든다는 말이다. 이는 있을 수도 없는 일이고, 그래서도 안 되는 일이다. 왜냐하면 세계는 많은 나라의 다양한 문화와 예술이 공존해야 더 아름답기 때문이다. 따라서 우리는 세계화보다 우리 것을 제대로 알리는 일에 힘을 쏟아야 한다. 우리의 문화가 어떤 내용과 이치를 담고 있는지, 또 그 내용과 이치가 얼마나 가치 있는지를 자세히 소개하면 되는 것이다. 내 것의 내용과 이치도 제대로 모르면서, 남의 것을 잠식하려는 발상을 도대체 뭐라고 말해야 좋을지 모르겠다.

우리는 이제 솔직해질 필요가 있다. 우리의 현재 위치가 어떠한지를 말이다. 지금 국악계가 세계화라는 슬로건을 내걸고 국악의 새로운 변모를 꾀하면서 다양하게 펼치는 시도와 의도는 매우 가상하지만, 진행되는 모양을 보면 많은 모순들이 발견되고 있다. 새롭게 이루어지는 연주 형태들을 보면, 전지영 선생의 말마따나 배추에 스파게티 소스를 뿌리는 꼴이고, 그릇만 내 것이고 그 안에 담긴 음식은 남의 것인 꼴이다. 그 음식을 어찌 내 솜씨라고 뽐내며 손님을 대접한단 말인가. 이는 모두 내 것에 대한 확고한 공부가 안 되었기 때문에 비롯된 일이다. 내 걸음이 확실하면 못 갈 곳이 없다. 내 걸음이 아닌 남의 걸음으로 가려니까 문제가 생기는 것이다. 되지도 않는 세계화보다는 자기화에 우선 충실해야 한다고 생각한다.

『장자』'추수(秋水)' 편에 나오는 한단학보(邯鄲學步) 이야기가 생각난다. 조나라 한단이란 곳은 요즘의 뉴욕이나 파리 정도 되는 도시였던가. 연나라의 한 소년이 조나라의 멋진 걸음걸이에 빠져 조나라의 한단에 가서 우아한 걸음걸이를 보고 배웠다. 그런데 어찌 된 일인지 그 나라 걸음걸이도 제대로 배우지 못하고, 본래 걸었던 자기 고향의 걸음걸이까지 잊어버리고, 결국에는 기어서 돌아왔다고 한다.

자기의 근본도 잊고 실없이 남의 흉내를 내는 어리석음을 경계하는 고사이다. 지금 우리의 현실이 딱 이 지경이라 해도 과언이 아닐 것이다. 창작을 경시하고 무시해서 하는 말이 절대 아니다. 창작은 당연히 이루어져야 하고 중시해야 할 예술의 당위성이다. 다만 우리는 우리의 걸음걸이가 있고, 우리의 걸음을 걸어야 마땅하고, 그리하여 제대로 된 내 걸음이 몸에 밴 다음에 창작의 길을 모색해야 하는 게 옳은 순서이다. 더 나아가 지금 우리가 제일 먼저 해야 할 일은 당당한 걸음으로 천지를 소요하는 것도 좋지만, 지금까지 걸어온 우리의 걸음새에 대한 연구를 확실히 하여 우리의 아름답고 품격 있는 예술적 가치를 이론적으로 바로잡는 것이다. 겉만 번지르르하고 속이 빈 것은 허깨비 문화요, 뿌리 없이 떠도는 부평초 문화이다. 그러나 우리 단군의 문화는 수천 년의 세월 동안 일궈온 금강석 같은 문화이다. 그 위로 우리는 당당하고 격조 있게 걸어가야 한다. 그것이 전통 국악의 진정한 가치이다. 오래된 전통 예술의 품격은 바로 국가의 품격이다.

# 4. 범인문학적 교육이 이루어져야 창작이 빛난다

요즘 국악 전공 학생들은 창작에 너무 성급하게 달려들고 있다는 생각이 든다. 그렇게 된 원인은 전통 법도에 대한 올바른 교육을 받지 못하고 있기 때문이다. 모두 선행자들의 책임이다. 전통을 깊이 있게 이해한다면 그런 무모한 일에 동참할 수 없을 것이다. 수백 년을 거쳐 내려온 오묘하고 깊은 예술을 불과 몇 년 투자해서 오묘한 음악적 세계를 통달하려는 것은 그야말로 잘못된 계산법이다. 공자 같은 인물도 "나이 삼십에 뜻을 세워(而立), 사십에 흔들리지 않는 경지를 이루어(不惑) 나이 칠십이 되어서야 비로소 마음먹은 대로 해도 법도에 어긋남이 없다(從心所慾不踰矩)"라고 했다. 이것은 꼭 나이가 칠십이 되어야 법도로부터 자유로워진다기보다는 그만큼 충실한 경험을 중시해서 한 말이라고 본다.

그런데 요즘 세태를 보면 전통 법식에 근거해서 한창 공부해야 할 나이에 창작하느라 겨를이 없으니, 공부의 선후 분별을 전혀 못 하고 있다. 창작에 무슨 때가 있느냐고 할지 모르겠지만, 이건 굉장히 중요한 문제이다. 천재적인 작가들이나 타고난 소질로 획기적인 창작물이 나왔지, 지금처럼 너 나 할 것 없이 창작하겠다고 달려든 시기는 어느 시대에도 없었다. 국악의 대중화라는 미명하에 무슨 국악 창작 새마을 운동이라도 하듯, 너나없이 창작 활동에 동참하는 모습은 보기에 좋지 않다. 창작은 그야말로 타고난 천재들이나 작곡자들에게 맡겨두는 것이 좋다. 그렇지 않은 평범한 악공들은 그저 자기가 배운 재주를 내실하게 익히고 공력을 들이는 데 주력하면 좋을 듯싶다. 그러다 예술적 능력과 내재적 정신이 성숙해졌을 때 저절로 창작이 이루어지게 하는 것이 순리이다. 배워 익힌 것이 알이 꽉 차고 여물어 저절로 벌어져야 제대로 된 새로운 것이 나온다. 아직 익기는커녕 꽃도 안 피었는데, 열매를 맛보려 하는 것은 조금 우습지 않은가. 이 시대 지성적인 국악 작곡가 김대성 선생은 이렇게 말한다. "우리의 전통 음악들이 얼마나 치열한 노력과 자기 안에서의 싸움과 끝없는 연습 속에서 만들어졌는지를 느낀다. 우리 전통 음악은 끊임없는 창작 음악의 역사다. 풍물과 굿 음악, 민요도 풍류도 창작 음악의 역사다." 그는 새로운 곡을 만들기 위해서 늘 5000년 역사의 성률을 더듬는 작업을 철저히 하고 있는 것을 나는 보았다. 적어도 이러한 노심초사의 기반이 있는 사람의 곡이 깊이가 있다고 생각한다. 그의 노래에는 겨레의 애틋한 정한이 생생하게 율동하고 있다.

전통 예술은 씹을수록 새로운 맛이 우러난다. 다 왔다고 보면 또 어느새 내가 아직도 뒤따라가고 있음을 느끼는 게 전통 예술의 공부이다. 그런데 우리는 서둘러도 너무 서두른다. 이러한 현상은 솔직히 말해서 교육 시스템의 문제 때문이라고 본다. 학교란 예술가가 자신의 평생 예술의 향방에 대해 묻고, 올바른 정신적 가치를 배우고 설정하기 위해서 가는 것이다. 하지만 요즘 학교 교육에서 그러한 교육이 충실하게 이루어지고 있을까? 어린 예술 학도들은 이제 막 싹이 난 풀이나 나무처럼, 한창 물과 거름을 제때 주어서 잘 자라도록 다독거려 줘야 한다. 이런 중요한 시기에 자상한 보살핌은커녕 이리저리 옮겨 심느라 어린 나무들이 몸살을 앓고 있는 실정이니, 제대로 성장할 수 있겠는가. 자신의 전공에 대한 예술 철학을 지니도록, 예술 정신을 집약시키는 교육이 되어야 하는데, 오히려 분산시키는 경향이 있다.

과연 학교에서 예술 교육을 얼마나 충실하게 해줄 수 있단 말인가? 나는 아이들을 도제식으로 오랫동안 가르쳐오면서 느끼는 바가 있다. 교육 시스템으로만 보면 학교 교육이 가져다주는 이점은 분명히 많다. 그러나 진정한 예술 향상의 입장에서 냉정하게 판단할 때 득보다는 실이 크다. 이것은 어디까지나 개인적인 생각이지만, 학교에서 배우는 과목들이 실제로 예술 향상에 별로 효과적이지 못하기 때문이다. 오죽하면 음악 대학이 생겨서 음악이 죽고, 미술 대학이 생겨서 그림이 죽는다는 말을 했을까. 예술가에게 석사, 박사 과정은 필요한 사람에게나 필요한 것이지, 너 나 할 것 없이 다 거쳐야 할 필수 과정이 아니다. 하지만 요즘 우리의 현실은 그러한 과정을 꼭 거쳐야만 사람대접을 받는 세상이 되어버렸으니, 이게 진정 옳은 일인지도 모르겠다. 게다가 더 큰 문제는 이렇게 많은 시간을 학사, 석사, 박사 과정에 쏟아부었음에도 불구하고, 정작 대부분의 인력들이 사회에 나와선할 일이 없다는 것이다.

대학은 앞으로 다가올 기나긴 예술 인생에서 홀로 개척해나가는 방법이나 예술 정신과 철학적 기반을 다지는 곳이 되어야 한다. 그래야졸업하고 나서도 예술의 방향과 목표가 뚜렷하여 예술의 길을 꿋꿋이갈 수 있다. 이런 중요한 시기에 설익은 실력으로 창작에 시간을 허비하는 것은, 예술의 길을 우습게 아는 것이라고밖에 달리 할 말이 없다. "무소의 뿔처럼 홀로 가라"는 말처럼, 소리꾼의 길은 세상이 요구하는 세속적 질서와 욕망에서 벗어나, 오직 소리와 함께 외롭고 고독한 길을 걸어갈 때 통렬한 깨침이 다가온다. 이런 외로운 길을 잘 지탱하며 가도록 정신적이고 철학적인 근기를 길러줘야 할 곳이 학교이다. 훌륭한 교육 시스템이 아니면 대학 교육도 실제에서는 별 의미가없고, 오히려 허송세월을 보내는 것이 될 것이다.

중요한 것은 대학 교육을 받든 못 받든 간에 자신의 예술 표현이 풍부해질 수 있는 학문을 해야 한다는 점이다. 예술의 성공은 내가 오직소리를 잘할 수 있는 조건이 형성된 곳에 있어야 이룰 수 있다. 그러한 환경과 조건은 스스로 찾아가야 한다. 예술가의 대학 교육은 정말쓰임이 있는 교육이 되어야 한다. 판소리 교육도 보다 진지하고 수준있고 현실적인 시스템이 필요하다. 중등 교육 때부터 받은 교육과는 차원이 완전히 다른, 보다 철학적인 심화 작업이 대학 교육에서 이루어져야 한다. 선택 과목도 좀 더 현실적인 과목으로 배정해야 한다. 쓸모없는 공리(空理)적인 학문은 과감히 없애고, 예술 향상에 직접 영향을 끼치는 학습이 되도록 교육 시스템을 진정성 있게 꾸려야 한다.

국악평론가 윤중강 선생은 "예전의 기생학교에선 내 악기나 전공만을 중시하지 않았다. 가무악을 두루 익혔다. 이렇게 학습했기에 다른 장르에도 열려 있고, 타인과의 협업도 수월했다. 지금의 국악 관현악이야말로 이런 시각이 필요하다. 지금처럼 작곡과 연주가 분리된 방식으로는 한계가 있다"고 말했다.

이는 진정한 창작이 존재하지 않고, 당대적 가치마저 없는 음악으로 전락하는 국악 관현악단의 연주 형태를 염려하는 뜻에서 엄중하게 진단한 말이다. 틀림없는 말이라고 생각한다. 평론이란 평(評)자가 말해주듯이, 말을 '고르게' 하는 것이다. 말을 고르게 한다는 것은 그 말이 가지는 뜻에 편견이 없고, 객관적인 견해로 이야기한다는 뜻이다. 그러므로 국악 평론에서 국악의 속사정을 꿰뚫지 못하고 예술 체험도 부족하면서 단순하고 주관적인 생각만 가지고 말하는 것은 자칫하면 저속한 비방이고 험담이 될 소지가 많다. 윤중강 선생의 평론은 늘 불편부당한 사중의 논지를 지향한다. 그렇다, 억지로 구색을 맞추는 음악은 의미가 없다. 창조적이지도 못하고 대중적이지도 철학적이지도 못한 연주 형태는 분명 개선해야 할 것이다. 이러한 연주 형태도 엄격하게 따지고 보면 학교 교육으로부터 기인하는 것들이다. 오죽하면 차라리 기본적으로 가무악(歌無樂)을 능통하게 가르쳤던 기생 교육 시스템보다 못하다는 혹평들이 쏟아져 나올까. 왜 이런 혹평이 쏟아져 나오는지를 심도 있게 살피지 않으면, 머지않은 세월에 공멸할 것이 틀림없다.

대중에게도 진정 유익하고, 인문의 번영에도 널리 이로운 국악 교육이 이루어져야 한다. 쓸데없는 공리적인 교육과 연주 형태보다는 제대로 쓰임이 있는 교육 시스템을 하루속히 복원해야 한다. 판소리 교육만 보아도 그렇다. 판소리는 고전 문학을 소리 예술로 표현하는 것이므로, 무엇보다도 고전 문학이나 예술 철학과 미학론 같은 학문을 진지하고 심도 있게 가르쳐야 옳다. 판소리의 사설을 이해하려면 역사적인 글이나 한시나 한문학 등에 대한 범인문학적인 학습이 필요하다. 그러한 것들이 기본적으로 학습되어야 예술이 진정으로 발전할 수 있고 창작 작업도 더욱 빛난다. 그러한 공부에 곁들여 타 예술의 미학이나 철학까지 학습할 수 있는 기회가 주어진다면, 더할 나위 없는 교육이 되리라 확신한다.

이러한 시스템을 학교에서 진지하게 마련해줘야 마땅하다. 도제식 학습으로는 폭넓은 지적 세계를 학습할 기회가 부족하다. 또 그런 지적인 공부를 혼자 공부하기에는 너무 많은 세월을 요하기 때문에, 학교에서는 반드시 예술가를 위한 전문적인 교육이 이루어져야 한다. 소리꾼이 소리만 열심히 하면 수승한 경지에 오를 것 같아도, 소리만으로는 절대 평범한 경계를 벗어날 수 없다. 평범한 경계를 넘어 비범한 경계로 들어서려면 내면의 정신적 성숙함이 있어야 한다. 내면의 정신적 성숙은 폭넓은 인문학적인 학문으로써만 이루어진다. 뛰어난 예술을 하기 위해서는 자신이 타고난 것으로는 반드시 한계가 있다. 유한한 한계에서 무한한 경계로 진일보할 수 있도록, 대학에서는 진실된 교육 프로그램을 마련해야 한다. 고등학교 때처럼 전공 수업을 한답시고 소리 몇 대목 배워 실기 시험이나 치르는 안일한 방식의 교육은 안 된다. 아까운 시간에 소리 몇 대목 따라 부르려고 천금 같은 세월을 헛되이 낭비해서야 되겠는가. 대학은 사제지간에 끊임없이 묻고 답하며 생생하게 토론하고 강론하는 곳이어야 한다. 옛 성현들의 공부는 바로 사제지간의 치열한 문답에서 이루어졌다. 지금처럼 일방적으로 단순하게 가르쳐 보이는 교육 방식으로는 갈 길이 아득하다.

# 5. 샘이 깊고 뿌리가 깊은 한류를 만들어라

지금 국악은 전통과 창작의 경계가 뚜렷하다. 국악에서 전통과 창작은 매우 특수한 관계에 있다. 우리 국악은 단군의 역사와 함께 수천 년을 함께해온 겨레의 혼으로 빚은 음악이다. 그러한 악혼(樂魂)을 모태로 우리는 늘 새로운 선율을 만들어가기 때문에, 창작 예술인도 전통 예술에 대한 공부를 철저히 해야 한다. 창작이라고 해서 전통의 예술 정신과 형식미를 아주 벗어날 수는 없기 때문이다. 전통을 잘 계승하여 더 빛난 청출어람의 작품으로 빚어진 것이 창작물이기에, 우리는 전통 예술에 관한 이론과 정신을 먼저 확고히 익혀야 한다.

우리 민족이 고난의 역사 속에 있을 때, 뜻있는 선조들은 그 험난한 여건 속에서도 우리의 문화유산을 악착같이 지키려고 목숨을 걸었다. 그러나 지금은 국가적으로 안정된 태평 시대가 되었는데도 불구하고, 동도동기(東道東器)의 자주적인 예술을 회복하기는커녕, 이제는 그 어려운 시기에도 악착같이 지키려 했던 동도서기(東道西器)의 애틋한 정신마저 온데간데없다. 오히려 서도서기(西道西器)하려는 어리석음을 범하고 있다. 나는 세계 여러 도시에서 외국 음악가들과 교류하며 많은 것을 배우고 느꼈다. 우리는 한류다 뭐다 하면서 떠들썩하지만, 진정한 한류가 뭔지 눈을 똑바로 뜨고 인식해야 한다. 한류도 품격과 격조가 있다. 무늬만 가지고는 일류의 대열에 낄 수가 없다. 인류의 지성들은 일시적으로 몰아치는 비바람 같은 유행성 예술에는 별 가치를 두지 않는다.

우리 문화 예술의 품격은 일시적으로 느닷없이 몰아치는 오뉴월의 풍우 같은 게 아니다. 『용비어천가』에 나온 것처럼, 샘이 깊고 뿌리가 깊은 반만년의 역사를 이어온 우수한 민족의 예술 품격이다. 근원이 깊은 민족의 기상에 걸맞게 한류는 깊고 멀리 흘러야 한다. 그것이 바로 우리 단군의 기상이요 저력이다. 맹자는 "수원지로부터 힘차게 솟아 흐르는 물은 밤낮을 가리지 않고 줄기차게 흐르며, 웅덩이가 있으면 채우고 나서 바다로 나아간다. 7~8월 사이에 퍼붓는 비는 큰 물줄기를 만들어 큰 도랑을 채우지만 비가 그치고 햇볕에 고갈되는 것은 금방이다. 그러므로 사람의 명성이 실정에 지나치는 것을 군자는 수치스럽게 여긴다"고 말했다.

뛰어난 예술가는 마치 원천의 물이 마르지 않고 쉼 없이 흘러, 천 갈래 만 갈래의 지류로 뻗어 메마른 대지를 적셔주듯이, 마르지 않는 근원의 원동력으로 한없는 영감을 세상에 널리 뿌리는 자들이다. 이는 노자가 말한, "빛나지만 요란하지 않다"와 같은 것이다. 실정이 충실하지 못한 사람들은 스스로 요란을 떨어가며 갖은 재주를 부려 멀쩡한 도랑을 혼탁하게 어지럽힌다. 한때의 교묘한 재주는 세상 사람들을 미친 듯이 춤추게 할지 몰라도, 영혼의 깨침과는 거리가 멀다. 진정으로 특별한 사람은 비범보다는 평범을 지키면서 묵묵히 내공을 쌓아가는 사람들이다. 시냇물은 밤낮을 가리지 않고 줄기차게 흐른다. 웅덩이를 만나면 반드시 채우고 나서 흘러간다. 진정한 예술의 길을 가는 자는 물과 같이 꾸준한 공을 들이는 자들이다. 원천의 저력과 생명력을 무시하고, 한때의 억수같이 쏟아지는 빗물로 천하를 적셔보려는 심보는 예술가의 바른 태도라고 볼 수 없다.

지금의 우리에게는 새로운 것을 추구하는 것도 좋지만, 샘이 깊은 물의 근원을 제대로 파악하는 일이 더 중요하다. 사실 기존의 판소리에 들어 있는 원리와 미학은 평생 공부해도 알 듯 말 듯한 것들이다. 지금이라도 이것들을 깊이 이해하고 터득해서 아름다운 생각들을 글로 기록하고, 번역을 통해 외국에 널리 알려 인류의 문화 번창에 합류해야 한다. 또한 우리 국민들에게도 국악의 예술 정신을 제대로 교육해서 우리 문화 예술의 진정한 품격을 알리는 게 무엇보다 선행되어야 한다. 지금 우리가 진정 해야 할 일은 창작이 아니라, 바로 전통을 올바르고 깊이 있게 해석하는 것이다. 실기자가 직접 예술적 체험을 하면서도 자기가 하는 예술 형식미와 정신에 대해 정확히 인식하지도 못한 채 새로운 것을 창작하겠다고 달려드는 것은 그야말로 하룻강아지 범 무서운 줄 모르는 격이다. 닿지도 않을 짧은 두레박으로 깊은 우물물을 떠올리려는 꼴이나 마찬가지이다.

전통 예술을 연구하는 예술가는 가볍게 유행하는 대중문화에 마구 잡이로 따라가서는 안 된다. 거듭 말하지만 지금 우리는 우리 민족의 고품격 예술의 아름다움에 대한 공부를 더 진실되게 해야 할 때이다. 모든 예술가가 반드시 세상 흐름에 맞는 예술을 해야 한다는 강박관념에 사로잡혀 살 필요는 없다. 대중은 언제 어느 쪽으로 쏠릴지 모른다. 대중은 예술가들의 공부 과정이나 창조 과정 등 예술 정신에 대한 이해와 안목이 낮고 또 관심도 없다. 예술을 그런 안목에 맞춰가면 진정으로 대중을 위로하지도 못할뿐더러, 스스로도 지적인 예술 세계로 들어서기가 어렵다. 전통 예술에 종사하는 예술가는 실기만 능통하면 다 된다는 생각은 큰 착각이다. 지금은 인문학적인 지식을 요구하는 지성의 시대이다. 지금 유행하는 새로운 대중 예술이야 굳이 예술적 설명이 없더라도 대중은 다 이해하고 좋아서 어쩔 줄 모른다. 어쩌면 대중은 깊은 철학과 내용이 들어 있는 수준 높은 예술을 접하면 오히려 골치 아파할지도 모를 것이다. 그러므로 전통 예술가는 그러한 대중의 기호에 맞춰 음악을 하려고 노력할 필요가 없다. 이 말은 대중을 무시해서 하는 것이 절대 아니다. 대중의 그러한 태도는 당연한 것이다. 예술가도 자기 분야가 아닌 다른 분야에 대해서는 관심이 없듯, 예술을 대하는 대중의 관심도 마찬가지이다.

그러나 예술은 인류의 다가올 역사의 장에서도 도도하게 출렁거릴 소중한 문화적 유산이다. 예술가는 평범한 사람들의 습성을 따라서는 훌륭한 예술을 영위할 수 없다. 자신의 총명한 영감을 바탕으로 전통 예술을 충실히 수행하면서, 자신의 길을 성실하게 가야 자기의 예술에 통달할 수 있다. 대중이 좋아한다고 해서 꼭 훌륭한 예술은 아닐 것이다. 더욱이 유행의 속도가 아침저녁으로 변하는 현대 사회 같은 구조에서는 더욱더 그렇다고 생각한다. 수준 높은 예술은 대중의 얕은 감식안에서 벗어나기 때문에 외면당하는 경우가 허다하다. 그래서 진짜 고수는 외로운 길에 처해 있으면서 세상에 요란하게 드러나지 않는 것인지도 모른다. 세상 인심은 본래 깊고 복잡한 것에는 관심이 없다. 모든 대중이 다 그렇지는 않겠지만, 대개가 심심파적으로 즐길 수 있으면 만족하는 것이 고금의 솔직한 예술 실정이다. 사람들은 어떤 예술 취미에서 쾌락을 얻으려고 애쓰지만, 예술 세계에 내재해 있는 고상한 멋을 찾으려는 노력은 사실 보기 드물다. 예술가는 그런 환경에서 자신의 예술 정신을 펼치고 살아가니 매우 고독한 직업인 것이다. "기예가 높아갈수록 사람들이 알아주지 않는다(技益進而不知)"고 말한 조선의 악사 유우춘의 고백처럼, 세상 사람들은 자기 수준의 감관(感官)만 충족되면 더 이상 눈을 들어 쳐다보려 하질 않는다. 예술가는 그들의 눈높이에 안주할 틈이 없다. 속없고 야속한 시류를 좇아 이리저리 몰려다니다가는 결국 제 목소리도 잃게 되니까 말이다.

# 6. 우리 산하를 적시고 흐른 물이 태평양에 이른다

나는 오리지널한 전통을 고집하는 소리꾼이다. 사실 기존의 판소리 형식에는 엄청난 우주적 질서와 철학적 내용이 풍부하게 담겨 있다. 전통 예술이 가지고 있는 예술 정신과 형식미를 완전히 깨쳐 체득한다는 것은 정말 힘든 일이다. 그 속에 이미 예술의 궁극이 들어 있어, 바로 그 길에서 예술의 참뜻을 찾으면 되는데, 그러고 나서 창작을 해도 늦지 않을 텐데, 전통에 대해서 다 알아보지도 않고 왜 성급하게 새로운 것만 찾으려 할까? 그런 사람들을 보면 왠지 자기 집안 살림도 감당하지 못하면서 남의 집 살림까지 책임지겠노라 호언장담하는 허풍쟁이처럼 보인다. 불세출의 화가 석도는 일획(一劃)의 도를 깨쳐야 만획(萬劃)이 숨을 쉬어 천지 사방에 활통한다고 했다. 단 하나도 감당치 못하면서 두세 개를 보려고 하는 것은 지나친 욕심이다. 만획을 쥐고 있는 것은 단 일획이다. 일획만 장악하면 도통한다. 이것이 일즉다(一卽多)의 숭고한 뜻이다. 전통 법도를 터득하면 오만 가지 일에도 능통하게 된다는 말이다. 하나도 감당하지 못하면서 두셋을 기웃거리는 것은 주제넘은 일이다. 시냇물은 반드시 웅덩이를 채우고 넘어간다. 옛것에 담긴 깊은 내용을 충분히 터득한 후에 새로운 것으로 모색해나가야 옳은 처사이다. 그렇게 해도 늦지 않고 훨씬 더 수준 높은 창작 활동을 할 수 있다.

나도 요즘은 이른바 퓨전 음악을 하느라 정신이 없다. 그 일은 내가 애써 찾아서 이루어진 것이 아니다. 살다 보니 우연히 맺어진 일이었다. 나에게는 불혹의 나이에 들어서고부터 삶의 큰 변화를 갖는 계기가 있었다. 오랜 산 공부를 마치고도 뜻을 펴지 못하고 할 일 없이 지내던 어느 날, 오랜 벗인 김동원 선생에게서 연락이 왔다. 그날의 전화 한 통이 내 인생에 큰 변화를 안겨주었다. 전화의 요지는 이랬다. 오스트레일리아에 사이먼 바커(Simon Barker)라는 드러머가 있는데, 우리 국악을 오랫동안 연구했고 실제 우리 가락도 능숙하게 연주할 수 있는 세계적 드러머라고 했다. 그가 한국 음악에 심취하여 가락을 익히고자 7년 동안 한국을 드나들고 있다고 했다. 그는 한국 음악의 다양한 세계를 영상으로 담기 위해서 그에 걸맞은 연주자들을 물색하는 중이었다. 이때 김동원 선생이 내가 제격이라고 사이먼 바커에게 추천했다. 그렇게 해서 함께 작업하게 된 것이다. 나는 그날 곧바로 김동원 선생과 사이먼 바커와 영화감독 엠마 프란츠(Emma Franz)를 만났다. 우리는 첫 대면에서부터 예술에 대해 많은 이야기들을 했다.

감독 엠마 프란츠는 오스트레일리아 출신의 재즈 싱어로 오랫동안 왕성하게 활동했고, 사이먼 바커와는 오랜 음악 친구라고 했다. 그녀가 사이먼 바커로부터 한국 음악을 전해 듣고, 다큐 형식의 영화로 한 번 찍어보겠다고 나섰던 게다. 그녀는 이러한 작업이 처음이지만 영상 공부를 한 적이 있고, 예술적 안목이 뛰어나서 잘해낼 것이라고 사이먼 바커는 말했다. 결론적으로 말해서 우리는 영화 한 편을 완성했는데, 영화의 원제목은 'Intangible Asset No. 82'(한국에선 〈땡큐, 마스터 킴〉으로 상영되었다)이다. 사이먼 바커가 한국의 무형문화재 82호 기능 보유자인 김석출* 명인의 연주를 듣고 감명을 받아, 7여 년간 한국을 17차례나 다녀가며 김석출을 찾는 과정에서, 한국의 다양한 소리를 만나는 여정을 2008년에 다큐멘터리로 만든 작품이다. 영화는 기, 다리, 음양, 호흡, 이완이라는 다섯 섹션으로 나누어 우리 음악의 예술 정신을 소개하고 있으며, 나도 이 영화의 기(氣) 섹션에 소개되었다.

이 다큐멘터리를 처음 준비할 때는 큰 그림을 그리지 않았다. 촬영 도중에 엠마 프란츠 감독이 한국 음악의 아름다움과 예술 세계에 깊은 영감을 얻어, 당초의 계획을 수정하여 제작 기간도 무려 3년이나 소요되었다. 제작비가 30만 달러나 들었는데, 엠마 프란츠의 사비로 거의 충당했다. 엠마 프란츠는 불행히도 이 다큐를 찍고 지금까지도 경제적으로 많은 어려움을 겪고 있다. 그녀의 노력과 헌신으로 이 영화는 유수한 세계 다큐멘터리 영화제에서 영예의 수상도 했고, 전 세계로 배급되어 세계인들에게 감동을 주었다. 특히 각국의 음악가들이

---

* 김석출(金石出, 1922~2005): 경북 영일에서 태어나 20세기에 활동한 태평소(무악) 연주가이다. 중요 무형문화재 제82호 동해안 별신굿 예능 보유자이다.

우리 국악의 우수함에 관심을 보이며, 협연 형식으로 많은 음악적 교류를 갖고 있다. 우리나라에서도 문화 예술의 국제적 교류 행사 때마다 외국 방문객들에게 이 영화를 상영해 우리의 음악 정신을 알리는 데 크게 공헌하고 있다. 그녀는 우리 민족의 우수한 예술 정신을 수준 높은 영상으로 세계만방에 알리는 큰 공을 세웠는데, 그녀의 파산에는 이 가난한 소리꾼도 별도리가 없으니 큰 빚을 져서 늘 가슴이 아리다. 지면으로나마 엠마 프란츠 감독에게 진심으로 감사와 경의를 표하고 싶다

이런 인연으로 나는 오스트레일리아의 재즈 뮤지션들과 팀을 만들어 7년 전부터 세계 각국을 다니며 공연과 강의를 하고 있다. 나와 함께하는 음악 그룹은 두 팀이다. 한 팀은 '다오름(Daorum)'인데, 우리말의 '다 오르다'에서 따온 것이다. 구성원의 신명이 다 올라 천지의 기운을 생동하게 하자는 뜻으로 김동원 선생이 지어준 이름이다. 다오름의 구성 인원은 총 여섯 명으로, 드러머에 사이먼 바커, 기타에 칼 듀허트(Carl Dewhurst), 트럼펫에 필 슬레이터(Phil Slater), 피아노에 맷 맥마흔(Matt McMahon), 장단과 보컬 김동원, 판소리 배일동으로 이루어졌다. 팀의 리더인 사이먼 바커와 김동원 선생이 팀의 공연을 위해 많이 애쓰며, 늘 격조 있는 공연이 되도록 세심하게 준비한다.

특히 김동원 선생은 국악 예술 세계의 심미나 미학과 실기에 정통하며, 매우 능동적이고 진취적인 사고를 가진 예인(藝人)이다. 우리의 전통은 물론이거니와 서양 예술에 대한 재능도 갖춰 음악적 경계가

2014년 오스트레일리아 케언즈에서 열린 'Return of Spring' 공연을 함께한 친구들이다.

자유로우며, 경륜도 깊어 창의성이 뛰어나다. 영어도 능숙하여 풍부한 학문과 예술과 지성을 바탕으로 공연뿐만 아니라 강의나 세미나에서 외국인들에게 우리 국악의 아름다움을 끊임없이 전해주고 있다. 그는 한류를 뛰어넘어 우리 음악이나 문화가 가지고 있는 정신세계의 뛰어남을 인류의 보편적 지성과 가치로 발전시키고자 노력하는 사람이다.

한류란 단순히 세계 시장에 '내 것'만을 내놓으며 자랑하고 뽐내는 것이 아니다. '내 것'이 '남의 것'과 조화를 이루고, 그 조화로 인류의 문화 발전에 기여하는 게 진정한 세류(世流) 속에 도도히 흐르는 한류라고 할 수 있다. 우리나라 산하를 적시며 흐른 물이 우리의 강하(江河)를 벗어나 태평양에 이르러 사해 천지의 물과 하나 되어 흐르듯, 한류는 세류에 합류하여 우주의 생동한 질서에 동류(同流)하는 것이다. 네 것 내 것의 경쟁이나 우열을 논하지 않는 자연적인 어울림! 이것이 바로 진정한 '퓨전'의 방향이 아닌가 싶다.

다오름 멤버들은 모두 40대 후반이어서 예술적 경륜도 만만치 않을뿐더러, 인품도 온화하고 지성미를 지닌 음악가들이다. 다오름 팀은 공연할 때 미리 연주 곡목을 짠다든가, 상세한 리허설 같은 것을 여태 한 번도 해본 적이 없다. 그냥 그날 만나서 이런저런 이야기를 나누며 각자의 악기 튜닝만 할 뿐이다. 그러다 무대에 올라 즉흥적으로 연주를 한다. 처음에는 그러한 스타일의 공연에 대해 엄청 고민을 했는데, 공연을 자주 하다 보니 그들의 음악들이 차츰 귀에 들려왔고,

그러는 중에 교감이 이루어져 신이 났다. 어떨 때는 여럿이 하는 음악이지만 서로의 경계가 하나로 엉켜버린 듯, 화이부동(和而不同)의 극치미를 느끼기도 했다. 나는 그날 공연 분위기에 따라 우리 판소리 대목 중에서 선곡하여 부른다.

언젠가 시드니 공연에선가 노무현 대통령이 서거한 지 얼마 안 되어 몹시 우울하고 서글퍼서, 가신 분을 생각하며 「심청가」의 '상여 타령'을 부른 적이 있었다. 공연이 끝난 뒤 멤버 중 한 사람이 아까 부른 곡이 어떤 노래냐고 묻길래 이러이러한 곡이라고 했더니, 너무너무 아름다운 곡이라며 좋아했다.

이렇듯 우리는 특별하게 미리 세팅한 곡보다도, 그때그때 상황과 기분에 따라 연주한다. 나는 편곡되지 않은 오리지널 판소리를 그대로 부르고, 멤버들도 즉흥적인 선율에 따라 자신들의 감성을 드러내는 연주를 한다. 다오름은 오스트레일리아 시드니 오페라 하우스 공연을 시작으로 뉴욕 링컨센터 데이비드 루벤스타인 아트리움(David Rubenstein Atrium), 시드니 헤미스펄 페스티벌(2008), 애들레이드 오즈 아시아 페스티벌(2008), 광주세계음악축제(2010) 등 세계 여러 곳에서 공연을 했다.

또 다른 팀은 세 명으로 구성되었다. 트럼펫에 스콧 팅클러(Scott Tinkler), 판소리 배일동, 드러머 사이먼 바커로 이루어진 'CHIRI'이다. 'CHIRI'라는 이름은 내가 지리산에서 독공했다 하여 따온 것이다. 장엄한 지리산의 기운을 받아 'CHIRI'의 생동한 음악을 끝없이 펼쳐보자는 뜻에서 사이먼 바커가 지은 이름이다. 트럼펫을 연주하는 스콧 팅클러는 나와 동갑내기로 팀을 이끌고 있다. 스콧 팅클러는 음악적인 동기로 만났는데, 나와 통하는 것이 많다. 우린 음악에 대해 서로 궁금해하는 이야기들을 수없이 주고받았다. 호흡이라든가 기운, 감정, 철학 등 음악적으로 공감할 수 있는 것들에 대해 허심탄회하게 털어놓는 사이이다. 서로 다른 음악을 하면서도 철학적이나 정신적인 교감은 매한가지임을 확인한 예술적 도반이고 동지이다.

그는 내가 공부한 지리산 폭포까지 가서 수일간 혼자 독공도 했다. 낯선 나라의 깊은 산속까지 찾아가서 무언가를 체험하고 느끼고자 했던 것이다. 그 자체로 더없는 감동이고 예술 실천이다. 그의 트럼펫 소리는 나에게 많은 영감을 가져다준다. 마치 태산준령에 올라 천하를 굽어보며 한 호흡 크게 들이마셔 한 소리 크게 펼쳐놓으니 만상이 너울거리며 춤을 추듯이, 그의 소리는 장대하고 깨끗하며, 담담한 가운데 온갖 운(韻)이 스며 있다. 하나의 도는 모든 기예에 통한다고 했듯이, 우린 서로 다른 음악을 가지고 늘 도(道)에 거닐었다.

드러머 사이먼 바커는 나에게 한 식구 같은 존재이다. 마음이 정말 따스하고 아름답다. 오직 음악만을 위해 사는 사람 같다. 자기 음악을 듣고자 하는 이가 있으면, 언제든 조건에 개의치 않고 천리만리라도 달려가는 진정한 음악가이다. 우리의 판소리 장단이나 풍물 가락에도 능통하고, 심지어 내가 부르는 소리의 이면까지 읽어내니, 나에겐 종자기 같은 지음(知音)이다. 자신의 드럼 세트로 한국 가락을 치기 위해 악기를 일부 변용하여 연주하는데, 신선한 아이디어가 기가 막히다. 장구 소리를 내기 위해 드럼에 장구 소리와 비슷하게 나는 캥거루 가죽을 입혀 장구를 대신하고 꽹과리, 징, 풍경 등 다양한 악기들을 이용하여 자신의 음악에 한국적 색채를 입혀 연주한다. 그의 악기는 한국과 오스트레일리아의 그릇이고, 그 그릇에서 재즈와 한국 가락이 버무려져 나온다. 연주할 때는 마치 신들린 듯 몰아지경이 되고, 그의 가락은 동과 서의 경계가 없다. 그의 손끝에서 나온 가락들은 끝없이 펼쳐진 우주 공간의 은하수의 속삭임처럼 여운이 멀고 깊으며 자연스럽다. 나는 이런 훌륭한 음악가들과 함께 음악을 한다는 것이 한없이 기쁘다.

'CHIRI'는 세계 각지를 다니며 연주 활동을 하는데, 간혹 현지 음악가들과도 즉흥 연주를 즐기면서 사해를 소요한다. 워싱턴 스미스소니언, 이스라엘, 터키, 요르단, 키프로스, 이집트, 레바논, 오스트레일리아, 독일, 폴란드, 스리랑카, 덴마크, 한국 등 여러 나라에서 공연을 가졌다. 다오름이나 'CHIRI'는 음반도 여러 장 만들었다. 음반 작업도 무척 재미있게 이루어진다. 미리 녹음을 위해 세심하게 준비하는 게 아니라, "언제 녹음 한번 해보자" 하고는 기회가 왔을 때 별 준비 없이 평소 연습하듯 즉흥적으로 녹음을 한다. 녹음실에 들어가 간단히 연습하면서 악기와 몸을 풀고 그냥 하고 싶은 대로 자기 맘대로의 느낌과 감성을 넣어 자기만의 음악을 자연스럽게 한다. 마치 『장자』의 '전자방(田子方)' 편에 나오는 고사처럼, 그림 이외의 것에는 조금도 개의치 않고 오로지 그림 속에 빠져 노닐기 위해 걸리적거리는 옷을 풀어 헤치고 그림을 그렸다는 해의반박(解衣般礴)의 상태로, 우리는 아무 거리낌 없이 자유스럽게 연주한다. 그렇게 자연스러운 흐름 속에도 보이지 않는 기운의 흐름은 있다. 굳이 누가 말하지 않더라도 연주의 주객(主客)이 교차되면서 자연스럽게 연주하며 놀다 보면 녹음이 끝난다. 그렇게 녹음된 것에 노래를 나누어 곡목만 붙이면 음반 작업이 끝난다. 정말 놀라울 정도로 간단하고 깔끔하다. 나는 많은 것을 배웠다. 이 모든 기운이 바로 재즈의 아름다움이 아닌가 싶다. 그들은 마치 도를 즐기는 신선들 같다.

# 7. 확실한 내 것이 있어야 남의 것에
# 섞어도 빛이 난다

이처럼 나는 스스로 의도한 바는 없었지만 우연히 외국 재즈 뮤지션들과 인연이 닿아, 퓨전 음악을 10년 동안 하고 있다. 앞에서도 말했듯이 우리는 공연을 위해서 연주할 내용을 미리 정하여 공연한 적이 한 번도 없었다. 그때마다 즉흥적으로 각자의 음악을 마음껏 펼쳐놓고 선율들이 알아서 섞이며 놀게 했다. 우리는 음악적인 재능이나 예술 정신이 서로 자유롭다. 그래서 미리 정해놓은 악보도 없이 시나위로 잘 논다. 만약 나에게 새로운 음악을 만들어 부르게 했다면 대번에 공연을 거절했을지도 모른다. 어차피 판소리는 그들에겐 처음일 테니, 그들에겐 판소리가 창작곡이나 마찬가지다. 나도 마찬가지로 그들의 음악이 생소하니 나에게도 그들의 음악은 창작곡이 아니겠는가.

어쩌면 지금 세계는 이러한 형태의 퓨전 음악이 필요한 때인지도 모른다. 이러한 음악은 쉬워 보일지는 모르겠지만 훨씬 더 어려울 수도 있다. 각자의 음악 색깔이나 선율과 호흡, 장단 등이 아주 다르므로 보통의 연주 실력을 넘어서지 않으면 난장판이 되기 쉽다. 경계를 넘나들 만한 경륜과 실력이 있어야 하고, 나아가 상상력과 창작적인 두뇌가 함께 맞물려가야 걸림 없는 음악이 나온다. 내가 요즘 느끼는 세계 음악의 흐름은 융합이고 퓨전이다. 그런데 이 퓨전이란 말을 우리는 간혹 오해하는 경향이 있다.

퓨전은 탈전통이 아닌, 오히려 전통을 기반으로 새로운 문화를 이루는 것이라고 본다. 동서고금의 예술이 자유롭게 왕래하면서, 문화예술의 다양한 교류와 융합으로 새로운 세계 사조를 열어가는 것이다. 서로의 예술 영역을 존중하면서, 서로의 고유한 예술적 가치를 한데 버무려 화이부동의 새로운 시나위를 만들어가는 게 퓨전이다. 이러한 퓨전을 하려면 어찌 되었든 퓨전의 재료들이 건강하고 풍부해야 한다. 원재료가 부실하면 아무리 잘 섞어놔도 별 볼일 없게 된다. 다시 말해서 법도를 능가할 만한 예술적 재능과 철학적 품위를 갖추어야 자연스레 어울릴 수 있다는 말이다. 그냥 섞어만 놓는다고 모양이 나는 게 아니다. 무심하게 펼쳐놓은 가락 속에 전통적인 법도가 흐르고, 그 가운데 새로운 가락이 펼쳐지면서 동서고금의 예술 정신이 자연스럽게 조화를 이루며 섞어 노는 수준 높은 연주가 되어야 한다.

한국 미술계를 대표하는 세계적 거장인 이우환 선생의 말을 기울여 볼 필요가 있다. 그는 세계 무대에서 생존하려면 밑바닥에 어떤 전통의 뿌리가 있는지를 알아야 한다고 말한다. 중국이나 일본 미술에 없는 우리 미술만의 특징인 가변성과 유연성에 주목해 그것을 가지고 세계로 약진해야 한다고 말한다.

그렇다. 바로 뿌리가 중요하다. 근간이 야무져야 지엽이 충실한 법이다. 전통에 대한 올바른 학습이 없으면 무엇을 해도 어색하고 아름답지 않다. 왜냐하면 깊이가 얕기 때문이다. 확실한 내 것을 가지고 남의 것에 섞어놓아야 빛이 나지, 내 것이 어설프면 공연히 남의 것까지 어설프게 보인다. 근간만 튼실하면 세월이 바뀌어도 늘 새로운 잎과 꽃을 피워낼 수 있다. 그것이 뿌리를 중시하는 까닭이다. 이러한 기본 정신을 소홀히 대하는 요즘 젊은 사람들의 퓨전 음악엔 위험한 시도가 많다. 단지 전통 음악으로는 대중의 호감을 못 받는다는 이유로, 오로지 새로운 것만 추구하려는 입장에서 전통 양식을 해체하고, 무턱대고 새로운 음악 작업만 하는 모습이 왠지 어설퍼 보이기 때문이다. 내가 외국 공연을 쭉 해오면서 느끼는 것은, 그들은 하나같이 우리 그릇에 담긴 우리의 고유한 것에 대해 궁금해하고 순수한 그 맛을 음미하려고 한다. 그리하여 우리 음악이 갖고 있는 독특한 그 맛에다, 자신들의 음악적인 미감을 한데 버무려 함께 놀고자 한다. 그것이 섞어 노는 이유이다. 고추장에 케첩을 섞어놓은 것은 이 맛도 저 맛도 아니다. 고추장은 고추장대로의 미감을 살리고, 케첩도 나름의 고유한 미감이 드러나면서, 그 가운데 묘한 어울림이 일어나야 제대로 맛을 음미할 수 있다.

이우환 선생은 우리 미술이 가변성과 유연성을 가지고 있다고 했다. 그래서 요즘 같은 글로벌한 시대야말로 우리의 예술이 더욱 약진할 수 있는 기회라고 말한다. 그 이유는 어머니 품처럼 옆에 있고 싶은 편안함을 느끼게 하는 순백자처럼, 누구라도 포용케 하는 너그러운 정감이 우리의 예술 바탕에 깔려 있기 때문이라고 말한다. 이것이야말로 우리 민족의 오랜 삶을 지켜온 홍익인간의 정신이다. 우리 민족은 개인 중심이 아닌 인간 세상을 널리 이롭게 하는 것이 옳게 사는 삶이라고 생각해왔기 때문에, 우리가 즐겼던 예술품들도 스스로를 완전무결한 자태로 뽐내지 않는다. 가변적이고 유연하다는 것은 본체의 질서가 엄연하게 있고 난 뒤에 가변되고 유용되는 것을 말한 것이다. 우리의 굳건한 예술 본체가 타자의 예술을 품어 안고 도는 유용함이 되어야지, 그것이 주객전도되면 유용이 아닌 타자의 예술 문화에 이용당하는 것이다. 엄밀히 말해서 지금 우리의 의식주와 모든 예술은 이미 서구화된 지 오래되었다. 특히 음악은 다른 분야보다 훨씬 심각하게 서구화되었다. 동요부터 시작해서 종교음악, 대중음악 할 것 없이 완전 서구의 양식이다. 다행히 고유한 우리의 말법이 있어 그나마 운율이 살아 있을 뿐, 형식 자체가 100퍼센트 서구 양식이다. 그런데 이런 상황에서 그나마 겨우 살아남은 국악마저 서구화를 못 시켜 안달이 나 있다. 이것은 가변과 유용이 아닌 완전 돌변이고 차용(借用)이다. 진정한 내 것의 가치를 몰라서 이렇듯 무분별하게 돌변한 것이다. 국악이라도 정신을 차려야 한다. 그래서 창작은 굉장히 조심스레 다가가야 할 것이다. 세계 무대에서 여러 나라 예술들과 자연스럽게 어울리려면, 지금이라도 우리의 전통 예술 속에 깔려 있는 밑바탕을 정확히 알아야 한다. 밑바탕이 흐리멍덩한데 그 위에다 제아무리 선명한 색감을 덧칠한들 무슨 소용인가. 퓨전의 재료는 바로 선명한 내 것이 바탕이 되어야 한다.

이제 우리는 눈을 감고 국악의 참된 길을 더듬어서 가야 한다. 지금 당장엔 모든 여건이 어렵더라도 더 늦기 전에 옳은 길로 빨리 들어서야 한다. 도랑물로는 바닷물을 대체할 수 없다. 물이 너른 바다에 이르러야 경계가 자유로워 저절로 사해를 소요하듯이, 애당초 퓨전이란 풋내기 또랑광대들의 놀음으로 될 일이 아니다. 노자는 이런 것을 염려하여, "통나무가 흩어지면 그릇이 되니 큰 재목은 쪼개지 말라(樸散爲器 大制不割)"고 했다. 쓰임이 널널한 통나무가 되어야 비로소 큰 재목으로 쓰일 수 있고, 큰 그릇을 갖추어야 용지불갈(用之不竭)의 쓰임이 있다는 말이다.

그런데 요즘 우리는 과연 어떻게 하고 있는가. 급해도 너무 급하다. 예술이란 시정(市井)의 장삿속과는 엄연히 다르다. 장사야 물건을 사고파는 과정에서 돈이 바로 오가며 이문을 취할 수 있지만, 예술 경영은 참으로 멀고도 먼 길이다. 예술을 쉽게 얻어 쉽게 풀어놓으려면 길을 잘못 들어선 것이다. 그런 사람은 늦기 전에 서둘러 자기 자리를 찾아가는 게 좋다. 남의 자리에 어슬렁거려봐야 괜히 도랑물만 뒤집어 흙탕물로 만들어놓을 뿐이다. 옛 명창들은 "한 20년은 족히 소리해야 소리를 안다. 그것도 타고나야 한다"라고 말했다. 힘들 때일수록 본연에 충실해야 하는 법이다. 타고나도 20년을 죽어라 해대야 그제야 겨우 소리 성음을 안다고, 이동백이나 송만갑 같은 대명창들은 말했다. 그런데 이제 겨우 세상을 나온 풋내기가 섞여 놀려고 꿈을 꾸다니 언감생심의 발상이다. 이는 철모르는 개구리가 아직 봄도 오지 않은 얼어붙은 땅 위로 겁 없이 고개를 쓱 내민 거나 다름없다. 요즘 아이들을 가르쳐보면 말귀를 못 알아듣는다. 아니, 못 알아듣는 게 아니다. 거듭 말하거니와 교육 환경이 잘못되었다고 보는 게 옳다. 자신이 갈 길은 동쪽인데, 학교에서는 자꾸 엉뚱한 서쪽으로만 가라고 채찍질한다. 만약 김연아 선수가 스케이트장에서 놀지 않고, 학교에서 학과 공부에만 열중했다면 그녀가 과연 피겨 스케이트에 달통했겠는가. 기예는 스스로 연습을 통해 익혀가는 것이다. 학교는 그 예술이 올바르게 갈 수 있도록 철학적이고 정신적인 에너지를 보충하는 곳이다. 따라서 대학 시절은 섣부른 창작 활동에 기웃거리기보다 전통에 보다 충실해야 한다. 어설픈 창작은 본래의 것도 우습게 만든다. 런던 대학교 키스 하워드(Keith Howard) 교수는 한국 음악에 정통한 학자이다. 그는 요즘 퓨전 국악에 대하여 이렇게 말했다.

퓨전 국악은 한국인이 아닌 청중들에게 쉽게 받아들여지기 어렵다. 여기에는 두 가지 근본적인 이유가 있다. 첫 번째로 한국 악기는 계면조와 평조 같은 미묘하고 수준 높은 고유의 조율 체계가 있는데 서구의 온음계법과 전혀 같지 않다는 점이다. 이 점이 기타나 서구 오케스트라를 위해 작곡된 곡을 한국 전통 악기로 편곡했을 때 편히 즐겨 들을 수만은 없는 이유이다. 두 번째로 바흐와 베토벤을 즐겨 듣던 청중에게는 그들 음악이 가진 구조의 복잡성과 완결성에 대한 기대를 갖기 마련인데, 퓨전 국악 공연물에서 대개 발견되는 구절 반복의 단순 편곡을 받아들이기엔 어려움이 있다는 점이다. 이러한 단순함이 창작 국악 장르의 다른 작품들까지 수준을 낮게 여기게 만드는 이유가 되는데, 특히 전라도나 경상도 지역 민요의 자연 발생적 소리의 아름다움이 국악 관현악의 시종일관 혼재된 음색으로 편곡될 때 더욱 그렇다. 이는 때로 퓨전 국악의 연주자들이 해외 공연에서 음악 애호가들로부터 환영을 받지 못하는 결과로 이어진다.

번역: 김희선(국민대학교 교수)

일부 잘못된 퓨전 국악의 모순을 정확히 짚어낸 평론이다. 이러한 평론은 한국 전통 음악에 정통하지 못하면 결코 나올 수 없는 글이다. 키스 하워드 교수는 한마디로 퓨전 국악 연주자들이 해외 공연에서 음악 애호가들로부터 환영받지 못한다고 말하고 있다. 왜냐하면 이것도 저것도 아닌 어정쩡한 음악이기 때문이다. 이는 전통에 대한 올바른 인식이 부족해서 일어나는 현상이다. 전통에 대해서 제대로 깊이 있게 알면 선뜻 편곡을 할 수가 없다. 원형에 대한 얕은 공부는 반드시 창작의 오류로 나타나기 마련이다.

원형보다 못한 창작은 괜히 본류만 흐트러놓기 십상이다. 멀쩡한 한옥에 기둥과 들보와 서까래 같은 골격을 현대식 구조물로 바꾸어놓고 한옥이라 할 수는 없다. 그것은 키스 하워드 교수의 말대로 '편하게 들을 수 없는 것'이 되어버린다. 자연 발생적인 전통 소리의 아름다움을 좀 더 깊이 있게 들여다보는 훈련을 해야 한다. 그래야만 창작곡도 더 깊이 있게 울려 나올 것이다.

이러한 시각에서 보면 우리가 행하고 있는 예술 교육과 실천의 방향이 매우 모순되어 있다는 것을 대번에 알 수 있다. 예를 들어 판소리를 하는 사람이 서양 음악의 시창(視唱)이나 청음을 꼭 해야만 되는 것인지도 모르겠다. 요즘 판소리로 대학에 들어가려면 서양 음악의 시창과 청음은 반드시 해야 할 필수 과목이다. 물론 그렇지 않은 대학도 있지만 대체적으로 시험을 치른다. 그럼 서양 성악과에서도 한국음악을 시험 대상으로 채택하던가? 도대체 상식이 어긋나도 유만부동이지 너무 심하다 싶다. 물론 시창이나 청음을 알아두면 금상첨화이겠지만, 시험 과목으로까지 채택한다는 것은 굉장히 우스운 일이다. 나는 내로라하는 세계적 뮤지션들과 함께 숱하게 공연했지만 악보를 사용해본 적도 없고 그들도 안 본다. 또 악보를 보면서 공연하자고 한 적도 없다. 물론 악보를 볼 때도 있겠지만 대강만 파악하면 그만이고 꼭 그대로 따르지 않는다. 그들도 그러한 것에 개의치 않았다. 서양 악보를 필요로 하는 국악 작곡가나 실기자가 스스로 배워서 쓰면 되는 것을, 굳이 수백 년간 아무 탈 없이 잘 전승되어온 멀쩡한 노래에다 번거롭게 악보를 얹어놓고서는, 이런 작업도 못 하고 볼 줄도 모른다며 핀잔을 주기까지 하니 적반하장이다. 물론 소리꾼들도 서양 악보를 볼 줄 알면 당연히 금상첨화일 것이다.

하지만 그보다 먼저 알아야 할 것이 우리만의 독특한 본래의 성음이다. 판소리에서 악보는 바로 가사의 이면이다. 가사의 이면! 그거면 충분히 표현할 수 있고, 듣는 데 아무 지장이 없다. 판소리는 오히려 악보가 있는 게 더 거추장스럽다. 가사의 정경과 만상이 즉물의 악상이고 악보인데, 왜 군이 서양식 악보를 위해서 음악을 맞춰가야 되는지 이해가 안 된다.

우리는 서양 악보를 차용하기 전에 우리 음악에 악보가 없는 이유부터 먼저 알아야 한다. 우리의 장단 구조를 보면 바로 답이 나온다. 우리의 장단은 세계 어느 나라에도 없는 구조를 가지고 있다. 우리의 장단은 24절후라든가 열두 달이나 사계절 같은 세시절기에 따라 박과 장단이 짜였다. 무상하게 변화하는 시공의 흐름에 따라 율려가 율동한다. 율려는 바로 음양 운동이다. 중국 음악은 음양오행의 이론만 있지 우리처럼 철저하게 1년 세시의 장단과 음양오행의 자연법칙에 따라 율동하지 않는다. 그래서 타이완의 린후이샹(林惠祥) 같은 석학은 중국 음악의 뿌리는 우리의 조상인 동이(東夷)라고 분명히 이야기했다. 이 말은 음양오행 철학의 뿌리가 바로 동이족에서 나왔다는 말과 같다. 나는 이 말에 동의하고 확신한다. 우리 언어나 노래나 춤과 모든 생활 방식이 철저하게 그러한 자연적인 이치에 따르고 있기 때문이다. 다른 것은 필요 없고 『훈민정음 해례본』만 읽어보아도 확연히 드러난다. 이러한 이유로 우리에겐 악보가 없는 것이다. 이러한 것을 파헤치려면 그 학문적 범위는 그야말로 천지인문(天地人文)에 두루 능통해야 한다. 그러한 이치를 깊이 알아야 하는 게 우선이지, 무조건

편리한 것만 따져서 남의 것을 차용한다면 결국엔 내 것도 잃어버릴 것이다.

우리의 뿌리 깊은 문화 예술은 늘 이러한 자작지얼의 소행으로 왜곡되고 변형되고 소실되어왔다. 우리의 오랜 역사를 보면 강대국으로부터 숱한 침략을 당하면서 그 강건한 문화가 무참하게 유린당한 것이 한두 번이 아니다. 그러므로 물질문명이 개벽하여 세계는 하나라는 슬로건에 아무 생각 없이 무작정 따라나설 일은 아니라고 본다.

지금의 세계 정서는 변한 게 하나도 없다. 오히려 단순했던 옛 정치적 환경보다 훨씬 더 교활해지고 교묘해졌다. 그런 치열한 세계 정세 속에서 우리는 치밀하고 정세한 문화 정책을 강구하고 유지해나가야 한다. 지금도 우리는 바람 앞의 등불 같은 지경이지만, 바람 앞의 등불처럼 가물거리던 민족의 혼백을 자주적으로 간신히 지켜올 수 있었던 것은 다름 아닌 우리만의 고유한 정신과 문화의 결속력 때문이었다. 그렇게 이어온 애틋한 우리의 혼을 이제는 다른 누구도 아닌 우리 스스로가 타국화를 못 시켜서 안달이다. 엄밀히 따져서 지금 우리는 우물쭈물 어영부영 예술 실험이나 할 때가 아니다. 고난의 역사 속에서 잃어버리고 왜곡된 우리의 문화 본질을 더 확고히 다져야 할 때이다. 그래서 우리는 반드시 세계 물질문명의 질서에 보다 현명하고 냉철하게 응대해야 한다. 고작 지금 몇십 년의 태평세월로 오랜 환란의 시대를 잊어서는 절대 안 된다. 이것이 우리 선조들이 겪은 환란의 고초와 설움의 희생으로 태평 시대를 살아가는 이 시대 우리들의 사명이다. 만약 이 사명을 저버린다면 뒤이을 우리 후손들이 그 고초를 또 다시 고스란히 받을 게 뻔하다.

악보는 사전에서 말한 대로 그저 음악에서 연주되는 음의 배열일 뿐이고, 그 주법을 일정한 조직을 가진 글자나 기호로써 기록한 표(標)에 불과하다. 그 표를 잘 볼 줄 아는 것과 판소리가 무슨 연관이 있다는 것인지 모르겠다. 일부에서는 악보가 대중들이 판소리를 쉽게 알아볼 수 있도록 하기 위해서 꼭 필요하다고 주장하면서 기필코 악보 작업들을 하는데, 물론 남이 하는 일에 감 놔라 콩 놔라 할 필요가 없겠지만, 그처럼 애타게 악보 작업을 해서 대중들 앞에 갖다줘봐야, 대부분의 대중은 악보도 읽을 줄 모르는데, 그게 또 무슨 소용이 있다는지 모를 일이다. 시창이나 청음보다는 차라리 판소리 가사 해석 능력 같은 것을 시험 과목으로 채택하는 게 이치에 훨씬 합당하다. 가사의 이면도 모르는데 악보가 무슨 소용이겠는가.

예를 들어 심 봉사가 자기 마누라 곽씨 부인이 죽어서 부둥켜 안고 서럽게 우는 대목을 부를 때, 소리꾼이 바로 심 봉사로 즉입(即入)되어야 진실된 성음이 나오지, 악보를 연상해서 심 봉사의 심정을 그린다는 것은 자연스럽지 않다. 소리꾼이 심 봉사 입장으로 즉입하는 것은 무아지경이고, 악보를 떠올리며 심 봉사 심정을 그리는 것은 유아지경이라 할 수 있다. 악보라는 허상의 단계를 더 거치기 때문이다. 예술의 극치미는 직지인심의 무아지경에서 이루어진다. 그러므로 판소리에서 악보는 쓸데없는 부호이다. 왜냐하면 사설 속 온갖 인정물태의 본모습이 악보이기 때문이다. 굳이 악보를 만든다면 우리 식의 정간보를 더 연구해서 알기 쉽게 보충하면 좋을 듯싶다. 이는 서양 악보의 예술 경지가 낮다는 것이 아니라 서양 음악과 우리 음악은 본질적으로 다르다는 것을 말하는 것이다. 판소리를 비롯한 우리의 민속 음악은 대부분 실감 위주로 흐르기 때문에 악보 형식이 덜 요구되고, 서양 음악은 실감보다는 추상적인 음률을 운용하기 때문에 엄격한 악보 형식이 있는 것이다. 우리 악보인 정간보도 정악에서 많이 사용하지 민속악에서는 거의 사용하지 않았다. 그 이유는 바로 실감 넘치는 성음 놀음 때문이다. 우리는 남의 것을 가져다 쓸 때 좀 더 신중하게 접목하면 좋을 듯싶다. 지극히 혁신적이지 않는 이상 조금 불편하더라도 원형을 유지하는 것이 오히려 낫다. 가변과 유용의 도가 지나치면 본질이 흐려지기 때문이다.

우리는 우리 그릇에 우리 음식을 더도 덜도 말고 있는 그대로만 내놓아야 한다. 맛난 음식에 어울리지도 않는 양념을 섞어서 고유한 미각을 손상시키면 안 된다. 그것은 일시적인 풍미(風味)는 낼지 몰라도 고유한 진미(眞味)가 아니기 때문이다. 선조들의 애틋한 노력으로 수천 년 동안 잘 이어온 숭고한 우리의 것을, 단 몇십 년 만에 남도 아닌 우리 스스로가 난도질을 하고 있지나 않는지 생각해봐야 한다. 요즘 고등학생들은 대학을 가기 위해서 전공인 판소리 공부보다 시창과 청음에 물질과 시간을 더 많이 투자한다. 물론 대학이 국악 교육 발전에 기여한 공도 크지만 이런 교육 시스템은 잘못된 듯싶다. 서양 악보는 필요로 하는 이가 배워서 쓰면 될 일이다. 굳이 판소리하는 사람에게 대학 입시 시험 과목으로 채택한다는 것은 어떤 의미로 보든 옳지 못한 처사이다. 공연히 예술 학도들만 헷갈리게 할 뿐이다. 전통은 마르지 않는 샘물이고, 장대하게 흐르는 강물과 같다. 전통을 샛강으로 밀어놓고, 창작이 장강 행세를 하고 있지나 않는지 정신을 바짝 차리고 지켜봐야 한다. 어쩌다 길을 잃어버린 지금 우리는 눈을 감고 예전 가던 길로 다시 돌아가야 한다. 그 길에서 법고창신을 모색해야 한다.

# 8. 전통에서 답을 물어 새로운 길을 찾아내다

내가 무조건 전통만 고집하는 것은 아니다. 나는 오히려 옛 법도를 그대로 따르지 않고, 제멋대로 소리한다고 스승으로부터 야단맞은 소리꾼이다. 판소리에서 창작의 일차적 작업은 스승에게 배운 소리에 덧음을 내는 것이다. 지금까지 판소리는 수많은 소리꾼들에 의해 끊임없이 창작되어왔다. 판소리에서 새로운 사설과 음악 형식을 창작하는 것도 좋지만 기존의 판소리에 담긴 음악적 예술미를 더욱 확장하여 자신만의 덧음을 이루는 것이 일차적인 창작 작업이 아닌가 싶다. 그래서 스승으로부터 배운 판소리에 대한 확고한 이해와 터득이 없고서는 창조적인 작업도 불가능하다. 판소리는 전통에 대한 올바른 학습 토대 위에 자기만의 개성적인 덧음을 만들어, 예술적 재능과 정신을 키우면서 새로운 음악을 찾아가야 한다.

유협은 『문심조룡』에서 법고창신에 대해 설명하기를, 푸른색은 남초에서 나온 것이고, 붉은색은 꼭두서니풀에서 나온 것인데, 이 색들은 원래 색깔보다 나은 것이지만 거기에 더 이상의 변화는 없다고 말한다. 만약 거기에서 보다 나은 것을 얻고자 한다면 그 근원이 되는 남초와 꼭두서니풀로 되돌아가 거기서부터 다시 시작해야 한다고 한다. 이처럼 무엇인가를 바로잡고자 한다면 고전으로 돌아가서 새로 출발해야 하는 것이다.

기막힌 문장이다. 이런 것이 바로 품격이다. 예술을 처음 배울 때는 스승의 법도를 닮는 것도 중요하지만, 법도 너머의 정신을 닮아야 예술 경지가 높아진다. 그러고는 그마저 초월하여 마침내 자연에 합일되어야 진정한 예술적 가치를 누릴 수 있다. 그러한 경지에서 노닐려면 풍부한 예술적 경험과 치열하고 정밀한 공부를 거쳐야만 한다. 이러한 전통의 깊은 예술 세계를 무시하고 자신만의 예술 세계를 최고라 생각하며 뽐내는 소리꾼은 또랑광대를 면치 못할 것이다.

유협은 또 청출어람을 이야기한다. 이는 염색 과정을 이야기한 것으로서, 염색할 때 쪽빛 나는 색을 얻기 위해서는 녹색의 쪽풀을 베어다가 여러 날 갖은 수고를 들여야 한다. 갖은 수고란 다름 아닌 쪽풀의 숨을 죽이는 작업을 말한다. 쪽풀의 숨을 죽이지 않으면 탈색되지 않기 때문이다. 그러한 수고를 들여 녹색의 쪽풀에서 파란 하늘색의 쪽빛이 나는 쪽물을 얻게 된다. 그 물로 원하는 천에다 여러 번에 걸쳐 물을 들여서 염색을 완성한다. 이것이 바로 청출어람이다. 비유하자면 녹색의 쪽풀은 전통이고, 쪽풀에서 우려낸 쪽물은 창작이라 할 수 있다. 우리가 늘 새롭게 염색을 하려면 쪽풀을 다시 베어다 작업을 해야 하듯이 예술도 마찬가지이다. 창작의 한계에 이르면 우리는 반드시 전통에서 그 답을 물어 또다시 새로운 길을 찾아 나서야 한다.

유협의 말마따나 기괴한 것과 지나친 천박함을 바로잡기 원한다면, 그 즉시 고전으로 돌아가는 길밖에 없다. 그곳에서 다시 답을 찾아야 옳다. 그래서 다시 쪽풀을 베러 가야 한다. 여기서 알아야 할 것은 쪽풀을 베어온다는 것은 스승을 찾아 나서 배우는 것과 같고, 베어온 쪽풀을 장독에 넣고 며칠 동안 쪽풀의 숨을 죽이는 일은, 스승에게서 배운 것에다 자신만의 덧음을 내기 위해 수없이 노력하는 과정과 같다. 쪽빛을 얻기 위해 쪽풀의 숨을 죽이듯, 스승의 전통을 익혀 스승의 법도를 탈피해야만 아름다운 덧음이 나온다. 이것이 바로 불가에서 말하는, "부처를 만나면 부처를 죽여라"라는 말이다. "스승을 죽여라"는 스승이 공부한 만큼의 경지를 넘어서야 한다는 말이다. 스승에게 잠시 배우고 뛰쳐나가 자신의 재주를 펼치는 게 스승을 죽이는 것이 아니고, 스승보다 더 깊은 예술 세계를 지향해서 피나는 수련을 하는 과정이 바로 스승을 죽이는 일이고 쪽풀의 숨을 죽이는 일이다. 옛사람들은 그 세월이 재주를 타고나도 20년이 걸린다고 했다. 스승과 전통의 낡은 법제 속에 바로 새로운 것의 보옥(寶玉)이 담겨 있으니, 우리는 거기서 아름다운 보옥을 캐내야 한다. 그리고 나서야 눈을 들어 천지자연의 조화를 눈여겨봐야 한다. 자연스러운 사제의 계승과 신구의 조화는 법고창신의 원동력이다.

# 제8부

# 곤궁함을 스승으로 삼아
# 예술을 완성하다
## 곤궁이통(困窮而通)

# 1. 궁해야 성음이 애틋하다

가수들은 노래를 왜 부르고, 소리꾼들은 왜 소리를 토해낼까? 노래나 소리에는 모두 가슴에 쌓인 회포나 사연들이 있어 그처럼 소리 내어 노래하는 것이다. 가슴에 쌓인 회포는 어느 누구도 대신할 수 없는 것이므로, 노래로써 시름을 풀어낸다. 시름을 삭이는 데 노래보다 더 좋은 게 어디 있을까? 나 역시 하루도 빠짐없이 소리를 하지만, 어쩌다 며칠 쉬면 온몸이 찌뿌둥하고 가슴이 답답해진다. 그럴 때 한바탕 통곡으로 소리 내어 울고 나면 속이 후련해진다. 우리 민족이 노래를 즐기는 까닭이 아마도 이 때문이지 않나 싶다. 일상에서 허다하게 부딪치며 생기는 울울함을 노래에 실어내서 설움과 불평을 토로했던 것이다.

한유는 「송맹동야서(送孟東野序)」에서 이렇게 말했다. "음악이라는 것은 즐거운 생각이건 슬픈 생각이건, 그것이 가슴속에 쌓이고 쌓여 그대로는 답답하여 견딜 수 없을 때 밖으로 터져 나오는 것이다." 그렇다. 노래는 우리가 슬프든 즐겁든 그것이 가슴에 켜켜이 쌓여서 터져 나온 정서의 대변이다.

만약 노래가 없다면 우리 모두 우울증에 걸릴 것이다. 희로애락이 없는 사람이 어디 있겠는가. 사람의 희로애락은 부귀빈천과 상관없이 오는 인간의 자연스러운 감정이다. 석가모니는 사바세계를 고해(苦海)라고 했다. 부자들은 살림이 넉넉하여 근심 걱정이 없을 것 같아도, 어쩌면 가난하게 사는 사람보다 더 큰 근심을 안고 살아가는지도 모른다. 돈으로 위안 삼아 이렁성저렁성 살아갈 뿐이지, 엄밀히 따지고 보면 훨씬 더 복잡한 삶을 경영하고 있을지도 모른다.

사람에게 불평(不平)과 평평(平平)하다는 것이 과연 무엇일까? 사람은 너무 슬퍼도 불평이고 너무 즐거워도 또한 불평이다. 너무 부귀하여 절제하지 못하고 흥청망청하면 불평이 도래할 것이고, 가난한 살림에 검약과 성실로 처세하지 못해도 평평하지 않은 경우가 온다. 하지만 인생이 어디 평평하기만 하던가. 우리가 살고 있는 지구도 한쪽으로 기울어져서 평평해지려고 쉼 없이 돌아가는데, 우리 인생이라고 늘 평평할 수만은 없지 않겠는가. 다만 불평할 때는 평평함을 유지하려 하고, 평평하면 불평을 경계하며 조신하게 처세하면 된다. 어쩌면 지구가 평평치 못하기 때문에 우리 인간들이 늘 불평과 번뇌 속에서 다람쥐 쳇바퀴처럼 돌며 사는지도 모른다. 넘치면 넘치는 대로 모자란 것은 모자란 대로 불평하면서, 항상 평평함을 그리워하여 우는 것이리라. 소리는 바로 그 불평과 평평을 오가며 성음을 조율한다. 가야금 소리도 고요하고 평평한 줄을 튕기면 줄이 불평하게 되어 원래대로 평평함을 찾으려 하면서 소리가 난다. 불평함이 평평해질 수도 있고, 평평한 것이 불평해질 수도 있다. 시비곡직과 희로애락과 대소장단의 취사선택을 어떻게 하느냐에 따라 불평과 평평의 경계가 판가름 난다. 소리는 불평과 평평 사이의 승부이다. 불평한 음을 조율하여 평평한 화음을 이루는 게 소리하는 뜻이다. 불평은 바로 궁(窮)이다. 소리는 궁해야 성음이 애틋하다.

역사 속의 수많은 인물들이 그랬듯이 부귀공명의 안락함에 사로잡혀 너무 평평하게 살다 간 사람들은 대개 삶의 향기가 느껴지지 않는다. 보옥 같은 재주와 덕을 품고도 세상으로부터 버림받아, 한때 실기(失機)하고 실의(失意)에 빠져 있을 때 참으로 빛나는 예술들이 만들어졌다. 다산과 추사 선생에게 기나긴 유배 생활이 없었더라면 과연 어땠을까. 물론 타고난 천재들이었기에 어떠한 처지에서도 뛰어난 업적을 남겼을 것이다. 하지만 혹독하고 궁고한 삶을 살았기에 그 정신들이 더 빛나게 되었을 것이다. 불평 속의 궁고한 수심과 고통이 없으면 예술의 깊이가 얕다. 불평이 가득한 재인(才人)들의 뜻은 간절하고 곡진하여 진솔한 뜻이 펼쳐진다. 기고만장하여 부러울 게 없는 이들의 놀음은 얕은 흥감에나 만족해하는 실없는 음풍농월이다. 이런 말을 하는 까닭은 예술가가 안락함에 안주하면 애틋함이 사라진다는 뜻에서 하는 말이다. 소리꾼은 흥과 한을 노래하지 실없이 농지거리하는 어릿광대가 아니다.

나는 소리를 시작할 때도 그랬지만 지금도 여전히 간직하고 있는 예술의 품은 뜻이 있다. 그것은 바로 '인생의 짠한 여정'이다. 삶의 여정에서 겪는 고뇌와 번민은 누구도 피해갈 수 없는, 인간이라면 당연히 겪어야 하는 일이다. 평범하든 비범하든 그것은 누구에게나 다가오는 필연적인 운이다. 잘났으면 얼마나 잘났고, 못났으면 또 얼마나 못났을 것인가. 따지고 보면 피장파장이고, 오십보백보이다. 지금 세상에서 부자로 산들 특별할 게 뭐 있으며, 가난하게 산다 한들 특별히 궁핍할 게 또 뭐 있겠는가. 공연히 허황되게 마음속 물욕이 발동하여 부질없이 이러고 저러고 하는 것이지, 솔직히 말해서 먹고사는 데는 아무 지장이 없다. 소리꾼 입장에서 보면 집이 몇십억짜리인들, 차가 몇억짜리인들 소리 성음하고 무슨 상관이란 말인가. 어쩌면 맑은 예술 정신에는 오히려 해가 될 것이 틀림없다. 산 공부 할 적에 피서객들이 버리고 간 샴푸를 주워다가 머리를 감았더니 그 향이 얼마나 매혹적이던지 하루 종일 여자 생각만 나서 도로 갖다 버린 적이 있었다. 지금은 그런 것에 무덤덤하지만 한창 공부할 때는 이렇듯 사소한 것도 방해가 되었다. 나는 예술도 출가의 정신으로 해야 한다고 생각한다. 소리에 품은 뜻은 이 험난한 세상에서 생로병사와 고락의 부침이 수도 없이 반복되는 우리의 서글픈 인생 여정을 토해내는 것이다.

스승이신 화당 염금향 명창은 전라남도 순천에서 평생을 소리하며 오로지 제자들을 가르치는 낙으로 노년을 보내셨다. 선생의 헌신적인 가르침으로 뛰어난 소리꾼들이 많이 배출되었다. 양명희, 박영수, 박성호, 박복희, 염경애, 허승희, 이명숙, 조정희, 이연주 등 수많은 소리꾼들이 선생 문하에서 배출되었다. 스승께서는 성품이 다정다감하시고 인정이 많으셨다. 특히 재담에 능하시고 늘 낙천적인 생활을 즐기셨다. 만년에는 그만 두 눈이 실명하여 불우한 처지에 사시다가 팔십을 넘기지 못하시고 쓸쓸히 돌아가셨다. 생전에 내가 산 공부를 마치고 오랜만에 스승을 찾아간다 하니, 두 눈이 안 보이는데도 지팡이를 짚고 멀리까지 나오셔서 못난 제자를 반겨주셨다. 따뜻하게 꽉 잡아주시는 그 손길의 다정함을 아직도 잊지 못한다. 방으로 들어가 절을 하자마자 대번에 소리부터 들어보자 하시며, 윗목에 있는 북을 더듬어 끌어다 앞에 놓고 다스림을 구궁궁 딱궁 하셨다. 스승께서는 무엇보다도 오랜만에 보는 제자의 성음이 궁금했던지, 소리부터 당장 끄집어 내놓으라고 하셨다. 나의 소리를 다 들으신 뒤에는 부족한 곳을 이리저리 봐주시고, 쉼 없이 열심히 정진한다고 많이 격려해주셨다. 그리고 덧붙이신 말씀이 지금도 귀에 쟁쟁하다.

"소리꾼의 인생은 오직 소리가 전부다. 내가 말년에 눈이 어두워지고 봉께 심 봉사의 설움을 잘 알겠어. 그래서 사람들이 날더러 염 봉사라고 불러. 인제사 소리 목들이 훤하다. 두 눈이 없어지고 봉께 불편한 게 많아도 소리하는 데는 오히려 눈 없는 것이 딱이여! 요걸 볼라고 평생을 그렇게 헤매고 살았던 개비여. 짠해야 소리가 나와! 너도 한사코 명심해라. 소리꾼으로 사는 것은 쓸쓸하고 가난해도 그런 디서 성음이 나온께로 한사코 잘 참고 소리하는 재미로 살아야 헌다. 그러고 소리꾼이 발광해봐야 돈하고는 먼께, 고놈을 가까이헐라고 하면 애당초 소리 자파해버리고 딴 길로 가야 돼. 돈 알아버리면 소리 베러 버린다. 돈이 많이 있으면 좋을 것 같아도 돈은 넘한테 손 안 벌리고 살 정도면 그걸로 충분한께 한사코 돈 쫓아가지 말아야 헌다. 소리하는 사람뿐만 아니라 천하에 어떤 사람도 돈 땜시 추잡스럽게 된 사람들 쌔부렀다. 소리를 잘해서 무조건 소리로 배가 불러야 좋재. 소리도 못 험서 천금을 손에 쥔들 다 쓰잘데기 없는 것이여. 가난하게 산 것을 한탄치 말고 오나가나 소리를 알차게 더 맹글어라. 소리를 얻어버리면 판검사를 갖다 댈 것이야, 국회의원 한 트럭허고 비교헐 것이냐. 목구녁은 천지 만물을 울린께 한사코 소리만 의지허고 살아라."

스승의 말은 평범한 것 같아도 살아갈수록 무겁게 와 닿는다. 특히 "눈이 어두워지고 봉께 심 봉사의 설움을 잘 알겄어" 하신 말씀이 가슴을 짠하게 쿵쿵 울린다. 일부러 자신의 삶을 위로하는 뜻에서 한 말은 아니었을 것이다. 그만큼 소리꾼들은 성음을 알고자 하는 뜻이 간절하다. 소리꾼이 성음을 얻기 위해서 얼마만큼 노심초사하는지는 영화 〈서편제〉에서도 보았듯이, 일부러 눈을 멀게까지 해서 성음을 만들려 하지 않던가. 물론 일부러 눈까지 멀게 하는 것은 매우 잘못된 발상이지만 말이다. 소리꾼은 성음을 얻기 위해 이처럼 모진 삶을 자처하는 무모함도 서슴지 않는다. 그래야 자신이 바라는 소리 성음이 나오기 때문이다.

사람은 누구나 돈을 쫓아가기 마련이다. 돈 싫어하는 사람이 어디 있겠는가. 하지만 소리는 대개 가난하고 또 뭔가 상심하고 실의에 빠진 궁한 세월의 고충이 있어야 애잔한 성음이 배어 나오니 인생의 묘한 조화이다. 불가에서는 춥고 굶주려야 도심이 생긴다(飢寒發道心)고 했다. 도를 향해서 가는 자에게 춥고 굶주림은 오히려 가까이해야 할 벗과 같은 것이다. 가난을 못 이겨 포만과 안온함에 안주하면 도와는 영영 멀어져버린다. 용맹 정진한답시고 입정에 드는 도인이 식곤증이 올 정도로 배를 채우고 좌를 틀고 앉아 있어봐야 잡념과 잠밖에 무엇이 있겠는가. 정말 힘든 일이긴 하겠지만 먹는 것은 배고픔만 가시면 그만이고, 돈도 약간은 빚진 듯하게 살아가는 것도 즐길 만하다. 춥고 가난해야 정신이 긴장되고 궁고해져 깊은 소리가 나오니 소리 속이 참 묘하고 묘하다. 이것은 모두 공부할 때의 정상을 이야기하는 것이다. 도를 얻고 나서는 그러한 분별이 소용없다. 도를 막 찾아 나서는 초심자들은 늘 궁고함 속에 있어야 공부가 충실해지지만, 공부가 원만해지고 경험이 풍부해진 후에는 그런 경계를 초월해야 한다. 그래서 추사 선생도 빈궁(貧窮)과 부궁(富窮)을 이야기했을 것이다. 배울 때는 빈궁해야 하고, 깨쳐서 터득했을 때에도 부궁해야 한다는 의미에서 말이다.

궁에는 물질의 궁과 정신의 궁이 있다. 빈궁은 가난하면서 궁한 것이고 부궁은 부유하면서도 궁함이다. 초심자가 도를 배울 때는 정신이 약하고 궁하기 때문에 물질의 풍요를 늘 멀리해야 공부할 수 있는 여건이 마련된다. 만약 물질의 풍요에 얽매여 이리저리 끌려다니다 보면, 공부 환경은 엉망진창이 되기 때문에 빈궁을 말한 것이다. 이것

316

이 기한(飢寒)의 발도심(發道心)이다.

공부하는 자가 살아가는 최상의 방법은 안빈낙도이다. 빈궁을 벗 삼아 열심히 공부하다 보면 내적 세계가 확 열려 깨달음의 경지에 이르게 된다. 그 경지에 이르면 물질의 영향에 별 흔들림이 없다. 그러나 사람 일은 참으로 알 수 없어서 부궁을 이야기한 것이다. 살림이 넉넉해져서 부귀하더라도 물질의 영향에 상관없이, 물욕의 굴레에서 초연하여 늘 한결같은 구도자의 길을 걷는 것이 부궁이다. 그러므로 진정한 궁은 물질의 빈부가 아니라 정신의 궁에 있는 것이리라. 살림이 가난하면서도 정신까지 궁하면 그것은 궁상맞은 인생이다. 넉넉하게 살아도 늘 한결같이 궁할 줄 아는 것은 부궁이다. 정신적 고뇌가 없는 것은 빈이지 궁이 아니다. 빈부에 걸림 없이 진리를 좇고자 하는 열정이 진궁(眞窮)이다. 세상에는 부궁할 줄 아는 사람도 많다. 추사의 예술 정신은 아마도 물질적인 빈부를 떠나 인간 본연의 회한과 고뇌를 궁구하는 궁을 이야기했던 게 아닌가 싶다. 그도 그럴 것이 고금으로 인간 세상을 떨치게 했던 수많은 예술 작품들은 물질의 부귀나 신분의 고하에 관계없이 모두 마음이 상하거나 서럽거나 세상으로부터 철저하게 버림받았을 때 영감이 생동하여 나온 것들이다.

## 2. 한을 소리에 버무려 한바탕 울어볼 뿐이다

우리는 본의 아니게 수많은 불평과 차별 속에 부대끼며 살아간다. 아무것도 모르는 갓난아이는 태어날 때부터 무엇이 그리 서러워 우는지 참으로 알 수 없다. 우리는 죽을 때까지 숱한 우여곡절을 겪으면서 울고 웃으며 살아간다. 마치 심 봉사의 삶처럼 끝없이 펼쳐지는 희로애락의 서글픈 장막 속에서 힘겹게 인생이 지나간다. 물론 그 과정에서 기쁨도 즐거움도 많지만 내가 이야기하고자 하는 것은 우리 삶의 흔한 고락이 아니다. 거기엔 뭔가 말로 표현할 수 없는 고독함과 설움이 있는 듯하다.

이 세상에 나와서 유한한 이내 몸이 무한한 천리(天理)의 뜻을 어찌 다 헤아릴까마는, 사는 게 본시 근심이고 고해라 하니, 이런저런 한(恨)을 소리에 버무려 한바탕 울어볼 뿐이다. 천지의 아득함에 그저 눈물만 흘린 옛 시인처럼, 뭔가 말할 수 없는 아득한 인간의 설움이 있는 것이다. 부자든 빈자든, 명예가 높고 낮든 간에 이 풍진세상에 떨어져 부대끼며 사는 것 자체가 한없이 불쌍한 것이다. 우주 공간에 생멸하는 모든 것이 다 애처롭고 서럽게 보인다. 그냥 짠하다.

　나는 목포 해양대학교를 졸업하고 스물세 살 때부터 외항선을 타고 3년간 세계를 주유한 적이 있다. 그때 많은 나라를 방문했다. 유럽의 프랑스, 영국, 스페인, 독일, 벨기에, 이탈리아 등이나, 미국, 멕시코, 푸에르토리코, 콜롬비아, 타히티, 솔로몬 군도, 파푸아뉴기니, 오스트레일리아, 일본, 인도네시아, 말레이시아, 싱가포르 등 수많은 나라를 주유했다. 그때의 경험이 소리 인생에 큰 도움이 되었다. 오대양 육대주를 누비면서 많은 경험을 했다. 난생처음 본 나라들의 문물과 역사와 문화 등은 대단히 아름답고 고귀하며 감동적이었다. 그러나 가장 인상 깊은 모습은 솔직히 서글픈 게 많았다. 잘사는 나라들은 문화와 문물이 다채롭고 뛰어났지만, 인간들의 정감들은 매우 이지적이고 개인주의적 삶의 형태였다. 반면에 가난한 나라들은 비록 문화와 문명이 단출하고 소박하여 그다지 내세울 만한 것이 아닐지는 몰라도, 한없이 따뜻하고 해맑으며, 인간적이고 소박한 정감들을 지니고 있었다.

　지금 우리는 물질문명의 발전으로 생활은 윤택해졌을지 몰라도, 반목과 무관심과 이기적인 사고로 사회적 경쟁 속에 허덕이며 산다. 인간 정신은 오히려 가난했을 때 삶의 구조보다 훨씬 팍팍하다. 인간이 무엇을 추구하며 사는 게 옳은 것인지 진정으로 생각해본다면 살아가는 방향이 분명할 텐데, 우리는 오직 문명의 흐름에만 모든 것을 맡겨두고 타성에 젖어 그냥저냥 살아가는 것 같다. 지식과 상식은 가만히 있어도 귀에 들려와 주체할 수 없도록 넘쳐난다. 하지만 정작 삶을 살찌워줄 양식과 지혜에는 무관심하여, 함께 슬퍼하고 함께 즐거워하는 동고동락의 맛을 잃은 지 오래이다. 그러니 예술의 향유도 자연히 말초 신경이나 즐겁게 해주는 오락적인 흥감만 찾아 나서게 된다. 이러한 것을 염려해서 추사는 부궁을 이야기했을 것이다. 아무리 뛰어난 전통과 예술과 문명을 자랑한다 해도 사해를 한 몸처럼 생각하는 인류애와 따뜻한 인간 정신이 결여된 사회에는 그다지 좋은 점수를 줄 수 없다. 차라리 문명과 사회는 미개해도 자연과 일체되어 순수하게 살아가며, 인간의 순수함을 잃지 않은 그런 세상이 훨씬 아름다운 사회라고 생각한다.

## 3. 바람 부는 대로 흘러다니며
## 예술적 영감을 기르다

소리꾼들이 평생을 유랑하면서 살아가는 방식은 예나 지금이나 별 차이가 없는 듯하다. 공부할 때는 출가승처럼 일정한 거처 없이 스승을 찾아 부평초처럼 떠돌아다닌다. 산 공부 할 때도 그야말로 정처 없는 행운유수이다. 이 산 저 산 떠돌며 산다. 득의하여 세상에 나와서도 천리만리 떠돌며 살아간다. 만 리 길을 헤집고 다니면서 사해 강산의 풍물과 인정의 풍류 속에 예술적 영감을 기르며 살아간다. 대부분 떠도는 삶의 살림살이가 그렇듯이 넉넉할 리 만무하고 그저 굶지나 않으면 다행이다.

이동백 명창은 조선 말 천지를 뒤흔들었던 판소리 오명창 중 한 사람이다. 어전 광대로서 임금으로부터 통정대부라는 명예직까지 받은 대단한 국창이었음에도 불구하고, 생활고에 허덕이며 고달프게 살았다. 한 인터뷰에서는 나이 일흔둘인데도 의식을 위해서는 전날과 다름이 없어 청하면 가야 한다고 했으니 예술가의 쓸쓸한 인생 역정을 추측해볼 수 있다. 이동백 명창은 그런 고달픈 환경에서도 당당한 호

연지기의 기상을 잃지 않았다. 생을 마칠 때까지 가난한 형편에서도, 오로지 소리에만 매진했다는 것을 명창의 남은 소리를 들어보면 충분히 느낄 수 있다. 옛날에도 그랬듯이 지금도 소리꾼들은 직장 다니는 사람 빼고는 모두 일정한 수입원이 없어 근근이 살아간다.

그야말로 바람 부는 대로 물결 치는 대로이다. 행여 공연을 초청받아도 수고비를 책정하기가 겁이 난다. 조건이 맞지 않으면 공연이 불가능하기 때문이다. 공연료는 대개 제대로 값을 매겨서 부르기도 하지만, 그냥 주는 대로 받는 경우가 허다하다. 사람들은 대부분 예술을 감상하는 데는 많이 투자하지 않으려고 한다. 예술가라면 돈하고는 무관하게 소리를 내놓아야겠지만, 왠지 대우가 나쁘면 신명이 나질 않는다. 꼭 돈 때문만은 아니고 기분 같은 것에 영향을 받는 듯싶다. 대접이 소홀하면 마음이 흡족지 않아 기세도 그렇게 흐르는 것이 어쩔 수 없는 사람의 마음인가 보다. 또 대접은 후해도 소리를 들을 줄 모르면, 그 역시 맥이 빠져 영 재미가 안 난다. 어쩌면 대접은 다소 섭섭해도 총명하게 들을 줄 알면 소리꾼에게는 더없는 대접이 아닐까 싶다.

흔히 예술가들은 남이 알아주고 알아주지 않는 것에는 개의치 않고 묵묵히 자기 예술에 심취하여 살아가지만, 사실 알아주지 않는 것처럼 쓸쓸하고 서글픈 일은 없다. 무엇보다 중요한 것은 자기 예술을 알아주는 것이다. 음악 동지인 재즈 드러머 사이먼 바커는 공연 투어 중에 누가 공연을 청하면 언제든 흔쾌히 응했다. 어떨 때는 맥주 서너

오스트레일리아 시드니에서 열린 'Mujing' 공연을 하는 모습이다.
© Chris Frope, 『Sydney Moring Herald』

캔에 만족하기도 했다. 그래서 내가 슬며시 왜 그리 관대하게 공연 요청에 응하냐고 물었더니, 세상에 음악가는 많고 많은데 알아주는 것만으로도 충분한 가치를 치른 거라고 대답했다. 이런 것이 음악하는 사람의 멋이 아닐까 싶다. 오히려 어떨 때는 공연을 하고 손해를 보기도 하니, 이런 것은 무대를 경영하는 음악인들이라면 자주 겪는 일이다. 그러니 예술가에게 궁핍함은 일상의 일이다.

그러나 소리꾼은 간혹 후원자를 만나 도움을 받기도 한다. 예술가가 후원자를 만난다는 것은 사실 굉장한 복이다. 나 역시 소리 공부를 하면서 여러 사람의 후원을 받았다. 참으로 고맙기 그지없는 일이다. 후원의 고마움에 보답하는 길은 오로지 좋은 성음을 이루는 것이라는 생각으로 소리만 죽어라고 했다. 성우향 명창 문하에서 공부할 때에는 2년 정도 신촌에 있던 가온누리라는 전통 찻집에서 아르바이트를 하며 소리를 배웠다. 그 찻집을 경영하던 우실하 형의 배려로 별 어려움 없이 소리 공부를 할 수 있었다. 형은 특히 국악 예술의 미학과 원리에 대해서 연구한 바를 많이 이야기해줘 나의 예술적 사유에 더없는 도움을 주었다.

그렇게 공부하는 중에 나는 또 한 분의 귀한 후원자를 만났다. 성우향 명창 문하에서 판소리를 배우던 분인데, 현재 황동산업주식회사를 운영하는 김상익 대표이사이다. 그분으로부터 여러 해에 걸쳐 물심양면의 은혜를 입었다. 그는 지금까지도 변함없이 판소리를 즐기면서, 판소리의 발전을 위해 후원하고 있다. 이렇게 많은 도움을 받으면서 공부를 마치고 세상에 나왔어도 막상 마땅한 벌이가 없었으니, 생활고에 허덕이는 것은 여전했다.

생활이 힘든 나에게 도움을 주신 분이 또 계시다. 지금은 퇴임하셨지만 당시 서울대학교 중문과에 계셨던 허성도 교수님이다. 내가 산 공부를 마치고도 어렵게 사는 것을 안쓰럽게 보시고, 당시 해운 회사를 운영하던 친구분인 박희섭 님께 부탁하여 두 해가 넘도록 거금을 지원해주었다. 나는 그야말로 너무 많은 은혜를 받으며 예술 활동을 할 수 있었던 것에 크게 감사하다. 그 후에도 판소리 교실을 열 때는 동생이 도와 주어 무사히 개설했다. 동생은 지금도 형의 뒤를 때때로 챙겨주니 고맙기 그지없다.

또 음반을 만든다는 것은 감히 엄두도 못 내고 있던 차에, 악당이반 김영일 대표의 전격적인 후원으로 값진 음반을 출반했다. 그리고 분에 넘치게 태창철강에서 시상하는 제1회 사야국악상을 수상했다. 사야(史野)는 태창철강 유재성 회장의 아호이다. 이렇게 많은 후원을 받고도 그 은혜에 대해 보답할 길이 정작 소리밖에 드릴 게 없으니 늘 고맙고 미안한 마음이다.

# 4. 기예로써 도를 밝히다

예술가의 삶이란 그야말로 이리저리 떠도는 부평초 같은 것이다. 설혹 몸은 한곳에 머물러 있어도 마음은 늘 천지를 떠돈다. 그래야 심령이 자유롭게 소요할 수 있어서 그런지, 몸도 생각도 늘 끝 간 데 없이 오고 간다. 그러니 살림이 불어날 리 만무하다. 오로지 예술 하나만 보고 미친 듯 살아가는 예술가에게 넘치는 살림은 오히려 거추장스러운 건지도 모를 일이다. 나는 솔직히 돈이 엄청 많았으면 좋겠다는 생각을 가끔 한다. 그때마다 돈이 생기면 무엇에 쓸까 생각해보고 웃기지도 않게 이리저리 궁리해보지만, 어찌 되었든 마지막으로 정리되는 생각은 돈이 넘치면 반드시 소리도 그에 따라 변하여 볼품없게 될 것이라는 것이다. 간혹 공돈이 생기면 얌전하던 일상이 실없이 분주해져 소리 연습할 시간도 뒤죽박죽되는 걸 보면, 예술 향상에 돈은 그다지 좋은 물건이 아닌 게 분명한 듯하다. 나는 주제넘게 야생화와 서화나 골동품을 좋아해서 돈만 생기면 만사 제쳐두고 평소 보아놓은 물건들을 사기 바쁘다. 사실 그래봐야 소용되는 경비가 얼마 되지도 않는 푼돈에 불과하지만 말이다. 그것이라도 아껴 후일을 위해 저축하는 것이 옳은 일일 터인데, 우선 하고 싶은 일은 기어이 하고 마니 살림은 늘 쪼들린다. 벌이도 변변찮고 일정한 수입도 없는 이가 무얼 믿고 어쭙잖게 그러는지 모르겠지만, 쪼들리는 가운데도 그마저 즐기지 않으면 숨이 막힐 것 같다. 나의 요상한 벽(癖)이 궁핍을 더 재촉한 듯하다. 그러나 어찌 보면 이런 요상한 벽이 예술 향상에 기여하는지도 모를 일이다.

조선 시대 시서화 삼절로 칭송받은 강희안* 선생의 글이다.

나를 찾아온 손님이 나에게 말하였다. "당신이 꽃을 재배하는 양생의 기술을 터득하였다는 것은 지금 가르침을 받으니 알겠습니다. 그런데 당신은 몸을 지치게 하여 눈을 즐겁게 하고 마음을 미혹하게 함으로써 외물(外物)이 시키는 대로 하니 어찌 된 일입니까? 마음이 쏠리는 것을 뜻〔志〕이라고 하는데, 그 뜻이 손상되지 않겠습니까?" 내가 말하였다. "아! 진실로 당신의 말이 옳다면 몸이 말라비틀어진 나무처럼 되고 마음이 쑥대밭처럼 되고 난 후에야 그만두어야겠지요. 내가 천지 사이에 가득 찬 만물을 보니 수없이 많으면서도 서로 연관되어 있으며, 오묘하고도 오묘하게 모두 제 나름대로 이치가 있습니다. 이치를 궁구(窮究)하지 않는다면 앎에 이

---

* 강희안(姜希顔, 1418~1465): 조선 세조 때의 문신·서화가. 자는 경우(景愚), 호는 인재(仁齋). 집현전 직제학, 인수부윤 등을 지냈다. 시서화 삼절(三絕)로 이름이 높았으며, 북송의 화풍을 이어받았다. 작품으로는 「산수인물도」 등이 있다.

르지 못합니다. 그러므로 비록 풀 한 포기 나무 한 그루의 미물이라도 각각 그 이치를 탐구하여 그 근원으로 들어가면 그 지식이 두루 미치지 않음이 없고 마음은 꿰뚫지 못하는 것이 없으니, 나의 마음은 자연스럽게 사물과 분리되지 않고 만물의 겉모습에 구애받지 않게 됩니다. 그러니 어찌 뜻을 잃어버림이 있겠습니까. 더구나 사물을 살필 때는 자신부터 돌아보고(觀物省身) 지식이 완전해진 다음에야 뜻이 충실해진다(知至意誠)고 옛사람들도 이미 말하였습니다.

— 강희안 지음, 『양화소록』, 눌와, 121쪽

어느 날 가까운 선비 한 사람이 찾아와 대뜸 하는 말이, 천하를 경륜해야 할 선비가 한낱 화초나 서화에 뜻을 붙이고 사느냐면서 완물상지(玩物喪志)를 거들먹거리고 물었던가, 강희안은 무슨 소리냐고 대꾸하며, 화초나 서화에 뜻을 두는 것은 바로 '관물성신(觀物省身)'에 있다고 말한다. 그렇다! 한낱 기예의 취미라도 진의를 모르는 사람들의 눈에는 대개 할 일 없는 한량의 취미로 보일 것이다. 화초를 기르면서도 천지의 오묘한 이치를 궁구하는 알뜰한 예술가의 풍취를 그 누가 알겠는가. 그래서 강희안은 천지 만물은 서로 연관되지 않는 것이 없으니, 자기가 좋아하는 바를 취미 삼아 격물치지하여 자신의 학문을 더욱 돈독히 했던 것이다.

뛰어난 소리꾼은 타고난 재주만 의지해서 예술을 경영하지 않는다. 강희안의 말처럼 세상의 만물은 서로 연관되지 않는 것이 없으니,

이 세상 천지 만물과 교감하며 한사코 자신을 살핀다. 나아가 앎이 지극함에 이르게 하고 뜻을 충실하게 하는 것이 기예 취미에 의탁하는 까닭이다. 뜻을 기른 예술가는 자신의 기예를 함부로 과시하거나 가볍게 행동하지 않으며, 이웃과 늘 공유(公有)하고 분유(分有)하면서 홍익의 도(道)를 좇는다. 이것이 바로 기예로써 도를 밝혀나가는 문이명도(文以明道)의 정신이다. 자고로 예술가가 구차한 살림에도 불구하고 아낌없이 투자하여 자신이 좋아하는 고상한 취미를 부득불 즐기는 까닭이다.

단원 김홍도 선생이 생각난다. 단원은 궁중의 도화서 화원이 되어 정조의 신임 속에 당대 최고의 화가로 명성을 떨친 조선 최고의 천재 화가임에도 불구하고, 말년에는 자식 학비도 못 보태어 한탄했다. 지금 시대의 화가들은 단원 급이면 떵떵거리고 살 판인데, 단원은 비록 잠깐 동안이지만 벼슬을 했음에도 불구하고, 가세는 늘 궁핍했다. 아마 모르긴 해도 분명 그 정도 위치라면 부족한 것 없이 잘살았을 법도 한데, 탈속한 성품으로 그처럼 청빈하게 살았지 않나 싶다.

그도 그럴 것이 조희룡*의 『호산외사(壺山外史)』에서 단원을 평하는 글을 보면, "풍채가 아름답고 마음 씀이 크고 넓어서 작은 일에 구속됨이 없으니 사람들은 신선 같은 사람"이라 했다고 했다. 단원의 스승

---

* 조희룡(趙熙龍, 1789~1866): 조선 후기의 서화가. 자는 치운(致雲). 호는 우봉(又峯), 호산(壺山), 단로(丹老), 석감(石憨), 철적(鐵笛), 매수(梅叟). 김정희의 문인으로 추사체를 잘 썼고 매화를 잘 그렸으며 시문에도 뛰어났다. 저서로는 『호산외사』가 있다.

인 강세황<sup>*</sup>도 「단원기」에서 단원에 대해 언급하기를, "얼굴이 청수하고 정신이 깨끗하여 보는 사람들은 모두 고상하고 세속을 초월하여 아무 데서나 볼 수 있는 평범한 사람이 아님을 다 알 수 있을 것이다"라고 했다. 단원은 이런 고매한 성품을 지녔기에 불후의 명작들을 남겼을 것이다. 이렇게 가난한 살림에도 불구하고 단원은 어쩌다 생긴 돈을 자신의 소박한 취미를 위해 미련 없이 써버리는 경우도 있었다.

속 모르는 범인들의 입장에서 볼 때 단원은 정말 속없는 가장이고 한량이다. 하지만 그런 탈속한 아취와 문기(文氣)가 있었기에, 고졸한 멋을 그림으로 담아낸 것이다. 만약 단원이 세속의 허다한 물루(物累)에 잠겨 그야말로 세인들이 말하는 하릴없는 한량처럼 살았더라면, 그가 남긴 산수화나 인물, 도석, 불화, 화조, 풍속도와 같은 수많은 작품들이 그다지 뛰어나지는 않았을 것이다. 예술가는 살아가는 환경이나 성품의 아속(雅俗)에 따라 예술의 기품과 격조가 달라진다. 단원의 삶처럼 훌륭한 예술 작품은 일상의 사소한 물루로부터 의연하고, 고난과 가난을 벗 삼아 오로지 예술에만 몰입하여 살아가는 청빈한 생활 속에 빚어지는 것들이다.

예술가가 진정으로 배불리 취해야 할 것은 서로 경쟁하고 싸워서

---

<sup>*</sup> 강세황(姜世晃, 1713~1791): 조선 정조 때의 문신·서화가. 자는 광지(光之). 호는 첨재(忝齋), 산향재(山響齋), 박암(樸菴), 의산자(宜山子), 견암(蠒菴), 노죽(露竹), 표암(豹菴), 표옹(豹翁), 해산정(海山亭), 무한경루(無限景樓), 홍엽상서(紅葉尙書). 병조참판, 예조판서를 지냈다. 예서와 전서를 비롯한 각 서체에 능했으며, 산수화와 사군자에 뛰어났다. 저서로는 『표암집』이 있다.

쟁취하는 부질없는 부귀공명이 아니다. 값없이 오가는 청풍명월의 자연적인 기상을 흠뻑 마셔야 한다. 소동파 같은 사람은 「적벽부」에서 말하기를, "강 위에 부는 바람과 산 위에 두둥실 뜬 달은 아무리 듣고 보아도 말리는 사람도 없고, 써도 써도 마르지 않는다고 해서 용지불갈"이라고 읊었다. 화가라고 소리꾼이라고 시인이라고 호의호식을 모르겠는가. 부질없는 물욕이나 물루를 따르면 예술적 영각이 무디어지기 때문에 한사코 경계하고 조심한 것이다. 그렇게 살다 간 단원의 예술 작품을 우리 후손들은 천추만대에 걸쳐 흔연히 감상하면서 예술적 풍요를 느끼며 살고 있지 않은가.

예술가에게 무슨 부귀영화가 있겠는가. 그렇다! 예술가라면 처지가 어떻든 자신의 예술을 즐길 줄 알면 그것으로 족하다. 돈을 벌기 위해서 일의 노예가 되어서도 안 된다. 솔직히 지금 대부분의 사람들은 밥 세 끼 먹고 사는 데는 아무 지장 없을 것이다. 이목이 부질없는 세태의 저급한 흐름에 팔려 상대적 빈곤에 헤매느라 그렇지 사는 데는 별 지장 없을 것이다. 공부하는 사람은 집이 있든 없든 별 대수가 아니다. 또 집의 크고 작음도 별 의미가 없다. 그저 먹고 자는 데 큰 어려움만 없으면 족하다. 중국 청대의 화가 석도는 아주 궁핍하게 살았다고 한다. 석도는 일지각(一枝閣)이라는 조그만 집이 있었는데, 얼마나 작고 볼품없는지 화선지조차 펼칠 수 없을 정도로 좁았다고 한다. 그는 「일지도(一枝圖)」에서 이렇게 말하고 있다.

"작은 가지 하나를 얻어도 만족하니, 반 칸 집에 쌓아둘 것도 없네.

외로운 구름이 밤새 묵었다 가니 이불이 찢어져 저녁에는 서늘하기마저 하다. 감히 여생을 계획해도 내일의 방안을 찾기 어렵구나. 산짐승이 날 보고 웃는 것은 산에서 바삐 살아서 그러하리라. 몸은 구름과 한 몸 되어 명산에 가지가 있다고 믿네만 그대가 선으로 해탈할 수 있다면 어느 곳인들 높은 봉우리가 아니겠는가."

얼마나 좁고 작았으면 한 가지의 집이라고 했을까. 보통 집이라도 기본적인 기둥이나 서까래 같은 재목이 꽤 들어갈 터인데, 그냥 나무 한 가지 귀퉁이에 자리 잡은 참새 집처럼 대충 얼기설기 엮어서 지었기에 당호를 일지각이라고 했단다. 바람도 구름도 제맘대로 오가니 명색만 거창하게 일지각이지, 영락없는 참새 집과 다를 게 없다.

옛사람들 즐겨 말하기를, "뱁새가 숲 속에 둥지를 틀어도 나뭇가지 하나면 그만이고, 두더지가 황하의 물을 마셔도 작은 배를 채우면 그만이다"라고 했듯이, 일지각의 살림살이가 바로 이것이 아니었겠는가. 석도에겐 오직 한 바가지 물과 나뭇가지 하나면 족할 뿐 굳이 여생을 도모할 필요가 없었던 것이다. 그저 바람결에 맡기고 살 뿐이다. 산짐승들이 보아도 사람인지 구름인지 새인지 물인지 바람인지 헷갈려서 웃는다고 했을 것이다. 비록 몸은 한 가지에 의지한다고 했으나 구름이 어디 한군데 정착하면서 머무르던가. 청산을 이리저리 제멋대로 오가며 소요하니, 청산에 늘어선 나무의 천만 가지가 모두 내 집이나 마찬가지라고 말한 듯하다. 한 소식 깨치면 어딘들 높고 높은 안락처가 아닐까 하는 석도의 기개가 참으로 부럽다. 화선지조차 맘껏 펴지 못할 조그마한 일지각으로도 석도는 만족하며, 만고에 빛날 선화(禪畵)와 선지(禪旨)를 남겨놓았다. 석도의 일지각에 비하면 지금 우리의 풍요로움은 궁궐이 아닌가 싶다.

# 5. 빛나되 요란하지 않다

참된 예술가의 삶은 대개가 빛나되 요란하지 않다. 빛이 나되 요란하지 않게 산다는 것은 과연 어떻게 사는 것일까. 물심(物心)이 궁해야 빛나되 요란하지 않은 예술 경지에 이를 수 있다고 본다. 요즘 사회를 보면 예술가든 연예인이든 평범한 사람이든 모두 경쟁 속에서 각광받고 조명받고 싶어 하는 스타 의식이 팽배하다. 진정한 스타란 스스로 빛이 난다. 진정한 스타는 누가 뭐라 하지 않아도 제자리를 꿋꿋이 지키면서 한결같은 빛을 발휘하는 항성 같은 것이다. 그러나 요즘은 그런 항성을 눈여겨보질 않고, 오히려 스스로는 빛을 내지 못하고 순간적으로 빛을 조명하여 잠깐 요란을 떨다가 사라지는 별똥들에 관심 많은 세상이 되었다. 어쩌면 요즘 같은 세상은 별똥이 되지 않으면 살아갈 수 없는 사회 구조인지도 모른다. 정직과 정통이 오히려 푸대접 받고, 사이비가 대접을 받으면서 큰소리치는 세상이 된 듯하다.

판소리만 해도 그렇다. 사설의 이면에 따라 곧은 성음을 내놓으면 애써 들으려 하지 않고, 삐딱하게 건들거리며 온갖 양념을 쳐서 한껏 재주를 부린 소리가 판을 치니 말이다. 빛이 나도 은은한 새벽녘의 미명 같은 빛이 아름답다. 눈이 부시도록 찬란한 빛은 오히려 눈을 돌리게 할 뿐이다. 미명은 새벽어둠을 서서히 물리고 살며시 세상을 비추는 은은한 빛이다. 예술가에게 명(明)이란 어두운 마음을 밝게 비추는 것이지, 자신의 얼굴을 조명하기 위해서 일부러 비추는 것이 아니다. 진정으로 빛나는 사람은 마음의 빛이 흘러넘쳐 자연스럽게 빛이 나는 후광이지, 겉만 요란한 조명으로 빛이 나는 각광이 아니다. 이것이 빛나되 요란하지 않는 것이다.

옛 명창들의 담박한 소리에 한번 귀를 기울여보라. 그들 소리에는 얄팍한 재주로 율동하는 성음이 안 보인다. 춘향이 옥중에서 임이 보고 싶어 애가 타게 불러대고, 심 봉사가 애처롭게 죽은 곽씨 부인 때문에 서럽게 통곡하는 것이나, 흥부가 가난하여 매품 팔러 가는 심정에 무슨 재주를 부려 멋을 낼 것인가. 그래서 판소리에선 한사코 우직한 통성을 말하는 것이다. 음이 삐딱하게 누워서 가는 횡성인 노랑목은 듣는 이에겐 멋들어지게 들릴지 몰라도, 심 봉사의 설움과는 전혀 다른 정서이다. 겉목으로 건들거리는 소리는 제아무리 듣기 좋은 소리라도 사이비이다. 간절하고 진실된 뜻이 결여되었기 때문이다. 이는 모두 궁함이 없기 때문이다. 그저 살림만 궁한 것을 말한 게 아니다. 인간의 원초적인 번뇌와 고뇌 등을 궁구하는 궁을 말한 것이다. 이러한 궁고수심(窮苦愁心)이 없는 예술은 그야말로 천(淺)하고 빈(貧)한 것이다. 진정으로 고심하여 내놓은 소리는 이면에 충실해서, 소박

2009년 나의 소리 공간인 전곡당(筌曲堂)에서 북 치는 모습이다. ⓒ악당이반

하고 간단하여 진실한 맛이 난다.

내가 소리에 처음 입문할 때 판소리가 가슴을 울렸던 것은, 애달프게 흐르는 선율과 성음이 마치 번뇌와 고락으로 지친 인간의 정서를 위로하듯 묘하게 울리는 그 성음에 감동해서였다. 만약 현란한 수식과 기교에 홀려서 왔다면 잠깐 사이에 반짝 빛나고 진즉에 별똥이 되었을 것이다.

오명창 시대에 불세출의 소리꾼이었던 이동백 명창의 공연담을 박녹주* 명창이 회고한 적이 있다. 그에 따르면 이동백 명창이 제일 잘하는 것은 「심청가」였다고 한다. 어찌나 잘 불렀는지 「심청가」만 부르면 모든 청중이 울었다고 한다. 특히 심청이 인당수에 팔려가는 대목과 심 황후가 아버지를 기다리며 탄식하는 대목, 부녀가 만나는 대목을 부를 때는 이동백 명창 자신도 눈물을 뚝뚝 흘렸다고 한다.

이동백 명창의 소리는, 심 봉사 역할을 하면 영락없이 가련한 심 봉사의 성음이 나온다. 자신의 처지가 그래서 그랬는지 몰라도 심 봉사가 누군지 모를 정도로 몰아지경의 절창이 쏟아져 나온다. 어떤 이들은 소리꾼이 울어버리면 안 된다고들 말한다. 그건 어정쩡한 선무당들의 말에 불과하다. 이면에 충실하다 보면 피아의 경계가 없어진다. 이면을 미리 계산해서 내는 소리는 사이비이다. 그래서 소리꾼은 한

---

* 박녹주(朴綠珠, 1905~1979): 경북 선산에서 태어나 20세기에 활동한 판소리 여성 명창이다. 성량이 컸으며, 모지락스럽게 맺고 끊는 창법을 구사했다. 여성임에도 남성적인 동편제 소리의 맛을 제대로 구현했다고 평가받고 있다.

사코 자연 경계를 그대로 볼 줄 아는 지고지순한 정감이 몸에 배어야 하고, 삶 자체도 소박하고 청빈해야 한다고 나는 생각한다.

판소리 성음에는 세상의 온갖 희로애락이 고르게 담겨 있지만, 무엇보다도 애잔한 슬픔이 전체적으로 깊게 깔려 있다. 소리꾼은 그런 수심에 찬 성음을 자아내기 위해서, 궁고한 삶을 마다하지 않고 오히려 달게 받고 산다. 인간의 심사란 게 본래 등이 따스하면 늘어지기 마련이고, 추우면 움츠리기 마련이다. 수심 짙은 성음을 내려면 우선 궁핍하고 수심 겨운 삶의 정서를 경험하거나, 아니면 그러한 가난을 이해할 수 있는 성품을 갖추어야 한다. 그래야 그 성음을 진솔하게 그려낼 수 있다. 꼭 그래야만 하는 것은 아니지만, 수심의 맛을 아는 자가 모르는 자보다는 낫기 때문이다. 판소리의 음질이나 음색은 추상적이지 않고 실제의 정경에 맞게 그려내야 하기 때문에, 무엇이든 경험해본 것이 표현하는 데 훨씬 자연스럽다. 맛을 모르고 부르면 억측과 추상으로 성음이 딴 곳으로 흐른다. 그래서 판소리는 어떤 예술보다도 궁고수심의 삶과 정서가 필요하다. 다만 궁핍함으로 인해 정신마저 궁핍하게 찌들어버리면 안 된다. 소리 속에서도 통속적인 해학과 골계가 흐르는 것은, 바로 삶의 반전을 기약하는 한의 초월성이 내재해 있기 때문이다. 소리꾼의 궁은 한을 승화시키고, 고락이 함께 어우러지게 하는 희망찬 궁이다.

예술가가 우주의 상변된 진리를 깨치지 못한 것은 참으로 궁색한 일이다. 다 부족해도 괜찮으나 도심의 결여는 참으로 부끄러운 것이다. 판소리는 골계미와 해학미가 넘치는 예술이지만, 무엇보다도 통성으로 쏟아내는 한스러운 울음이 많다. 흥부가 가난만을 원망해서 울지 않았고, 심 봉사도 앞 못 보는 것만으로 그리 서글피 울지 않았다. 예술이란 그 뒤에 숨은 그늘을 보아야 통한의 울음을 알 수 있다. 소리꾼은 그 울음의 내력을 캐내기 위해서 그토록 질러대는 것이고, 궁하게 사는 까닭이다. 요즘처럼 편안하고 늘어진 자세로는 턱도 없다. 예술적 감동은 머리로 오는 게 아니라 온몸을 울려서 나온다. 득음은 반드시 가난과 궁핍과 좌절과 시름 속에서 주조된다. 예술의 진정한 빛은 삶이 어떠할지언정 거기에 구애받은 바 없이, 독립불구(獨立不懼)의 정신으로 꼿꼿이 일관할 때만 찬란하게 빛난다. 이것이 빛나되 요란치 않게 사는 예술가의 양생지도(養生之道)이다.

제9부

# 마침내 소리꾼의 최고 경지에 오르다
## 득음(得音)

# 1. 득음은 득도요, 해탈이요, 정각의 경지이다

득음이란 음(音)을 얻었다는 말이다. 음을 얻었다 함은 음의 모든 것
을 통달했다는 뜻과 같다. 그렇다면 과연 음이란 뭘까. 음이란 서양으
로 말하면 도레미파솔라시도의 어울림이고, 우리 식으로는 궁상각치
우 오음(五音)의 조화를 말한다. 음이 되기 전에는 그냥 소리이고 말이
다. 이러한 말이나 소리가 예술적 문채(文彩)를 이루면, 즉 오음의 궁상각치
우가 서로 감응하여 변화를 이루면 음이 이루어진다고 했다. 예를 들
어 사람이 슬픈 일을 당하면 제일 먼저 마음이 서글퍼지는 감동(感動)
이 흐른다. 그런 마음 상태에서의 말과 소리는 매우 슬플 것이고, 그
런 슬픈 말들이 일정한 가사를 이루어 음조를 짜면 비로소 음이 되는
것이다. 그런 까닭에 판소리에서의 득음은 단순히 음악적인 재주를
숙달하여 기술적으로 최고의 경지에 이르는 것만을 말하는 게 아니
라, 성(聲)과 음(音)의 유래를 아는 것을 뜻한다. 그래서 판소리는 성음
놀음을 중시한다. 성음을 제대로 구사하려면, 예를 들어 「심청가」에
서 심 봉사가 눈을 뜨게 되는 간절한 사연을 먼저 속 깊이 알아야 한

다. 음악이 이루어지기 전에 애절하고 굴곡진 심 봉사의 삶을 알아야 하고, 심 봉사의 처절한 삶이 음악적으로 완벽하게 표현되어야 비로소 성음을 갖추게 된다는 말이다.

판소리의 기교와 형식미는 결국 가사의 이면을 그려내는 데 필요한 예술적 도구에 불과하다. 하지만 그런 예술 형식에서 우리는 가사의 이면을 보다 명확히 이해할 수 있다. 달중광*은 「화전(畫筌)」에서 "신을 그려내는 것은 불가하나, 진경이 핍진하면 신경(神境)이 나타난다"라고 했다. 형식과 내용이 일치해야 된다는 말이다. 그림의 형태를 잘 그려내면 그림 속에 정신을 생생하게 드러낼 수 있다는 말이다. 이는 그림을 그리는 일이 형태 속에 내재한 정신을 그려내는 일이란 말과도 같다. 예술도 결국에는 인도(人道)를 깨치기 위한 것이니, 예술의 취지(趣旨)가 더 중요하다는 것이다. 이것이 소리 밖에 정이 있다는 성외유정(聲外有情)이다.

그래서 득음이란 바로 예술의 재능에 능통하고, 더 나아가 소리 밖의 취지를 분명히 깨쳐 재주와 덕이 함께 뛰어나게 빛나는 것을 말한 것이다. 득음은 또 도통(道通)했다는 말과도 같다. 판소리의 도통은 예술의 재주와 덕이 서로 합일하여 통해버린 것을 말한다. 말하자면 수승한 예술적 경지에서 지행합일한 것이 득음이다. 이렇듯 득음이란

---

* 달중광(笪重光, 1623~1692): 중국 청초의 서화가, 서화론가, 자는 재신(在辛), 호는 강상외사(江上外史). 서는 소식, 미불의 풍을 닮았고 강진영, 왕사광, 하작과 함께 4대가로 불린다. 왕기 운수평과 친하고 산수와 죽, 난을 잘했다. 저서로는 『서발』이 있다.

음악적 완성도와 자유자재하게 쓸 수 있는 목을 얻은 것만을 지칭하지 않는다. 득음이란 득도요, 해탈이요, 깨달음의 경지를 말한다. 득음은 바로 소리꾼이 최고의 경지에 이르렀음을 표현한 말이다.

득음의 경로는 물의 흐름과 같다. 태백 검룡소에서 발원한 물은 개울과 도랑, 시내, 샛강을 거쳐 비로소 한강에 다다른다. 발원지에서 시작된 물맛이나 한강의 물맛은 별 차이가 없고, 단지 물의 많고 적음의 차이가 있을 뿐이다. 그러나 그 물이 단박에 걸림 없는 바다로 들어가면 물맛도 완전히 달라지고 한량 없는 대자유의 경지에 노닐게 된다. 바닷물은 경계가 자유로워 줄거나 늘지 않고, 맛도 묘하고, 더럽지도 깨끗하지도 않고, 등등(等等)함조차 없는 해탈의 경지라고 『반야심경』에서 말했다. 우리는 바로 이러한 경지에 이르러야 비로소 득음했다고 할 수 있다. 물이 한강까지 오는 데도 얼마나 많은 시간과 노력이 필요하겠는가. 허다한 물들은 이미 도랑이나 시내에서 일용으로 쓰여 없어지고 만다. 소리판에 또랑광대란 말이 있다. 대하의 줄기를 못 타고 도랑물에서 놀며 한 동리에서 호령하는 논두렁 소리꾼을 일컫는 정겨운 옛말이다. 그래도 샛강 정도는 타야 소리꾼도 명성을 얻어 강호에 오르락내리락한다. 또 한강 물 정도에서 노는 소리꾼이 되어야 비로소 명창 대접을 받을 수 있다. 강하를 벗어나 대해를 주유하는 소리꾼이 되어야 우린 득음한 광대라고 칭할 수 있다. 그래서 득음은 오랜 세월의 노력과 인고 끝에 보여주는 소리꾼의 최고 자리를 말한다. 큰 그릇은 늦게 차기 마련이다. 태백 검룡소의 한 줄기 물이

양양(洋洋)한 창파의 물이 되기까지는 그야말로 기나긴 세월과 우여곡절을 거쳐야만 한다. 그리고 그렇게 가득 채우고 나서도 쉼 없이 자강불식하는 것이 진정한 득음의 경지이다.

# 2. 쉼 없이 정진해야 큰 뜻을 이룰 수 있다

평범한 명창은 탁월한 재주와 끼를 가지고 강하(江河)로도 만족하고 그 자리에 안주하지만 득음한 광대는 덕음(德音)을 가지고 무변대해를 소요한다. 태백 검룡소의 물이 한강을 지나 인천 앞바다에 이르기까지는 얼마나 많은 우여곡절이 있겠는가. 그야말로 파란만장할 것이다. 대기만성이라고, 바다처럼 큰 그릇은 두고두고 뒤늦게 차는 법이다. 아니, 꽉 들어차고도 늘 움직이며 자강불식하지 않던가. 쉼 없이 움직이며 낮은 데로만 흘러가는 물의 지극한 공덕이 끝내는 만성(晩成)과 성덕(盛德)의 경계에 이른다. 그것이 득음이요, 반야지경이다. 대자유의 경지인 바다는 더럽지도 깨끗하지도 않고 늘지도 줄지도 않는 무등등(無等等)한 경지이다.

그러나 해탈의 경지에 들어선 걸림 없는 저 바닷물도 끊임없이 움직이며 출렁인다. 돈오점수라 했던가! 깨달았어도 그 뜻을 놓지 않고 계속 정진 수양해야 되는 게 우주 만유의 절대 법칙이다. 바닷물은 다시 구름이 되고 비가 되어 원천으로 내려 도랑으로 흐르니, 불가의 초발심시변정각(初發心時便正覺)은 이를 두고 하는 말이다. 발원지에서 힘 있게 솟아난 물은 진리의 세계인 바다를 향해 무한 질주하려는 초발심의 단계이다. 샘에서 솟아난 물이 끊임없이 흘러 종국엔 깨달음의 무변대해에 이르게 되니 변정각이다. 초발심의 순수한 감동과 열정은 바로 정각의 씨앗이라 할 수 있다. 초발심을 한시도 놓지 않고 시종일관 정진하는 정성이 바로 모든 깨달음의 시초이니, 쉼 없는 정진만이 큰 뜻을 이룰 수 있다.

여본중*이 말하기를, "깨달음은 반드시 공부하는 것으로부터 생겨나지 요행으로 터득할 수 있는 것이 아니다"라고 했다. 그렇다! 콩 심은 데 콩 나고 팥 심은 데 팥 난다. 뿌린 대로 거두는 게 세상 이치 아니던가. 더디 가더라도 쉼 없이 가는 자가 걸림 없는 깨달음의 자리에 오를 수 있다. 나는 판소리에 입문하고 이날 여태까지 간절한 초발심을 한시라도 놓은 적이 없다. 아니, 해가 갈수록 그 뜻이 더욱 새로워지고 더욱 단단해지는 것을 본다. 천만 걸음을 걸어왔어도 무엇보다 지금의 한 걸음이 더 소중하다.

큰 뜻을 품고 득도로 가고자 하는 이는 날마다 새롭게 닦고, 또 날마다 새롭게 하며 오로지 하루를 새롭게 산다. 구방심(求放心)이다. 세련되지 못한 기예를 원만하게 하기 위해 노력하고, 그럼으로써 삶의

---

* 여본중(呂本中, 1084~1145): 중국 북송 말기의 시인이자 학자. 자는 거인(居仁). 호는 동래선생(東萊先生). 송대 강서시파(江西詩派)의 대표 시인으로, 저서로는 『동래선생시집(東萊先生詩集)』, 『자미시화(紫微詩話)』 등이 있다

2012년 지리산 정령치 산 정상에서 소리하는 모습이다. ⓒ악당이반

활통한 경계를 얻고자 애쓴다. 그리하여 끝내는 본래 면목을 보는 것이다. 소리꾼에겐 오직 좋은 성음을 찾아 나서는 게 평생의 일이다. 자신만의 소리를 구하기 위해서 평생을 노심초사한다. 방심(放心)을 잡아 안심(安心)의 경지로 들어서는 게 소리 공부의 일이다.

우리는 일상의 자질구레한 것은 애써 챙기려고 욕심내면서도, 정작 마음에서 빠져나간 도심(道心)을 찾는 데는 많이 인색하다. 잃어버린 마음이란 사람의 길을 말한다. 소리 공부도 바로 사람의 길에 들어서기 위한 일이다. 심기(心機)는 잠시라도 방심하면 마치 고삐 풀린 망아지처럼 천방지축하기 일쑤이다. 방심을 잡아채는 데는 수양이 으뜸이다. 다행히 소리꾼들을 보면 하나같이 수양의 도가 매우 높다. 대개 소리에 흠뻑 빠져 게을리하는 것을 본 적이 없다. 소리꾼들이 연습하는 것을 보면 뭔가에 홀린 듯이 빠져서 수련한다. 소리 세계에서 10년 공부는 공부 축에 끼지도 못한다. 소리꾼들의 이러한 학습 태도가 명창 반열에 올랐어도 꾸준히 유지되는 것을 보면, 소리꾼들의 발심 수양은 그야말로 끝 간 데가 없다. 하지만 기능적인 소리 공부만 해서는 안 된다. 사람의 마음과 사람의 길인 인의(仁義)를 찾는 것을 목표로 하는 소리 공부가 되어야 한다.

사실 소리꾼들은 누구도 스스로 득음했다고 말하지 않는다. 득음은 소리꾼들이 지향하는 이상적 가치 기준일 뿐이다. 내 생각에는 득음은 득의(得意)라 해도 좋을 듯싶다. 세상에 그 많은 음을 어찌 다 얻겠는가? 아마 삼생(三生)을 닦아도 힘들 것이다. 그래서 소리의 뜻을 읽어낼 줄 아는 단계에 이를 때 득의한 그 경계를 득음 득도라 하지 않나 싶다. 명창이 득음했다고 해서 반드시 완벽한 음악을 구사한다는 것은 아니다. 완벽하게는 할 수 없지만 자신의 끊임없는 노력으로 예술을 계발하고 창조해내는 일들이 자신의 음악을 완성시켜나가는 데 매우 중요하다. 우주 자체가 불완전하듯이 예술의 세계도 완벽이란 게 존재할 수 없다. 그래서 맹자는 항상 도망가려는 무욕의 진심을 찾아야 한다고 구방심을 외친 것이다. 인간의 삶에 완벽이란 없기 때문에 구방심을 꺼낸 것이다.

훌륭한 예술과 완벽한 예술은 근본적으로 다르다. 어쩌면 완벽한 예술은 처음부터 있을 수 없다고 생각한다. 그런 이유로 불가에서는 돈오점수라 했는지도 모른다. 깨달았다고 해서 그걸로 끝이 난 게 아니다. 우주가 끊임없이 돌면서 생멸 작용을 하듯이, 예술도 쉼 없이 뭔가를 계속 찾아 나서고 창조하는 것이다. 중요한 것은 우리가 지금 뭔가를 열심히 찾고 있느냐이다. 예술 작품의 질(質)은 수많은 세월 속에서 끊임없이 일어나는 시행착오의 결과로 생기는 것이지, 예술 행위의 수행 없이 관념적이거나 이상적인 설계만으로는 생기지 않는다. 세상일이 다 그렇듯, 이치와 행위가 조화로워야 바른길로 들어설 수 있다. 이치만으로도 안 되고 행위만 잘 수행되었다 해도 안 된다. 지행이 합일해야 비로소 일이 바르게 진행된다.

내가 지금까지 동료 선후배 소리꾼들을 지켜본 바로는, 그들은 하나같이 자기 예술에 만족하지 않는다는 것이다. 이는 모두 뭔가 보다 더 나은 이상적인 소리를 이루기 위해 노력하고 있다는 말과도 같다. 자기 소리에 만족하는 사람은 매우 드물다. 만약 자기 소리가 완성되었다고 장담하는 사람은 예술의 길이 끝났다는 뜻이나 마찬가지이다. 나의 스승인 강도근 명창도 생전에 말하길, "이제 소리가 뭔지 알겠는데 저승이 날 찾네"라고 하셨고, 성우향 명창도 "평생 소리하면서 진정 마음에 들게 소리한 것은 딱 한두 번인가 생각된다"고 말했다. 훌륭한 예술을 소유한 자들에게는 예술의 길이 끝없다. 그것이 바로 우주의 섭리이다. 훌륭한 사람들은 자연의 순리에 순응하며 산다. 자연이 늘 일정치 않고 계속 변화하면서 존재하듯이, 예술도 마땅히 완성된 꼴 없이 늘 새로운 미지의 세계를 꿈꾸며 작품들이 생성되고 창조된다. 바닷물이 쉼 없이 출렁이듯, 큰 깨달음의 경지도 끊임없는 수행 없이는 도루묵이 된다.

# 3. 기술로써 도에 들어간다

앞에서도 말했지만 우주 만물은 끊임없이 움직이면서 변한다. 그 변화는 일분일초라도 지체함 없이 일어난다. 판소리는 그렇게 변하고 있는 시공(時空) 중의 유정과 무정을 성음에 실어 그 무상함을 노래한다. 우주는 공간과 시간을 말한다. 우(宇)는 공간이고 주(宙)는 시간이라 했다. 음악은 선율을 타고 우주 운동을 한다. 선율에는 음률과 운율이 있다. 음률은 시간을 타고 흐르고, 운율은 그 음률의 공간을 헤집으면서 성음의 상을 그린다. 한자의 '시(時)'는 '해〔日〕'와 '흙〔土〕'과 '마디〔寸〕'의 조합이라고 한다. 아침에 동쪽 하늘로 해가 솟아오르면 해는 제일 먼저 땅을 비추고, 해가 땅에 비추면 또 시간이란 마디가 생긴다고 한다. 그래서 하루는 24시간이란 큰 마디가 있다고 한다. 마디는 절(節)이다. 음악도 절의 전개로 선율이 흐른다. 가장 작은 한 음절부터 그다음 한 소절, 한 구절, 한 곡절(曲節) 이렇게 이루어져서 한 박, 한 박자, 한 장단, 전체 장단을 이루며 음률과 운율이 흐른다. 그러한 시간의 장단 음률(線律) 사이로 한 배(胚)에 맞게 공간의 운율을 넣어 음악을 짜는 것이 바로 판소리이다. 이 음운(音韻)의 조화로운 율동을 판소리에서는 성음 놀음이라고 한다. 성음 놀음을 하려면 음을 억양반복하여, 즉 음을 누르고 들고 엎고 뒤집고 해서 음의 방향과 음계를 확정하고, 어단성장을 사용하여 한 배에 맞게 음을 넓히고 좁히고 혹은 멀고 가깝게 조절하면서 말의 뜻과 감정을 사실적으로 나타내야 한다. 말하자면 판소리는 여타 성악곡보다 음조가 사실적이고 운이 뚜렷하며 넓고 깊다. 우주의 시공이 율려 운동으로 나타나기 때문이다.

판소리는 우주의 음양, 동정, 시공 등의 흐름 속에 생생한 변화를 포착하여 성음으로 표현한다. 한 번 지나간 시간이 두 번 다시 오지 않듯, 한 번 내뱉은 소리도 허공에 흩어져 주워 담을 수가 없다. 그래서 음악을 천지와 더불어 조화롭다고 한 것이다. 판소리뿐만 아니라 이 세상의 모든 음악이 그렇다. 이렇게 쉼 없이 흘러가는 만물의 정경과 천변만화를 읽어낼 때, 우린 비로소 소리의 뜻을 얻었다고 말할 수 있다. 득의해야 득음할 수 있다. 그러나 득의는 생각만으로는 절대 얻을 수가 없다. 격물을 치열하게 해야 치지할 수 있다. 그러므로 모름지기 소리를 열심히 하면서 음악적 이치를 강구하고, 그 속에서 새로운 법도와 격식이 생겨 마침내 자신만의 독특한 경지를 이루어 득의하니, 성음이 저절로 이루어져 득음에 이르게 된다. 말장난 같지만 이 말을 곱씹어보면 반드시 그 속에 묘미가 들어 있다.

『장자』 '양생주' 편에 나오는 포정해우(庖丁解牛)에 관한 글은 너무도 유명하여 수많은 도인들과 예술가들이 인용했다. 득도 득음이란 게 바로 이런 것이구나 하고 바로 알 수 있는 명문장이다.

포정이 문혜군을 위해 소를 잡았다. 손을 갖다 대고, 어깨를 기울이고, 발로 짓누르고, 무릎을 구부리고 동작에 따라 서걱서걱 뼈 바르는 소리, 칼의 움직임에 따라 싹둑싹둑 하는 소리가 울려 퍼졌다. 그 소리들은 모두 음률에 맞았고, 상림이라는 무곡에 맞춰 춤추는 듯, 경수라는 음악에 맞춰 율동하는 듯했다. 문혜군이 말했다. "참 대단하구나! 기술이 어떻게 이런 경지에 이를 수 있단 말인가?" 포정이 칼을 내려놓고 대답했다. "제가 좋아하는 것은 도입니다. 기술을 넘어선 것입니다. 제가 처음 소를 잡을 때는 눈에 보이는 것은 온통 소뿐이었습니다. 3년이 지나자 통째인 소가 보이지 않게 되었습니다. 요즘 저는 신(神)으로 소를 대할 뿐 눈으로는 보지 않습니다. 감각 기관을 멈추고 신이 원하는 대로만 움직입니다. 하늘이 준 결을 따라 큰 틈새를 비집고 큰 구멍에 칼을 들이대는데 원래 그렇게 된 소 본래의 모습 그대로를 따를 뿐입니다. 그리하여 이 기술로 아직 한 번도 인대나 힘줄을 잘못 베어본 일이 없습니다. 하물며 큰 뼈야 더 말할 나위도 없지 않겠습니까? 솜씨 좋은 요리사는 해마다 칼을 바꿉니다. 그것은 살을 가르기 때문입니다. 평범한 요리사는 달마다 칼을 바꿉니다. 뼈를 자르기 때문입니다. 그렇지만 지금 제 칼은 19년이나 되었고 그동안 소를 수천 마리나 잡았지만 칼날은 방금 숫돌에 간 것 같습니다. 소의 뼈마디에는 틈새가 있고 칼날에는 두께가 없습니다. 두께 없는 것을 틈 사이에 넣으면 널찍하여 칼날을 놀리기에 반드시 여지가 있게 되는 것이지요. 하여 19년이나 되었어도 칼날이 이제 막 숫돌에 간 것 같습니다. 하지만 근육과 뼈가 엉긴 곳에 이를 때면, 저는 그 일의 어려움을 알고 두려워 조심합니다. 눈길을 그곳에 멈추고, 행동을 천천히 하며, 칼을 매우 미세하게 움직입니다. 그러면 뼈와 살이 툭 하고 갈라지는데, 그 소리가 마치 흙덩이가 땅에 떨어지는 소리와 같습니다. 그러고는 칼을 들고 일어서서 사방을 둘러보며 잠시 머뭇거리다가 흐뭇한 마음으로 칼을 잘 손질하여 갈무리합니다." 문혜군이 말했다. "훌륭하구나. 나는 포정의 말을 듣고 양생(養生)이 무엇인가를 터득했다."

—『장자』, '양생주'

마치 득음한 광대의 소리를 본 듯 기운이 생생하다. 달인진기재아(達人盡其在我)라고 했다. 통달한 사람은 자신이 가지고 있는 모든 것을 다 쏟아낸다는 뜻이다. 포정이 소를 대하여 작업하는 과정이 그야말로 온 힘을 다하는 게 눈에 선하다. 이 명문은 기술로써 도에 들어간다는 깊은 철학이 담긴 이야기이다. 인간의 삶에서 중요한 가치가 바로 유기진도(由技進道)에 있다고 말한 것이다. 이것은 하나의 기술로 정진하면 결국 도에 이른다는 뜻이다.

문혜군은 한낱 소 잡는 백정이 무슨 도가 있으랴 여겨, "기술이 어떻게 이런 경지에 이를 수 있단 말인가?" 하면서 포정의 수고를 한낱 기술의 교묘함으로만 간주하니, "기술이라니요" 하면서 포정은 난데

없이 칼날의 도를 이야기한다.

장자는 기교에서 예술로 나아가는 것을 도(道)라고 말한다. 포정은 처음부터 소 잡는 일을 도로 여겨 도 닦는 심정으로 소를 대한 것이라고 한다. 온 정신을 집중하여 소 외의 다른 것은 일체 생각지 않고 오로지 소만 보다가 결국엔 소가 되어버린 물아일체의 경지에 이르니, 칼이 소의 근골에 부딪힐 일이 없어 신기(神技)의 경지에 이르렀다고 말한다.

포정은 "제가 처음 소를 잡을 때는 눈에 보이는 것은 온통 소뿐이었습니다. 3년이 지나자 통째인 소가 보이지 않게 되었습니다. 요즘 저는 신으로 소를 대할 뿐 눈으로는 보지 않습니다"라고 자신이 득도한 비결을 말하고 있다. 칼을 들고 처음 소를 대할 때는 오로지 소의 해부(解剖)에만 신경 써서 골육근(骨肉筋)의 구조와 연결을 파악하는 데 주력했을 것이다. 이러한 연구 과정은 그야말로 자나 깨나 오로지 소만 생각하면서 칼을 놀렸음을 말한 것이다. 그러다 보니 결국 자신과 소가 한 몸이 되고 마침내 신기(神氣)로서 소를 대하게 되어, 칼을 신명(神明)으로 움직여 걸림이 없는 경지에 오르게 되었다고 포정은 힘주어 말하고 있다.

우리는 여기서 말하는 '신(神)'이라는 말을 잘 알아채야 한다. 여기서 말한 신의 뜻은 천지 만물이 저마다 가지고 있는 일종의 영적인 에너지를 말한다. 그래서 모든 만물은 저마다의 신기가 있다. 그 신기는 타고난다고 하지만 또 닦지 않으면 영성을 밝게 드러낼 수가 없다. 그래서 맹자는 그 마음을 다하는 자가 자기 본래의 성(性)을 알 수 있다고 했다. 그리고 그것을 알게 되면 하느님을 알 수 있다고 했다. 결국 자기 본래의 성을 잘 기르는 것이 하느님을 섬기는 길이다.

포정은 자신의 신기를 온전히 발휘하여 본성을 알고 하늘의 신기를 알아챈 것이다. 포정은 소를 잡기 위해 먼저 스스로 재계(齋戒)했고, 그 후 소를 해부하면서 실질을 낱낱이 연구하여, 마침내 맹자의 말처럼 마음을 잘 발휘하게 되어 본성이 신명 나서 하늘을 알게 되듯이, 결국엔 소의 모든 것을 확연히 깨치게 된다. 이것이 장자가 말한 만물제동(萬物齊同)이 아니겠는가. 즉, 천지 만물과 내가 하나라는 뜻이다.

소리도 그렇다. 소리에 입문할 때 가장 중요한 것은 포정이 소 잡는 일을 도라고 여겼듯이, 소리를 도라 생각하고 정신이 먼저 재계되어야 한다. 소리 공부를 시작하기 전부터 애당초 음악적인 기능 너머에 있는 예술의 도를 미리 설정하고 달려들어야 소리 길이 큰 물줄기를 타게 된다. 도에 근거하지 않고 한낱 기교의 능숙함만 좇으면 소리를 숙달되게 할 수 있을지는 몰라도 입신의 경지엔 오를 수 없다. 석가는 말하길, 시내의 통나무가 대해까지 가려면 양변에 치우치지 않고 중도의 길을 택해 끊임없이 흘러가야 한다고 했다. 그래야만 대자유의 경지에 이를 수 있다고 했다. 이 말은 재주나 기교 놀음에 치우쳐 그 속에서 헤어나오지 못하고 도의 경계를 추구하지 못하면 득음의 경계에 이를 수 없다는 말과 같다. 오로지 도를 향한 간절한 구도 정신을 가져야만 득음의 경계에 이를 수 있다. 판소리는 아무리 하늘이 내려준 신기의 재주가 있더라도, 피나는 노력을 쏟지 않으면 아름다운 소리를 얻을 수 없는 예술이다. 이동백, 송만갑, 정정렬 같은 대명창들도 한결같이, "소리는 한 20년은 해야 들을 만허지요. 그것도 타고난 사람이 말입니다"라고 말했듯, 판소리는 엄청난 공력이 뒤따라야 들음 직하게 된다. 소리꾼이 수십 년에 걸쳐 피나는 공을 들여 자신의 신기를 닦아야, 그 신명이 소리에 펼쳐져 뭇사람들이 신을 내게 된다. 마치 포정이 소를 잡을 때 칼을 놀리며 내는 소리들이 모두 음률에 맞은 것처럼 신명이 오른 소리는 듣고 나는 숨결이 저절로 고르게 되어 물이 흐르듯, 바람이 산천을 타고 흐르듯 순연하게 율동할 것이다.

나의 지음 중에 신운을 다루는 악공이 있다. 수십 년 동안 오직 농현(弄絃)을 낙으로 삼아 자나 깨나 현을 켜는 아쟁의 달인 서영호 악공이다. 언젠가 악당이반 김영일 대표의 후원으로 아쟁과 대금 반주가 들어가는 「심청가」 녹음을 담양 소쇄원에서 했다. 우리는 전날 미리 만나 연습을 하고 여관에 투숙했다. 다음 날 이른 새벽에 느닷없이 들릴 듯 말 듯 가만가만 퉁기는 아쟁 소리가 다른 방 쪽에서 들려와 잠을 깼다. 서영호 명인이 아쟁 줄을 고르는 소리였다. 그는 조반을 먹기 전까지 계속 줄을 고르며 다스림을 했다. 아침에 만나서 "어찌 그렇게 이른 새벽부터 줄을 고르시는가?" 물었더니, "어이 나는 요것이 큰 병이네. 눈만 뜨면 저것부터 쥐뜯는 게 일이네. 더군나나 오늘은 특별헌 날이라서 그런지 간밤에 잠이 안 오데. 새벽에 일찍 깨어 이불 속에서 손가락으로 뜯다가 날이 좀 밝아지니 좀 긁었구먼" 하고 아무렇지도 않게 답했다. 평상심이 도(道)라더니 달인의 도는 다름 아닌 걸림 없는 스스로의 즐김이었다. 치열한 그의 연습벽이 귀신도 감탄할 만한 신운을 빚어낸 것이다.

나는 19년이나 되었어도 칼날이 이제 막 숫돌에 간 것 같다는 포정처럼 완결미를 갖추면서 소리를 익히질 못했다. 연습을 하면 할수록 목구녁은 오히려 상처투성이였고 엉망이 되었다. 아무리 정성껏 재계해도 목소리는 갈수록 헝클어지고 거칠어졌다. 포정이 처음 칼을 들었을 때 오로지 소밖에 보이질 않았듯이, 나도 소리에 미쳐 소리밖에 모르고 소리만 해댔지만, 갈수록 산 첩첩 물 만만의 지경이었다. 정말 지독하게 공부했다.

남원 강도근 명창 문하에서 공부할 때 한번은 이런 일도 있었다. 남원 시내에서 약간 떨어진 용담이라는 조그마한 시골 마을에서 자취방을 얻어놓고 공부할 때이다. 비가 오나 눈이 오나 어김없이 새벽 4시면 일어나 마을에서 한참 떨어진 개울가 솔밭에서 하루 종일 소리를 했다. 산과 냇가가 태극 모양으로 휘감아 도는 형국의 지세여서 겨울이면 찬 바람이 굉장했다. 하지만 소리에 미친 덕분에 엄동설한도 문제 될 게 없었다. 그날도 지독히 추운 1월 중순쯤으로 기억된다. 여느 날과 다름없이 새벽 4시에 나와서 소리 연습을 했다. 그런데 아침 7시쯤 저 멀리서 비구니 스님 두 분하고 젊은 여성 두 분이 논두렁길로 오는 게 보였다. 가까이 다가와 다시 보니 비구니 스님 두 분은 모르는 사람들이었으나 젊은 두 여성은 성우향 명창 문하에서 함께 소리를 배우던 사제들이었다. 겨울방학이 되어 스님들과 함께 지리산 산행을 가는 길에 이 근처 호텔에서 잠을 잤는데, 새벽부터 누가 이렇게 소리 공부를 열심히 하는지 직접 눈으로 확인하려고 날이 새기를 기다렸다 왔노라고 했다. 우린 보자마자 서로 짠한 마음에 말없이 눈시울을 붉혔다.

　이렇게 독한 공부를 십수 년 했어도 소리가 세련되기는커녕 오히려 복잡해지기만 했다. 그렇게 오리무중 같은 공부 길도 오랜 적공의 수고로 언제부턴가는 안개가 걷히면서 햇살이 비쳐오기 시작했다. 그것이 20년 세월이다. 참 모진 세월이었다. 자신의 마음을 온전히 발휘하여 스스로의 본성을 조금이나마 알게 되는 것도 20년 세월이 걸린 것이다. 이것이 득의하는 모진 과정이다.

# 4. 예술의 궁극은 사람 됨됨이다

판소리는 공력 없는 목으로 재주나 부리면서 편하게 그려나가는 얕은 예술이 아니다. 수만 번 단련하는 공을 들여야만 비로소 제 음색이 나온다. 평생을 수련 속에 살아야만, 그래도 제 맘에 조금 성이 차는 음을 얻을 수 있는 지난한 예술이다. 소리 공부는 하면 할수록 더 깊고 새로운 성음이 보이고, 이제 다 왔겠지 하고 쳐다보면 아직 갈 길이 묘연한 것이다. 간혹 판소리가 좋아서 취미로 배우려고 잠시 발을 들여놓았다가, 그냥 10년을 훌쩍 넘긴 사람들을 주위에서 흔히 본다. 그렇게 세월을 투자했어도 짧은소리 하나 그럴싸하게 하는 사람이 드물다. 왜 그럴까? 그것은 판소리가 마치 붓글씨와 같아 선의 예술이면서도, 입체적인 조형미를 추구하는 예술이기 때문이다. 그래서 성음을 내기가 쉽지 않다. 볼펜 글씨와 붓글씨의 차이라고 생각하면 좋을 듯싶다. 대중가요는 일반 사람이라도 굳이 선생 없이 녹음기를 이용해 몇 번 따라 부르면 그래도 들을 만하게 되지만, 판소리는 엄두도 못 낼 일이다  목으로 하는 소리와 오장에서 나오는 소리의 차이점이다. 애당초 첫소리 내는 것부터가 격이 다르다. 첫소리 내기조차 힘든데, 내놓은 소리를 가지고 입체감이 드러나게 성음을 만들어내야 하니 쉽지 않다. 그래서 판소리를 단시일 내에 완벽하게 이루려 하는 것은 굉장한 무리다. 세월을 넉넉히 잡고 쉬엄쉬엄 맛을 찾아가며 부르다 보면, 언젠가는 가슴에 답답한 기운이 걷히면서 상쾌한 기운이 도는 멋들어진 소리를 할 수 있다.

소리 공부를 하다 보면 소리가 향상되는 것이, 마치 봄풀 자라듯 눈에 확 띄지는 않지만, 세월이 쌓일수록 자신도 모르게 소리 세계가 풍요로워지는 것을 문득문득 느낀다. 세상 모든 일이 다 그렇듯이 쉽게 얻어지는 것은 없다. 망망한 바다의 한없는 그릇을 채우기가 어디 그리 쉬운 일인가. 큰 그릇이 늦게 이루어지듯, 판소리도 오랜 세월 정련되어야 성음이 깊어지고 유연해진다. 포정의 도처럼 마음을 허정(虛靜)하게 하고, 하고자 하는 일에 전심전력을 다하면, 마침내 표현하고자 하는 뜻과 소리가 하나 되어, 애써 음악적인 기교를 의도치 않아도 아름다운 선율이 저절로 흘러나오게 될 것이다. 득음한 소리는 특별히 의도하지 않아도 가사에 따라 저절로 만들어져 나온다. 이것이 바로 한낱 재주로도 도에 들어서고, 재주와 도가 하나 되는 득음의 경계이다. 나는 재주를 그렇듯 뛰어나게 타고나지 못해서 늘 서투른 재주에 불만이었다. 그러나 한 가지 의지하고 믿을 만한 것은 부지런함이었다. 쉬지 않고 연습하다 보면 실력이 좀 늘겠지 하는 마음으로 착실히 공부만 했다. 재주 좋은 소리꾼들을 보면 부러웠지만, 또 재주 있는 그들도 못하는 게 있다는 것을 보고 내가 그들보다 잘할 수 있는 것은 역시 성실한 공부이니, 정진만이 최고로 가는 길이다 생각하며 수련했다. 공부라는 게 참 희한하다. 도저히 안 될 것 같은 기교나 재주도 시간이 조금 걸릴 뿐이지 언젠가는 이루어진다. 역시 예술은 연조가 필요하다. 어설프고 엉성한 재주라도 꾸준히 숙달되게 익히면 반드시 능숙해진다. 본인이 중도에서 포기해 그렇지 끊임없이 수련하다 보면 언젠가는 과연 이 소리가 내 것인가 하는 기쁨을 맛볼 것이다.

그러므로 타고나지 못한 사람은 무엇보다도 세월을 넉넉히 잡고 공부할 줄 아는 끈기가 있어야 한다. 나보다 더 잘해내는 사람들의 재주를 닮고자 노력해야 한다. 그렇게 하다 보면 자기만의 묘한 예술 색깔이 시나브로 단단하게 만들어진다. 다만 자기가 공부하는 바를 철저히 분석하고 이해하는 습관을 가져야 한다. 타고난 수재들은 특별한 연구와 분석 없이도 그냥 저절로 소리가 능숙하게 만들어지지만, 그렇지 못한 둔재들은 예술 형식과 기교의 전반적인 것을 철저히 분석하고 연구하는 자세가 필요하다. 그것이 바로 포정이 이야기하는 양생의 도이다. 마음을 고요하게 하여 자신이 해야 할 바를 곰곰이 들여다보면서 꾸준한 노력으로 미지(未知)의 기량을 확보해나가야 공부하는 재미도 생기고 더디지만 얻는 것이 생긴다.

공자가 사양자에게 거문고를 배우는 과정에서 일어난 일을 「공자세가(孔子世家)」에 자세히 이야기해놓았다. 음악을 공부하는 이들의 수련 과정이 어떠해야 하는지에 대한 좋은 선례이다.

공자는 사양자에게 거문고 타는 것을 배우면서 10일 동안 진보가 없었다. 사양자는 "상당히 진전하였다"라 하였다. 공자는 그 "곡(曲)은 이미 습득했으나 아직 그 수(數)를 터득하지는 못했습니다"라고 하니, 얼마 있다가 말하기를 "그 수(數)를 습득했으니 상당한 수준에 이르렀다"고 하였다. 공자는 "아직 그 지(志)를 터득하지 못했습니다"라고 하니, 얼마 있다가 말하기를 "이미 그 지(志)를 터득했으니 더욱더 진보하였구나"라 하였다. 공자는 "아직 그 사람〔人〕됨을 터득하지 못했습니다"라고 하니, 얼마 있다가 말하기를 "조용하게 깊이 생각하는 바가 있고, 태연하게 높이 바라보며 높은 뜻이 있도다"라고 하였다. 공자는 "그 사람됨은 알았으나, 묵묵히 아득한 경지에 이르고 은근히 유장하여 시선은 마치 양(羊)을 바라보는 듯하고 마음은 온 천하에 왕노릇 하는 것같이 하는 경지는 문왕이 아니면 그 누가 이처럼 할 수 있겠습니까"라고 하였다.

— 서복관 지음, 권덕주 외 옮김, 『중국예술정신』, 동문선, 33쪽

위에서 말한 곡(曲)과 수(數)는 음악적인 기교와 형식에 관한 것이고, 지(志)는 곡조에 내재된 정신을 말하며, 인(人)은 예술의 궁극인 인도(人道)를 말한 것이다. 참으로 음악 공부 과정의 좋은 모델이 되는 교훈이다. 우리가 음악 공부를 할 때는 먼저 음악적인 기교를 습득하고, 다음에는 그 곡이 나타내고자 하는 뜻을 깊이 알아야 하고, 더 나아가 음악으로 사람의 품격까지 고양시켜야 한다. 이를 거꾸로 생각하면 먼저 음악의 궁극적인 도를 설정하고, 도를 깨치기 위해 그 예술

의 뜻을 간파하여 세부적인 예술의 형식미를 읽어가야 제대로 된 작품이 나온다는 말이다. 공자는 바로 거문고를 공부하면서 도의 경지에 든 것이다. 그래서 "그것을 아는 사람은 그것을 좋아하는 사람만 못하고, 그것을 좋아하는 사람은 그것을 즐기는 사람만 못하다(知之者 不如好之者, 好之者 不如樂之者)"라고 했던 것이다. 머리로만 알고 백날 좋아해봐야 실행이 따르지 않으면 도루묵이다. 예술의 궁극은 사람 됨됨이다. 예도(藝道)도 결국에는 인도(人道)로 가는 길이다. 공자가 음악을 중시한 까닭이 이것이다. 어떤 기예라도 도를 추구한다는 뜻으로 열심히 배우고 좋아하여, 그 기예가 지니고 있는 예술적 양식이나 기교를 능숙하게 익혀 격물치지하고, 더 나아가 도락(道樂)의 경지에 올라 자유롭게 거닐자는 뜻이다. 이것이 공자가 거문고를 배운 까닭이다. 이처럼 예술은 기교 너머의 정신세계를 넘나들 줄 알아야 비로소 득음의 세계에서 노닐 수 있다.

소리꾼은 저마다 득음의 희망을 안고 피나는 공력을 들인다. 예나 지금이나 소리꾼은 오로지 소리만 보고 소리에 파묻혀 세상일과는 전혀 무관한 사람들처럼 자나 깨나 소리에 미쳐서 살아간다. 벗이라곤 오직 심 봉사와 흥부, 놀부, 심청, 춘향, 이 도령, 향단, 방자, 뺑덕, 조조가 전부이다. 끼니도 소리로 채우면 그만이라고 생각하며, 정진만이 최고로 알고 밤낮없이 소리만 질러댄다. 대개의 소리꾼들은 살림이 구차하고 누가 알아주지 않아도, 그 정도는 대수로울 게 하나도 없다는 듯 살아간다. 어차피 광대의 길은 무소의 뿔처럼 홀로 가는 것이니, 세월을 가락 삼아 천지 허공에 무상한 성음만 뿌릴 수 있다면 그것이 살아 있는 복이지 더 바랄 게 또 뭐 있겠는가. 어쩌면 득음이란 것도 호사일지 모른다. 가슴에 품은 뜻을 소리에 실어 풀어놓을 수만 있다면 족할 것을 득음까지 꿈꿀 일이 뭐 있겠는가. 소리의 잘되고 못되고는 바람결에 붙여두고 오직 지락(至樂)의 경계에 노닐면 족하고, 그저 나오는 대로 읊으면 그만이다. 평생을 애태우며 가꾼 살뜰한 천금 같은 내 소리를 가지고 그 누가 좋고 나쁨에 가름을 댈 것인가. 설혹 가름을 놓는다 해도 내 상관할 바 아니니, 오직 뜻을 둘 곳은 시도 때도 없는 소리 공부이다. 득음의 길은 오묘하고 멀고 아득하지만, 다만 오늘 한 걸음을 착실히 내디딜 뿐이다. 소리의 길이 사람 되는 길이라니, 사람의 길로 자연의 길로 그저 쉼 없이 터벅터벅 걸어갈 뿐이다.